ALFONSO PECORELLI • KATHLEEN

Herzliche Gratulation

und viel Vergnügen

beim Lesen

Alfonso Pecorelli

WOA Verlag

Für Ivano,
den ich über alles liebe

Alfonso Pecorelli

Kathleen

Geschichte einer tödlichen Liebe

Roman

WOA Verlag

1. Auflage 2008

Umschlaggestaltung: Peter Suter, Zürich
Umschlagfoto «Square Rain 1»
Adrian Bischoff, Maintal, Deutschland
Ausgezeichnet mit dem «Canon ProFashional Award 2005»
info@adrianbischoff.de
www.adrianbischoff.de

Lektorat: Birgit-Inga Weber
Satz: WOA Verlag
Produktionspartner
Tamedia AG, Production Services, Zürich

ISBN 978-3-9523280-1-9
www.woaverlag.ch

Vorwort

Was bewegt einen Mann der Wirtschaft, den Manager eines der grössten Weltkonzerne, zum Romanschreiber zu avancieren? Klar, es ist heute bei vielen Prominenten aus Wirtschaft, Sport, Politik usw. im Trend, zur Feder zu greifen, um auch ein Stück vom «Literaturkuchen» abzuschneiden. Es handelt sich dabei aber fast ausschliesslich um autobiografische Berichte, allenfalls persönliche Abrechnungen. Ganz anders bei Alfonso Pecorelli. Schon in jungen Jahren ereilten ihn schwere Schicksalsschläge. Er liess sich dadurch aber nicht aus der Bahn werfen. Sein Werdegang zum Romancier gründet auf ein tragisches Ereignis, das ihn 2003 traf. Ein Familienmitglied erkrankte unerwartet an unheilbarem Krebs. Pecorelli musste sich entscheiden; sein Familienmitglied auf dessen letztem Weg zu begleiten oder sich auf seinen Management-Job zu konzentrieren. Die Wahl war klar – das Resultat die Kündigung. In den Augen seiner damaligen Arbeitgeber und Vorgesetzten «funktionierte und handelte» Pecorelli nicht so, wie es von einem Manager erwartet wurde. Zwanzig Jahre Tätigkeit in einer Weltfirma waren mit einem Schlag Vergangenheit.

Diese Umstände schleuderten den Autor aus der gradlinigen Bahn des Geschäftslebens, öffneten ihm neue Gedanken- und Emotionsebenen. Anstatt sich dem Business zu widmen, nahm er eine Auszeit und engagierte sich ehrenamtlich u.a. in verschiedenen Krebsstiftungen und unter widrigen politischen und infrastrukturellen Umständen in Lotti Latrous' Sterbehospiz in Afrika. Den Film «Egoiste» über die Schweizerin des Jahres 2004 unterstützte er finanziell mittels fundraising. In dieser Zeit entstand das vorliegende Werk. Seinen Entschluss hat er nie bereut und meint im Nachhinein, dass es der einzig richtige war.

Der in kurzen, spannenden Kapiteln aufgebaute Roman ist eine breit angelegte Geschichte mit mehreren Handlungssträngen, die sich – wie ein Puzzle – mehr und mehr zum Gesamtbild zusammenfügt. Pecorelli versteht es hervorragend, mit schnellen Schnitten und unerwarteten Wendungen den Leser zu fesseln. Die wissenschaftlichen Begebenbenheiten – die den Strang des drohenden Weltuntergangsszenarios untermalen – sind ebenso seriös recherchiert wie die mystischen Aborigine-Sagen, die Pecorelli beizieht, um die Frage aller Fragen zu behandeln: Woher kommen wir, wohin gehen wir?

Der Überbau des Romans hat alle Merkmale eines Thrillers, die Welt der Wirtschaft wird – eingebettet in die Handlung – keineswegs mit Samthandschuhen angefasst und erfährt gewisse Kritik. Gleichzeitig entdecken wir feine philosophische und amouröse Plots. Pecorelli scheut sich nicht, alle Aspekte des menschlichen Lebens, Denkens, Handelns und Leidens, sei es skrupellos oder voller Hingabe, in sein Werk einzubeziehen. Und er regt uns an, über eine höhere Macht, Mystik und phantastische Geschehnisse nachzudenken, ohne zu werten oder zu moralisieren. Vielleicht auch ein erfrischendes, relativierendes Gegenstück zu Richard Dawkins «Der Gotteswahn», worin jeglicher Glaube an eine höhere Macht in Abrede gestellt wird. Letztlich aber ist «Kathleen» mit Sicherheit ein Werk mit einem grandiosen Erlebnisgehalt, das nachhaltige, tiefe Eindrücke hinterlässt. Eine Ode an die Menschlichkeit, die Liebe und das Leben schlechthin.

Adrian Suter
Verleger

Es gibt einen Platz in der Seele, einen Ort,
wo weder Zeit noch Raum Zutritt haben.

Meister Eckhart, um 1260–1328

Prolog

4. April 2008, Südliches Afrika

Die Gräber waren schlicht: zwei sanfte Hügel mit einfachen, doch robusten Holzkreuzen. Ganz nah beisammen, so wie sie es gewollt hatte. Die Baumkronen wiegten gemütlich im sanften Wind, und das gleichmütige Rollen der Wellen vermischte sich mit fernem Kinderlachen.

Christopher Campbell legte je eine rote Rose auf die beiden Gräber. Sie wären wohl sehr zufrieden gewesen mit der Wahl des Ortes, dachte er. Hinter sich hörte er Schritte, die leise im Sand knirschten, spürte ein kaltes Kribbeln im Nacken, wandte sich jedoch nicht um.

Die Dämmerung war längst hereingebrochen. Chris liess seinen Blick über die Landschaft gleiten: über das fast schwarze Meer, den leicht ansteigenden Hang und die Bäume, die den Gräbern tagsüber Schatten spendeten. Er schaute gen Himmel zum Mond, in dessen silbernem Licht die zwei Holzkreuze fahl aufleuchteten. Einen kurzen Augenblick lang war er besorgt, sodass sich seine Stirn ein wenig in Falten legte. Dann drehte er sich langsam um. Die knirschenden Schritte hinter ihm waren verstummt. Er wusste, dass es Zeit war, und fragte: «Weshalb hast du das getan, James?»

4. April 1968, Washington D.C.

I have a dream ...

I have a dream that one day on the red hills of Georgia,
sons of former slaves and sons of former slave-owners
will be able to sit down together at the table of brotherhood.
(Martin Luther King, † 4. April 1968)

James war sich sicher, dass er hier sterben würde. Die Vitalität seines jungen Körpers war versiegt. Seit Tagen hatte er nichts mehr gegessen. Es war dunkel und kalt, eiskalt für die Jahreszeit. Nun hatten ihn seine letzten Kräfte verlassen.

Seine zu Eis erstarrenden Gedanken wärmte einzig die ferne Erinnerung an die gleissend helle Sonne, die glitzernden Wellen, dieses Bild eines Sommertags in seiner Kindheit, die Nähe seiner Mutter. Ja, dieses bezaubernde Licht der lebendigen See – ein Diamant, so unermesslich kostbar und unvergänglich wie das Leben selbst.

Er wankte wie ein Boot in dunkler Nacht, das sich auf stürmischer See geschlagen geben musste, ganz dem Untergang geweiht, nur noch darauf aus, nicht seinem Leben, das er nicht gelebt hatte, nachzutrauern, denn er würde nicht mehr sein, er würde ins Nichts gehen, vielmehr in dieses gleissende Licht, das der Finsternis trotzte.

Muss ich denn sterben, um zu leben? Sein letzter Gedanke – eine Kapitulation vor dem Rätsel dessen, was ihn erwartete. Seine Beine ergaben sich zuerst, ächzend sackte er in die Knie.

Die eisige Kälte hatte seine schäbige Kleidung mühelos bis auf seinen mageren Leib durchdrungen, dann krümmte er sich erschöpft unter einem Brückenpfeiler des Airport Highways, wie zum Gebet, einem Gebet, das er nicht mehr sprechen würde. Der Versuch eines letzten zornigen Aufbäumens – umsonst, er war am Ende, eine getilgte Null im Buch des Lebens. Dann kippte er langsam, fast wie in Zeitlupe, zur Seite, rollte sich zusammen, hielt seine Beine fest umklammert, sich in den Mutterleib zurücksehnend, und wartete, auf dass die Gedanken ganz verblassten.

Der eisige Wind trug das ferne, doch unablässige Heulen der Polizeisirenen heran. Seit Stunden erleuchteten brennende Autos die Nacht, vermischte sich der Klang dumpfer Schüsse mit dem Klirren berstender Fensterscheiben. In sämtlichen grossen Städten des Landes herrschten bürgerkriegsähnliche Zustände, am schlimmsten hier in Washington D.C. Irgendein Rassist hatte die Stimme der Versöhnung ausgelöscht, den grossen schwarzen Mann, der davon sprach, die Menschen müssten wieder lernen, nicht wie die Vögel zu fliegen und wie die Fische zu schwimmen, sondern wie Brüder zusammenzuleben. Umsonst – eine Kugel hatte ihn für immer verstummen lassen, seine Worte der Friedfertigkeit hatten heute Nacht keine Gültigkeit mehr. Stattdessen herrschte Krieg in den Strassen.

All dies schien weit weg, seltsam fern, es mochte nicht zu ihm vordringen. Erst das grässlich laute Geräusch bremsender Autoreifen holte ihn noch einmal für Momente an die Oberfläche der Wirklichkeit. Sein Kreislauf war vor Kälte fast völlig zum Erliegen gekommen. Mit Mühe gelang es ihm, die Augen einen Spalt weit zu öffnen.

Ganz nah, direkt vor seinen Augen erhoben sich riesengross die weiss ummantelten Reifen eines Wagens. Schwere Autotüren klappten auf.

James schaffte es nicht, wach zu bleiben, seine Augen fielen wieder zu. Wie durch eine dicke Watteschicht gedämpft, hörte er Stimmen.

«Nehmen Sie den Jungen mit! Heute ist schon ein guter Mann zu viel gestorben», ordnete eine tiefe Männerstimme an.

Eine zweite antwortete: «Aber Sir, das verstösst gegen die Vorschriften.»

«Die Vorschriften mache ich. Nehmen Sie ihn mit!» Der Tonfall liess keine Zweifel aufkommen. Der Mann schien es gewohnt, dass man seinen Befehlen nicht widersprach.

Das Letzte, was James hören konnte, bevor er ohnmächtig wurde, war ein Zackiges: «Jawohl, Mister President!»

Beim Erwachen sah er als Erstes die hellen Sonnenstrahlen durch die riesigen Fenster dringen. Er wusste nicht, wo er war. Mit zusammengebissenen Zähnen versuchte er, sich im Bett aufzusetzen, resignierte aber unweigerlich, weil ihm sogleich schwindlig wurde. Matt liess er sich ins Kissen zurückfallen. Sein Magen grummelte.

Ein paar Atemzüge später ging die Tür auf, und ein grosser Mann in einem dunklen, eleganten Anzug trat an sein Bett. Noch bevor James ihn grüssen konnte, begann der Mann mit derselben tiefen Stimme, die der Junge schon am Abend zuvor gehört hatte, zu sprechen, fragte ihn nach seinem Namen und warum er unter einer Brücke geschlafen habe.

«Ich heisse James, Sir», er versuchte den Kloss in seinem Hals zu schlucken, «James Connors, Sir.» Er habe niemanden mehr, brachte er mühsam hervor. Seine Mutter sei tot, seinen Vater habe er nie gekannt. Kein Geld, kein Essen und keinen Platz zum Schlafen – keinen Ort mehr zum Leben.

Der Mann blickte ihn nur still und nachdenklich an, dann ging er hinaus. Nach einer kurzen Weile trat er wieder ins Zimmer.

«Hör mal, mein Junge, hier kannst du nicht bleiben. Aber wir werden dich etwas aufpäppeln, und dann gebe ich dir genügend Geld für ein Zugticket nach New York.» Er zog ein Briefkuvert aus der Innentasche seines Jacketts. «Auf dem Umschlag steht eine Adresse. Du gehst dorthin und gibst den Brief ab. Man wird dort für dich sorgen. Hast du das verstanden?»

James nickte müde und schloss erneut die Augen, nahm aber wahr, dass sich der Mann über ihn beugte und die Hand auf seine Schulter legte.

«Dies ist deine einzige Chance, Junge. Nutze sie!», raunte ihm der Mann eindringlich zu, bevor er sich umdrehte und zur Tür schritt.

«Warum tun Sie das?», flüsterte James.

Sein Lebensretter blieb unter dem Türrahmen stehen. Die Silhouette des massigen Körpers zeichnete sich im Gegenlicht wie ein Scherenschnitt ab. Der Mann drehte sich zögernd um. Er schaute den Knaben lange an. Seine Stimme nahm nun einen merkwürdig traurigen Klang an, der so gar nicht zum Auftreten dieses Mannes passen wollte: «Mit Macht, Reichtum und Wohlstand geht auch grosse Verantwortung einher. Leider vergessen wir dies nur allzu oft.» Er schien einen Moment über seine Worte nachzudenken. «Warum ich das tue? Wegen des Gleichgewichts, mein Sohn, wegen des Gleichgewichts, denn heute ist schon ein guter Mann zu viel gestorben …»

«Gleichgewicht?», flüsterte James. «Sir, das verstehe ich nicht. Was meinen Sie damit?»

Präsident Lyndon B. Johnson zögerte einen Augenblick. «Eines Tages wirst du es verstehen. Ich bin mir da ganz sicher, mein Junge.» Das Lächeln, das über das müde Gesicht des Präsidenten huschte, konnte James nicht mehr sehen. «Deine Zeit wird kommen, ja, ohne Zweifel.»

Zur gleichen Stunde erhielt Sarah Campbell einen romantischen Heiratsantrag von einem jungen Arzt, und im fernen Schottland blies ihr Neffe Christopher Campbell nach einem kräftigen Atemzug alle Kerzen auf seiner Geburtstagstorte aus. Danach lächelte er seine Mutter Esther und seinen Vater Bruce selbstbewusst an und teilte ihnen mit, dass er später einmal Arzt werden würde. Und noch am selben Tag, erblickte die Kleine Kathleen O'Hara, ohne ein einziges Mal zu schreien das Licht der Welt.

Und im selben Augenblick, als das Baby das erste mal die Augen öffnete, hob auf der anderen Seite des Erdballs der «Clever Men» seinen Blick aus der Glut des Feuers an dem er schon seit Stunden sass, schaute auf, in die sich zu Ende neigende Nacht und begann leise das Lied der grossen Ahnen zu summen, denn er ahnte, dass Kunukban bald erwachen würde.

Frühjahr 1987, City of London

Fatale Diagnose

Jeder ist für alles selbst verantwortlich.
(Antoine de Saint-Exupéry)

«Wie lange haben Sie diese Kopfschmerzen schon, Mister Rowland?» Der Arzt stellte die Frage mit ruhiger, professionell klingender Stimme.

«Weiss nicht so genau. Na ja, ich denke, so drei, vier Monate werden es schon sein.» William Rowland fühlte sich unbehaglich. Er konnte sich nicht erinnern, je in seinem Leben krank gewesen zu sein – abgesehen von der einen oder anderen Erkältung –, geschweige denn freiwillig einen Arzt konsultiert zu haben. Heute dagegen war er sogar im Central General Hospital gelandet. Die Kopfschmerzen waren immer stärker geworden, in den letzten paar Wochen sogar so stark, dass er kaum schlafen konnte. Endlich hatte er dem Drängen seiner Frau nachgegeben: «Geh bitte zum Arzt, andernfalls melde ich dich einfach an!» Doch genau dies wollte Will verhindern, denn als Bauführer konnte und wollte er sich keine Absenzstunden leisten. Gerade hatten sie sich ein bescheidenes Haus gekauft, die Hypothek lastete schwer auf dem Familienbudget, und die vier Kinder wollten auch ernährt und gekleidet sein. So hatte er sich als «Notfall» im Central gemeldet, obschon er keiner war. Nun sass William Rowland an einem Sonntagmorgen in dem kleinen Behandlungszimmer und schaute den für sein Empfinden allzu jungen Arzt verwundert an, als er dessen nächste Frage hörte.

«Ich würde gerne eine Röntgenaufnahme machen. Wären Sie damit einverstanden, Mister Rowland?»

Will musterte den Arzt, dessen weisser Kittel sich vehement von dem dunklen Gesicht abhob. Ein feiner Schnurrbart sollte das jugendliche Gesicht wohl älter und seriöser wirken lassen, dachte Will. «Dr. Ali S. Hassemi» stand auf dem kleinen Namensschild, das an der Brusttasche steckte. Will hatte nichts gegen Schwarze, doch irgendwie hatte er das Gefühl, in Grossbritannien sollten Briten als Ärzte eingesetzt werden. In der nächsten Sekunde verwarf er den Gedanken, denn Dr. Hassemi schien hier geboren zu sein; sein Englisch tönte nach Oxford und klang wohl besser als sein eigenes. Die nächste Frage schreckte ihn aus seinen Grübeleien auf.

«Nun, Mister Rowland, haben Sie sich für eine Röntgenaufnahme entschieden?»

Es ging ziemlich schnell. An diesem Sonntag war fast kein Betrieb im Hospital. Dr. Hassemi war auch Radiologe, wie er sagte, sodass er nicht erst einen Kollegen organisieren musste. Er verschrieb seinem Patienten zwei starke Schmerzmittel und bat Will, am nächsten Sonntag wiederzukommen, wenn ihm das recht sei.

Eine Woche später fand sich Rowland wieder in der Klinik ein. Ihm war alles andere als wohl in seiner Haut. Die Tabletten waren heute Morgen zur Neige gegangen, zeigten allerdings auch schon tagelang unangenehme Nebenwirkungen.

Dr. Hassemi stand bereits vor dem Leuchtkasten mit den Röntgenbildern, als Will ins Behandlungszimmer trat. Der Arzt gab ihm die Hand und bat ihn, sich zu setzen.

«Ich erinnere mich, dass Sie sagten, Sie seien noch bei keinem anderen Arzt gewesen, Mister Rowland. Wegen der Kopfschmerzen, meine ich.»

Will nickte.

Dr. Hassemi schaute ihn mit ernster Miene an, dann schien er tief, aber kaum hörbar Luft zu holen. «Es tut mir leid, Ihnen dies sagen zu müssen, Mister Rowland …, Sie haben einen Hirntumor.»

Hassemi fuhr mit Erklärungen fort, doch die Worte drangen kaum zu William Rowland vor. Innerhalb einiger Sekunden sank der muskelbepackte Körper des Todkranken in sich zusammen, als liesse man aus einer Gummipuppe die Luft ab. Seine Familie, seine Frau, seine Kinder, mein Gott, was würde aus ihnen werden? Sie hatten sonst niemanden. Sie würden von der Fürsorge leben müssen, sie würden … Er wollte nicht weiterdenken.

Hassemi reichte seinem Patienten ein Glas Wasser. Rowland war kreidebleich und hielt sich krampfhaft am Rand des Schreibtisches fest. Nach einer Weile fühlte sich Rowland wieder etwas besser. Es klang wie ein Krächzen, als er fragte: «Wie lange noch?»

«So genau kann man das nie sagen.»

«Wie lange noch?» Rowlands mächtige Faust sauste auf die Tischplatte und unterstrich seine Worte wie ein Donnerschlag.

Der junge Arzt erklärte ihm, dass man weitere Tests machen müsse, eine Kernspintomographie, vielleicht eine Biopsie, falls der Tumor zugänglich wäre, was jedoch nach den Röntgenbildern zu urteilen nicht der Fall sei – dann eine Strahlen- und Chemotherapie.

Rowlands Frage war klar und präzise, genauso präzise wie Hassemis Antwort: «Ist es heilbar?»

«Nein.»

Dr. Hassemi nahm sich für seinen Patienten mehr als zwei Stunden lang Zeit. An der Tür verabschiedeten sie sich mit einem besiegelnden Händedruck. Rowland war fast einen Kopf grösser als Hassemi, dessen Hand fast gänzlich in jener des Bauarbeiters verschwand. Der Arzt musste sich zusammenreissen, um sich nicht anmerken zu lassen, wie sehr ihn Rowlands schraubstockartige Umklammerung schmerzte.

«Ich vertraue Ihnen, Doktor Hassemi.»

«Keine Sorge, William.»

«Nennen Sie mich Will», Rowlands Lachen klang gequält, «William nannte mich bloss meine Mutter.»

«Okay, Will, Sie können sich auf mich verlassen, es wird alles gut.»

Rowland öffnete die Tür, sein Blick fiel auf das Namenschild. «Wofür steht eigentlich das S?»

«Shamal.»

30. August 1987, City of London –
Schuldig!

In the end, we will remember not the words of our enemies,
but the silence of our friends.
(Martin Luther King)

London City. Court Room W.223.1K2B. Der Gerichtssaal war von sachlicher Schlichtheit. Links und rechts je vier Stühle; in Front, etwas erhoben, das Pult des Richters. Auf der linken und rechten Seite, leicht nach unten versetzt, die zwei Plätze der Schöffenrichter und, nochmals etwas tiefer, der Platz des Gerichtsschreibers.

Das vereinigte britische Königreich gegen Dr. Christopher James Campbell, geboren am 4. April 1958, von Dumfriesshire stammend, angeklagt wegen fahrlässiger Tötung in Ausführung seiner ärztlichen Tätigkeit. Als Hauptzeugin der Anklage ist geladen Miss Kathleen O'Hara, geboren am 4. April 1968, amerikanische Staatsangehörige.

Der Anwalt des Angeklagten hatte sein Plädoyer beendet. Der Richter übergab dem Staatsanwalt das Schlusswort.

«Verehrtes Gericht, sehr geehrter Herr Vorsitzender! Die Beweislage ist klar und unwiderlegt. Es gilt als erwiesen, dass der Angeklagte Doktor Christopher James Campbell, seit zwei Jahren praktizierender Chirurg am St. Francis Central Hospital in London City, in der Nacht vom 13. Juli 1987 im Beisein der hier anwesenden Zeugin der Anklage berauschende und narkotisierende Mittel einnahm. Obschon Doktor Campbell bestreitet, in der besagten Nacht und – nach eigener beeidigter Aussage – auch jemals zuvor Drogen zu sich genommen zu haben, und des Weiteren anführt, dass er für den nächsten Tag, 14. Juli, nicht für den Dienst in der Klinik eingeplant beziehungsweise nicht als Notfallarzt eingeteilt war, sind folgende Tatsachen und Ereignisse erwiesen:

1. Der Angeklagte wurde trotz seiner korrekten Aussage, dass er am 14. Juli 1987 nicht auf dem Dienstplan stand, aufgrund der Nachtstunde zu einem Noteinsatz in die Klinik gerufen, und zwar am frühen Morgen des 14. Juli gegen 4.15 Uhr. Infolge der offenbar inkorrekten Beurteilung des Zustandes des Patienten William J. Rowland durch den Angeklagten und des darauf folgenden Noteingriffes an besagtem Patienten verstarb derselbe noch im OP. Nach Aussagen der Krankenschwestern und des hier zur Zeugenaussage anwesenden Anästhesisten und Radiologen Dr. Ali S. Hassemi verhielt sich der Angeklagte während des Eingriffes äusserst merkwürdig: Dieser schien sowohl abwesend als auch nicht völlig zurechnungsfähig in Bezug auf sein Verhalten während der Operation zu sein.

2. Ein am selben Tag von der Klinikleitung angeordneter Bluttest erbrachte den Nachweis, dass der Angeklagte substanzielle Mengen an PCB, ACN und Kokain eingenommen haben muss. Der Angeklagte bestreitet diesen Punkt.

3. Die Zeugin der Anklage, mit der der Angeklagte die Nacht zuvor verbrachte – was er nicht bestreitet –, hat zu Protokoll gegeben, dass der Angeklagte im Verlaufe des Abends des 13. Juli mehrmals eine Dosis der bezeichneten und in dessen Blut nachgewiesenen Drogen eingenommen habe. Des Weiteren habe der Angeklagte die Zeugin zu überreden versucht, dieselben Drogen zu konsumieren, was diese jedoch entschieden abgelehnt habe.

Die Anklage erachtet es als erwiesen, dass der Angeklagte Doktor Christopher James Campbell in grob fahrlässiger Weise gegen den Ehrenkodex der Ärztekammer verstossen und sich der fahrlässigen Tötung eines Patienten schuldig gemacht hat. Die Anklage beantragt als Strafmass eine Geldstrafe, die vom Gericht festzulegen ist, ausserdem eine Verurteilung zu einer unbedingten Haftstrafe von zwei Jahren. Schliesslich beantragt die Anklage, dass dem Angeklagten seine Arztlizenz auf Lebenszeit zu entziehen sei.»

Der Richter wandte sich zum Angeklagten und fragte, ob er noch etwas hinzuzufügen habe. Dieser schüttelte nur den Kopf. Stumm fixierte er mit seinem Blick die Zeugin der Anklage. Sein Gesicht schien zu Stein erstarrt. Weder die gewellten, halblangen braunen Haare noch die sanft geschwungenen, sonst so oft lächelnden Lippen konnten in diesem Augenblick daran erinnern, dass er noch nicht einmal dreissig Jahre alt war und meist viel jünger eingeschätzt wurde. Lediglich das leichte Zucken um seine Augen liess erahnen, was in ihm vorging.

Der Richter und die Schöffen zogen sich zur Beratung zurück. Es dauerte keine zwanzig Minuten, dann kamen sie gemessenen Schrittes zurück in den Gerichtssaal, und das Urteil wurde verlesen.

Das Gericht folgte der Anklage in allen Punkten. Die Verhandlung wurde geschlossen.

Kathleen O'Hara hatte dem Angeklagten während der Verhandlung nicht ein einziges Mal in die Augen geschaut, sie hielt den Kopf gesenkt oder abgewandt. Schnellen Schrittes strebte sie aus dem Gerichtssaal.

Der Angeklagte sass scheinbar teilnahmslos da, er fühlte sich unfähig, sich zu erheben. Weiss und hart traten seine Knöchel zwischen den wie zum Gebet gefalteten Händen hervor.

Als letzter Besucher verliess ein Mann in der hintersten Reihe den Saal. Er trug einen dichten, dunklen Bart und schien seine Augen mit dicken, dunklen Brillengläsern zu schützen. Während des Prozesses hatte er dann und wann etwas auf einen Zettel geschrieben, zum Schluss so hart, dass die inzwischen stumpfe Bleistiftspitze mit einem leisen Klicken vollends abgebrochen war. Schliesslich waren die Vorder- und Rückseite des Papiers mit Zahlen übersät, immer wieder dieselben drei Zahlen: 5–32–35.

21. Dezember 1988, Sherwood Crescent, Schottland

Familienbande

Alle Dunkelheit der Welt kann das Licht
einer einzigen Kerze nicht auslöschen.
(Aus China)

Christopher Campbell war schon wieder auf dem Weg zurück ins Gefängnis, eskortiert und bewacht von zwei Beamten sass er auf dem Rücksitz des Polizeiwagens. Sein anfänglicher Hass und seine Rachsucht, hatten sich im Verlauf der schon über ein Jahr währenden Haft von Tag zu Tag abgeschwächt – jeden Tag der verstrichen war, wurde die Erinnerung an das was geschehen etwas blasser. Er dachte an seine Familie – die er soeben hatte kurz besuchen dürfen – und während die Scheinwerfer des Wagens wie zwei dicke helle Finger die dunkle Strasse abtasteten und vor ihm die breiten Schultern und kahlgeschorenen Köpfe der stämmigen Beamten im Rhythmus der Schlaglöcher auf und ab hüpften, wünschte er sich bloss noch eins: Den Rest der Strafe so schnell wie möglich hinter sich zu bringen und zurück zu seiner Familie gehen. Es würde sich schon etwas finden, auch wenn er kein Arzt mehr sein würde. Er könnte ja auch in der Schreinerei seines Vaters arbeiten – warum auch nicht? Jesus war schliesslich auch ein Tischler gewesen.

Sie hatten sich alle um die wärmenden Flammen des Kaminfeuers versammelt, wie jedes Jahr um diese Zeit. Die Campbells waren eine schottische Familie wie aus dem Bilderbuch, raue und stolze Menschen, deren Ruppigkeit mitunter abschreckend wirken konnte. Dennoch waren sie immer zu einem Spässchen aufgelegt und im Grunde ihrer Seele menschenfreundlich und hilfsbereit – Schotten eben.

Jim Campbell, der Senior des Clans, war ein grosser Mann, wie alle männlichen Mitglieder seiner Familie, und mit seinen achtzig Jahren noch erstaunlich rüstig und kein bisschen müde.

Er war enorm stolz auf seine Familie, auch wenn er dies – bescheiden, wie er war – weder allzu deutlich sagen noch zeigen würde. Er hatte fast sein ganzes Leben in Schottland verbracht, mit Ausnahme seines freiwilligen Militärdienstes während des Zweiten Weltkriegs, um «den Krauts den Garaus zu machen», wie er heute noch zu sagen pflegte. Er hatte in allen grossen Schlachten gekämpft, war zweimal verwundet worden, ausgezeichnet für seine Tapferkeit – doch damit angeben? Nein, das war nicht seine Art.

Schon als junger Bursche hatte er seine grosse Liebe kennengelernt, Rose. 1933 hatten sie endlich geheiratet, und schon neun Monate später machte Bruce, der Erstgeborene, das Glück perfekt. Die Tochter Sarah liess dann allerdings acht Jahre lang auf sich warten, kam jedoch auch wiederum zu früh, um vor den Kriegswirren verschont zu bleiben. Als einfacher Beamter mit kargem Einkommen hatte Jim seine Familie schliesslich zu Gottesfürchtigkeit, Bescheidenheit und Fleiss erzogen.

Bruce war ganz der Vater, nie aus Schottland weggezogen, verdiente sich sein Einkommen mit einer kleinen Schreinerei. Sarah dagegen war von anderem Schlag: Sie war ehrgeizig, wollte immer schon weg «in die grosse weite Welt». Sie wollte Medizin studieren, den Menschen helfen. Jim und Rose Campbell hatten ihre Tochter unterstützt, so gut sie nur konnten, und so erfüllte sich Sarah nicht bloss den Traum, Ärztin zu werden, sondern verliebte sich auch gleich Hals über Kopf während eines Studienaufenthaltes in den Staaten.

Jim erinnerte sich noch genau an den Tag, als Sarah zu Hause anrief und verkündete, sie werde ihren «zukünftigen Mann» mitbringen. Die Eltern waren ganz und gar nicht begeistert. Musste sich ihre Tochter ausgerechnet in einen «Ami» vergucken, der zudem nicht mal ein «richtiger» Amerikaner war, wie Jim brummend anmerkte? Doch Sarah war nicht umzustimmen. «Ich liebe ihn, basta!», verkündete sie trotzig.

Jim und Rose brauchten schliesslich auch nicht überredet zu werden. Frank – mit seinen dreissig Jahren einer der jüngsten Assistenz-Professoren an der Harvard Medical School – entpuppte sich als ein liebenswerter, gut aussehender Mann.

Und er schien genauso in Sarah verknallt zu sein wie sie in ihn.

Knapp ein Jahr später heirateten die beiden in der kleinen Dorfkirche von Lockerbie, liessen sich jedoch fünf Jahre Zeit, bis sie Michael das Leben schenkten. Bloss in einem Punkt war die Braut Sarah eigensinnig: Sie bestand darauf, ihren schottischen Mädchennamen auch nach der Hochzeit beizubehalten, denn sie sei eine Campbell und werde es immer bleiben, wie sie ihrem verblüfften künftigen Ehemann mitteilte.

Es kam sogar noch kurioser … Zur Hochzeit erschien auch Franks Schwester Esther, eine dunkelhaarige Schönheit, die mit ihrem natürlichen Charme so manchem anderen Gast den Kopf verdrehte. Das Rennen um ihre Gunst gewann allerdings Bruce. Die Hochzeit liess nicht lange auf sich warten und Christopher, ihr einziger Sohn, machte, als er geboren wurde, das Familienglück vollkommen. Ja, so hatten sich zwei Geschwisterpaare gefunden.

Jim nahm einen kleinen Schluck seines Selbstgebrannten und schaute zufrieden in die Runde. Die Dunkelheit hatte sich um diese Jahreszeit in Sherwood Crescent längst als Sieger über das Licht des Tages hervorgetan.

«Macht es euch noch ein wenig gemütlich», rief Rose fröhlich. «Es ist ja noch nicht einmal ganz neunzehn Uhr. Ich rufe schnell unseren Schwiegersohn an, um ihm zu sagen, dass Sarah und Michael schon früher geflogen sind. Sonst macht sich der Junge noch Sorgen.»

«Herrje, Rose, der Junge, wie du ihn zu nennen pflegst, ist längst ein erwachsener Mann!» Jim Campbell verdrehte theatralisch die Augen, bevor er seinem Sohn Bruce zuzwinkerte. «Und er hat bestimmt sehr viel zu tun. Rose, unser Schwiegersohn ist Chef einer der grössten Kliniken der Vereinigten Staaten von Amerika, falls du dies vergessen haben solltest, und womöglich ist er gerade mit einem Notfall beschäftigt.»

«Ach was, eine Mutter wird ihren Schwiegersohn doch wohl noch anrufen dürfen.»

Jim gab jegliches Argumentieren auf, denn er wusste, dass seine Frau an Starrköpfigkeit nicht zu übertrumpfen war.

Schon war sie auf den Flur geschritten, hatte den Hörer des altertümlichen Wandtelefons abgehoben und betätigte nun langsam die perlmuttfarbene Wählscheibe.

21. Dezember 1988, New York City,

Central General Hospital

Abrupte Störung

Only a life lived for others is a life worth while.
(Albert Einstein)

Das Klingeln des Telefons, ein dezentes Summen. Frank warf nochmals einen Blick auf die Röntgenbilder, nickte zufrieden und nahm den Hörer ab.

«Ja, hallo?» Er war nun schon so lange in den Vereinigten Staaten, dass er automatisch, fast zu seinem Leidwesen, die Sitte angenommen hatte, sich bloss mit einem unpersönlichen «Hallo» zu melden, statt mit seinem Namen, so wie es ihm seine Mutter einst auf dem alten Kontinent beigebracht hatte.

«Frank, du hast also noch keinen Feierabend. Klapp uns bloss nicht zusammen vor lauter Arbeit!» Der schottische Akzent und die herbe Art seiner Schwiegermutter waren unverkennbar.

«Hi, Rose, wie geht es dir?», fragte er gut gelaunt.

«Gut – und dir selbst? Isst du auch genug? Schläfst du auch genügend? Wieviel Uhr ist es denn bei dir? Und wie oft habe ich dir gesagt, dass du mich Mom nennen sollst? Schliesslich hast du meine Tochter geheiratet.»

Frank grinste, ging er doch auf die fünfzig zu und war Chefarzt einer grossen Klinik. Diese Eigenart konnte sich seine Schwiegermom wohl nie abgewöhnen: eine Mischung aus Fragen und Feststellungen in sequenzieller Abfolge mit der Geschwindigkeit eines Maschinengewehrs zu stellen, ohne dem Gegenüber auch nur die geringste Chance auf eine Antwort zu geben. Irgendwann hatte er herausgefunden, dass sie gar keine Antwort zu erwarten schien, und deshalb sagte er bloss: «Früher Nachmittag, genauer gesagt – Moment – ja, zwei Minuten bis vierzehn Uhr, Mom. Ich hatte heute Morgen drei Operationen und wollte gerade nach meinen Patienten schauen.»

«Dann will ich dich nicht lange stören, Junge. Ich wollte dir bloss sagen, dass du einen prächtigen Sohn hast – und natürlich auch eine wunderbare Frau, wenn ich das so selbstlos von meiner einzigen Tochter sagen darf.»

Frank lachte. «Gibst du sie mir mal?»

«Deshalb rufe ich an. Sie haben die frühere Maschine genommen. Es wird dir schmeicheln, aber es sei dir von Herzen gegönnt: Ich hatte den Eindruck, sie hatten Sehnsucht nach dir. Sie müssten planmässig schon in der Luft sein, denn sie haben die 18-Uhr-Maschine gebucht. PanAm, glaube ich.»

«Oh, schön! Gut, dass du mir Bescheid sagst, Rose, dann darf ich nicht vergessen, heute Abend noch den Abwasch zu machen», sagte er schelmisch.

«So schade, dass du nicht kommen konntest, Frank.» Es gelang ihr nicht ganz, die leise Enttäuschung zu verbergen.

«Tut mir leid, Schwiegermom. Ich habe hier so viel um die Ohren. Keine Ahnung, warum so viele Leute ausgerechnet kurz vor Weihnachten krank werden.» Er hatte ein schlechtes Gewissen, deshalb fügte er schnell hinzu: «Nächstes Jahr, ich verspreche es dir …, ganz sicher! Nächstes Jahr komme ich bestimmt, und nicht erst zu Weihnachten, sondern im Frühjahr.»

«Ist schon gut, mein Junge.» Wie viele alte Menschen dachte sie daran, dass sie nächstes Jahr schon nicht mehr erleben könnte, doch hätte sie das niemals zugegeben.

«Sind meine Schwester und Bruce auch da?»

«Ja, wir sind alle zu Hause geblieben. Du weisst ja, die lange Fahrt nach London ist nichts mehr für mich, und Abschiede hasste ich schon immer, vor allem am Flughafen.»

Ein kurzes Zögern in ihrer Stimme machte ihn stutzig, sie schien noch etwas sagen zu wollen, aber aus irgendeinem Grund, den er wohl nie erfahren würde, entschied sie sich dagegen und sagte bloss: «Sie wollen alle mit dir sprechen. Auch dein Dad und dein Schwager. Ich wünsche dir schöne Weihnachten, Junge.»

«Ich dir auch, Mom, ich dir auch.»

«Hallo, ich bin nicht deine Mom, mein Junge!»

Er erkannte Esthers Stimme, grinste und antwortete neckisch: «Hey, Schwesterherz! Wie geht's dir, meine Kleine?» Sie neckten sich seit ihrer Kindheit, und obschon Esther nun seit vielen Jahren in Schottland lebte und sie sich selten sahen, war das Band der Geschwister unzertrennlich.

«Soso lala, Bruderherz, du weisst ja … Aber sag, wann kommst du uns endlich mal in der alten Heimat besuchen? Oder bist du zu berühmt und fein geworden in Amerika, um deine kleine Schwester auf dem alten Kontinent zu besuchen?»

«Na ja, ehrlich gesagt, ich weiss nicht, ob ich mich zurechtfinden würde – bei euch in der Provinz, meine ich. Ja, und wenn ich es mir recht überlege …, ja, wirklich, es könnte auch meinem guten Ruf schaden.» Er lachte laut in den Hörer. «Hahaha, Blödsinn, hab's schon unserer Schwiegermom versprochen: Nächstes Jahr komme ich bestimmt. Ehrenwort, Schwesterchen.»

«Prima, ich freue mich! Dann machen wir endlich den Trip in die Highlands, den ich dir schon vor ungefähr einem halben Jahrhundert angepriesen habe, okay?»

«Klar, Kleine.» Franks Stimme wurde ernst, als er weitersprach: «Wie geht es deinem Sohn?»

Esther zögerte einen Moment, sodass er Tausende von Kilometern entfernt spürte, wie sehr sie die Frage belastete.

«Chris war heute Morgen hier, begleitet von zwei Beamten. Er durfte bloss eine Stunde lang bleiben. Mein Gott, sie behandeln ihn wie einen Verbrecher!» Sie kämpfte mit den Tränen.

«Ich wünschte, ich könnte ihm helfen», sagte Frank und stiess sich die geballte Faust an die Stirn, weil er die Frage überhaupt gestellt hatte. Seine Stimme hatte einen harten Klang, als er fortfuhr: «Chris ist unschuldig, davon bin ich überzeugt. Er hat keine Drogen genommen. Nein, niemals!»

«Aber die Beweise, Frank, die Bluttests waren eindeutig.»

«Ach, Esther, was glaubst du, was heutzutage manipuliert werden kann!», fauchte er mit einem kalten Unterton, den seine Schwester so noch nie bei ihm gehört hatte. «Und irgendwann werde ich herausfinden, wer ihn auf dem Gewissen hat …, und dann Gnade Gott …»

«Frank, hör auf damit! Ich mag das nicht hören. Was geschehen ist, ist geschehen. In einem Jahr wird er auf Bewährung entlassen und dann …»

«Dann? Dann was, Esther?» Er liess sie nicht aussprechen. «Er wird nie wieder als Arzt praktizieren dürfen.»

«Schluss jetzt, Frank», bat sie ihren Bruder. «Ich mag nicht mehr darüber reden.»

«Okay, okay, sorry. Ich wünsche dir schöne Weihnachten.»

«Ich dir auch, Bruderherz! Moment, ich gebe den Telefonhörer an Jim weiter … Hey, wart mal … Das ist aber …»

Aufgrund eines Geräusches in der Leitung schloss Frank, dass Esther den Hörer auf dem Tisch abgelegt hatte, denn im Hintergrund konnte er leise, doch deutlich die Stimmen der Familie hören.

«Hey, Darling, schau mal!» Jims Rufen drang aus dem Hintergrund an sein Ohr.

«Was ist das?» Rose, ja, das war Rose.

Was war in Sherwood Crescent los? Alle schienen irgendetwas zu beobachten. Zum Kuckuck, was war da los?

«Wetterleuchten …?»

«Möglich …, hab ich aber so noch nie gesehen!»

«Sieht merkwürdig aus, fast wie ein Komet.»

K-l-i-ck! Die Leitung war tot.

Bloss noch ein leises Rauschen war zu hören, ein unheilvolles Rauschen.

21. Dezember 1988, PanAm Flug 103

Die Explosion

`19:00 GMT – Altidude: 9400 m. Speed: 804 km/h. Heading: 321 degree`

«Good evening, Scottish! Clipper one zero three. We are at level three one zero.» Captain James MacQuarrie war wie immer ruhig und gelassen, als er die Bodenkontrolle kontaktierte. Er freute sich auf Weihnachten zu Hause. Endlich ein paar Tage ausspannen.

«Hallo, Jungs!» Alain Topps Stimme plärrte metallisch, aber verständlich in den Kopfhörern. «Na, geht's heimwärts?»

Captain MacQuarrie grinste seinen First Officer an. «Der scheint ja bester Laune zu sein da unten. Na, dann wollen wir mal. Bring unsere Lady auf die offene See, Ray!»

First Officer Raymond Wagner nickte dem Captain zu, dann drückte er auf seine Sprechtaste: «Clipper one three zero requesting oceanic clearance.»

«Oceanic clearance granted.» Einen Augenblick lang war bloss das Rauschen statischer Entladungen zu hören, dann meldete sich Topps fröhliche Stimme erneut. «Schöne Reise und Merry Christmas, Boys. Und falls ihr da oben dem Santa Claus begegnet, richtet ihm einen schönen Gruss aus.»

Officer Wagner lachte kurz auf und stellte den Kurs auf 316 Grad Grid ein. Majestätisch legte sich die riesige Maschine, die in fast zehntausend Metern Höhe scheinbar schwerelos dahinglitt, in eine leichte Linkskurve, um den neuen Kurs einzuschlagen. Das Manöver dauerte eine knappe Minute, dann lag das Flugzeug wieder völlig waagerecht in der Luft und der First Officer schaltete auf cruise-lock-secured.

Vor ihnen breiteten sich jetzt der weite Ozean und der sich blutrot färbende Horizont aus, dem sie entgegengeflogen, während sich hinter ihnen die Nacht über den alten Kontinent legte.

Officer Wagner lehnte sich zurück, schaute den Captain mit einem Augenzwinkern von der Seite an und imitierte den harten, singenden Akzent des Bodencontrollers. «Na, James, wollen wir den Jungs da unten auch schöne Weihnachten wünschen und dem Spassvogel mitteilen, wir hätten gerade Santa Claus auf seinem Schlitten vorbeisausen sehen?»

Captain MacQuarrie schmunzelte. «Klar, Ray, machen wir. Ich liebe den gälischen Humor der Jungs da unten seit jeher.»

Der Captain drückte den Sprechknopf, doch seine Worte wurden von dem ohrenbetäubenden, gewaltsamen Knall der Detonation im Frachtraum unter dem Cockpit gänzlich verschluckt.

21. Dezember 1988, PanAm Flug 103

Das Ende naht

19:01 GMT

Michael schielte verstohlen nach der wunderhübschen jungen Stewardess, die anmutig in ihre Richtung schritt. Ihr Gang glich einem grazilen Gleiten, nahezu einem Schweben, leicht und geschmeidig, und erinnerte an die Bewegungen eines Panthers. Sie war ein «Hingucker», wie er es nennen würde, wenn jetzt seine gleichaltrigen Freunde anstelle seiner Mutter neben ihm sässen.

«Sie ist sehr hübsch, findest du nicht, Michael?»

Er spürte die Hand seiner Mutter auf seinem Arm und ahnte, dass er sich nicht vor einem Kommentar seinerseits drücken konnte. «Komm schon, Mom, klar sieht sie klasse aus, aber sie ist doch viel zu alt für mich.»

Sarah lächelte ihren Sohn an und freute sich einmal mehr, was für ein hübscher junger Mann er doch war. Michael kam ganz nach seinem Vater: Schwarz gelocktes Haar umrahmte sein ebenmässiges Gesicht. Oh ja, mein Schatz, mit deinem Aussehen wirst du noch viele Frauen betören – und auch verzweifeln lassen. Sarah schloss die Augen und dachte an den Tag, an dem ihr Sohn auf die Welt kam. Meine Güte, war das schon siebzehn Jahre her? Wie die Zeit verflog! Frank war vom ersten Augenblick an vernarrt in seinen kleinen Stammhalter. Zum Teil verzog er ihn wohl etwas, doch was sollte sie machen? Man musste Michael einfach lieben, denn schon als Baby hatte er wie ein Engel ausgeschaut, dachte Sarah in einem Anflug von Sentimentalität. Siebzehn glückliche, sorglose Jahre hatten sie gemeinsam genossen; sie hatte einen liebenden Mann, ein schönes Haus, noch immer gesunde Eltern und einen wunderbaren Jungen, der blendend aussah, kerngesund und überdurchschnittlich intelligent war und der wie seine Eltern Arzt werden wollte. Schon jetzt, in seinen jungen Jahren, nahm er Anteil am Schicksal anderer Menschen und war immer darauf aus, die Welt zu verbessern. Genau wie sein Vater und sein Onkel, dachte Sarah.

Sie sinnierte über die Verteilung des Glücks im Leben. Urplötzlich überfiel sie ein Frösteln, denn sie stand dem Glück aufgrund ihres Glaubens fast misstrauisch gegenüber. Aus einem unerfindlichen Grund hatte sie seit heute Morgen das Gefühl, dass etwas Schreckliches passieren würde. Sie erschauderte infolge des irrationalen Gedankens, der ihrer gewöhnlichen Neigung zur Rationalität völlig fremd war. Es schien, als wäre sie auf einmal davon überzeugt, dass sie bald für alles bisherige Glück bestraft werden müssten. Noch nicht, dachte sie, lieber Gott, nicht jetzt, nicht heute. Einen Augenblick schämte sie sich fast für ihre kleingläubigen Hirngespinste und beschloss, gleich morgen früh, bevor sie zur Arbeit fahren würde, in die Kirche zu gehen, um zu beten und mit dem Priester zu sprechen. Dann verdrängte sie die aberwitzigen Ideen und antwortete ihrem Sohn mit einem Schmunzeln: «Zu alt? Dass ich nicht lache! Ich schätze sie auf kaum was über zwanzig.»

«Mom, dann ist sie mindestens drei Jahre älter als ich!» Michael schaute seine Mutter scheinbar empört an, doch sie wusste, dass er bloss scherzte.

Dennoch versuchte sie, in den Ton der scheinbaren Entrüstung einzustimmen, was ihr aber nicht gelang, da der Schalk nicht zu überhören war: «Ha, was sind schon drei Jahre? Oh, ihr junges Gemüse – was wisst ihr schon, was es heisst, zu altern?»

Die hübsche Flugbegleiterin hatte ihre Reihe erreicht. Mit einem makellosen, charmanten Lächeln fragte sie nach den Wünschen der Passagiere, und wie es schien, verweilte ihr Blick etwas länger als üblich auf Michael.

«Eine Cola, bitte», sagte dieser mit einem Anflug von Schüchternheit und war sich zunächst nicht bewusst, dass er die junge Frau mit grossen Augen anstarrte. Erst als er erneut die Hand seiner Mutter auf seinem Arm spürte, schaute er seine Mutter etwas verlegen an und fragte hastig: «Oh, entschuldige, Mom. Was hättest du gerne?»

Sie konnte sich ein Grinsen nicht verkneifen und flüsterte kaum hörbar: «Zu alt? So, so … Sie scheint dir doch zu gefallen.» Und antwortete dann bewusst, gar peinlich laut: «Ein Wasser für mich, bitte», bevor sie lächelnd auf ihren Sohn deutete: «Dieser hübsche junge Mann ist mein Sohn.»

Die Stewardess kicherte, schien sich aber schnell zur Ordnung zu rufen und schenkte das Cola ins Glas ein, während Michael die Schamesröte ins Gesicht schoss.

Verflixt, seine Mutter blamierte ihn bis auf die Knochen mit der Bemerkung! Michael wandte seinen Kopf in Richtung seiner Mom, wollte ihr ins Ohr zischen, sie solle ihn nicht lächerlich machen, doch das Gesicht seiner Mutter schien auf einmal ganz verzerrt … Er schaute sie fragend an. Dann bemerkte er die blutroten Tränen in ihren Augen.

Wie in Zeitlupe drehte er sich zu der Flugbegleiterin, um zu fragen, was los sei. Ihren Arm sah er zuerst – gestreckt mit dem Glas Cola in der Hand – doch an der Stelle, wo eben noch das wunderhübsche, lächelnde Gesicht der jungen Schönheit ihn betört hatte, klaffte jetzt eine blutende Lücke, eine offene, grässliche Wunde aus zersplitterten Knochen, Fleisch und Muskeln.

30. November 2006, Südliches Afrika

«Ich hab keine Angst»

Wer Liebe sät,
muss auf die Ernte warten können.
(Mutter Teresa)

«Der Nächste, bitte!» Chris Campbell schaute kurz auf und wies auf den Hocker. «Setz dich.»

Die schwül-schwere Luft hing wie zäher Honig im Raum.

«Wie heisst du?»

«Marie.»

«Keine Bange, Marie, es tut nicht weh.» Er nahm sanft den Arm in seine Hand und desinfizierte eine Stelle in der Armbeuge. Die junge schwarze Haut glänzte makellos.

«Ich hab keine Angst!»

Ein fröhliches Lächeln strahlte ihm entgegen. Chris hielt einen Augenblick inne, zögerte, räusperte sich, als wollte er etwas sagen, schwieg dann jedoch. Er legte den Wattebausch mit dem Desinfektionsmittel beiseite. Gott, du hasst mich, doch mach nur für einmal eine Ausnahme. Dann stach er die feine Nadel behutsam in die Vene. Zäh und langsam füllte sich die kleine Ampulle. Rot fliesst das Leben durch unsere Adern. Ein unmerkliches Zucken um seine Mundwinkel. Bitte, nur dieses eine Mal, Gott.

«So, das war's, Marie. Schon fertig.» Er klebte ein Pflaster auf die Einstichstelle und hielt die Hand des Mädchens fest. «Komm doch bitte morgen wieder hierher. Geht das?»

«Oh, ja, das sollte gehen.» Wieder dieses sanfte, fröhliche Lächeln zum Abschied.

Chris betrachtete eine Weile nachdenklich das mit Blut gefüllte Gefäss. Dann stellte er es in den Behälter zu all den anderen dunkelrot schimmernden Ampullen, die wie Soldaten strammstanden und geduldig auf ihr Verdikt warteten.

Endlich wandte er sich zur Tür und rief: «Der Nächste, bitte!»

Das plötzliche Vibrieren der Erde, das die Ampullen hinter ihm leise klirrend gegeneinanderstossen liess, nahm er zwar verwundert wahr, mass ihm jedoch zunächst keine besondere Bedeutung zu.

Mission am Nordpol

We confess our little faults only to persuade ourselves
that we have no great ones.
(La Rochefoucauld)

> shep.j@hbs.edu:	Hey Kumpel, was liegt an?
> lundg@cern.net:	Oh, hi, John, wieder mal schlaflose Nächte? ☺ Keine deiner Studentinnen für Nachhilfe gefunden, hihi?!
> shep.j@hbs.edu:	Nö, eigentlich nicht. Muss noch 'ne Vorlesung vorbereiten ☹ - so ein öder Mist. Und du?
> lundg@cern.net:	Grad angekommen. Bin an was Grossem dran …
> shep.j@hbs.edu:	Ah, ja? Grosses? Was denn?
> lundg@cern.net:	Kann ich noch nicht sagen. Aber was ganz Grosses. ☺ Na ja, also eigentlich was ganz Kleines - aber doch riesig!
> shep.j@hbs.edu:	Wow, du hast aber 'ne Einbildung, Junge! Sooo wichtig ist dein «Willi» doch auch nicht. ☺
> lundg@cern.net:	Mensch, John, bist immer noch der Gleiche … Denkst wohl an nichts anderes!? Natürlich meine ich NICHT meinen «Willi»!
> shep.j@hbs.edu:	Mann, mach es nicht so spannend! Was könnte denn sonst noch wichtig sein im Leben eines Mannes? ☺
> lundg@cern.net:	Darf ich nicht sagen - ist geheim …!
> shep.j@hbs.edu:	Oh, der grosse Mann darf es nicht sagen … Na gut, dann

halt nicht.

> shep.j@hbs.edu: Hey, Kumpel, wo bist du eigentlich?

> lundg@cern.net: Am Nordpol - kein Witz! Mehr darf ich nicht sagen. Bloss, es ist saukalt hier draussen - und keine Mädels weit und breit. Nee, wär nichts für dich, alter Kumpel.

> shep.j@hbs.edu: Wow, Nordpol! Und keine Girls? ☹ Jeeesus, nö, das wär mir zu öde.

> lundg@cern.net: Sorry, aber ich muss jetzt weiterarbeiten.

> shep.j@hbs.edu: No problem, meld dich mal wieder!

> lundg@cern.net: Okey dokey, mach ich.

> shep.j@hbs.edu: Cheers, Kumpel.

1. Dezember 2006, Northern Territories

Die Regenbogenschlange

Imagination is more important than knowledge.
(Albert Einstein)

Der kleine Junge sass auf dem Schoss des weisen Mannes und schaute ihn mit grossen Augen an. Der Alte war gross und kräftig, sein weisses Haar und sein ebenso weisser Bart schimmerten rötlich im Schein des Feuers. In der Sprache der Aborigines hiess er Jarragha Nahjaabung Ohnemah, doch alle nannten ihn Elvis oder «Clever Men».

Es war ein milder Abend. Der Himmel zeigte sich klar wie frisches Quellwasser, und unzählige Sterne funkelten wie winzige Diamanten am Firmament. In ihrer Mitte ruhte der Mond wie eine grosse, silberne Kugel.

Der alte Mann streichelte sanft über den Kopf des Jungen und hob ihn von seinem Schoss, um ihn an seine Seite zu setzen. «Heute will ich dir die Geschichte von Kunukban, der grossen Regenbogenschlange, erzählen.»

Der Junge wollte etwas sagen, doch Elvis legte seinen Zeigefinger auf dessen Lippen. «Doch bevor ich damit beginne», er hielt inne, schaute den Kleinen lächelnd an und fuhr dann verschmitzt fort, «will ich, dass du dein Handy ausschaltest, denn es ist die älteste und wichtigste aller Aborigine-Geschichten. Es wäre schade, wenn wir sie wegen des Handyklingelns unterbrechen müssten, nicht?»

«Okey dokey, Grossvater», antwortete der Junge, der – wie alle Kinder des Stammes – den Clever Men gleichsam als seinen Grossvater betrachtete und nun artig sein Handy ausschaltete.

«Gut», begann sodann Elvis. *«Während der Traumzeit lag die ganze Erde in tiefem Schlummer. Auf ihrer Oberfläche wuchs nichts, und nichts bewegte sich auf ihr. Und über allem lag eine grosse Stille. Die Tiere, auch die Vögel, schliefen noch unter der Erdkruste. Doch eines Tages erwachte die Regenbogenschlange aus dem langen Schlaf. Mit aller Macht drängte sie sich durch die Erde nach oben, und an jener Stelle, an der ihr gewaltiger Körper die Oberfläche durchstiess, schob er sogar die Felsen beiseite.*

Von jetzt an begann die grosse Schlange mit ihrer Wanderung. Sie zog in alle Richtungen gleichzeitig über das Land, und während sie sich dahinschlängelte, hinterliess sie ihre Spuren auf der Erde, sodass ihr Körper die Landschaft formte. Wenn sie müde wurde, rollte sie sich zusammen und schlief. An solchen Orten blieb der Abdruck ihres schlafenden Körpers zurück. So bereiste die grosse Schlange die gesamte Erde, bis sie schliesslich an den Ort zurückkehrte, an dem sie durch die Erdkruste gestossen war.

Dort rief sie die Frösche und forderte sie auf, ans Tageslicht zu kommen. Es dauerte eine Weile, bis die Frösche an die Oberfläche drangen, denn sie waren schwer, weil sich während ihres Schlafes eine enorme Wassermenge in ihren Bäuchen angesammelt hatte. Die Regenbogenschlange kitzelte die Frösche an den Bäuchen, bis sie laut zu lachen anfingen. Und während die Frösche lachten, ergoss sich ihr Wasser über die Erde und floss in die gewundenen Spuren, die die grosse Schlange auf ihren Wanderungen hinterlassen hatte. Auf diese Weise entstanden die Flüsse und Seen.

Bald danach begannen die Pflanzen auf der Erde zu wachsen. Das Gras färbte das Land an manchen Stellen grün, und mächtige Bäume reckten sich gen Himmel. Nun erwachten alle Tiere, strebten ans Licht und folgten der Regenbogenschlange, der grossen Mutter allen Lebens, durch das ganze Land. Alle lebten in ihren eigenen Stämmen, und alle waren glücklich auf dieser Erde. Die Vogelstämme flogen durch die Lüfte und nisteten in den Bäumen, die Emu- und die Kängurustämme bevölkerten die weiten Ebenen, und die Stämme der Reptilien verkrochen sich unter Felsen und Steinen.

Nun erliess die grosse Schlange Gesetze, die für alle Wesen Gültigkeit hatten, alle mussten sich nach den Geboten richten. Manche Wesen gehorchten aber nicht, sondern stifteten Unruhe und stritten untereinander. Etliche raubten den anderen die Nahrung, und einige wollten ausgerechnet dort wandern und wohnen, wo sich schon andere Erdbewohner angesiedelt hatten.

Da wurde die Mutter allen Lebens zornig und rief: ‹Hört, ich werde all diejenigen belohnen, die sich an die Gesetze halten! Ich will sie zu Menschen machen. Und ich werde ihnen dieses Land geben, über das alle ihre Nachfahren wandern sollen. Diejenigen jedoch, die meine Gesetze brechen, werde ich bestrafen. Ich will sie in Stein verwandeln, sodass sie nie mehr über die Erde wandern können.›

Die Frevler versteinerten also, sie wurden zu Felsen, Hügeln und Bergen und mussten für alle Zeit stillstehen und über die Stämme wachen, die zu ihren Füssen durch das Land streiften.

Dann verwandelte die grosse Schlange diejenigen, die sich an die Gesetze hielten, in Menschen, und sie verlieh jedem von ihnen sein Totemwesen, von dem der Mensch stammte. So kannten sich die Stämme der Menschen anhand ihr Ahnentiere und Stammeszeichen: Sie waren die Nachfahren des Emus, des Kängurus, des Schwarzkopfpythons und vieler anderer Ahnenwesen aus der Traumzeit. Die Regenbogenschlange erliess auch das Gesetz, dass kein Mensch sein eigenes Totemwesen jagen und essen dürfe, sondern nur jene der anderen Totems. So hatten alle zu essen, und niemand musste hungern. Die grosse Schlange hatte den Menschen die Erde gegeben, und sie sollte für immer ihnen gehören.»

Der Alte zündete seine Pfeife an, sog den Rauch ein und stiess ihn in kleinen Kringeln wieder aus. Kein Laut ausser dem Rauschen des Windes und dem Prasseln des Feuers war zu hören. Wie gebannt wartete der Junge auf den Fortgang der Erzählung. Der Alte streckte seinen Rücken, stemmte seine kräftigen Arme auf seine Knie und beugte sich leicht vor.

«Die grosse Regenbogenschlange schläft seit Anbeginn der Zeit wieder tief in der Erdkruste, aber sie hat ein weiteres Gesetz hinterlassen.» Elvis nahm einen Schluck Wasser aus der Flasche neben sich und fuhr fort: «Und wenn dieses Gesetz gebrochen werde – so prophezeite sie –, kehre sie wieder zurück.»

Der Junge starrte den Weisen an, selbst der Wind schien einen Augenblick den Atem anzuhalten. Der Clever Men lachte laut auf und erhob sich. «Aber das erzähle ich dir nach dem Essen.»

Das abrupte, leise Vibrieren in der warmen Abendluft war kaum wahrzunehmen, doch der Clever Men fühlte sofort, dass etwas geschah. Er schloss die Lider, verharrte reglos vor dem Feuer. Nur das Rauschen des Windes vermischte sich mit dem prasselnden Geräusch des Feuers. Dann öffnete er die Augen, blickte zum Nachthimmel und summte leise das Lied der grossen Ahnen, denn die Zeit schien gekommen. Er ahnte, dass sich das Gleichgewicht zu verschieben begann und dass die Regenbogenschlange unter der Erdoberfläche gähnte und sich im Erwachen streckte …

Die arktische Neutrinofalle

Omega ist die relative Dichte des Universums.
Diese ist auf den millionmilliardsten Teil (1 zu 10^{-15}) seit dem Urknall konstant. Ansonst gäbe es kein Leben im Universum.

Bjoern Lundegard war gross, sehr gross sogar, fast zwei Meter; mit seinen knapp dreissig Jahren sah er aussergewöhnlich gut aus und machte seinen Vorfahren, den Wikingern, alle Ehre. Die muskulösen Beine steckten in verwaschenen Jeans, die sich hauteng um die mächtigen Oberschenkel spannten, das T-Shirt dehnte sich über dem breiten Brustkorb und war an manchen Stellen schon schweissnass, denn in der Station war es warm, viel zu warm für sein Empfinden. Seit fast einer Woche «brütete» er schon auf der Forschungsstation. Wer ihn auf der Strasse traf, nahm meist unweigerlich an, dass dieser dynamische Typ ein Model, Bodybuilder, Rausschmeisser, Rockmusiker oder etwas in der Art sein musste, denn sein Äusseres stand in krassem Gegensatz zu der Vorstellung, die andere Leute im Hinblick auf Ausübende seines Berufes – besser gesagt: seiner Berufung – hegten: Lundegard war Mathematiker und Astrophysiker, betrieb Grundlagenforschung, und dies nicht irgendwo, sondern in den heiligsten aller Stätten dieser Forscherkaste, nämlich am «Conseil Européen pour la Recherche Nucléaire», den meisten besser bekannt unter dem Kürzel CERN.

Das Kernforschungszentrum liegt in der Schweiz – genauer: in Genf –, also in nächster Nähe jenes Ortes, wo die Milliardenvermögen der reichsten Erdenbürger auf den Konten der Privatbanken lagern. Geld, dieses scheinbar wertvollste aller Güter, wird dort auf höchst diskret-calvinistische, schweizerische Art und Weise verwaltet. Nach Lundegards Meinung waren die Forscher am CERN (er selbstverständlich allen voran), gar ein Gegengewicht zu den Bankern, zu den «Finanzmolochen», wie er sie insgeheim nannte. Zu denen, deren einziges Ziel es ist, das Wesen des Geldes zu ergründen, möglicherweise sogar das Geld als lebenden Organismus zu behandeln. Längst jedoch hat dieser Rohstoff der Wirtschaft seine ursprüngliche Funktion abgelegt oder eben weiterentwickelt – quasi den nächsten evolutionären Schritt vollzogen –, und dieser nächste Schritt in der Evolution des Geldes ist dem eines Krebsgeschwürs oder dem einer nuklearen Kettenreaktion nicht ganz unähnlich, denn es vermehrt sich bloss noch zu dem einen Zweck: dem Zweck, sich selbst zu dienen.

Dabei kam es einem Björn Lundegard gar nicht in den Sinn, dass diese sich vermehrenden Geldströme der Banker es ihm und seiner Foscherkaste überhaupt erst ermöglichte, die zig Milliarden Dollar an Geldern zu verschleudern, die solch irrwitzige Forschungen und Anlagen wie das CERN kosten.

Und mit derselben fanatisch-religiösen Arroganz, mit der die Banker ihrem Business nachgehen, dem Geschäft, die Milliardenströme zu bündeln, zu leiten und zu vermehren, versammelt sich seit Jahrzehnten die Crème de la crème der Physiker und Mathematiker am CERN. Diese selbsternannte elitäre Spezies von Menschen formt ein Pendant, eigentliche Antipoden zu der profanen Welt der Geldvermehrer, und dies just an dem Ort, wo sich – wie manche wohl nicht zu Unrecht argwöhnen – über die Jahre ein fast neoreligiöser Wissenschaftskult entwickelt hat; also an einem Ort, der mit seinen gigantischen Teilchenbeschleunigern, einem modernen neoapostolischen Tempel gleich, als Hort seiner Adepten gilt. Die neuen Hohenpriester der Teilchen- und Elementarphysik stehen ihren Namensvettern in den Religionen hinsichtlich ihres Fanatismus, ihrer Arroganz und Ignoranz in nichts nach, berufen sie sich doch auf ihr eigenes, scheinbar unbeirrbares Wissen.

Bjoern Lundegard war einer dieser neuen Hohenpriester – mehr noch: Lundegard war ein Genie der Mathematik. Bloss wenige wussten dies, denn kaum jemand war imstande, es tatsächlich zu beurteilen. Er selbst würde diesen Umstand auch nie so unters Volk oder gar in die Fachwelt streuen, doch einige seiner Kollegen vermuteten seine aussergewöhnliche Geisteskraft und Intelligenz schon lange. Und nur deswegen war es ihm entgegen der

Senioritätsregel gestattet worden, als erster Forscher überhaupt die Anlage am Nordpol in Betrieb zu nehmen.

Sein Spezialgebiet befasste sich mit einem Komplex, den die meisten Menschen nicht einmal im Ansatz verstanden, ja, selbst das Gros seiner Kollegen hatte allenfalls eine blasse, vage Ahnung, was genau Bjoern Lundegard und eine Handvoll anderer zu erforschen suchten, nämlich den Nachweis der Neutrinodichte im Universum und wie sich dieselbe auf die Entstehung und letztendlich auf den Anfang und das Ende aller Dinge auswirkte.

Doch Lundegards Intentionen gingen darüber hinaus, sie waren um Faktoren kühner, an Eifer und Hochmut kaum zu überbieten, denn er, Lundegard, hatte verschiedene völlig neuartige mathematische Methoden entwickelt, mit denen er hoffte, *die Erklärung für das gesamte Universum, die Erklärung aller Erklärungen – die «Weltformel», wie Einstein diese nannte – zu finden.* Diese Weltformel oder auch «theory of everything», wie sie oft etwas salopp genannt wird, soll also, einfach ausgedrückt, in einer einzigen Theorie oder Formel alle vier kosmischen Kräfte vereinheitlicht beschreiben und zusammenführen. Wem es je gelingen sollte, die vier Kräfte – die elektromagnetische Kraft, den radioaktiven Zerfall, den Zusammenhalt der Atomkerne und die Kraft der Gravitation – vereinheitlicht zu beschreiben, demjenigen würden sich alle Fragen des Kosmos beantworten. Oder wie es einst Einstein nannte: Derjenige wäre fähig, die «Gedanken Gottes zu lesen».

Lundcgard war im Gegensatz zu Einstein kein Romantiker, er wollte bloss eines: den Beweis, dass Gott und Religion Hirngespinste der dümmsten Art und Weise seien. Obschon er, wie alle Physiker, Einstein für dessen Leistungen bewunderte, war er überzeugt davon, dass er selbst als noch viel bedeutenderer Physiker in die Annalen der Geschichte eingehen würde, denn Lundegards These stützte sich auf die Theorie eines weiteren Genies, eines Mannes, der diese schon 1933 postuliert hatte; allerdings war sie wegen ihrer Verwegenheit und wahrscheinlich auch wegen der persönlichen Stur- und Borniertheit des Wissenschaftlers weder wirklich anerkannt noch bewiesen worden. Doch er,

Bjoern Lundegard, würde beweisen, was bisher im Verborgenen lag. Er war drauf und dran, ein neues Kapitel in der Geschichte der Menschheit zu schreiben, und verglich sich schon insgeheim mit Kant, Descartes, Einstein oder Plato, bloss mit dem kleinen Unterschied, dass er überzeugt war, die Genannten bei weitem zu übertreffen.

Nur zu ärgerlich, dass er das Ganze auch noch allgemein verständlich, «populärwissenschaftlich», wie er es selbst geringschätzig nannte, aufarbeiten musste. Mit der Erklärung fürs einfache Volk hatte er schon begonnen, doch über ein paar Abschnitte war er noch nicht hinausgekommen. Gerade lief die letzte Testsequenz vor Inbetriebnahme der Anlage, sodass er die verbleibende Zeit nutzte, um die ersten Seiten seines Versuchs einer simplen Erklärung für ein dummes Publikum, wie er grinsend dachte, noch einmal zu lesen:

Dunkle Materie (Dark Matter) von Bjoern Lundegard

Sie ist überall: Sie erfüllt den Raum zwischen den Galaxien und fernen Welteninseln, sie verdichtet sich in den Milchstrassensystemen und durchsetzt sogar die Umgebung unseres Planetensystems. Sie durchsetzt uns alle, zu jeder Zeit. Auch Sie, lieber Leser, gerade jetzt in diesem Augenblick, sind Sie von ihr umgeben. Die Rede ist von «Dunkler Materie». Der Name ist Programm, denn alles an ihr ist dunkel: ihre Herkunft, ihre Eigenschaften, ihre Zusammensetzung. Nur eines ist klar: Sie ist Materie, ist also «schwer». Es muss sie geben, sonst lassen sich Beobachtungen an Galaxien und Sternbewegungen nicht erklären. Möglicherweise durchdringen sogar Myriaden von exotischen Teilchen jetzt, in diesem Augenblick, unseren Körper, ohne dass wir das Geringste merken.

Wie kann man so sicher sein, dass es «Dunkle Materie» gibt?

Unser Sonnensystem rast mit einer ungeheuren Geschwindigkeit um das Zentrum der Milchstrasse herum: Es sind 220 Kilometer pro Sekunde – das entspricht fast 800.000 Stundenkilometern! Eine solche Drehgeschwindigkeit würde unser Planetensystem vom Zentrum herausschleudern, genauso wie ein Auto, das bei hoher

Geschwindigkeit aus einer Strassenkurve hinausgetragen wird. Also muss eine ebenso grosse Kraft die Waage halten. Diese Kraft wäre die Massenanziehung der Milchstrasse, also all der Massen zwischen uns und dem Zentrum der Milchstrasse. Hier aber taucht die erste Schwierigkeit auf und ein indirekter Hinweis auf Dunkle Materie: Zählt man alle Massen zusammen, erhält man einfach nicht genug Materie, die dieser gewaltigen Fliehkraft Paroli bieten könnte. Es muss demnach noch eine andere Form von Materie da sein – die Dunkle Materie. Dunkel, weil sie offensichtlich weder leuchtet noch ein Gasstaub ist und sich bisher allen direkten Beobachtungen entzogen hat.

Einen weiteren, direkteren Hinweis erhält man aus einem ununterbrochenen Scannen unseres Sternenhimmels. So zeigte sich beispielsweise bei einem Stern der grossen Magellan'schen Wolke, einer Begleitergalaxie unserer Milchstrasse, ein Helligkeitsausbruch über etwa 50 Tage. Die einzig mögliche Erklärung dafür: Ein «dunkler» Stern der Milchstrasse hatte sich vor ihn geschoben und mit seiner Masse wie eine Linse die Helligkeit des Sterns verstärkt. Beobachtungen dieser Art gibt es seit 1992 in Fülle.

Unsere Milchstrasse muss nach Berechnungen der Astronomen zu fast 90 Prozent aus dieser unbekannten Materie bestehen, sonst flöge sie auseinander. Fremde Galaxienhaufen enthalten – so die neuesten Zahlen – sogar bis zu 99 Prozent Dunkle Materie. Die «normale» Materie, die die Physiker in ihren Laboratorien und Teilchenbeschleunigern bisher kannten, bildet also nur die klitzekleine Spitze eines wahrhaft riesigen Eisberges.

Woraus kann dieser dunkle Stoff nach Einschätzung der Astronomen denn überhaupt bestehen? Aus den Rechnungen zum Urknall ist bekannt, dass es für die «normale» Materie, die baryonische Materie, einen oberen Grenzwert geben muss. Im Durchschnitt kann das All nicht mehr als ein Wasserstoffatom pro Kubikmeter enthalten – ein wahrhaft «mageres» Gewicht. Die bereits identifizierte Dunkle Materie macht aber eine höhere Massendichte aus, und demnach, so kann man messerscharf schliessen, besteht diese dunkle Materieform zum überwiegenden Teil nicht aus «normalen» Atomen.

Für den (kleinen) baryonischen Anteil der Dunklen Materie gibt es aussichtsreiche Kandidaten: sogenannte Rote, Braune oder Schwarze Zwerge. Das sind Sterne mit deutlich geringerer Masse als unsere Sonne und mit erheblich geringerer Leuchtkraft.

Sie sind also deswegen für die Astronomen und ihre Fernrohre quasi dunkel. Aber welche Kandidaten gibt es für den überwiegenden, den nicht-baryonischen, exotischen Teil der Dunklen Materie? Möglicherweise handelt es sich um Elementarteilchen, die bis heute unbekannt sind.

«Shit, ein Schriftsteller werde ich nie!», fluchte Lundegard vor sich hin. Ihm war bewusst, dass er das Ganze am Schluss von einem Fachlektor redigieren lassen musste. Er legte die Blätter beiseite und grübelte darüber nach, wie er weiterschreiben sollte: In einem nächsten Abschnitt musste er erklären, dass die Dunkle Energie ein weiterer wesentlicher Faktor sei. Und letztendlich, dass nach seiner Theorie die Neutrinos (und mögliche weitere Elementarteilchen, die er aber der Einfachheit halber gar nicht erst erwähnen würde) der Schlüssel zum Ganzen seien. Denn nach seiner Einschätzung stellten die Neutrinos einen Teil der Dunklen Materie und Energie dar. Die Voraussetzung für seinen Erfolg bestand jedoch darin, dass sich genügend Neutrinos in der Falle detektieren lassen würden – und dies war bis zu diesem Moment noch nie wirklich gelungen.

Er seufzte kurz, schaute sich im Labor um und war stolz auf sich. Draussen herrschten eisige Temperaturen, das Aussenthermometer zeigte minus dreiundvierzig Grad an. Davon war in der Station nichts zu spüren. Er wischte sich zum wiederholten Male den Schweiss von der Stirn, fächerte sich mit einem Stapel Blätter selbst einen Lufthauch zu und band seine halblangen blonden Haare zu einem Pferdeschwanz zusammen. Dann setzte er sich wieder vor die unzähligen Monitore und begann die letzten Vorbereitungen, um die Anlage in Betrieb zu nehmen. Für ein paar Sekunden übermannten ihn Zweifel: Was, wenn sich nicht genügend Neutrinos einfangen liessen? Was, wenn Zwickys Theorie aus den Dreissigerjahren völlig falsch war? Wenn die nach seinen Vorgaben entwickelten Detektoren nicht funktionierten?

Stopp!, schalt sich Lundegard selbst, schob alle Bedenken beiseite und konzentrierte sich auf seine Arbeit. Schritt für Schritt ging er in Gedanken alles nochmals durch.

Die Station bestand aus zwei Teilen und lag unweit des geografischen Nordpols – um präzise zu sein: auf dem arktischen Festland. Die Basisstation befand sich an der Oberfläche: ein geduckter, massiver Betonbau, innen etwas über hundert Quadratmeter gross, der jedem arktischen Sturm trotzte. Den Grossteil nahmen die Computeranlagen, das kleine Kraftwerk und die Antennen der Satelliten-Funkanlagen ein. Der Hauptteil und das Kernstück der Anlage jedoch war ein gigantischer Wassertank, gefüllt mit 570.000 Liter hochreinem Wasser und mit fast 177.000 Detektoren bestückt. Der riesige Wassertank diente als *Neutrinofalle*, und dieser Teil der Anlage war eine technische Meisterleistung, deren Bauzeit fast drei Jahre beansprucht und mehrere hundert Millionen Dollar verschlungen hatte. Atypischerweise bewiesen die sonst eher zur Sprödheit neigenden Teilephysiker beim Vergeben von Namen für ihre Anlagen tatsächlich Humor, und so hatte man diesen grössten aller Detektoren auf den lustigen Namen «Martini on the Rocks» getauft.

Lundegard machte sich daran, die letzten Checks abzuschliessen, bevor er die Anlage in Betrieb nehmen konnte. Trotz der Hitze in der Station kroch plötzlich ein Frösteln seinen Rücken empor: Wie würde wohl die Menschheit darauf reagieren, wenn er ihnen das raubte, was für die allermeisten die letzte Hoffnung und den Halt im Leben darstellte?

1. Dezember 2006, Südliches Afrika

Ein Tag – ein Leben

C'est de l'enfer des pauvres qu'est fait le paradis des riches.
(Victor Hugo)

Das Mädchen sass wieder vor ihm auf dem Holzstuhl. In dem winzigen, karg eingerichteten Zimmer hatte sich nichts verändert: zwei Stühle, ein kleiner, zerkratzter Schreibtisch, links davon eine gelblich-graue Wand, an der ein hölzernes Bücherregal angelehnt war. Es quoll nahezu über von Ordern, die mit fortlaufenden Jahreszahlen beschrieben waren.

«Gut, dass du wieder gekommen bist, Marie», sagte Chris Campbell leise und presste dann für einen Moment verlegen seine Lippen gegeneinander.

«Oh, kein Problem, ich wohne nicht weit von hier.» Marie lächelte ihn erneut mit dieser bezaubernden Art an, die ihn schon gestern leicht irritiert hatte. «Zu Fuss habe ich kaum zwei Stunden gebraucht.»

Chris holte ihre Unterlagen aus dem Ordner, der vor ihm auf dem Schreibtisch lag. Unwillkürlich legte er seine Hände wie flankierend links und rechts neben dem Blatt auf die Schreibtischplatte.

«Wie alt bist du, Marie?»

«Acht.»

Chris kämpfte mit einem würgenden Gefühl im Hals und räusperte sich. «Weisst du, was Aids ist, Marie?»

«Ja, die böse Krankheit, an der man stirbt.»

«Nun, das ist richtig. Allerdings gibt es heutzutage viele Medikamente, um die Krankheit zu behandeln.» Chris stockte einen Augenblick, runzelte die Stirn und fuhr fort: «Aber man muss die Krankheit früh genug erkennen.»

Marie hörte ihm immer noch lächelnd zu.

Er schaute sie lange und traurig an. «Du hast Aids, Marie ...» Er rückte ein Stückchen näher an sie heran, hatte seine Hände von der Schreibtischplatte gehoben, denn er wollte verhindern, dass das Kind womöglich aus Panik weglief. Er war auf alles vorbereitet, hatte er doch schon alle möglichen und unmöglichen Reaktionen erlebt, wenn einem Menschen praktisch das Todesurteil bekannt gegeben wurde. Ganz besonders, wenn es sich um einen sehr jungen Menschen handelte, musste man auf alles gefasst sein.

So verharrte er vorgebeugt auf dem Hocker, die Arme und Hände leicht über seinen Knien in der Luft schwebend, und in dieser Pose, die jener eines Torhüters ähnelte, der auf den Elfmeterschuss lauert und jede Faser seines Körpers spannt, wartete er, als müsste er die richtige Ecke antizipieren.

Marie schaute ihn mit grossen braunen Augen an. Sie lächelte immer noch, sagte jedoch nichts.

Chris Campbell war verunsichert, doch da die Kleine nicht reagierte, sagte er leise, aber ohne Umschweife: «Leider bist du zu spät zu mir gekommen. Die Krankheit ist schon so weit fortgeschritten, dass wir sie mit Anti-Retrovir nicht mehr stoppen können und …» Er brach ab, da ihm bewusst wurde, dass er wie ein Arzt zu dem Mädchen sprach.

Er wollte seinen Satz neu formulieren, da sagte Marie: «Wie lange darf ich noch leben?» Sie stellte die Frage ohne das geringste Zittern oder Zaudern in ihrer Stimme, und schien nur gespannt, aber in aller Stille auf seine Antwort zu warten.

Er war völlig überrascht. Seine Haltung entkrampfte sich, ohne dass er sich dessen bewusst war. Er legte seine Hände auf die Knie und richtete seinen Rücken gerade. Diese Reaktion hatte er nicht erwartet, schon gar nicht von einem achtjährigen Mädchen, denn er hatte dieses Verdikt im Lauf der vielen Jahre schon so vielen Kranken verkünden müssen. Die meisten hatten immer vollkommen anders reagiert. Dieses Mädchen jedoch schien etwas Besonderes zu sein, und so beschloss er, ihr direkt und ehrlich Auskunft zu geben: «Fünf Monate, vielleicht auch sechs …» Seine Kehle fühlte sich trocken an. «So genau kann man das nicht sagen.»

«Oh, das sind ja noch viele Tage und noch viele Leben», antwortete sie lächelnd.

Er schluckte ein paarmal leer, nahm ihre Hand in die seine und hakte vorsichtig nach: «Hast du verstanden, was ich gesagt habe, Marie? Du hast nur noch ein paar Monate zu leben.» Am liebsten hätte er den Satz umgehend zurückgenommen, aber er hatte noch nie einen Menschen in diesem Raum belogen.

«Ja, ich habe dich schon verstanden, Doktor Chris. Ein paar Monate. Noch viele Tage und noch viele Leben, denn jeder Tag ist doch wie ein ganzes Leben! Jeden Morgen, wenn ich aufwache, ganz früh, wenn es noch fast dunkel ist, schaue ich zum Himmel. Dann sehe ich den Mond, der sich am Tag schlafen legt, denn er ist müde, der Mond, er hat die ganze Nacht lang über die Welt gewacht und aufgepasst, dass es uns gut geht und dass wir ruhig schlafen können. Aber bevor er sich zur Ruhe begibt, begrüsst er noch die Sonne. Dann winke ich dem Mond zu und bedanke mich bei ihm. Er lächelt, der Mond, weisst du, Doktor Chris, er lächelt mir immer zu, bevor er sich schlafen legt. Und dann kommt die Sonne, goldene Strahlen, zuerst ganz wenige, es schaut so aus, als ob die Nacht nicht weggehen wollte, als ob die Nacht sich wehren wollte gegen den Tag. Aber die Sonne steigt lachend auf, denn nun ist ihre Zeit. Der Tag bricht an, die Strahlen der Sonne werden immer heller, immer goldener, wie ein riesiger Fluss aus reinem Gold fliessen ihre Strahlen über die Erde.» Mit ihren dünnen Armen machte Marie eine grosse kreisende Bewegung, stellte sich auf die Fussspitzen, als wollte sie unterstreichen, wie gross und schön die Sonnenstrahlen und deren goldener Fluss sind, und die Worte sprudelten nur so aus ihrem Mund. «Und dann wärmt sie alle Menschen, denn für die Sonne sind alle Menschen gleich, und sie lässt die Pflanzen wachsen und die Tiere. Dann bin ich glücklich, lächle die Sonne an, und sie lächelt zurück. Und gegen Abend wird die Sonne müde und ganz rot vor Anstrengung. Aber dann kommt ja wieder der Mond und löst die Sonne ab. Jeder Morgen, den man sieht, wenn die Sonne aufgeht, jeder Grashalm, der sich im Wind wiegt, die Luft, die man jeden Tag atmet – das ist doch ein ganzes Leben! Wusstest du das denn nicht, Doktor Chris?» Sie schaute ihn an, als wäre das, was sie soeben gesagt hatte, das Selbstverständlichste der Welt, und fuhr unbekümmert fort:

«Und vielleicht, vielleicht habe ich eines Tages einen Mann, der mich gerne mag und mich heiratet, und wir haben eine kleine Hütte, nicht gross, aber sauber, und vielleicht sogar Kinder. Ich liebe Kinder, oh ja, vielleicht … eines Tages.»

Chris Campbell wusste nicht, was er darauf antworten sollte, schluckte bloss leer, dann schoss ihm die Frage, ohne es zu wollen, aus dem Mund: «Aber du wirst nicht lange genug leben, um einen Mann und Kinder zu haben, Marie. Ist dir das denn nicht bewusst?» Im nächsten Moment hätte er sich am liebsten die Zunge abgebissen. Was für ein Idiot bin ich doch!, dachte er.

Doch die Kleine lächelte nur, wie fast immer. «Darf ich hier bleiben?», flüsterte sie ein wenig verlegen.

«Ja, sicher, natürlich darfst du hier bleiben, Marie, so lange du willst.» Er streichelte sanft ihre Wange. «Darf ich dir noch ein paar Fragen stellen, Marie, oder sollen wir das auf morgen oder einen anderen Tag verschieben?»

«Nein, ist schon okay, frag nur», meinte sie.

Nachdem sie ihm all seine Fragen beantwortet hatte, bat er sie, sich unter den Baum im Hof hinzusetzen. Später werde er ihr zeigen, wo sie schlafen könne. Marie nickte, zögerte eine Augenblick und brachte nun mit dem Tonfall eines kleinen Mädchens hervor: «Muss ich sehr lange alleine sein beim lieben Gott, Doktor Chris?»

Er stand auf, ging vor ihr in die Hocke und antwortete sanft: «Nein, bestimmt nicht. Ich verspreche es dir.»

Marie lächelte und hüpfte summend nach draussen.

Chris barg sein Gesicht in seinen Händen. Manchmal war das Elend um ihn herum einfach unerträglich. Oh Gott, nun auch noch dieses Mädchen …!

Plötzlich blitzte eine Erinnerung in ihm auf, eine Erinnerung an ein anderes Gespräch, an einen anderen Mann, eine andere Welt, jenen fernen Ort. Er hatte noch genau die Bilder von diesem einen Abend vor seinen Augen: Das Funkeln der Sterne war so hell, wie er es seitdem nie wieder gesehen hatte, Millionen, Milliarden – nein, gar Abertrilliarden funkelnder kleiner Diamanten waren über den ganzen Himmel verstreut, glänzende

Edelsteine, die niemand besitzen konnte. Und er sah seinen alten Freund, einer der Clever Men, vor sich, wie er am Feuer sass, ruhig, sanft, immer ein verschmitztes Lächeln in den Augen. Er hörte die Worte, die Geschichte, wie er ihm damals erklärte, was es mit der Tjukurrpa und der Altyerre auf sich hatte. Damals hatte Chris das Ganze als mystischen Schwachsinn abgetan – doch nun war er sich nicht mehr sicher.

Es gab nur eine Möglichkeit, es herauszufinden. Chris griff zum Telefon, um seinen weisen Freund anzurufen.

Das Gesetz der Regenbogenschlange

Der Weise erwartet von den Menschen wenig,
erhofft viel und befürchtet alles.
(Aus China)

Nach der Mahlzeit gingen sie wieder zum Feuer. Der Junge platzte vor Ungeduld.

«Grossvater, komm schon, wie geht die Geschichte der Regenbogenschlange weiter?»

Der Clever Men liess sich nicht treiben, zündete zuerst in Seelenruhe seine Pfeife an, kratzte sich am Bart und stampfte ein paarmal mit den Füssen auf den Boden, bevor er sich endlich auf seinen Platz setzte.

«Ah, wo war ich stehen geblieben?», fragte er mit gespielter Ahnungslosigkeit.

Selbstverständlich wusste er es ganz genau, und auch der Junge glaubte nicht an die Unwissenheit des Grossvaters. Aber um den Alten nicht zu verärgern, gab er willig Auskunft: «Dort wo die Schlange zurückkommen wird. Erzähl weiter, bitte!» Er musste unbedingt verhindern, dass der Grossvater die Geschichte, wie es bei anderen Kindern passiert war, von Anfang an wiederholen würde, denn er wollte heute noch das Ende hören.

Endlich brach der Alte sein Schweigen, warf noch murmelnd einen Blick zum Himmel und musste schliesslich laut lachen, weil der Junge, zuerst verunsichert, ob er nicht zu weit gegangen sei, nervös wie ein Grashüpfer herumzappelte.

«Nun gut, mein Junge. *Die grosse Regenbogenschlange erliess also ein weiteres Gesetz, bevor sie sich wieder unter die Erdkruste zurückzog, und so sprach sie: ‹Ich habe euch alle belohnt und zu Menschen gemacht, habe für euch die Welt und alles, was darin ist, geschaffen und geschenkt. Solange ihr euch an die Gesetze haltet, soll diese Erde euch gehören, und wenn ihr eines Tages sterbt, dürft ihr zu mir kommen. Gemeinsam werden wir dann die Zeiten verbringen. Alle haben genug zu essen und alle werden wandern und glücklich sein, alle werden einen Platz bei mir finden, denn solange ihr euch an meine Gesetze haltet, wird es Platz für alle Menschen bei mir geben.› Die grosse Regenbogenschlange sprach weiter: ‹Aber sollte es einst so weit sein, dass ihr meine Gesetze brecht; solltet ihr eines Tages einander bekämpfen und euch gegenseitig das Essen stehlen; solltet ihr, statt euch gegenseitig zu helfen, dem anderen Leid zufügen und ihn töten; und solltet ihr nur noch an euch selbst denken und die anderen Wesen und die Erde vergessen: Dann wird keiner mehr zu mir zurückkehren dürfen, wenn eure Stunde geschlagen hat, und dann werde ich wiederkommen – nicht als Schöpfer, sondern als Zerstörer! Denn euren Bruder werde ich euch nehmen, die Gleichgewichte verschwinden lassen, euch selbst wieder in Tiere verwandeln, und danach wird herrschen nur noch ewige Nacht und Dunkelheit.›»*

Der Junge starrte den alten Mann mit offenem Mund an. Beide schwiegen, dann endlich wagte der Knabe zögerlich und leise die Frage zu stellen: «Grossvater, und wie wissen wir, wann die grosse Schlange so böse sein wird, dass sie keinen mehr zu sich lässt und uns die Erde und den Himmel wegnimmt?»

Der Clever Men murmelte fast zu sich selbst und kaum hörbar: «Wenn das Böse in der Welt die Überhand gewinnt, mein Junge, wenn die *letzte unschuldige Seele* ganz alleine die Reise zu der grossen Schlange gehen muss; an dem Tag, wenn das *Gleichgewicht* nicht mehr gegeben ist, dann, mein Kleiner, dann ist der Tag gekommen.»

Der Alte dachte einen Augenblick nach, dann klatschte er in die Hände und rief: «Es ist spät, gehe jetzt schlafen, mein Junge!»

Der Kleine erhob sich murrend, war er doch mit der Erklärung nicht gänzlich zufrieden. «Grossvater, was meint die grosse Schlange mit *euer Bruder* und mit *Gleichgewicht*?»

Der Alte lächelte ihn an. «Ja, das weiss ich eben auch nicht so genau …» Dann strich er gedankenverloren über das Haar des Knaben. «Geh jetzt schlafen, morgen ist auch noch ein Tag, dann erzähle ich dir die Geschichte der *Birrimbirr-* und der *Mokoy-Seele* in uns Menschen.»

Doch der Junge gab sich noch nicht geschlagen. «Grossvater, was ist die *letzte unschuldige Seele*?»

Der Clever Men schaute in die Ferne und antwortete leise: «Niemand weiss das so genau, mein Kleiner. Unsere Ahnen nannten es *das letzte Glied*, andere *das Wesen des Lichts*, und in einer weiteren Überlieferung wird es das göttliche Wesen genannt. Ich verrate dir ein Geheimnis: Niemand, nicht einmal ein Clever Men wie ich, kennt genau das Warum oder weiss exakt, was damit gemeint ist. Ja, mehr noch, wir wissen nicht einmal, ob es sich bei diesem Etwas bloss um eine Metapher handelt.»

«Was ist eine Metapher, Grossvater?»

Der Alte lachte. «Du Naseweis, das erzähle ich dir ein anderes Mal.»

Stunden später sass der Clever Men immer noch am Feuer. Die Glut warf einen rötlichen Schein auf sein Gesicht. Er schaute zum Himmel. Ein paar Wolken verdunkelten für ein paar Sekunden den Mond. Er musste sich eingestehen, dass er Zweifel hatte. Ich bin zu lange weg gewesen, dachte er; dann stand er auf, streckte sich ausgiebig, setzte sich wieder und war von seinen Gefühlen innerlich hin- und hergerissen. Es ist ein Mythos. Sein ganzes Leben hatte er sich mit dieser Frage beschäftigt. Dem Jungen konnte er es nicht sagen, noch nicht, denn vielleicht war es tatsächlich nur eine Geschichte. Oft wünschte er sich, dass dem so sei, denn sein Intellekt weigerte sich, an Legenden und Sagen zu glauben. Doch er war einer der Clever Men, er fühlte, dass bald etwas geschehen würde, und er spürte, dass es kein mythisches Hirngespinst war, so unbegreiflich auch alles schien. Er war müde und entschied, dass morgen auch noch ein Tag sei, um nachzudenken.

Er stand auf und war gerade dabei, in die Hütte zu gehen, als sein Telefon klingelte.

Clever Men

Achte auf deine Gedanken –
sie sind der Anfang deiner Taten.
(Aus China)

Elvis' Stimme am Telefon klang wie immer, sonor und gelassen.

Chris erzählte ihm von dem kleinen Mädchen. Sein weiser Freund unterbrach ihn mitten im Satz und sagte bloss: «Ich komme.»

Nachdem Chris den Hörer aufgelegt hatte und die Tür des kleinen Behandlungszimmers hinter sich schloss, schenkte er dem leisen Summen – einem sanften Vibrieren der Luft, als habe sich ein Bienenschwarm im Zimmer verirrt – keine Beachtung.

Am anderen Ende der Welt …

Elvis war mit einem Schlag nicht mehr müde, nein, jetzt könnte er nicht mehr schlafen. Chris' Worte hatten seine Zweifel beseitigt. In der Ferne kündete ein dumpfes Grollen ein Gewitter an.

Ein ganzes Leben als Clever Men hatte ich Zeit, mich auf diesen Augenblick vorzubereiten. Weshalb habe ich nun dennoch Angst?

Er setzte sich an die glimmende Feuerstelle, spürte nach einer Weile, wie die ersten Regentropfen auf seine Haut fielen, und summte leise das Totemlied, während er sich vorzustellen versuchte, wie *Es* wohl sei.

2. Dezember 2006, New York City

Business ist Krieg

A business that makes nothing but money
is a poor business.
(Henry Ford)

Er versuchte, den Satz zu verdauen, den er soeben gehört hatte, und überlegte einen Augenblick, was er antworten wollte, doch die schneidend kalte Stimme fauchte ihn an: «Haben Sie mich verstanden, Miller?»

Der Angesprochene rutschte unbehaglich auf dem Besuchersessel hin und her, der gegenüber dem riesigen Schreibtisch platziert war. Er versuchte, möglichst souverän zu wirken, und schlug deshalb seine Beine übereinander. Als er jedoch in das Gesicht seiner Vorgesetzten sah, in diese eisig blauen Augen, diesen alles durchbohrenden, unbehaglichen Blick, den er schon lange kannte, setzte er seine Beine wieder nebeneinander und bemühte sich, ihrem Blick standzuhalten. «Nicht ganz, Madam.»

«Sollte ich etwa undeutlich gesprochen haben?», zischte sie, beugte sich dabei leicht nach vorne und schaute ihn verächtlich an. Was für ein verdammter Waschlappen!, dachte sie.

Kerzengerade sass sie hinter dem Schreibtisch, einer durchsichtigen Glasplatte, die von vier polierten, chromglänzenden Füssen getragen wurde, schlicht, jedoch umso teurer. Unzählige Fotos und Diplome an der Wand umrahmten ihren Kopf und Oberkörper. Links und rechts die Diplome von Harvard und Yale, umringt von immer denselben Fotos: sie mit Schauspielern, sie mit Politikern, sie mit Wirtschafts- und Showgrössen. Immer dieselbe Pose: Shakehands, ein Lachen, das blendend weiss gebleichte Zähne offenbarte – fletschende Zähne. Glänzend, flach, kalt – falsch eben. Ein Jahrmarkt der Eitelkeiten. In Hochglanz eingefrorene Unwirklichkeiten, vergänglicher als das Papier, auf dem sie abgebildet waren, dachte Ivan Miller.

Er schaute seine Chefin an. Kathleen O'Hara war eine aussergewöhnlich reizvolle Frau: Gross, schlank und dennoch weiblich; blondes Haar umrahmte ihr schlankes Gesicht – eine aristokratische und geradezu einnehmende Schönheit, ja, mit einer Prise animalischer Züge. Sie war sich ihrer Wirkung sehr wohl bewusst und setzte sie in gegebenen Momenten gezielt ein.

«Nein, Madam, aber ich verstehe nicht ganz, warum wir die Business Group Delta schliessen sollten. Diese Unit arbeitet schon fast wieder profitabel, und die Mitarbeiter sind hochmotiviert.»

Miller arbeitete seit über zwanzig Jahren im Unternehmen. Er galt als Manager, der für Werte wie Anstand, Ethik und Moral stand und sich für das Wohl der Mitarbeiter engagierte: eine aussterbende Rasse in der Welt der Kathleen O'Hara.

Kathleen verzog ihre Mundwinkel zu einer unverhohlen abfälligen Grimasse. Millers körperliche Erscheinung stand in krassem Gegensatz zu dem Bild, das Kathleen als Idealtyp eines modernen Topmanagers vor Augen hatte: Er war relativ klein und untersetzt und trug inzwischen als Mittfünfziger infolge seiner Altersweitsicht eine altmodische Lesebrille auf seiner Knollennase; dabei lächelte er unentwegt. Zu alledem hatte er für die Mitarbeiter immer ein freundliches Wort übrig – völlig unabhängig von deren Rang oder Bedeutung im Unternehmen. Das absolut Schlimmste an Miller war seine penetrante Ehrlichkeit. Ein perfekter Antipode eines modernen Topmanagers, dachte Kathleen.

Jetzt allerdings lächelte Miller nicht, als er wieder die Stimme seiner Chefin hörte.

«Strategie, Miller, Strategie nennt man so was! Leap-Frogging, Market-Dominance, Shareholder-Value, Ballpark-Game ... Der Konzern wird dadurch sieben bis acht Milliarden Dollar an Börsenwert gewinnen und der Merger mit Global One ist schon ein *done deal*», erwiderte sie unwirsch, während sie ihn mit zusammengekniffenen Augen fixierte. «Sagen Ihnen diese Begriffe überhaupt das Mindeste, Miller?», schob sie kalt und abschätzig nach.

«Aber all die Arbeitsplätze! Die Menschen ...», versuchte Miller zu entgegnen.

«Miller, verdammt! Wir sind soeben im Begriff, das grösste Unternehmen der Welt zu werden. Rohstoffe, Gas, Öl, Diamanten, Freizeitparks und Hotels … all dies haben wir schon. Mit dem Kauf von Global One komplettieren wir unser Portfolio. Eine neue Zukunft bricht gerade an, und Sie sind just dabei, sie zu verpassen!» Die letzten Worte klangen so zynisch, wie sie es meinte. «Und diese Zukunft heisst Cyberware – Internet war gestern. Next Generation Virtual World heisst die Zukunft, Miller!»

Er schaute sie mit seinen unschuldig wirkenden Augen an. Kathleen O'Hara selbst empfand es eher als den Blick einer blöden Kuh, die auf die Schlachtbank geführt wird, doch sie war so in Fahrt, dass sie nonstop weitersprach.

«Wir müssen uns für die Zukunft wappnen, Miller. Mit dem Kauf von Global One werden wir zum dominierenden Unternehmen der Zukunft!» Ihre Stimme hatte nun ein fanatisches Tremolo angenommen. «Second-Life, Web 2.0! Und das alles ist erst der Anfang. Schon in ein paar Jahren werden die Menschen auf diesem Planeten in einer besseren Welt leben …, in einer virtuellen Welt. Jeder wird seinen eigenen, gar mehrere Avatars haben, eine Repräsentation seines eigenen Ichs! Nur viel besser, weil virtuell. Menschen werden in dieser Welt ewig jung sein, nie krank. Mein Gott, was für ein Gedanke!» Sie hatte sich für einen Augenblick ganz vergessen, war eher im Selbstgespräch als im Dialog mit Miller, als sie verzückt anfügte: «Und wir werden diese neue Welt gestalten und dominieren … und dabei Milliarden verdienen.»

Erst als sie Millers Stimme vernahm, schien sie sich zu erinnern, dass er noch vor ihr sass.

«Ich gehe davon aus, dass das Leben hier und jetzt stattfindet, nicht in einer virtuellen Welt, nicht in einem Mega-Chatroom, wie Sie ihn gerade beschrieben haben, sondern hier und jetzt. Fleisch und Blut und nicht Bits und Bytes, Misses O'Hara!»

Sie winkte angewidert ab. «Das ist nun mal die Zukunft, Mister Miller! Entweder man gehört zu den Gewinnern oder man ist der Loser bei dem Spiel.»

«Hmm, so kann man es auch sehen. Und was ist mit all den

Menschen, die sich diese neue schöne Welt nicht leisten können? Was ist mit all denen, die in der wirklichen Welt hungern, frieren und sterben? Was ist mit …»

«Krieg!» Sie schrie das Wort so laut, dass Ivan seine Hand vor Schreck auf die linke Brust legte. «Haben Sie denn verdammt noch mal immer noch nicht begriffen, worum es im Business geht? Business ist Krieg, Sie Idiot!»

Die Detektoren

Das Verhältnis von Protonen zu Antiprotonen
ist seit dem Urknall präzise 1 zu 10^{-9}
oder der einmilliardste Teil mehr.
Ansonst gäbe es weder Sonnen noch Planeten und auch kein Leben.

Das Kernstück der Anlage waren die Detektoren. Er, Lundegard, hatte diese selbst entwickelt. Nicht einmal seine engsten Vertrauten wussten Bescheid, wie die modifizierten Detektoren wirklich funktionierten und was genau sie in der Lage waren zu messen. Doch selbst wenn der eine oder andere seiner Forscherkollegen eine entfernte Ahnung gehabt hätte, wie die Apparate konstruiert waren, so war es erst mittels der völlig neuartigen Programme sowie zugehörigen mathematischen Gleichungen und Formeln, die Lundegard entwickelt hatte, auch möglich, die Messresultate auszuwerten – falls überhaupt genügend Neutrinos in die Falle gingen.

Bei den von ihm entworfenen Detektoren handelte es sich nämlich um baryonische Differenzial-Quanten-Detektoren, wie er diese nannte. Einzigartig! Noch nie in der Wissenschaftsgeschichte da gewesene Sensoren oder eben Fühler, die in der Lage waren, Neutrinos und Antineutrinos zu detektieren, wenn sich diese nach ihrer Reise durch das All im Schwerwassertank verfangen würden. Selbstverständlich liessen sich die Neutrinos nicht wirklich einfangen, wie Lundegard wusste. Dieses Verb verwendete man allenfalls, um den Vorgang auch den Normalsterblichen verständlich zu machen.

Er schüttelte unwillkürlich den Kopf: Herrje, Normalos würden das Experiment eh nie begreifen. Nur allzu gut erinnerte er sich an seinen letzten Versuch vor einem gewöhnlichen Publikum. Er selbst erwartete natürlich, dass die Neutrinos mit den Schwerwassermolekülen kollidieren würden und dass er aufgrund dieser Kollision und mittels seiner Detektoren und Programme schliesslich bestimmen könnte, was es genau auf sich hatte mit den Neutrinos. Er würde den Beweis erbringen, dass es Dunkle Materie und Dunkle Energie tatsächlich gab. Lundegard war allerdings dieser populistische Begriff nicht ganz geheuer, denn es gab genügend Idioten und Spinner – religiöse, spirituelle und sonstige – auf dieser Welt, die schon das Adjektiv dunkel mit Magie, Okkultismus oder sonst einem Nonsens in Verbindung brachten. Er selbst bevorzugte deshalb die Bezeichnung Unsichtbare oder Nicht nachweisbare Energie und Materie. Allerdings würde er bald den Nach- und Beweis dieser Materie und Energie erbringen und deren Geheimnis lüften. Ja, er würde es lösen: das letzte grosse Rätsel des Universums.

Er überdachte noch einmal alles genau, zog jeden Schritt ins Kalkül. Und für eine heilige Minute lang erstarrte er in Ehrfurcht – vor sich selbst, vor seiner Genialität, denn Bescheidenheit war noch nie eine Stärke des Bjoern Lundegard gewesen.

Grandios, wie sich die Teile seines Vorhabens zusammenfügten: Als «Nebenprodukt» quasi könnte er ausserdem Resultate liefern, wofür bisher riesige Teilchenbeschleuniger wie jener am CERN vonnöten waren: eine viel präzisere Bestimmung kosmischer Faktoren und Konstanten – wie zum Beispiel die exakte Massedifferenz von Protonen zu Neutronen, das akkurate Verhältnis von Elektronen zu Protonen, jenes von Protonen zu Antiprotonen – und auch die präzise Berechnung des exakten Wertes von Omega. Und all dies weitaus präziser und schneller als mit jeder bislang bekannten Methode.

Lundegard verfügte nun über die grösste Anlage, die jemals in dieser Art konstruiert wurde. Die Vorgängermodelle, Kamiokande und SuperKamiokande – beide nach der japanischen Stadt benannt, in deren Nähe sie standen (oder besser gesagt: in deren Tiefe sie lagen) –, waren schon ziemlich veraltet und hundert- beziehungsweise zehnmal kleiner. Die Kamiokande-Fallen hatten in den vielen Jahren seit ihrer Inbetriebnahme lediglich magere Resultate geliefert: Nur ein paar Dutzend Neutrinos konnten insgesamt detektiert werden – und die Auswertung der Japaner war eher enttäuschend gewesen. Lundegard war darüber kein bisschen erstaunt, denn nur er besass mittlerweile die mathematischen Theoreme und Modelle, um aus den Neutrinoeinschlägen die korrekten Schlüsse abzuleiten. Es müssten sich nur ein paar Neutrinos in der Falle einfangen lassen, dachte Lundegard, und das sollte infolge der Grösse diese Anlage und der tausendfach höheren Empfindlichkeit der Detektoren, früher auch Multiplier genannt, wohl möglich sein. Und das Allerwichtigste: Das Herzstück der Anlage sass mehr als tausend Meter tief unter der arktischen Erdoberfläche.

Um sämtliche Messfehler zu vermeiden, hatte man die Station am Nordpol gebaut. Hier gab es weder bedeutende Erschütterungen noch sonstige Einflüsse, die die sensiblen Detektoren negativ beeinflussen könnten.

Lundegard hatte die Vorbereitungen abgeschlossen. Er drückte einen Knopf auf der Konsole – die Monitore erwachten zum Leben, doch darüber hinaus deutete nichts an, dass tausend Meter unter ihm die baryonischen Differenzial-Quanten-Sensoren mit Strom versorgt wurden und die Anlage in Betrieb war. Er setzte sich auf den Stuhl vor den Monitoren, nippte an seiner Kaffeetasse und stellte sie zurück auf den Tisch, steckte sich die Kopfhörer seines Musikplayers in die Ohren, lehnte sich zurück und trommelte leise mit den Fingern den Rhythmus auf die Tischplatte. Nun hiess es warten.

Er wusste nicht weshalb, aber auf einmal fiel ihm die Nacht mit dieser supersexy Frau wieder ein … Er hatte eine dieser «politischen Wissenschaftspartys», wie er sie nannte, besucht, auf denen man sich als Forscher zeigen musste, um den Politikern von Zeit zu Zeit in Erinnerung zu rufen, wofür sie die Abermilliarden an Steuergeldern ausgaben. Die Party fand bei der amerikanischen Botschaft in Genf satt. Er hatte dort den absurden Versuch gewagt, einem gewöhnlichen Publikum zu erklären, womit er sich genau beschäftigte. Keiner der Gäste hatte es begriffen – doch, wow, diese Nacht mit der Blondine, diese Nacht würde er nicht mehr vergessen.

Lundegard ahnte in diesem Moment nicht, wie recht er mit dem Gedanken hatte – doch diese Nacht würde ihm aus einem ganz anderen Grund nicht aus dem Kopf gehen …

Merry Christmas

Omnia mea mecum porto.
(Bias, Karthago)

Ivan Miller blieb stumm, denn er hatte den Argumenten seiner Chefin nichts mehr entgegenzusetzen. Er war müde, fühlte sich überflüssig, und er hasste sich selbst dafür, dass er es nicht wagte, sich aufzubäumen, nur einmal im Leben den Mut aufzubringen, dieser arroganten, hochnäsigen Person geradewegs die Faust mitten auf die Nase zu schlagen. Einen winzigen Augenblick – fast, nur fast hätte er sich überwunden –, dann war der Anflug von Handgreiflichkeit auch schon wieder vorbei. Er senkte den Kopf und hasste sich noch mehr für seine Feigheit. Alles, was er zustande brachte, war ein Schweigen.

«Arbeitsplätze, Menschen …» Eine abwinkende Geste ihrer Hand unterstrich Kathleen O'Haras Unmut. «Verdammt, Miller, wir sind im einundzwanzigsten Jahrhundert. Die Zeiten haben sich geändert. Wenn man sich an Ihrer Moral orientieren wollte, wäre jedes Unternehmen dem Untergang geweiht», fügte sie zynisch hinzu.

«Aber in ein paar Wochen ist Weihnachten. Das können wir den Menschen doch nicht antun!» Ivan schaute seine Vorgesetzte fast bettelnd an. «Das Fest der Liebe …»

«Fest der Liebe? Weihnachten?», sie sprach die Worte in einem Tonfall aus, als höre sie diese zum ersten Mal. «Was soll der Quatsch, Miller? Glauben Sie etwa noch an den Weihnachtsmann», sie grinste zynisch, «oder gar an Liebe?»

Für einen flüchtigen Augenblick glaubte Miller gar ein trauriges, melancholisches Zucken um ihre Mundwinkel wahrzunehmen, doch als sie fortfuhr, bezweifelte er nicht, dass er sich getäuscht haben musste.

«Weihnachten – na und? Was soll dieser Bullshit? Weihnachten hin oder her. Und überhaupt: Ist doch gar nicht übel, dann haben die Leute was, worum sie den lieben Gott bitten können

– um eine neue Stelle!» Sie grinste. Dann aber versteifte sich ihre Haltung hinter dem Schreibtisch, und ihr Tonfall wurde noch frostiger: «Wie zum Teufel haben Sie es eigentlich bis zu Ihrer Position gebracht, Miller?» Die Frage war offenbar rhetorisch gemeint, denn Kathleen O'Hara fuhr ohne zu zögern fort: «Das Thema ist erledigt. Keine weitere Diskussion!» Sie stand auf, um ihm das Signal zu geben, dass das Gespräch beendet sei, und wies zur Tür. «Ach ja, Miller, Ihre Position wird leider auch abgebaut. Wir danken Ihnen für die Zusammenarbeit.»

«Aber ... das können Sie doch nicht ...», stammelte Miller völlig überrumpelt.

«Ihr Platz ist schon geräumt. Sie erhalten eine Abfindung», sagte sie ungerührt.

«Aber, bitte ..., all die Jahre ..., und in meinem Alter! Ich finde nie eine neue Stelle.»

«Miller, reissen Sie sich zusammen!»

«Aber ...»

«Miller, was soll das? Erwarten Sie etwa eine Entschuldigung von mir?» Obwohl sie dieses Schauspiel irgendwie anwiderte, genoss sie doch das unbeschreibliche Highlight der direkten Macht über Menschen, denn genau in solchen Momenten fühlte sie sich unbesiegbar – ja, fast unsterblich.

Kathleen O'Hara gehörte zur Kategorie der Herrscher-Menschen. Kaiser und Könige waren passé. Eine moderne Kaste von Imperatoren hatte die Welt fest im Griff, getrieben von einer einzigen Raison d'être: Gier – unersättliche Gier nach Geld und Macht. Und sie, Kathleen O'Hara, war eine von denen, die es bis ganz nach oben geschafft hatten. Sie gehörte zu den wenigen, die es auf die Höhen dieses Olymps des 21. Jahrhunderts geschafft hatten und die süchtig waren nach der Droge Macht. Eine unwiderstehliche Sucht nach mehr. Ein sich selbst ernährender Kreislauf, der innerhalb kurzer Zeit das Ego nicht nur fest im Griff hatte, sondern den Geist von innen heraus auffrass und zersetzte. Die ungeheure Macht war wie ein Krebsgeschwür. Dies jedoch ignorierte eine Kathleen O'Hara, denn das Gift der Macht und Gier hatte sie längst fest im Griff.

«Ich kann nichts für Sie tun, Mister Miller», sagte sie kühl.

Und als wolle sie ihm die eisige Botschaft ins Ohr hauchen: «So ist das Leben. Seien Sie ein Mann und kein Loser.»

Dann öffnete sie die Tür ihres Büros, vor der bereits ein Security-Guard wartete, um Ivan Miller aus der Firma hinauszubegleiten. Sie klopfte ihrem scheidenden Angestellten jovial auf die Schulter, um ihm mit der professionell geübten Tonalität und einem Hauch gespielten Mitgefühls zuzurufen: «Ach, Miller, schade, dass Sie uns verlassen. Nun denn, ich wünsche Ihnen alles Gute für die Zukunft!»

Miller drehte sich im Türrahmen nochmals um, sah ihr in die Augen und fragte in fast väterlichem Tonfall: «Haben Sie sich denn jemals bei irgendjemandem für irgendetwas entschuldigt, Kathleen O'Hara? Haben Sie das?»

Sie wollte zuerst etwas erwidern, überlegte es sich jedoch anders und knallte Miller die Tür vor der Nase zu. Unter Aufbietung des letzten Funkens an Selbstbeherrschung setzte sie sich wieder an ihren Schreibtisch und sinnierte einen Moment über den Abgang Millers nach.

So ein Schwachsinn!, fauchte sie im Stillen. Ich hätte diesen Idioten schon viel früher feuern sollen. «Ich soll mich entschuldigen!», zischte sie vor sich hin. «Wofür denn? Bei wem denn? Und dann dieser Mist …», sie äffte Millers Tonfall nach, «… dieser Shit mit dem ‹Bald-ist-Weihnachten›, phh!» Fast hätte sie laut gelacht, denn in ihrer Welt hatte ein «Jesuskind» keinen Platz. Gott war für sie ein Fremdwort. Nur hirnlose Schwächlinge, die Angst vor dem Tod hatten, und fanatische, stupide Selbstmordattentäter glaubten an Gott. Vernünftig Denkende brauchten diesen Schabernack nicht. «Jeder hat von der Natur die gleichen Chancen bekommen.» Das war ihr Credo!

Sie hasste Schwäche. Jeder Mensch musste für sich selbst einstehen. «Sozialidioten», so nannte sie die Schwachen – natürlich nur im Geheimen. Nach aussen hin war Kathleen O'Hara der Charme höchstpersönlich. Sie konnte jeden einwickeln und umgarnen und nutzte diese Waffe ohne Skrupel, um ihre Ziele zu erreichen. Schliesslich war ihr nur eines wichtig – sie selbst. Niemand sonst.

Nun gut, James spielte eine gewisse Rolle in ihrem Leben. Ja, im Grunde war er wie ein Vater für sie, ein Ersatzvater; er hatte sie gefördert – auch gefordert, ja, sehr oft hatte er sie bis ans Limit gefordert, doch bloss zu ihrem eigenen Besten, wie er immer sagte. Er hatte sie in diese Top-Position gebracht.

In ein paar Jahren würde er ihr helfen, in die Politik zu gelangen. Ihre Vision war es, eines Tages die erste Präsidentin der USA zu sein. Klar, dachte sie, in diesem Land ist alles möglich – die meisten wussten es nur nicht. In einem Land, in dem ein Präsident seiner Assistentin eine Zigarre sonst wohin stecken darf und dennoch an der Macht bleibt, weil seine eigene Frau ihn beschützt, um möglicherweise später selbst Präsidentin zu werden. Im selben gelobten Land, in dem der Vater seinem Sohn die Präsidentschaft «weiterreicht» und das sich trotzdem die grösste Demokratie, gar Hort und Bewahrer derselben nennen darf; in derselben Willensnation, in der der amtierende Präsident an der Macht bleibt, weil sein Bruder erwiesenen Wahlbetrug begeht ... – hey, in so einem Land muss alles möglich sein, dachte Kathleen befriedigt.

Sie war mit sich und der Welt, ihrer Welt, einig. Irgendwann würde sie auch noch ein Buch schreiben – eine reizvolle Idee: ein Buch über das wahre Leben. Ihr Leben. Wo Leistung zählt und keine faulen Ausreden.

Das Klingeln des Telefons riss sie aus ihren selbstverliebten Gedanken. Sie ahnte noch nicht, dass dieser Anruf ihr Leben verändern würde, und zwar in einer Art und Weise, wie sie es sich in ihren schlimmsten Albträumen nicht hätte vorstellen können.

Paris, Frankreich

Diktatoren-Tochter

Der Mond stabilisiert die Erdrotation.
Ohne den Mond – oder wenn dieser unwesentlich grösser oder kleiner wäre – gäbe es kein Leben auf der Erde.

Julie Jeunette war eine der wenigen Studentinnen an der Sorbonne, die Physik als Hauptfach gewählt hatten. Ihr Vater, ein afrikanischer Exdiktator, der den «Schutz» der französischen Regierung in seinem Exil geniessen durfte, vergötterte seine einzige Tochter. Die Mutter, eine Adelige aus der Provence, die sich vom falschen Charme, aber echten Reichtum des Exdespoten hatte verführen lassen, hatte zumindest dann und wann den Versuch unternommen, die fehlende väterliche Strenge etwas wettzumachen. Doch irgendwann gab auch sie dieses Unterfangen auf, denn Julie war schlichtweg eher einfachen Gemütes, manche würden wohl sagen: dumm-naiv.

Was jedoch unbestreitbar, weil sichtbar war: Julie war eine makellose Schönheit. Alles an ihr war perfekt, der Körper einer Göttin, der wiegende, geschmeidige Gang einer Raubkatze, die glatte, schokobraune Haut – einfach alles. Zum Ausgleich dafür fehlte es ihr jedoch auch an der geringsten Spur von Humor und Esprit.

Eigentlich war es ihr Traum gewesen, Ärztin zu werden. Ihr Vater jedoch ahnte, dass selbst all sein Geld und beste Beziehungen zum Élysée nicht ausreichen würden, um seine intellektuell eher unterbelichtete Tochter durch ein Medizinstudium zu boxen. So kam es gelegen, dass Julie kein Blut sehen konnte; seit ihrer Kindheit war das so gewesen. Schon beim Anblick des kleinsten Blutstropfens wurde ihr übel. Nicht die Art Unwohlsein, die viele Menschen beim Anblick von Blut empfinden. Nein, Julie Jeunette geriet in Panik und fiel prompt in Ohnmacht.

Monsieur Jeunette gab also seiner Tochter den Ratschlag, sich nicht um das *Innere der Menschen* zu kümmern, sondern um *das Äussere der Dinge*, um Dinge, die möglichst weit entfernt seien und auf gar keinen Fall irgendwelche Assoziationen an Blut wecken könnten. Was lag also näher – vielmehr weiter entfernt –, als Sonnen, Planeten und andere Gestirne zu studieren? Folgerichtig wählte Julie Physik – spezieller: Astrophysik – als Studienrichtung. Selbstverständlich sorgte ihr Vater dafür, dass sie «zugelassen» wurde.

Es war ein kalter Dezemberabend in Paris. Vor dem Fenster tanzten die ersten Schneeflocken im eisigen Wind. Statt sich wie viele andere am Freitagabend in einer Disco zu vergnügen, brütete Julie immer noch vor dem Monitor des Computers und starrte auf endlose Zahlenkolonnen, denn sie wollte auf keinen Fall die Prüfungen vermasseln, die in ein paar Wochen stattfinden würden. Hauptthema waren die Gestirne des Sonnensystems, und sie büffelte wie verrückt, um alle Fakten in den Kopf zu bekommen: Mond, Sonne und die erdnahen Planeten. Ihr Professor hatte geraten, die Daten am besten anhand echter Messungen durchzugehen, denn so präge man sie sich am besten ein.

Julie hatte sich den Ratschlag zu Herzen genommen und das Laserdistanzmessgerät vor ein paar Minuten in Richtung Mond kalibriert. Eile war geboten, denn die Wolken begannen den Mond langsam zu verdecken, sodass die Messung innerhalb kurzem nicht mehr möglich wäre. Während das Programm die Messung auswertete, rekapitulierte Julie mittels ihrer Notizen noch einmal die Eckdaten des erdnächsten Trabanten. Sie hatte bereits wochenlang gebüffelt und kannte alle Daten auswendig: Umlaufbahn, erdnächster, erdfernster und mittlerer Bahnradius; dann die numerische Exzentrizität, Umlaufzeit, siderischer und sinodischer Monat, die Daten der tropischen, drakonitischen und anomalistischen Periode in Tagen; die Bahnneigung in Grad und die Orbitalgeschwindigkeit in Kilometern pro Sekunde. Schliesslich rief sie sich nochmals die wichtigsten physikalischen Eigenschaften des Mondes in Erinnerung sowie die Zusammensetzung der Atmosphäre. Die meisten Menschen staunten, wenn man ihnen erklärte, dass der Mond sehr wohl eine Atmosphäre besitzt – wenn diese auch sehr dünn ist und zur Hauptsache aus Helium, Neon, Wasserstoff und Argon besteht.

Ein Piepsen des Systems signalisierte, dass das Programm die Berechnung beendet hatte. Julie legte ihre Notizen beiseite, schaute auf die Zahlenkolonnen mit den errechneten Eckdaten und begann, diese mit den auswendig gelernten zu vergleichen.

Schon nach den ersten Zahlen fluchte sie innerlich und dachte: Mist, ich schaffe die Prüfung nie! Sie starrte auf die ersten Daten, die der Monitor grünlich leuchtend anzeigte, versuchte sich krampfhaft an die memorierten Daten zu erinnern, verglich sie in Gedanken und warf dann frustriert das kleine schwarze Notizbuch gegen die Wand.

Verdammter Mist, nicht mal die einfachsten Zahlen kann ich im Kopf behalten, nicht einmal die Distanz und Fluchtgeschwindigkeit des Mondes!

Als könnte sie kraft ihrer Gedanken die Abweichungen ändern, starrte sie den Monitor unverwandt an – doch die Zeichen blieben immer dieselben, fahl grünlich leuchtend und dennoch falsch. Die Zahlen auf dem Bildschirm konnten schlichtweg nicht stimmen, denn alle Zahlen, die sie aus dem Mund des Professors vernommen und gepaukt hatte, stimmten nicht mit jenen auf dem Monitor überein.

Geisterteilchen

The difference between stupidity and genius is that genius has its limits.
(Albert Einstein)

Einem Normalsterblichen konnte man im Grunde unmöglich erklären, was genau *Neutrinos, unsichtbare Energie und unsichtbare Materie* überhaupt seien. Und nach Lundegards letzter Erfahrung war es eigentlich völlig sinnlos, sich in die «Niederungen tumber Durchschnittsmenschen» – und das waren nach seiner Einschätzung ausser ihm selbst und ein paar verstorbenen Genies praktisch alle anderen – zu begeben, um die Auswirkungen der Neutrinos auf das Universum und das Leben im Besonderen zu erläutern.

Lundegard hatte es schon des Öfteren versucht – alles für die Katz! Auch der mühevolle Versuch einer simplen Erklärung bei jener Party in der amerikanischen Botschaft – eine Pleite! Es kam selten genug vor, dass er sich überhaupt solch irdischen Dingen wie einer Party hingab, aber es schien ratsam zu sein, daran teilzunehmen, denn man konnte nie wissen, ob neue Forschungsgelder winkten.

Er hatte mit seinem Drink nahe der Bar gestanden, als sich ein paar Leute um ihn scharten – darunter auch ein paar attraktive junge Damen, und er musste sich eingestehen, dass er wohl nur deshalb auf die Frage, was er denn beruflich mache, einging.

«Neutrinos!», hatte er geantwortet.

Bitte wie?

Er sei Physiker und suche nach Neutrinos, denn diese *Geisterteilchen*, wie diese auch populärwissenschaftlich genannt würden, seien so klein, dass sie die gesamte Erde durchqueren können, ohne auch nur einmal mit einem Atom oder gar subatomaren Partikel zu kollidieren. Des Weiteren seien diese Teilchen aber auch gewiss *die* Erklärung: Man müsse sie nur irgendwann in genügender Anzahl detektieren – aber das sei sehr schwierig und erst in geringen Mengen gelungen (weil sie eben so klein und praktisch masselos seien). Und deshalb brauche man so etwas wie eine riesige Falle, um die Teile anzulocken. (Er ersparte es sich, den Teil mit dem Hochrein-Wassertank, der als Falle fungierte, zu erklären, denn er wollte ja den Leuten das *Wesentliche* klar machen, also die Funktion der Neutrinos und deren Auswirkung auf eben *alles*.) Wenn also alles funktioniere wie berechnet, könne man aufgrund der Detektion dieser Neutrinos – also einer grossen Anzahl, wie er nochmals betonen müsse – endlich präzise beweisen, wie das Verhältnis von Materie zu Antimaterie seit dem Urknall, also seit Beginn des Universums, gewesen sei und weshalb dieses Verhältnis immer noch exakt so sei. Dies sei im Übrigen nur eines der Dinge, die man womöglich davon ableiten könne. (Er verschwieg an der Stelle auch, dass er, Bjoern Lundegard, überdies eine neue mathematische Methode entwickelt hatte, mit der er – auch ohne die gigantischen Kernbeschleuniger seiner Kollegen – in der Lage wäre, die lange gesuchte Weltformel zu finden – den heiligen Gral der Astrophysik, die Formel, die alles erklärte und ihm, Bjoern Lundegard, wohl auch den Nobelpreis einbringen würde.)

Sein Publikum auf der Party zeigte sich begeistert – auch eine Möglichkeit, Intelligenz vorzugeben, wo keine anzutreffen war … Er wusste nur zu genau, dass sie nichts kapiert hatten. Es hielt ihn in derselben Stunde nicht von der Vision ab, sich beim Empfang des Nobelpreises den Applaus entgegennehmen zu sehen. Welch eine Basis, dieser neu gewonnene Ruhm!

Allerdings ahnte er noch nicht, was ihn in der Arktis wirklich erwartete.

Keine Zeit ... Termine noch und noch

If you don't stand for something,
you will fall for something.
(African)

«Doktor Silverstone ist am Apparat, Madam», verkündete die Stimme ihrer Assistentin, «soll ich durchstellen?»

«Sicher, stellen Sie durch», kommandierte Kathleen O'Hara.

Silverstone war seit vielen Jahren ihr Hausarzt. Obwohl er schon ziemlich alt war – sie schätzte ihn um die siebzig – und etwas antiquiert, wäre es ihr nie in den Sinn gekommen, einen anderen zu konsultieren, schon gar nicht einen jüngeren Arzt. Silverstone war nicht bloss alt genug, um von Kathleen nicht mehr als «richtiger» Mann wahrgenommen zu werden, er war auch eine medizinische Kapazität; und was am allerwichtigsten war, er war zu jeder Tag- und Nachtstunde für seine Patienten da. Nicht dass sie ihn je zu ungewöhnlicher Zeit gebraucht hätte, denn Kathleen war bislang von äusserst gesunder und robuster Natur. Aber in Anbetracht ihres Jobs konnte sie sich, sollte je der Bedarfsfall eintreten, kein Däumchendrehen im Wartezimmer eines Arztes leisten. Der Routinecheck vor einigen Tagen wurde ruck zuck zwischen zwei geschäftlichen Meetings über die Bühne gebracht.

Dr. Silverstones Stimme klang heute merkwürdig, anders als sonst: «Können Sie heute noch vorbeikommen?

«Sind Sie verrückt? Ausgeschlossen! Termine noch und noch.»

«Es wäre aber ausserordentlich wichtig.»

«Haben Sie was an den Ohren, Doktor?», fragte sie unhöflich. «Sagen Sie mir am Telefon, was Sie zu sagen haben.»

«Also gut, wie Sie wollen.» Silverstone kannte Kathleen O'Hara nun schon lange genug und überhörte einfach ihre zynische Arroganz. «Es geht um die Untersuchung, die wir vor ein paar Tagen gemacht haben.»

Ihre Stimme wurde noch ein paar Grad frostiger: «Diese verdammte Nadel, die Sie mir in den Bauch gestossen haben! So eine Quälerei veranstalten Sie nicht noch mal mit mir.»

«Wird nicht nötig sein, Kathleen.»

«Also gut, Doktor, rücken Sie endlich damit heraus, was Sie mir mitteilen wollen. Ich habe was Besseres zu tun, als den ganzen Tag mit Smalltalk zu vertrödeln.»

«Sie sind krank.»

Keine Reaktion. Die Leitung blieb stumm.

«Sind Sie noch dran?»

«Blödsinn! Ich fühle mich gut, sehr gut sogar.»

«Nicht mehr lange.» Obschon er seine Patientin nicht sonderlich mochte, tat sie ihm ein wenig leid. «Kommen Sie bitte in der Praxis vorbei, solche Angelegenheiten sollte man nicht am Telefon besprechen.»

«Meine Zeit ist begrenzt … und wertvoll» – fast hätte sie «Sie verdammter Idiot» angefügt, konnte sich aber gerade noch beherrschen und sagte stattdessen sachlich: «Verschreiben Sie mir die nötigen Medikamente, Doktor Silverstone. Dafür bezahle ich Sie schliesslich.»

«Sie haben Krebs.»

Der Moment, in dem ein hochtouriges Leben auf der Überholspur zum Stillstand kommt.

Der Raum begann sich um sie zu drehen, sie spürte, wie ihr Mund trocken wurde und wie die aufsteigende Panik ihr langsam, aber unaufhaltsam die Kehle zuschnürte.

Die gläserne Schreibtischplatte summte wie ein Musikinstrument, als die *Vibration* einsetzte.

Tokyo, Japan

Zellteilung «live»

Wären die Protonen im Verhältnis zu den Neutronen nur ein Prozent schwerer oder leichter, gäbe es keine DNA, keine Zellteilung und somit auch kein Leben.

«Takumiro …!» Akiro Matsushimas gellende Stimme hallte durch das riesige Labor, als er den Namen seines Doktoranden und Assistenten schrie. «Takumiro! Verdammte Scheisse, hat der Anfänger wieder mal Mist gebaut!» Seine Ausdrucksweise hatte in diesem Augenblick rein gar nichts von der Würde und Contenance, die man von einem Nobelpreisträger der Medizin erwartet hätte. Matsushima war bei seinen Doktoranden berüchtigt für seine Wutanfälle. Er schaute nochmals durch das Rastertunnel-Mikroskop auf die Zellkulturen und fluchte, was das Zeugs hielt. «Himmel-Donnerwetter, dieses bescheuerte Arschloch hat mir das ganze Experiment versaut!» Er muss die falsche Nährflüssigkeit genommen haben, dachte Matsushima, tagelange Vorbereitungen auf diesen Augenblick – alles für den Mülleimer, bloss weil dieser Watanabe zu blöd war!

Erneut brüllte er erfolglos nach seinem Assistenten, dann beugte er sich wieder über die Linse des Instrumentes. Das Rastertunnel-Mikroskop war einzigartig. Er, Akiro Matsushima, hatte es so modifiziert, dass mittels dieses Hochleistungsinstrumentes weltweit erstmals und direkt, sozusagen live, DNA- und RNA-Strukturen und deren Veränderungen beobachtet werden konnten. Ein genialer Durchbruch der Wissenschaft, denn bald würde man – mittels seiner Erfindung – die Entstehung des Lebens auf Proteinebene nicht nur beobachten können; nein, dies eröffnete in Zukunft auch ungeahnte Möglichkeiten in der Genforschung allgemein. Und als «Abfallprodukt» sozusagen lag locker ein zweiter Nobelpreis drin. Doch nun war er zurückgeworfen worden, denn was er unter dem Mikroskop entdeckte, konnte nur ein Fehler seines Assistenten sein. Anders war es nicht zu erklären, was das Rastertunnel-Mikroskop, zigtausendfach vergrössert und mit blossem menschlichen Auge nicht wahrnehmbar, auf den Monitor projizierte.

Adieu, Dr. Silverstone

Wir hoffen immer, und in allen Dingen
ist Hoffen besser als Verzweifeln.
(Johann Wolfgang von Goethe)

Die Besprechung Kathleen O'Haras mit Dr. Silverstone dauerte nicht lange.

Ob er sich sicher sei?

Ja!

Wie sicher?

Hundertprozentig sicher. Er habe es mit zwei Experten und einem weiteren diagnostischen Check überprüft. Es gebe leider keine Zweifel. Man könne selbstverständlich eine weitere Untersuchung machen, weitere Experten hinzuziehen oder eine Drittmeinung einholen. Ob sie dies wolle?

Nein. – Gebe es eine alternative oder experimentelle Therapie? Geld spiele keine Rolle.

Er wisse, dass sie genug Geld für eine Spezialbehandlung habe, aber dies mache keinen Unterschied. Er kenne keinen einzigen wissenschaftlich dokumentierten Fall, in dem die Krankheit nicht letal verlaufen sei. Es tue ihm leid, dies sagen zu müssen.

Schon gut, sie brauche sein Mitleid nicht. Sie bezahle ihn nicht für falsche Tränen, sondern für seine ärztliche Kompetenz.

Das sei auch nicht seine Intention gewesen. Er habe kein Mitleid. Unzählige Menschen, die viel jünger als sie seien, müssten sterben, ohne jemals das Glück gehabt zu haben, in Reichtum und Luxus zu leben wie sie selbst.

Schon gut, es reiche mit dem Armutsgerede. Sie brauche im Übrigen momentan auch keinen Zynismus von ihm. Also zurück zu den Fakten: Was könnte ihr helfen?

Beten sei das Einzige – an ein Wunder glauben und beten.

Er solle mit dem religiösen Schwachsinn aufhören! Wie lange noch?

Wie sie das meine?

Das wisse er doch verdammt genau! Wie lange sie noch zu leben habe.

Unbehandelt drei bis vier Monate. Im Durchschnitt.

Im Durchschnitt?

Manchmal kürzer, manchmal länger. Aber nicht viel Abweichung, leider.

Schon gut, sie habe verstanden. Was solle überhaupt unbehandelt heissen, wenn es ohnehin keine Heilung gebe?

Mit Behandlung, das heisse mit Chemotherapie und Bestrahlung, verlängere sich die Lebenserwartung auf fünf bis sechs Monate – allerdings mit massiven Nebenwirkungen, und die letzten Monate müsse sie ziemlich sicher in einer Klinik verbringen.

Also nicht nennenswert länger.

Nein, nicht nennenswert länger.

Und schon gar nicht besser in ihrem Fall.

Nein, nicht wirklich. Aber die meisten Menschen wollten eben möglichst lange leben und …

Warum sie keine Schmerzen habe?

Man verspüre wenig Schmerzen an diesem Organ.

Und warum sie keine Symptome gehabt habe?

Auch das sei üblich bei der Art von Krebs. Dies sei das Segensreiche …, äh, pardon, wohl eher das Spezielle und auch Sonderbare an dieser Krebsform: Man habe fast bis zum Schluss keine Schmerzen. Und deshalb auch praktisch keine Symptome, die die Krankheit ankündigen. Die Schmerzen in der Endphase seien wenigstens gut mit Morphin unter Kontrolle zu halten. Allerdings gehe es zum Ende auch sehr schnell. Er könne ihr schmerzlindernde Medikamente verordnen und solche, die den Verlauf etwas verzögern, wenn auch nur um ein paar Wochen, und ausserdem seien sie extrem teuer.

Wie gesagt, Geld spiele keine Rolle. Er solle ihr die Medikamente besorgen.

In Ordnung, sie könne sie morgen bei ihm abholen lassen. – Ob sie nicht doch eine Nacht darüber schlafen wolle?

Wozu?

Na, wegen der Chemotherapie.

Nein.
Nun gut, es sei ihre Entscheidung. Er wünsche ihr viel Kraft.
Adieu, Dr. Silverstone.
Adieu, Misses O'Hara.

SOS, Herr Professor!

Würde die Distanz der Erde zur Sonne geringfügig abweichen, gäbe es auf der Erde kein Leben.

Julie hatte die letzten Wochenenden geopfert, immer wieder die gleichen Messungen wiederholt, ohne ein Wort darüber zu verlieren, denn sie wollte sich auf keinen Fall blamieren. Irgendetwas machte sie falsch. Sie war sich sicher, dass es an ihren Bedienungsfehlern lag. Jedenfalls, die Resultate, die das System ausspuckte, konnten schlichtweg nicht richtig sein. Erneut kalibrierte sie das Lasermessgerät in Richtung des Mondes. Ein idealer Abend, diese kalte Winternacht. Am glasklaren Himmel prangte der Vollmond.

Sie war alles nochmals durchgegangen: die Checkliste, wie der Laser kalibriert wird, mögliche Messfehler, die kompensiert werden müssen, und so weiter und so fort. Allerdings gab es nicht viel zu checken, denn das Laserdistanzgerät war einzigartig. Professor DeLacroix hatte es entwickelt, und er war mehr als stolz darauf, «dass er, DeLacroix, der Beweis frankofonen Genies und Erfindungsgeistes» sei, wie er seiner Studentin vor ein paar Wochen unter vier Augen gesagt hatte. Er habe bisher nur sie eingeweiht, denn er wolle seine Erfindung zuerst patentieren lassen. Das Messgerät sei noch zu viel mehr in der Lage, als lediglich die Monddistanz hundertmal genauer als alle gängigen Modelle zu ermitteln. Und indem er Julie sanft seine Hand auf die Schulter legte, gab er ihr zu verstehen, dass nicht mal die Amis so etwas hätten.

Julie wunderte sich nach wie vor, dass der Professor ausgerechnet ihr den Vorrang eingeräumt hatte, indem er ihr erlaubte, ein paar Testmessungen zu machen. Umso peinlicher fand sie es, dass sie die Apparatur offenbar nicht bedienen konnte, denn eigentlich konnte man nicht viel falsch machen: Man musste allenfalls das Gerät auf den Mond richten und das Programm starten. Das Messgerät feuerte dann mehrere unsichtbare Laserstrahlen auf den Mond und schickte die Ergebnisse an den Computer. Dieser wertete die Resultate innerhalb weniger Minuten aus. Ein Kinderspiel! Selbst ein Laie konnte die Messung durchführen.

Julie starrte auf den Monitor, der die Resultate der Messung grünlich schimmernd anzeigte, und verglich sie haareraufend mit den Messungen der letzten Tage.

Ich muss es dem Professor mitteilen, dachte sie, als ihr klar wurde, dass ein Irrtum ausgeschlossen war. Gütiger Himmel, ich muss es allen sagen! Wie ist das möglich?

Kreidebleich und zitternd stierte sie auf die Zahlenkolonnen und wusste nicht, was ihr lieber wäre: dass sie zu dumm war, das Gerät zu bedienen, oder dass die Abweichung der Ergebnisse ihre Richtigkeit hatten.

Sie griff zum Telefon.

The winner takes it all

Schau nicht nach dem Bösen, Mensch,
denn das Böse bist du selbst.
(Jean-Jacques Rousseau)

Als Chief Executive Officer der Rupert-Elton Company wusste Kathleen genau, dass sie sich an die «Management-Spielregeln» eines James Connors zu halten hatte. Und diese «Spielregeln» waren unterteilt in geschriebene und ungeschriebene Regeln, wobei die geschriebenen die waren, die ein jeder Manager dieser Welt einzuhalten hat: gesetzliche Richlinien, Rules ad Regulations, etc. etc. Diese zu verletzen ist ein «Vergehen», das entsprechend der Schwere des «Deliktes», zu Sanktionen führt. Die ungeschriebenen «Regeln» eines James Connors waren jedoch viel mehr – sie waren «Gesetz»! Diese Regeln nicht zu befolgen war viel schwerwiegender und kam einem Verbrechen gleich. Und diese Regeln besagten: Erstens, du spielst solange mit, wie du «funktionierst», will heissen, solange du in der Lage bist, das zu leisten, was die anderen von dir erwarten (wobei sich Leistung definiert als «Return-on-Investment» im ureigensten Sinne des Wortes). Zweitens, wenn man Punkt eins nicht mehr erfüllt, tritt man ab beziehungsweise wird man «abgetreten». Drittens, alles hat in würdigem Rahmen zu geschehen, das «Opfer» hat sich kollaborativ zu verhalten und jegliche (da immer unnütze) Versuche eines Widerspruches oder gar Schlimmeres zu vermeiden.

Sonntag! Sondersitzung des Executive Committees – in kleinstem Kreise. Um präzise zu sein: Nur der Vorsitzende und sein Assistent Jim Rockman, Sekretär des Vorstandes, waren zugegen. Auch Rockman war mit den «Spielregeln» vertraut, wusste genau, dass er keine Wahl hatte, als seinem Boss auf Schritt und Tritt zu folgen – Sonntag hin oder her. Wer als Vorstandssekretär den nächsten Karriereschritt anstrebte, rechnete einfach und simpel: Alle Demütigungen, die so eine Position mit sich brachte, liess man ohne zu murren über sich ergehen; man akzeptierte ohne ein Wimperzucken, rund um die Uhr für den Vorsitzenden bereit zu stehen; jeden noch so erdenklichen Schwachsinn führte man ohne Widerspruch oder gar Opposition aus und liess sich sogar für Aufgaben gebrauchen – besser gesagt: missbrauchen –, für deren Ausführung in aller Regel kein jahrelanges Studium vonnöten gewesen wäre. Kurzum, man musste die Bereitschaft mitbringen, sich wie ein wirbelloses Tier zu benehmen – ein Lurch würde dieser Beschreibung in der Tierwelt wohl am ehesten entsprechen.

War man – in dem Falle Rockman – also wild entschlossen, dann winkte als Lohn die Chance, von der Menschen wie er täglich träumten: dass man selbst eines Tages den evolutionären Schritt vom Lurch zum Vorsitzenden vollziehen würde.

27. Etage, Board Room. Ein ellenlanger, protziger Mahagonitisch als Zentrum des Raumes. Linke hintere Ecke: eine kleine Ledersitzgruppe direkt an der gigantischen Fensterfront, wo das Meer der Wolkenkratzer zum Greifen nahe schien.

James Earl Connors III. war ein Mann, der stets direkt zur Sache kam. Als Vorsitzender des Executive Committees eines der grössten Unternehmen der Welt – Connors figurierte in der Top-ten-Liste der reichsten Menschen – verabscheute er jegliche Umschweife. Er war nicht bloss irgendein gut bezahlter «Statthalter», der irgendwelchen Aktionären zur Rechenschaft verpflichtet gewesen wäre. Ganz und gar nicht, im Gegenteil, das Unternehmen gehörte ihm selbst. James Earl Conners III. (ein Name, den er sich später in seiner Laufbahn selbst gegeben hatte) war der Besitzer des gesamten Konzerns. Er, der Schwarze, hatte es vollbracht! Er hatte es geschafft, aus den Gettos herauszukommen, statt sich in sinnlosen Bandenkriegen von Drogendealern zu verlieren oder von den Bullen erschossen zu werden.

Als seine Mutter an einer Überdosis Heroin gestorben war – seinen Vater hatte er nie gekannt –, war er gerade mal dreizehn Jahre alt. Unter Brücken hatte er übernachtet, sich aus Abfallkübeln ernährt, und dennoch war er immer zur Schule gegangen.

Ja, er hatte es geschafft, gegen das Schicksal. Hatte sich durchgebissen und durchgekämpft bis hin zu einem Studium an einer der Ivory-League Elite-Universitäten. Und eines Tages war er an der Spitze angelangt! Er, James Earl Connors III., war sich selbst der beste Beweis, dass man alles erreichen konnte, wenn man es wollte.

Sein Weltbild wurde nicht mehr durch die Unterscheidung von Schwarz, Weiss oder Gelb, Jung oder Alt geprägt, sondern ausschliesslich durch die Einteilung *Geld oder Nicht-Geld*. Armut war etwas für Verlierer. Ihm hatte auch keiner geholfen, damals in den Gettos! Jeder muss für sich selbst kämpfen. The winner takes it all. Dies war sein Credo, unerschütterlich. Kein Pardon, sorry, so funktioniert nun mal diese Welt.

Die Erinnerung an seine Jugendzeit – sie war erloschen, gestrichen, verdrängt. Er konnte es sich nicht einmal erklären, warum er allein bei der Erwähnung des Nachnamens Johnson von einem beklemmenden Gefühl befallen wurde …

«Verdammt, Kathleen, was soll das? Heute ist Sonntag! So ein Unfug, ich hatte gerade das Golfspiel meines Lebens.» Er lachte, umarmte seinen Zögling herzlich, dann bewegte er seinen massigen Körper mühsam in Richtung der kleinen Sitzgruppe abseits des grossen Konferenztisches. Mit einem Ächzen liess er sich hineinplumpsen und machte sich daran, eine seiner geliebten Havannas anzuzünden, die Rockman bereits vorbereitet hatte. Ein gieriger, langer Zug, und der Raum war in Kürze vom Rauch und Geschmack des kubanischen Luxusartikels erfüllt. Jetzt da er sein Bedürfnis nach Nikotin gestillt hatte, lehnte sich der Vorsitzende gemütlich und, wie es schien, etwas versöhnlicher im Sessel zurück.

«Ah, sorry, Kathleen, aber ich hatte wirklich ein tolles Golfspiel heute. War doch ein glatter Birdy in Loch sieben.» Sofort schaute er missbilligend auf Rockman, der mitten in seine Ausführungen über das Golfspiel ein «Das war wirklich ein aussergewöhnliches Spiel, Herr Vorsitzender» gewispert hatte, und schnarrte diesen an: «Schon gut, Rockman, unterbrechen Sie mich nicht!»

«Jawohl, Sir», Rockman wurde ein Stück kleiner, duckte sich schuldbewusst und hielt von nun an den Mund.

«Also, Kathleen, meine Gute, was gibt es so Dringendes? Eine neue Businessentwicklung? Der Kauf von Global One ist doch perfekt – korrekt?»

«Keine Frage, James, der Deal mit Global One ist perfekt. Der Hauptaktionär hat gewissermassen schon zugestimmt, wie geplant. Keine Änderungen. Das wird die Corporation um Milliarden Dollar aufwerten.»

«Gut, sehr gut», Connors lächelte und inhalierte ein weiteres Mal das Aroma seiner Havanna, dann sah er Kathleen ein wenig ungehalten an. «Und warum um Himmels willen haben Sie mich dann heute am Sonntag hierher bestellt?»

«Ich habe Krebs, James.»

Der Raum wurde noch stiller. Selbst die wenigen beiläufigen Geräusche schienen einen Augenblick den Atem anzuhalten. Eine Hiobsbotschaft schwebte durch die Luft, ein besudelndes Geheimnis, das man üblicherweise nicht im obersten Stock einer Konzernzentrale ausspricht. Ein Sakrileg! So etwas Schmutziges, Triviales, Shareholderfeindliches wollte man in der Führungsetage eines globalen Unternehmens nicht hören. Nachrichten dieser Art gehörten in muffige Spitäler und Ärztezimmer. Kathleen O'Hara hatte sich einen Verstoss gegen die Regeln der Business-Kaste geleistet.

James zog ein paarmal kräftig an der Havanna und blies, gleichsam durch Schlitzaugen sein Gegenüber fixierend, den Rauch aus, bevor er sich zu einer Antwort durchringen konnte. Dann räusperte er sich, lehnte sich im Sessel weit zurück und sagte: «Ah ...» Seine Zigarre qualmte wie der Schornstein einer Fabrik. Der Rauch verdeckte sein halbes Gesicht. Ein weiteres Räuspern. «Oh, das tut mir sehr leid, Kathleen.» Der Vorsitzende hatte eine fürs Business relevante Nachricht erwartet, nicht eine, die die Gesundheit seines CEO betraf.

«Ja, mir tut es auch leid, James», antwortete Kathleen.

Schweigen. In Gedanken überschlug Connors blitzschnell alle Möglichkeiten. Die Rauchschwaden waberten durch den Raum. «Wie schlimm, Kathy?» Wieder lösten sich kleine Rauchkringel seiner Zigarre, als er daran zog.

«Sehr schlimm», ihre Stimme klang brüchig, «ganz schlimm! Unheilbar!» Sie begann leise zu schluchzen.

«Das tut mir sehr, sehr leid, meine Liebe», er schaffte es mühelos, seiner Stimme einen warmen und ehrlichen Klang zu geben, «vielleicht gibt es ja doch eine Möglichkeit. Man liest immer wieder von neusten Medikamenten und Methoden und so …»

«Nein, mein Arzt sagt, es gibt nichts in der Art. Ich werde sterben, James.» Ihre Stimme versagte.

Shit, dachte Connors, das hat mir noch gefehlt. So eine Scheisse. Sie war echt gut. Jetzt muss schnellstens ein Nachfolger her. Ich denke, ich weiss schon, wen. Hat auch sein Gutes; sie hatte in letzter Zeit etwas von ihrem Drive verloren. «Wie lange noch?», fragte er.

«Ein paar Monate – drei bis vier … So genau kann man es nicht sagen.»

«Hmm …» Die Rauchkringel tummelten sich schwerelos an der Decke. Ein nächster tiefer Zug, der die Spitze des Zigarrenstummels rötlich aufleuchten liess. «Ja, das ist echt schlimm, Kathleen.» So ein Mist!, fuhr es Connors durch den Kopf, gleich wird sie anfangen zu heulen. Besser gleich einen Schlussstrich machen.

«Na, wem sagen Sie das, James», meinte sie und konnte prompt ihre Tränen nicht mehr zurückhalten.

Connors hielt ihr ein Taschentuch hin. «Na ja, da kann man wohl nichts tun.» Er schaute sie mit sorgenvollem Blick an. «Also, Kathleen, selbstverständlich müssen wir eine Entscheidung treffen, und zwar schnellstmöglich.» Ein kurzer Seitenblick zu seinem Assistenten genügte, denn dieser hatte instinktiv sein Notebook ausgepackt.

Rockman wusste, was sich nun ereignen würde. Nicht nur, dass sich ihm selbst in dieser unerwarteten Konstellation neue Opportunitäten eröffneten – diesen Gedanken schob er einen Moment in den Hintergrund –, noch viel befriedigender für ihn war der Umstand, dass er endlich eine der seltenen Gelegenheiten hatte, sein Know-how als Jurist einzusetzen, selbst wenn es nur für diesen einen kleinen schmutzigen Augenblick war, der gleich folgen würde.

«Bitte, James, kann ich …», Kathleen hatte sich etwas gefasst und begann den Satz erneut, «bitte, kann ich noch bleiben? Ich meine, ich habe ja noch eine Weile …»

«Eine Weile?» Connors' Augenbrauen hoben sich, und sein Tonfall klang einen Hauch frostiger, als er präzisierte: «Drei bis vier Monate würde ich nicht eine Weile nennen, meine Liebe.» Er schüttelte den Kopf. «In der verbleibenden Zeit kann man doch beim besten Willen unternehmerisch nicht mehr viel bewegen. Nein, nein, Kathleen, Sie müssen sich jetzt um sich selbst kümmern, das hat absolute Priorität. Vergessen Sie die Firma.»

«Aber, ich dachte, ich könne noch …, na ja, vielleicht so ein oder zwei Monate, ich meine, um die Geschäfte in geordneter Art und Weise zu übergeben», sie stockte, «und wegen meines Nachfolgers. Ich dachte, ich könnte da noch …»

«Na, na, Kathleen», unterbrach sie der Vorsitzende fast väterlich, aber nicht ganz so jovial, wie seine Stimme tönen sollte, «Sie haben doch für die Belange der Firma gar keine Zeit mehr. Ähm, ich will sagen, Sie müssen sich jetzt um Ihre Gesundheit kümmern.»

«Um meine Gesundheit?», sie brauste auf, «um meine Gesundheit? Ich habe Ihnen doch erst vor ein paar Minuten meine Situation erklärt. Da gibt es nichts, worum ich mich kümmern könnte. Alles, worum ich Sie bitte, Herr Vorsitzender, ist es, dass ich noch ein paar Wochen arbeiten darf. Was soll ich denn sonst tun in der verbleibenden Zeit?» Sie schaute ihren Chef mit tränengefüllten Augen an.

«Kathleen, bitte Kathleen», er reichte ihr konsterniert und leicht angewidert ein weiteres Taschentuch, das er mit spitzen Fingern aus seinem Club-Jackett fischte, «bitte reissen Sie sich zusammen! Mein Gott, Kathleen, was soll dieses Theater?»

«Aber … bitte …, nur ein paar Wochen.»

«Stopp, Kathleen!», er unterstrich das Kommando durch eine schneidende Handbewegung, «Sie kennen die Gepflogenheiten. Der Stress, diese Firma zu führen, gerade jetzt! Die Fusion mit Global One, Leap-Frogging, Market-Dominance, Shareholder-Value, Ballpark-Game … Herrschaftszeiten, Kathleen, Sie kennen die Regeln aus dem Effeff! Nein, das kann ich Ihnen, aber auch dem Unternehmen unmöglich zumuten.»

«James, bitte», Kathleen war aufgestanden, wollte auf ihn zugehen.

«Schluss jetzt, das reicht!» Connors hatte sich aus seinem Sessel erhoben, und das klatschende Geräusch seiner auf den Tisch schlagenden flachen Hand war das hörbare Zeichen seines Unmuts. Für die Anwesenden unvermutet, plumpste er in den Sessel zurück und setzte umgehend wieder eine besorgt-väterliche Miene auf. «Wir werden Ihre Dienste zu würdigen wissen, Kathleen. Sie kennen mich hoffentlich gut genug. Ich zähle auf Ihre professionelle Kooperation.» Die letzten Worte klangen unüberhörbar drohend und definitiv. Seine Entscheidung stand unwiderruflich fest.

«Meine Liebe, schlafen Sie erst mal über das Ganze.» Er hievte sich erneut aus dem Sessel und half ihr dann galant beim Aufstehen. «Morgen ist auch noch ein Tag, meine Gute.» Er legte seinen Arm um ihre Schulter. «Man sollte solche Dinge nie übereilen. Wir sprechen morgen noch einmal darüber und finden ganz sicher eine gute Lösung.» Inzwischen hatte er sie in Richtung Türe manövriert, öffnete diese, dann umarmte er sie zum Abschied und gab ihr einen Kuss auf die Wange. «Mein Fahrer wird Sie nach Hause bringen. Schlafen Sie sich erst mal aus, das wird Ihnen guttun.»

«Danke, James, Sie sind ein so guter Mensch.»

Connors schloss die Tür und wandte sich an Rockman: «Sie wissen, was zu tun ist.» Nachdem er sich umständlich die zweite Havanna angezündet hatte, brummte er: «Der Mist hätte auch bis morgen Zeit gehabt. Schade um das Golfspiel.»

Es wäre James nie in den Sinn gekommen, dass er in irgendeiner Art umenschlich oder unfair gehandelt hatte. Für ihn waren seine «Management-Gesetze» das Selbstverständlichste der Welt. In seinen Augen so selbstredend wie die Regeln im Fussball, im Strassenverkehr oder in der Armee – zu befolgen eben.

Das erloschene Streichholz im Aschenbecher erzeugte eine leise Symphonie, als es plötzlich in *Vibration* geriet und gegen den

Rand des Glases schlug. James Earl Connors III. jedoch war in Gedanken schon allzu sehr bei seinem Golfspiel, als dass er das Beben bemerkt hätte, und ärgerte sich immer noch über den Abschlag am Loch Nummer drei, der ihm misslungen war.

Wer zum Teufel ist Fritz?

N ist das Verhältnis der starken nuklearen Kräfte zu dem der Schwerkraft und ist exakt 1 zu 10^{-36}. Wäre dieses Verhältnis unwesentlich grösser oder kleiner, so wäre organisches Leben im Universum unmöglich.

Selbst im Rückblick würde es sich Bjoern Lundegard nicht eingestehen, dass es bloss Eitelkeit war, die ihn dazu trieb, der Partygesellschaft eine Antwort zu geben, und keineswegs das Bedürfnis, etwas von seinem Wissen zu vermitteln. Damals überlegte er blitzschnell, wie seine Tätigkeit am besten und einfachsten zu umschreiben sei. Sollte er die enorme Wichtigkeit, ja gar Fundamentalität der Neutrinos und Antineutrinos erklären? Oder gar so weit gehen und den Zuhörern seine Vermutung erläutern, was es mit der *Dunklen Energie* und der *Dunklen Materie* im Universum auf sich hatte? Er hätte noch eins draufsetzen können: dass er glaube, die Neutrinos und Antineutrinos seien ein Teil der *Dunklen Materie und Energie*, und er gedenke zu beweisen, dass alle Elementarteilchen, eben alle Bausteine der Materie, durch die String-Theorie und das Super-Symmetrie-Theorem miteinander verbunden seien. Schliesslich könne praktisch «a causa sui» der Beweis erbracht werden, dass unendlich viele Universen existieren und die Entstehung unseres eigenen Universums – und damit auch die Existenz des Menschen – ein purer Zufall sei, aber dennoch, wie er und andere vermuteten, alles irgendwie zusammenhing?

Hoffnungslos! Kein Einziger im Raum hätte all das verstanden, da es astrophysikalische Kenntnisse voraussetzte. Also versuchte er es mit einer, wie er meinte, allen verständlichen, weil logischen Sache, nämlich der Erklärung von Omega. Das würde wohl auch der Dümmste begreifen.

«Meine Damen und Herren, man stelle sich vor: Als eines der unendlich vielen Beispiele der Naturkonstanten steht *Omega*, die relative Dichte des Universums. Omega ist seit der Entstehung unseres Universums, also seit etwa vierzehn Milliarden

Jahren, absolut und präzise konstant. Ja, meine Damen und Herren, Omega ist mehr als konstant, denn Omega ist auf den millionmilliardsten Teil präzise und konstant!» An dieser Stelle geriet Lundegard ins Schwärmen, ohne wahrzunehmen, dass er die meisten Gäste völlig überforderte. Sie fühlten sich längst von seinem Diskurs abgehängt, sodass ihre Mienen wie in Stein gegossene Fragezeichen aussahen. Doch Lundegard war in seinem Element, immer schneller sprudelten die Worte aus ihm heraus. «Man stelle sich also vor, dass dieses Verhältnis von Omega auf den millionmilliardsten Teil präzise sei! Mathematisch gesprochen ist dies gleichzusetzen mit eins zu zehn hoch minus fünfzehn. Sie müssen zugeben: Das ist doch unglaublich, phänomenal!» Ohne irgendwelche Anstalten zu machen, den grossen Fragezeichen-Gesichtern zu erklären, was denn so unglaublich an der Sache sei, und – viel wichtiger – wie man sich ein Verhältnis von 1 zu 10^{-15} vorzustellen habe, fuhr er fort: «Genau diese so präzise Abstimmung seit dem Urknall deutet darauf hin, dass es keinen Schöpfer oder Gott gibt, sondern dass es sich um nichts anderes als ein Naturgesetz handelt oder einen Zufall eben. Ein Zufall, dass in dem einen Universum, dem unsrigen, alles genau so zusammenpasst, dass Leben und ultimativ der Mensch überhaupt entstehen konnten. Der wahre Grund dafür ist, meine Damen und Herren, dass es – einfach gesprochen – unendlich viele Universen gibt, und deshalb ist es mathematisch-empirisch logisch, dass eines dieser unzähligen Universen zufällig genau richtig geraten ist. Und übrigens ...», Lundegard hob seinen Zeigefinger, um die Wichtigkeit seiner Worte zu unterstreichen, und grinste dann über das ganze Gesicht, «gerade die Konstanz und unglaubliche Präzision nur dieser einen Konstante, also Omega, deutet ja per se darauf hin, dass es keinen gibt, der an diesem Verhältnis herumspielt, um sich dadurch zu manifestieren, hahaha ...» Er lachte noch lauter, als er anfügte: «Ich hoffe bloss, der alte Fritz lag mit seiner Vermutung richtig. Sonst wäre alles für die Katz, hahaha ...»

Er war der Einzige, der an dieser Stelle lachte, denn was er selbst als formidablen Witz verstanden wissen wollte, hatte in Tat und Wahrheit niemand durchstiegen. Die Fragezeichen-Gesichter schauten ihn an, als käme er von einem anderen Stern und habe seinen Kurzvortrag soeben in einer fremden, aus Zisch- und Gurgellauten bestehenden aussergalaktischen Sprache gehalten.

Ein wenig unwohl war ihm nur, weil er seinen Zuhörern einen Gedanken unterschlagen hatte, auf den er selbst keine Antwort wusste, und so war er gottfroh, dass keiner gewagt hatte, danach zu fragen: Wo denn all die unendlich vielen Universen herkämen. Und wie er überhaupt die Frechheit besitze, von der Existenz unendlich vieler Universen zu reden, wenn man nicht mal annähernd in der Lage sei, die Entstehung des *einen* Universums, in dem wir leben, zu erklären.

Nach seinem Vortrag hatte er bald ziemlich einsam in der Gegend herumgestanden und seinen Drink geschlürft. Er beschloss gerade, zu gehen, als ihm jemand von hinten auf seine Schultern tippte.

Holla!, die Blondine sah atemberaubend aus: das Gesicht à la Barbiepuppe mit Schmollmund, dazu ein Körper, dessen Kurven bloss halbherzig von dem engen, knallroten Satinkleid zusammengehalten wurden. Lundegard stockte der Atem, und ein Kribbeln in seinen Lenden machte sich bemerkbar.

Sie stellten sich gegenseitig vor, ein paar belanglose Worte folgten, nichts Wesentliches, denn es trafen ja zwei aussergewöhnlich schöne Menschen aufeinander, deren inhärente Arroganz keinerlei Witz oder gar Konversation aufkommen liess. Schliesslich standen beide unschlüssig da.

«Wer zum Teufel ist der alte Fritz?», säuselte die Barbie, doch eine Antwort wartete sie erst gar nicht ab, sondern stellte sich auf ihre Zehenspitzen und flüsterte ganz nah an seinem Ohr: «Erklär es mir *danach*.»

Der Weg zu ihrem Appartement war nicht weit. Kaum hatte sie der Wohnungstür mit ihren hochhackigen Sandaletten einen Schubs verpasst, stiess sie Lundegard gegen die Wand, öffnete den Reissverschluss seiner Hose, sank vor ihm in die Knie und kündigte raubtiergleich an, dass sie «seinen *dicken Neutrino* etwas bearbeiten» wolle.

Er würde diese Nacht jedoch aus einem zweiten Grund nicht vergessen. Aus einem schmerzlichen Grund, den er erst später erfahren sollte, Monate später, alleine in seiner Forschungsstation im arktischen Eis.

Verklagen Sie mich ...

I judge people by their own principles –
not by my own.
(Martin Luther King)

Am nächsten Morgen erwartete Rockman sie in ihrem Büro. Alle Dokumente lagen zur Unterschrift auf ihrem ansonsten schon geräumten Schreibtisch bereit. Alle Proteste halfen nichts. Nein, Connors sei nicht zu sprechen, er sei im Ausland. Nein, ein Aufschub sei nicht möglich. Das Angebot sei sehr, sehr grosszügig, wie man meine. Sollte sie nicht umgehend unterschreiben, würde man prozessieren. So was dauere Monate, wenn nicht Jahre – und so viel Zeit habe sie ja wohl kaum, wie Rockman hämisch grinsend meinte. Ja, sie dürfe noch ein Kommuniqué an ihre Mitarbeiter und an die Presse verfassen. Sie habe eine halbe Stunde Zeit.

Sie brauchte zehn Minuten. Ein Ausnahmetalent eben – in jeder Hinsicht. Sie unterschrieb das Abkommen. Absolutes Stillschweigen war die Prämisse, auf der das Abkommen beruhte. Die Abfindung: neunzig Millionen Dollar, plus Spesen und ausstehende Stock-Options – eine übliche Summe, die als Prozentsatz des zu erwartenden Wertzuwachses der Fusion beider Firmen berechnet worden war. Dennoch sehr grosszügig von Mister Connors, wie Rockman mit säuerlicher Miene meinte. Leise, aber hörbar ergänzte er: «Zu grosszügig, wenn ich zu entscheiden gehabt hätte.»

Das Echo des Satzes verschlug ihm die Sprache, denn Kathleens Faust traf ihn mitten ins Gesicht, sodass sein Nasenbein mit einem widerlichen Knacken zerbrach.

«Verklagen Sie mich, Sie Arschkriecher!» Und mit einem Lächeln der Genugtuung knallte sie die Tür hinter sich zu.

Unersättlich

Try not to become a man of success,
but rather try to become a man of value.
(Albert Einstein)

Die Blondine war unersättlich gewesen, und selbst Lundegard, mit einer schier unerschöpflichen Potenz ausgestattet, war geschafft und ziemlich ausser Atem.

Die Blondine, deren Namen er entweder nicht wusste oder – wenn er sich selbst gegenüber ehrlich war – während des Sexmarathons vergessen hatte, lag neben ihm und rauchte eine Zigarette. Eigentlich hasste er diese Unart, aber schliesslich waren sie in ihrer Wohnung, sodass er ihr den Glimmstängel kaum verbieten konnte. Und als wäre dies nicht genug, fragte sie nun unvermittelt, was denn all der Käse bedeute, den er bei der Party verzapft habe.

Kaum hatte er sich die ersten paar erläuternden Worte abgerungen, unterbrach sie ihn: Ob er ihr das Zeug nicht so erklären könne, dass es auch eine blöde Blondine wie die kleine Veronique kapiere.

Insgeheim klatschte sich Lundegard an die Stirn. Richtig, Veronique hiess sie! Merci auch!

«Und bevor ich es vergesse», nuschelte sie mit der Zigarette zwischen den Lippen, «wer zum Teufel ist nun der alte Fritz?

Lundegard, der sich eigentlich anziehen und vom Schlachtfeld stehlen wollte, nicht nur, weil der Qualm ihn störte, sondern auch, weil er es als zu bemühend, mithin als unter seiner intellektuellen Würde empfand, sich über so wesentliche Dinge mit einer geilen, doch scheinbar ziemlich tumben Blondine zu unterhalten. Aus irgendeinem Grund beschloss er dennoch, den verwegenen Versuch zu wagen, denn sie schien zumindest eine gesunde Portion Selbstironie zu besitzen, wie der letzte Satz bewiesen hatte.

Nun also, genau das habe der Mann seinen neuen Studenten auch immer gesagt.

Die Blonde guckte kritisch: Was er da labere – wer hätte was zu wem gesagt?

«Na, Zwicky, Fritz Zwicky! Ein genialer Astrophysiker, ein Schweizer. Die meisten seiner Landsleute kennen heute allerdings kaum noch seinen Namen. Wie dem auch sei, Zwicky war ein Genie. Er war es, der 1933 am CalTech in Kalifornien die wohl bedeutendste Entdeckung der Menschheit gemacht hat – bloss hat es bis heute so gut wie keiner bemerkt. Na ja, der Fritz war halt wohl etwas eigen und skurril, ausserdem rüpelhaft. Immerhin hat er mit eben diesem Satz: ‹Wer zum Teufel sind Sie?›, alle begrüsst, die er nicht kannte oder an die er sich nicht erinnern konnte beziehungsweise wollte.» Lundegard liess seinen Blick immer noch über den perfekten Körper der Blondine wandern und fügte dann grinsend an: «Aber das sind ja fast alle Schweizer, skurril, meine ich.»

Aha, so sei das also. Ob man denn erfahren dürfe, was dieses Genie von Zwicky so wahnsinnig Wichtiges entdeckt habe.

Lundegard nervte das launische Gehabe seiner Bettgenossin, doch er musste sich eingestehen, dass er schon wieder heiss wurde beim Anblick ihrer Kurven und ihrer Lippen, die feucht glänzend an der Zigarette sogen und seine wildesten Fantasien anregten. Also antwortete er, seine Gereiztheit unterdrückend: «Zwicky hat 1933 theoretisch bewiesen, dass es im Universum, also überall um uns herum, viel zu wenig Materie und Energie gibt, und zwar massiv zu wenig. Demzufolge *muss* es nicht-sichtbare Energie und Materie geben, und weil sie weder sicht- noch nachweisbar sind, nannte Zwicky sie die *Dunkle Materie* und die *Dunkle Energie*.»

«So, so …», kommentierte Veronique und steckte sich schon den nächsten Glimmstängel an, was Lundegard noch mehr nervte. «Und was soll das Zeug mit *dieser Dunklen Materie und Energie*? Und wie konnte dieser Zicky das eigentlich behaupten, wenn doch der ganze Kram unsichtbar ist?»

Lundegard war kurz davor, sich mit einer Ausrede ins Bad zu verdrücken oder überhaupt das Weite zu suchen, notfalls ohne Klamotten. Wie konnte er hier bloss vornehm die Kurve kratzen?

«Das ist alles furchtbar kompliziert», hob er aufs Neue an,

«aber im Wesentlichen – um es einfach zu erklären – hat Zwicky nachgewiesen, dass es aufgrund der Bewegung der Galaxien, Sonne und Planeten einfach nicht genügend Gravitation gibt, also die sichtbare Materie und Energie gar nie ausreicht, um die Sterne und Planeten zusammenzuhalten. Man vermutet deshalb, dass über neunzig Prozent aller Materie und Energie unsichtbar ist. Ich glaube jedoch, dass ich sie mittels meiner Erfindung nachweisen kann und so dem Geheimnis und Wesen aller Dinge auf die Spur komme.»

«Ah ja, und was glaubt der überragende Wissenschaftler Lundegard, *was das Wesen der Dinge ist?*», hakte sie schnippisch nach.

Weil es zu sehr seiner innersten Überzeugung entsprach, schoss beinahe ein: *«Dass es keinen Schöpfer geben kann»,* aus seinem Mund hervor. Er konnte sich gerade noch im Zaum halten. Stattdessen begnügte er sich mit der Antwort, dass wohl jeder vernünftige Mensch das Geheimnis des Lebens zu ergründen suche. «Oder etwa nicht?», schob er spitz nach.

«Oh Mann, und was sollen laut Zwicky die Neutrinos damit zu tun haben?» Die Blondine verdrehte die Augen.

«Laut Zwicky gar nichts», antwortete Lundegard. «Die Neutrinos hat ein anderer entdeckt, ein Österreicher jüdischen Glaubens, der später zum Christen wurde – warum, weiss ich auch nicht, aber das spielt ja in dem Zusammenhang auch keine Rolle. Wesentlich ist für mich, dass ich überzeugt bin, die Neutrinos sind ein Teil der *Dunklen Materie* und der *Dunklen Energie*.»

«Tss, alles dunkle Sachen also.» Die Blonde schien sich über ihn lustig zu machen, trotzdem war ihre Wissbegier offenbar ähnlich enorm wie ihr erotisches Potenzial. «Was sind überhaupt Neutrinos?», löchterte sie ihn prompt weiter.

«Ach, das ist nun wirklich furchtbar kompliziert. Nur so viel: In jeder Sekunde durchqueren sechsundsechzig Milliarden Neutrinos die Erde, die Menschen, uns beide … Eine Unmenge von Neutrinos.»

Er machte eine kunstvolle Pause, doch Veronique reagierte nicht.

Etwas enttäuscht fügte er seine Pointe an: «Sechsundsechzig Milliarden Neutrinos pro Sekunde und pro Quadratzentimeter!»

Ende einer Karriere

Ein Leben in Fülle
lebt nicht vom Überfluss,
sondern von der Vielfalt.
(Ernst Ferstl)

Das von Kathleen O'Hara verfasste zwei Seiten umfassende Kommuniqué wurde – nachdem sie das Haus in Begleitung der Wache verlassen hatte – umgehend vernichtet und durch eine schon am Vortag von James Earl Connors III. persönlich diktierte Kurzmitteilung an die Presse und Belegschaft ersetzt:

> Das Executive Committee der Rupert-Elton Company bedauert zutiefst den Entscheid unseres CEO and Chairman, Ms. Kathleen O'Hara, mit sofortiger Wirkung aus privaten und persönlichen Gründen von all ihren Ämtern zurückzutreten. Wir bedauern dies sehr, akzeptieren diesen Entschluss jedoch und wünschen Ms. O'Hara alles Gute für ihre Zukunft und die kommenden Herausforderungen. Ein Nachfolger als Chairman und CEO der Rupert-Elton Company wird in Kürze bekannt gegeben.

Ende einer Karriere.

Wo ist der Kerl?

It is much easier to be critical than to be correct.
(Benjamin Disraeli)

Takumiro Watanabe hockte auf der Toilette am Ende des langen Flurs, als er das ferne Gebrüll seines Doktorvaters hörte. Wie ein irrer Pavian hört er sich an, dachte Takumiro fluchend. Schneller als geplant, beendete Watanabe diese Sitzung, wusch sich flüchtig die Hände und rannte im Laufschritt in Richtung des Labors. Schon beim Aufreissen der Tür meldete er sich zurück: «Sie haben gerufen, Matsushima-san?» Dabei machte er einen respektvollen Bückling, näherte sich vorsichtig dem über das Mikroskop Gebeugten und krümmte seinen Rücken noch weiter, bis seine Nase fast den Fussboden berührte.

Er hasste Matsushima, seine arrogante Art, alles hasste er an ihm. Dennoch unterwarf er sich diesem unausstehlichen Diktator, wie alle anderen Studenten auch, denn er wusste, was es für die Karriere eines jungen Wissenschaftlers bedeutete, unter einem der besten Grundlagenforscher der Medizin seine Doktorarbeit gemacht zu haben. Akiro Matsushima war nun einmal sowohl ein Nobelpreisträger als auch einer der führenden Köpfe der globalen Genforschung, selbst wenn ihn niemand – wie Gerüchte sagten: nicht einmal seine Frau – leiden konnte.

Watanabe, immer noch in derselben tief gebückten Haltung neben seinem Doktorvater ausharrend, wagte sich erst aufzurichten, als er die wutschnaubende Stimme, die nun leiser, aber nicht minder gefährlich klang, ganz nah an seinem Ohr hörte.

«Was ist das?», zischte Matsushima, indem er auf den Monitor deutete.

Der Angesprochene richtete seinen Blick auf den Bildschirm, nicht ganz schlüssig, ob er in Gefahr war, einem Trick oder einer Fangfrage seitens des Diktators aufzusitzen, denn was sollte schon auf dem Monitor zu sehen sein? Immerhin hatten sie das Experiment gemeinsam entwickelt. Um präzise zu sein, hatte er,

Takumiro Watanabe, das Softwareprogramm erstellt. Er hatte die völlig neuartigen und revolutionären Algorithmen entworfen, die es erst erlaubten, eine DNA-Rekombination – einfacher gesprochen: die Zellteilung, also die Basis jedes organischen Lebens – quasi im Zeitraffer darzustellen. Ja, gewiss, Matsushima hatte die Elektronik des Mikroskops entworfen, doch das Fundament bildeten Watanabes Programm und die mathematischen Algorithmen.

Keine Frage für Watanabe: Die Früchte seiner eigenen Arbeit würden selbstverständlich auf Matsushimas Konto gehen, denn er war bloss ein Assistent, und so kuschte er gemäss dem Usus in Japan, verbeugte sich erneut vor Matsushima und entschied sich, wie die Mehrheit der Japaner in so einer Situation, für eine vorsichtige, nichtssagende, diplomatische Antwort: «Ein grossartiges Experiment, das Ihnen Matsushima-san, ganz gewiss den zweiten Nobelpreis einbringen wird.»

«Du Trottel, auf den Monitor sollst du schauen!», schrie Matsushima und schlug mit seiner flachen Hand auf den Hinterkopf seines Stundenten, der sich vor ihm verbeugt hatte. «Verdammt noch mal, was siehst du da?»

Watanabe tat wie ihm geheissen. Nach einem Blick auf den Monitor wandte er seine Augen der vom Computersystem hochgerechnete Simulationsanalyse zu. Sein Atem stockte: Was der Computer aufgrund der Daten, die das Rastertunnel-Mikroskop geliefert hatte, gerade berechnet hatte, konnte schlichtweg nicht stimmen.

21. Dezember 2006

Endstation Penthouse

Die Hand greift nach dem, was das Auge gesehen hat.
(Aus Afrika)

Kaum drei Wochen war es nun her, dass Dr. Silverstone angerufen hatte. Noch ein paar Tage bis Weihnachten. Merkwürdigerweise fühlte sie sich körperlich gut, genau wie Silverstone gesagt hatte, und gerade dieser Umstand machte es fast unmöglich, zu akzeptieren, dass sie krank sein sollte, todkrank. Die Symptome würden erst nach ein paar Wochen beginnen, hatte er gesagt, mit Übelkeit und einem dumpfen Druck, mehr Druck als Schmerz in der Magengegend. Dort hinter dem Magen, wo sich das Pankreas versteckt hielt.

Die ersten paar Tage hatte sie noch Anrufe von ein paar «besorgten» Menschen erhalten. Sätze wie: «Ach, meine Gute, das tut mir aber leid», und: «Wenn ich was für Sie tun kann, bitte, jederzeit, ich bin immer für Sie da», waren allesamt so falsch wie flüchtig. Fadenscheinige Bekundungen für eine schon Abgeschriebene. Sie hatte niemanden mehr, keine Aufgabe, keine Verwandten, keine Freunde – nur Geld hatte sie, viel Geld. Aber was soll man einkaufen, wenn man bald nicht mehr sein wird …

Zunächst war sie tagsüber in den Luxusboutiquen der Fifth Avenue herumgehangen, hatte das eine oder andere sündteure Kleid gekauft und es dann achtlos in den Schrank geworfen. Die Nächte verbrachte sie in Clubs und Discos, liess sich von jedem gut aussehenden Mann abschleppen, benahm sich wie eine Besessene, wollte um jeden Preis vergessen, was kurzzeitig gelang.

Am dritten Abend fand sie sich an der Bar des «Bolero» in der 57th Street ein. Exklusiver Club, gediegenes Ambiente, modernistisch kalter Stil. Der Typ war gross, ziemlich jung, muskulös und wollte, wie es üblich war, zuerst etwas Konversation machen. Kathleen hatte ein schwarzes Nichts an, ein Seidenkleidchen, das ihr knapp über den Po reichte, die Haare zu einem

Pferdeschwanz gebunden, und sah aus wie die Sünde selbst. Jedem normalen Mann schossen bei dem Anblick die Hormone in die Blutbahnen.

Sie verloren keine Zeit. Der Typ hatte ein Appartement gleich um die Ecke. Sie biss und kratze ihn, krallte ihre langen Nägel in seinen satten, muskulösen Hintern, biss ihn ins Ohrläppchen, bis es zu bluten begann, und trieb ihn mit ihrer geradezu sadistischen Leidenschaft schier in den Wahnsinn. Sie sprach kein Wort; keine falschen zärtlichen Worte, keine fadenscheinigen Bekundungen verliessen ihre Lippen; mit keiner Silbe erwiderte sie seine gestammelten Liebkosungen, diese trügerischen, im Sinnesrausch ausgestossenen Beteuerungen einer vermeintlichen Liebe, die ihr Treiben nicht war.

Plötzlich und ohne Vorwarnung hielt sie schwer atmend inne, schaute sich das schöne junge Gesicht unter sich an, seinen attraktiven nackten Körper, den breiten Brustkorb – alles an ihm war lebendig, jung, unverwüstlich, wie es schien. Er wollte sie sanft auf die Lippen küssen und etwas flüstern, aber sie biss zu, gnadenlos bohrten sich ihre Zähne in seine Unterlippe. Sie erstickte seinen Schrei mit der Zunge, die hart in seinen Mund eindrang.

Keuchend schaute sie in sein ebenmässiges Gesicht, das sie zu hassen begann, packte unvermittelt mit einem harten Griff seinen Penis, stütze sich mit dem Arm auf seinen Brustkorb und stiess hervor: «Schon mal was Engeres als eine Muschi benutzt?»

Rauchende Sünde

The one thing that matters is the effort.
(Antoine de Saint-Exupéry)

Veronique rauchte wie ein Schornstein, schon die dritte Zigarette hing zwischen ihren vollen Lippen, als sie – sich auf den Bauch drehend – hauchte: «Du willst also beweisen, dass es Gott nicht gibt.» Ihre Stimme klang auf einmal weder dumm noch infantil. «Und weshalb legst du es ausgerechnet darauf an?»

«Ich bin Wissenschaftler», entgegnete Lundegard, als wolle er sie mit diesen drei Wörtern schachmatt setzen. Doch weil sie gleich ein abfälliges Schnauben von sich gab, schob er nach: «Die Menschen sollten aufhören, an Dinge zu glauben, die es nicht gibt, und sich besser um die Probleme der Welt kümmern.»

Ein paar Minuten lang waren beide still. Die Blondine schien nachzudenken; auch Lundegard sinnierte und vergass darüber beinahe seine Geilheit. Allerdings konnte er sich beim besten Willen kein Bild davon machen, ob dieser nackte *Sündenfall* überhaupt das Geringste verstanden hatte. Sie schnippte die Asche der Zigarette in das zweckentfremdete Cognacglas.

«Und was hat all das Zeugs nun mit Omega und dem anderen unverständlichen Brimborium zu tun?» Sie drehte sich auf den Rücken, räkelte sich und strich sich mit der freien Hand über den Bauchnabel. Ihre Stimme hatte wieder denselben mädchenhaft-infantilen, doch irgendwie erotisch-verführerischen Klang wie am Anfang.

Innerlich seufzend, ohne es sich anmerken zu lassen, verfluchte Lundegard, dass er überhaupt damit begonnen hatte, über seine Arbeit zu sprechen, doch sein Kleinhirn – will sagen: seine primitive Gier – gewann die Oberhand, als er seinen Blick über Veroniques Körper gleiten liess. Also verstieg er sich nicht in jene abstrakten Sphären, die sich die meisten niemals vorstellen können: die unglaublichen – und die normale Vorstellungskraft sprengenden – Dimensionen mathematisch-exponentieller

Grössen und Verhältnisse, denn Abstraktionsvermögen traute er der kurvenreichen Schönen nicht zu, deshalb entschied er sich für den bildlichen Ansatz: Normalerweise verstanden die Menschen Bilder besser als Worte, dachte er sich, während er Veroniques melonengleiche, feste Brüste anstarrte. Das wachsende Kribbeln in seinen Lenden irritierte ihn für kurze Zeit und hinderte ihn am geradlinigen Denken. Doch dann hatte er sich wieder im Griff und hoffte, dass sie *das mit den Kugeln* wohl am ehesten begreifen würde.

Also gut, sie solle sich mal Folgendes vorstellen: Der Durchmesser der Sonne sei in etwa hundertmal grösser als jener der Erde. Sie solle sich nun die Erde gedanklich so gross wie die Sonne vorstellen. Ob sie das habe – gedanklich, meine er.

Ja, klar, das könne sie sich vorstellen; sie sei nicht gar so blöd wie blond.

Schön, jetzt solle sie sich diese Erde, die vor ihrem geistigen Auge so gross wie die Sonne sei – also hundertmal grösser, wie er sicherheitshalber nochmals anfügte –, noch einmal hundertmal grösser vorstellen. Ob sie das habe?

Diese Erde so gross wie die Sonne, nochmals hundertmal grösser? Das sei aber eine enorm grosse Erde!

Sie drehte sich erneut auf den Bauch, sodass Lundegard nicht umhin konnte, ihren atemberaubenden Hintern anzustarren, der wie magisch zwischen ihrem glänzenden Rücken und den endlos langen Beinen zu schweben schien. Der Anblick löste ein feines Kribbeln unter seiner Kopfhaut aus. Seine Finger glitten ihren Rücken hinunter, auf die beiden festen Hügel, doch bevor seine Hand ihren Weg fortsetzen konnte, schlug Veronique seinen Arm energisch beiseite.

Sie schaute ihn an und fragte ungeduldig, was nun mit dieser verdammt grossen Erde sei, die sie sich vorzustellen habe.

Nobelpreisträger in Not

Wäre die Entropie (Chaos, Unordnung) nach dem Urknall nicht so unglaublich klein gewesen (1:$10^{10^{123}}$) hätten sich weder Sterne noch Planeten je gebildet – und auch kein Leben.

Sie wiederholten das Experiment am Wochenende. Matsushimas Assistent hatte keine andere Wahl, als zu bleiben, obwohl er gerade diesen Sonntag seine Eltern in Hokkaido hatte besuchen wollen. Doch Watanabe kannte seinen Doktorvater nur zu gut: Keinesfalls würde er es ihm vergeben, wenn er einfach verschwinden würde. Und da ihm der Despot das Leben zur Hölle machen konnte, blieb Takumiro. Er ahnte noch nicht, dass er das «missglückte» Experiment sein restliches Leben nicht vergessen würde.

Es bestand im Wesentlichen darin, die Zellteilung auf molekularer Ebene darzustellen. Das Rastertunnel-Mikroskop lieferte die Daten an den Hochleistungscomputer, der innerhalb von Sekunden und real time die gelieferten Rohdaten hochrechnete und die Resultate visuell auf einem Monitor darstellte. Dies war aber noch nicht alles, denn Watanabes neue Algorithmen erlaubten es dem Supercomputer, Zellteilungen quasi im Zeitraffer zu rechnen und darzustellen, und somit konnte man in Zukunft – das war das eigentlich Geniale an dem System – entstehendes organisches Leben praktisch wie in einem schnell laufenden Film beobachten und Rückschlüsse ziehen – ein Prozess, für den man bisher Tage oder Wochen anberaumen musste.

Matsushima hatte sich für befruchtete Ratten-Eizellen entschieden, um das Experiment ein zweites Mal durchzuführen. Er und Watanabe hatte Stunden damit verbracht, alle Systeme und Programme noch einmal aufs Genauste zu prüfen, denn die Resultate des ersten Versuches mussten durch einen Fehler im System entstanden sein. Eine andere Möglichkeit – und dies war selbstverständlich die spontane Vermutung seitens Matsushimas gewesen – war, dass sein Assistent eine falsche Nährflüssigkeit für die befruchteten Zellen verwendet oder sonst etwas verbockt hatte. Dennoch beschlich Matsushima ein dumpfes, Furcht einflössendes Gefühl, dass sein Assistent in diesem Fall nicht als Sündenbock verantwortlich gemacht werden konnte. Während er fieberhaft und schnellstmöglich die letzten Tests des Systems vornahm, wuchs dieses ungute Gefühl immer stärker an.

Dann startete er das Experiment ein zweites Mal. Schon nach wenigen Minuten, als die ersten Resultate und die zugehörigen Bilder über die Monitore huschten, wusste Akiro Matsushima, dass sich seine Befürchtung bewahrheitete. Er spürte förmlich, wie ihm das Blut aus dem Kopf wich und sein Gesicht zu einer bleichen Fratze erstarrte. Denn die befruchteten Eizellen der Ratten teilten sich zwar, wie nicht anders zu erwarten, und das System zeigte dieses Wunder des Lebens auch live und präzise auf den Monitoren an. Doch bei jedem einzelnen Zellteilungsprozess veränderte sich die DNA! Was auf dem Monitor eigentlich Ratten-DNA sein sollte, war keine mehr, denn mit jedem Zellteilungsschritt, den das System darstellte, veränderte sich die DNA in einer Art und Weise, die theoretisch völlig unmöglich war.

Akiro Matsushima drehte sich zu seinem Doktoranden, dessen Gesichtsfarbe ebenfalls dem der schneeweissen Laborwände nicht unähnlich geworden war, und murmelte heiser: «Wenn das kein Fehler ist, sind wir erledigt.»

We are what we do

C'est l'esprit qui mène le monde et non l'intelligence.
(Antoine de Saint-Exupéry)

Es half alles nichts. Sie begann depressiv zu werden, versuchte sich um jeden Preis abzulenken, zu vergessen. In den ersten zwei Wochen schleppte sie jeden Abend einen anderen Kerl ab, einmal sogar zwei auf einmal, und benahm sich wie eine Besessene, auf jede erdenkliche Art und Weise. Dann war plötzlich Schluss.

Die Depression wurde schleichend stärker, hatte Besitz von ihr ergriffen, sich langsam, doch unaufhaltsam in ihr festgesetzt, bis Kathleen kapitulierte. Sie kapselte sich von der Umwelt ab, schloss sich in ihrem Appartement ein und beschloss, auf den Tod zu warten.

Mit angewinkelten Beinen hockte sie im Salon ihres riesigen Penthouse-Appartements. 42. Stockwerk – mit Fernblick und bester Aussicht auf den Central Park. Ein Wintermärchen. Schneeflocken tanzten durch die eisige Luft und hatten die Bäume in eine feine weisse Decke gehüllt.

Sie hatte in der vergangenen Nacht kaum ein Auge zugetan, und als es ihr für kurze Zeit doch gelang, überfiel sie wieder dieser schreckliche Albtraum. So real schienen die gespenstischen Bilder, dass sie zitternd und schweissgebadet aufschreckte und nach dem Gang ins Bad vor lauter Panik nicht mehr wagte, zurück ins Bett zu gehen. Eine abwechselnd kalte und heisse Dusche half ihr nur kurzfristig, sich ein wenig zu beruhigen. Statt wie gewohnt einen Kaffee zu trinken, hatte sie sich einen Whisky eingeschenkt. Es war das erste Mal in ihrem Leben, dass sie am frühen Morgen Alkohol in sich hineinkippte.

Sie schaute über die verschneiten Bäume und Wiesen des Central Parks. Ihr schien, als wäre in diesen letzten Wochen eine Ewigkeit vergangen, zumindest ein ganzes, nicht enden wollendes Leben. Alles schien auf einmal so weit entfernt, gerade so, als hätten die vierzig Jahre ihres aktiven Lebens nie stattgefunden. Alles verschwamm in einem dicken Nebelschleier der schwindenden Erinnerung. Als schaute sie einem Schiff hinterher, das langsam am Horizont versinkt, dort wo sich Himmel und Meer berühren. Zuletzt, wenn auch die Spitze des höchsten Schiffsmastes an dieser undefinierbaren und doch vorhandenen Linie zwischen Himmel und Meer untergegangen ist, weiss man nach einer Weile nicht mehr, ob man das Schiff nur geträumt hat oder ob es tatsächlich je existierte.

Im Rückblick schien es Kathleen, als habe ihr Leben nie stattgefunden. Es war untergegangen zwischen Himmel und Meer, verschwunden am Horizont, nie existent.

Alles schien sinnlos.

Noch ein paar Wochen, vielleicht ein Vierteljahr, dachte sie wütend, weinerlich und deprimiert. Was ist das schon? Ein Witz! Was kann man in so kurzer Zeit noch machen? Nichts – ausser langsam sterben. Sich betrinken, um das Elend nicht bei vollem Bewusstsein zu durchleiden.

Sie nahm einen grossen Schluck aus dem vollen Glas und spürte den Whisky zuerst kühl im Mund, dann im Gaumen und in der Kehle, um kurz danach, als sich der Alkohol den Weg durch die Speiseröhre in Richtung ihres Magens bahnte, die angenehm feurige Wärme im ganzen Körper zu fühlen.

Pankreas … Ich hätte bisher nicht einmal genau angeben können, wo das Organ liegt, und schon gar nicht, wozu es gut ist. Silverstone hat mich aufgeklärt.

Meine Bauchspeicheldrüse wird soeben zerfressen, Tag für Tag ein bisschen mehr. Und der Whisky müsste just in diesem Moment auf der Höhe meines Pankreas vorbeirinnen.

Tränen schossen über ihre Wangen und tropften auf ihren Schoss, bevor sie ein Taschentuch aus ihrer Hosentasche ziehen konnte, um sie aufzuhalten.

Warum bloss ich? Warum ich? Oh Gott, warum so früh?

Soll es das gewesen sein – das Leben? Alles schon passé?

Und so was soll von einem Gott geschaffen sein? Lächerliche Idee … – wenn es nicht so eine elende Scheisse wäre!

Das Leben – von einem Gott geschaffen? Der Mensch? Das ganze

Universum? Nur damit wir uns ein paar Jahre abrackern und dann dahinsiechen und eines Tages völlig sinn- und zwecklos verrecken?

Was soll dieses ganze Leben? Dieses bisschen Atmen, Essen, Trinken, Lieben …, nein, verdammte Liebe – phh, die gibt es eh nicht! Nur Sex, Macht, Lust …, niedere, primitive Instinkte. Letztendlich ist der Mensch ein Tier. Schlimmer noch: eine Bestie! Wir sind alle Bestien. Trauen uns nur nicht, es zuzugeben und es auszusprechen.

Warum soll ich aufs Sterben warten? Ich könnte dieses Dahinvegetieren abkürzen. Feige bist du, Kathleen O'Hara. Ich hasse dich, ich h-a-ss-e dich!

Mach endlich Schluss – es hat eh keinen Sinn mehr!

Ausgerechnet du! Immer hast du alle Entscheidungen mit einer Vehemenz ohnegleichen und ohne die geringsten Zweifel oder Skrupel durchgesetzt. Und jetzt?

Immer hast du jeden Schritt ohne Angst oder Zaudern beschritten. Und jetzt?

Zu feige, um …

Kathleen erschrak, hörte jemanden schluchzen und schaute sich um … Oh Gott, es war ihr eigenes Schluchzen, das sie aufgeschreckt hatte.

Reiss dich zusammen, Kathleen, du blöde Kuh! Verdammt, reiss dich gefälligst zusammen!

Mein Leben … – es tut mir leid, es tut mir leid, es tut …

Wie? Was war das? Ausgerechnet sie? Sie, die sich noch nie … bei jemandem entschuldigt hat.

Millers letzte Worte hallten wie ein Echo in ihrem Kopf, wie ein Bergecho, das man selbst dann noch zu hören glaubt, wenn es längst verklungen ist. Was hatte er noch gemurmelt, als ihn der Wachmann unsanft wegzog und sie die Tür zuschlug? «Sie haben keine Ahnung, worum es im Leben wirklich geht, Kathleen.»

Sie stand auf, stellte das halbvolle Whiskyglas auf den Salontisch und ging erneut ins Bad unter die Dusche. Das heisse Wasser rann minutenlang ihren Körper hinab, sodass sich der ganze Raum mit Dampfschwaden füllte. Abwaschen, alle Gedanken den Abfluss hinunterspülen, weg damit, weg!

Sie drehte den Wasserhahn ab, wickelte sich in ein grosses,

flauschiges Badetuch und tapste ins Schlafzimmer. Aus dem riesigen Spiegel, der die gesamte Schrankwand bedeckte, starrte ihr eine Frau unverhohlen und zweidimensional entgegen.

Flach, mein Leben, ja, ich selbst bin so flach, kalt, abweisend und oberflächlich wie mein Spiegelbild. Was nützen mir jetzt die Schönheit, der Erfolg, meine Millionen? Shit, absolut nichts! Nada, niente, nothing!

Ihre blonden Haare waren zerzaust, die Augen geschwollen und blutunterlaufen. Na prima, wenigstens noch keine Falten im Gesicht. Ein attraktiver, fast noch jugendlicher Körper. Feste, brillant geformte Brüste, die der Schwerkraft nicht nachgaben – nicht mehr –, die einzige kosmetische Operation, die sie hatte machen lassen, denn in ihrem Alter neigte das Gewebe grosser Brüste nun eben dazu, zu erschlaffen. Lange, wohlproportionierte Beine und ein runder, fester Po vervollständigten das Bild. Unverwandt starrte sie diese schöne Frau im Spiegel an, stellte sich vor, wie sie bald tot und starr auf einem Bett, im Sarg, im Grab liegen würde. Zuerst würde sie noch warm sein – als schliefe sie nur, könnte man zuerst glauben –, doch schon nach wenigen Stunden würde das nicht mehr zirkulierende Blut in ihren Adern zu Klumpen erstarren, würde die Haut fleckig werden, die Muskeln steinhart erstarren. Kalt, tot und abstossend.

Sie sah diesen Körper in einen dunklen Sarg gebettet, in den nicht der kleinste Lichtschimmer eintrat. Bald würden sich die Würmer durch ihr Fleisch fressen, sich überall ausbreiten … Ich werde sterben – oh Gott, ich werde sterben!, dachte sie, und sogleich waren sie wieder da, dieser dumpfe Druck in der Magengegend und die Angst: Gemeinsam krochen sie unaufhaltsam und ätzend die Speiseröhre empor, verharrten einen Moment an der Kehle, um sich dann wie ein kaltes Band um den Hals und Kehlkopf zu legen, dann stiegen sie weiter in den Nacken, wie ein Kribbeln, erfassten langsam die gesamte Kopfhaut von hinten nach vorne, bis die nackte, kalte Angst den ganzen Menschen fest im Griff hatte.

Kathleen O'Hara, du bist kein guter Mensch, du bist kein sympathischer Mensch. Du, dieser Mensch, der mich anstarrt, du, der ich bin … und nicht mehr sein will!

Plötzlich zuckte ein Bild durch ihren Kopf, wie ein Blitz aus heiterem Himmel, eine Erinnerung aus grauer Vorzeit. Etwas, das sie in den vergangenen zwanzig Jahren beiseite geschoben hatte, aus ihrem Gedächtnis getilgt, begraben und vergessen. Urplötzlich war der Gedanke präsent, und mit dem Gedanken die Erinnerung. Wie eine Mahnung schwebte sie mitten im Raum und schien sich, aus einem fernen Universum kommend, zu materialisieren.

Abrupt drehte sich Kathleen um, strebte mit schnellen Schritten in ihr Privatbüro zum Schreibtisch und griff in der untersten Schublade nach dem Schlüssel des Wandsafes. Der kleine Tresor war eingemauert, versteckt hinter einer Replik von Monets «Seerosen». Sie öffnete die Stahltür.

Die kleine Ebenholzschatulle, mit Goldplaqué verziert, enthielt ihren Lieblingsschmuck, eine mit Rubinen verzierte Brosche – das einzige materielle Andenken, das sie von ihrer Mutter hatte –, mehrere Diamant-Ohrringe und eine mit Rubinen besetzte Halskette. Kathleen hatte nie viel Wert auf Schmuck gelegt und ihn nur zu gesellschaftlichen Anlässen getragen. Doch die Schatulle besass einen Doppelboden. Achtlos leerte sie den kostbaren Inhalt auf die Schreibtischplatte und fingerte den Umschlag aus dem Fach unter dem Doppelboden. Das Papier war trotz des zwangsläufigen Lichtschutzes ein wenig vergilbt.

Kein Wunder, nach all der Zeit … Nicht zu fassen, wie die Zeit verflogen ist! Wie lange ist es her? Bestimmt zehn Jahre – ja, es müssen zehn Jahre sein …, zehn Jahre nach der Gerichtsverhandlung erhielt ich den Brief von ihm. Weshalb hast du den Brief überhaupt behalten? Keine Ahnung. Sentimentalität wohl – hm, oder…?

Sie nahm den Brief aus dem Kuvert. Nur ein einziges Mal, gleich damals, hatte sie den Brief gelesen, wenn man es überhaupt als «gelesen» bezeichnen konnte, denn auf dem Bogen standen nur fünf Worte:

We are what we do

Und darunter eine Telefonnummer.

Blondine im Gleichgewicht

Das Gras wächst nicht schneller, wenn man daran zieht.
(Aus Afrika)

«Süsser», Veronique tippte mit dem Zeigefinger, vielmehr mit der wohlgefeilten, abgerundeten Spitze ihres rosa lackierten Fingernagels auf Lundegards Brust, «entweder du schaffst es jetzt, mir das Ganze plausibel zu erklären, oder du verpackst deinen knackigen Hintern und verschwindest aus meinem Revier, klar?»

Bjoern Lundegard schluckte – und rang mit sich, welche Alternative wohl die grössere Verlockung darstellte. Er neigte zum Bleiben. Wer konnte ihm schon garantieren, dass er so schnell wieder derart reizende Landschaften zu sehen bekam.

Die Blondine schob nach: «Wie muss eigentlich dein Gehirn gebaut sein, damit du dir so ein hochtrabendes Ungetüm aus x-fach vergrösserter Erde mit einem irren Verkehr herumschwirrender Neutrinos und Was-weiss-ich-was-noch vorstellen kannst?»

Lundegard schwankte zwischen Augenverdrehen und Grinsen. Verkehr – welch ein aussichtsreicher Gedanke …

«Okay», hob er an, «neuer Verke…, äh, Versuch. Darf ich dich wenigstens bitten, dich beim Mitdenken anzustrengen? Also», er holte tief Luft, «Omega ist eine der kosmischen Konstanten, und diese …»

«Blödsinn, Mann, sprich doch nicht so in Rätseln!»

«Herrgott, die kosmischen Konstanten sind halt so was wie die Relativitätstheorie. Unverrückbar eben.»

«Unverrückbar? Wer behauptet das?»

«E-i-n-s-t-e-i-n, Mädchen.»

«Ein Stein?»

«Einstein! Albert Einstein, der Physiker, das Jahrhundertgenie, der Mann, der …»

«Ja, ja, reg dich ab», sie grinste anzüglich, «das war ein Scherz,

Herzchen! Ich weiss, wer Einstein war: der Mann, der Gott als den ‹Alten› tituliert hat. Derselbe hat doch auch gesagt, dass der Alte nicht würfle.» Sie streckte ihren Arm über seinen Brustkorb hinweg zu dem Tischchen neben dem Bett, um das Feuerzeug zu angeln. «Oder etwa nicht? Na, zufrieden mit meiner Allgemeinbildung?»

Lundegards Kinnlade klappte nach unten, was ihn wie einen Gorilla ausschauen liess. So eine Antwort hätte er mitnichten erwartet. Doch dann siegte seine Arroganz, sodass er nicht wusste, was ihn jetzt verrückter machte: ihr verflixt nackter Arm auf seiner Haut oder dieses Hin und Her von begriffsstutzigen Fragen und hochgeistigen Antworten.

«Hej, hör einfach mal zu! Das Ganze ist eben nicht so einfach und trivial. Also, nochmals, es gibt viele kosmische Konstanten: Werte, die die Naturgesetze bestimmen und die verantwortlich dafür sind, wie und vor allem dass das Universum – und damit das Leben, also der Mensch – existiert. Kapiert?»

«Klar.»

«Huh, guuut! Eine dieser kosmischen Konstanten ist also Omega. Omega wiederum ist die relative Dichte des Raumes …, ähm, also einfacher ausgedrückt: das Verhältnis von Masse und Volumen im Universum.»

«Häää?» Veronique zog eine Grimasse und griff sich theatralisch an die Stirn.

«Ja, Mensch! Oder sagen wir besser: die Klumpenhaftigkeit des Raumes …, na ja, des Universums eben. Omega determiniert, ob das Universum offen, geschlossen oder flach ist.»

«Ich geb's auf. Dein Gequatsche versteht kein Schwein.»

«Egal, das ist nicht so wichtig.» Lundegards Blick heftete sich an ihre perfekten Beine, glitt hoch bis zu den festen Hügeln. Sein hormongesteuertes Kleinhirn gewann wieder die Oberhand, und langsam verlor er die Geduld, also versuchte er, die private Vorlesung zu beschleunigen. «Alles, was du wissen musst, ist, dass eben Omega Eins ist. Eine perfekte Eins! Omega ist auf fünfzehn Stellen präzise Eins. Um es einfach zu sagen, kann man auch den Begriff der Balance verwenden: Omega ist quasi im *Gleichgewicht* oder praktisch ebenmässig, seit Anbeginn der Zeit, das heisst eben seit etwa dreizehn Milliarden Jahren, denn sonst hätte es nie ein Universum gegeben, wie wir es kennen, und ganz sicher kein Leben. Verstanden?»

«Ja, einigermassen», Veronique nickte, «Omega muss *gleich schwer* sein.»

«Hm, *gleich schwer*?» Lundegard vergass sogar ein paar Sekunden lang seine unbändige Lust, sich auf sie zu wälzen, denn er versuchte, ihren Einwurf in den Kontext eines genialen Physikers, der er ja war, zu bringen. Einen Augenblick lang war es ihm unbegreiflich, wie Veronique einen so überaus komplexen Zusammenhang so spielend mit einem Objekt des täglichen Lebens – mit einer Waage – vergleichen konnte.

«Na, logisch», zickte sie und irritierte ihn gleich noch mehr: «Du hast von *Gleichgewicht* gesprochen. Schöne alte Waage, wie die von Justitia, oder? Linke Schale, rechte Schale, zu gleichen Teilen beladen – das ist doch Gleichgewicht, also gleich schwer. Logisch, ne?»

«Ja, schon gut», dämpfte er ihren Eifer, war aber infolge ihres verblüffend einfachen Vergleichs völlig aus seinem Konzept geraten. Doch bevor er sich weiter wundern konnte, fragte sie auch noch, was nun die Sache mit der Erde, die so gross sei wie die Sonne und nochmals hundertfach grösser, bedeute.

Er hüstelte. «Ah ja, das Beispiel …» Er fand ihr Bild mit der Waage erstaunlich gut, beschloss, es in Zukunft bei seinen Vorlesungen zu verwenden, ohne jedoch zu erwähnen, vom wem die Idee stammte und unter welchen Umständen ihm das Vögelchen zugeflogen war. Sein Blick hing wieder an ihrem Po, den beiden runden, festen Hügeln, wie zwei Waagschalen …, ja genau! Jetzt wusste er, wie er es erklären konnte.

«Nun, Omega ist also seit Entstehung des Universums präzise abgestimmt und im *Gleichgewicht*, und zwar im Verhältnis von eins zu zehn hoch minus fünfzehn.»

«Oh, oh, das hast du schon auf der Party von dir gegeben,

und wenn mich die Blicke der anderen nicht täuschten, konnte sich absolut niemand irgendetwas darunter vorstellen. Verehrter Herr Genius, der du offensichtlich bist, kannst du das vielleicht einigermassen verständlich, auch für Nicht-Genies, erklären?» Zynismus, vermengt mit Zigarettenrauch, blies ihm ins Gesicht.

Kurzes Hüsteln, dann ein verlegenes Stottern, Lundegard begann, über ihr Zickengehabe innerlich zu kochen. Mann, es war doch vollkommen unter seiner Würde, sich auf dieses primitive Niveau herabzubegeben! Er beschloss zu gehen, doch im selben Moment fiel die Zigarettenasche auf das Laken statt in das Cognacglas. Veronique streckte sich über die Bettkante und griff rasch nach einem Papiertaschentuch, um die Asche wegzuwischen. Kopf und Oberkörper verschwanden einen Augenblick, nach dem Tuch tastend, hinter der Bettkante. Lundegard starrte den Restkörper an: endlos lange Beine, in zwei bebende Backen mündend, vereint und zugleich getrennt durch diesen dunklen Spalt, der den Himmel verhiess. Er fühlte das Pochen in seinen Lenden, dieses heisse Gefühl der Lust, das durch seinen Körper schoss.

«Was nun?» Ihr Kopf tauchte wieder auf. «Willst du mir nun das Universum erklären oder nicht?»

«Ja, doch», er fühlte sich leicht perplex, wie belämmert, und versuchte sich wieder einzurenken. «Ja, es ist so: Dieses Verhältnis entspricht Folgendem … Stell dir vor, die Erde sei zehntausendmal grösser als jetzt, das heisst die Erde habe einen Durchmesser von hundertzwanzig Millionen Kilometern – statt der zwölftausend, die die Erde tatsächlich hat.»

«Okay, ist zwar nicht ganz einfach, aber ich denke, das habe ich.»

«Gratuliere! Diese neue, riesige Erde, die übrigens dann den gesamten sichtbaren Himmel bedecken würde, stellst du dir nun in der Schale einer gigantischen Waage vor.»

«Einer Waage?»

«Yep, du hast es doch vorhin selbst gesagt: eine Waage, um Gewichte zu messen, nur eben eine sehr grosse Waage.»

«Mon Dieu, Junge, du bist schon ziemlich durchgedreht und

crazy. Aber gut, stelle ich mir diese neue, superriesiggigantische Erde in einer der beiden Waagschalen vor. Okay, und wie geht's weiter?»

Fünf Worte

Schreib alle Unbill in den Staub,
alle Wohltaten in den Marmor!
(Benjamin Franklin)

Der Brief trug nicht mal eine Unterschrift, geschweige denn eine Adresse, dennoch hatte Kathleen gleich gewusst, wem sie den unscheinbaren Satz zu verdanken hatte: *«We are what we do.»* Fünf magere Worte, die erst in ihrer Kombination mysteriöse Züge gewannen. Dazu eine Telefonnummer, die sie noch nie gewählt hatte. Sie starrte die Zeichen an, die ihre hypnotische Wirkung nun schon seit Stunden entfalteten.

Was konnten ihr schon fünf simple Wörter anhaben? Nichts, absolut nichts.

Wütend zerknüllte sie das Papier und warf es gegen die Wand. Wie durch einen blöden Zufall landete das Knäuel beim Zurückprallen in einer Obstschale, direkt neben zwei verschrumpelten Äpfeln, die sie längst hätte entsorgen müssen. Ratlos schritt sie durch den Raum, hin und her, her und hin, wie eine Gefangene im Käfig zwischen Leben und Tod. Endlich beugte sie sich über die Obstschale, griff mit spitzen Fingern das Papierknäuel, glättete es sorgfältig, setzte sich an den Schreibtisch und las die fünf Worte, wieder und immer wieder, bis sie in magische Buchstaben zerstoben, die wie irr vor ihren Augen tanzten und wie kreisende Derwische verschwammen.

«Ich glaube, ich drehe durch», murmelte sie vor sich hin und spürte, wie ihr Herz vor Panik raste.

Habe ich denn keine Waffe im Haus? Shit, ich hätte mir längst eine besorgen sollen, dann könnte ich mir jetzt eine Kugel in den Schädel jagen. PENG …, schon wär's vorbei. So einfach … PENG!

Hastig stürzte sie ins Bad. Mit zitternden Händen pulte sie eine Tablette aus der Schutzfolie, steckte sie in den Mund und schluckte sie mit einer Handvoll Wasser. Erschöpft liess sie sich auf dem Rand der Badewanne nieder.

Draussen neigte sich der Tag dem Ende zu. Der Himmel hatte ein schmutzigen Grau angenommen und schien seine Last in Form von dichtem Schnee von sich geben zu wollen. Von fern hörte Kathleen trotz der dicken Glasfenster den Lärm des Strassenverkehrs wie das Summen eines Bienenschwarms.

Endlich fühlte sie sich in der Lage, in ihr Büro zurückzukehren. Minute um Minute kroch dahin. Das zerknitterte Blatt mit dem einen Satz lag scheinbar bleischwer auf der Schreibtischplatte. Im Stehen starrte sie wieder auf den Brief. Ihre Gedanken waren wie betäubt. Schwerelos tickten die Sekunden dahin. Sie sank auf den Schreibtischstuhl nieder.

Hätte es irgendeinen Unterschied gemacht, wenn ich ihn angerufen hätte?, sinnierte sie. Oder wenn ich den Brief gar nie geöffnet und gelesen hätte?

Es war müssig, darüber nachzudenken. Wie könnte sie jemals eine vernünftige Antwort finden?

Reglos sass sie am Schreibtisch. Mehrmals nickte sie ein, schreckte durch die Sirenen von Polizei- und Krankenwagen auf, dann wieder aufgrund eines wirren Traumbildes, und wurde erneut vom Schlaf übermannt, der ihren schweren Kopf auf den Schreibtisch niederzwang.

Als sie wieder bei Bewusstsein war, hatte sich bereits die Dunkelheit in ihrem Appartement ausgebreitet. Ihr Mund fühlte sich trocken an. Begleitet vom Licht der Schreibtischlampe, tastete sie sich in den Wohnraum, fand ihr Glas und schenkte sich nach. In einem Zug leerte sie es bis zur Hälfte.

Dann ging sie an die riesige Fensterfront, die ein Meer von bunten Lichtern in der Stadt offenbarte, nahm das Telefon in die Hand, wählte die Nummer, die sie inzwischen auswendig kannte, und … schleuderte den Hörer auf den Teppich.

Ich muss es ihm sagen, auch wenn er …, oder doch nicht? Er weiss es ja längst. Er wusste es schon im Gerichtssaal, dass ich ihn reingelegt habe mit dem Zeug. Phh, er und Drogen! Warum also noch nachhaken? Ist ja schon zwanzig Jahre her.

Oh Gott, was habe ich bloss getan? Wie konnte ich ihm das antun? Es war ein Verbrechen!

Kathleen O'Hara, du bist ein verdammt schlechter Mensch!

Kein Wunder, dass du elend krepieren wirst … an Krebs. Selber schuld.

Ich glaube, ich drehe völlig durch. Oh Himmel, muss was tun. Ich mach's, ich rufe ihn einfach … Umbringen kann ich mich noch früh genug.

Ihre Gedanken kreisten wild. Alles drehte sich, ihr Leib, ihr Kopf, ihr Blick – Übelkeit kroch aus dem Bauch in Richtung Kehle.

Sie schaute hinaus auf die Abertausenden Fenster der Wolkenkratzer, die aussahen wie die aufgerissenen, toten Augen gläserner Ungeheuer. Es schneite immer stärker. Die Lichterkette der schier endlosen Autoschlange im Schneetreiben glich einem riesigen Drachen, dessen Schädel am Horizont verschwunden war, der sich jedoch, seinen Schwanz wie einen gigantischen Feuerschweif hinterher ziehend, seinen Weg durch die engen Täler der Strassenschluchten bahnte. Wie ein ausserirdisches Ungetüm schien er das Ende der Welt zu verkünden.

Vielleicht nicht das Ende der Welt, aber mein Ende bestimmt, dachte Kathleen bitter. Genau! Das moderne Monster aus Autolichtern verkündet dein Ende, Kathleen O'Hara.

Die Tränen liessen sich partout nicht zurückhalten, und ein Kloss im Hals drohte sie zu erwürgen. Der Sturm peitschte jetzt die Schneeflocken in einem schrägen Winkel derart heftig gegen die Scheiben, dass der Eindruck entstand, die Fenster weinten. Alle Fenster in ihrer Umgebung klagten sie an: Eine Armee dunkler Riesenmonster mit kalt weinenden Augen starrten Kathleen O'Hara entgegen, als ob sie wüssten oder zumindest vermuteten, dass sie in diesem Leben kein guter Mensch gewesen sei: Kathleen O'Hara, Sie sind schuldig.

Schuldig, weil Sie Ihr Leben ungenutzt vergehen liessen.

Schuldig aufgrund der Tatsache, dass Sie Ihr ganzes Leben lang nur an sich selbst gedacht haben.

Schuldig wegen unterlassener Hilfeleistung an Bedürftigen.

Schuldig wegen Verbrechen an der Menschlichkeit.

Die Anklage spricht die Todesstrafe gegen Sie aus, Kathleen O'Hara!

Das Urteil ist definitiv und sofort zu vollstrecken. Die Verhandlung ist geschlossen!

Das Brummen und Rauschen des abendlichen Verkehrs zweiundvierzig Stockwerke weiter unten war kaum noch wahrnehmbar. Im Konzert mit dem Schneetreiben ähnelte es dem Geräusch einer Brandung, das die Stille wie ein Klagelied durchbrach. Es untermalte den Schuldspruch, den die Richter mit den toten und dennoch weinenden Augen dort draussen soeben gefällt hatten. Urteil rechtskräftig.

Träge, aber regelmässig tickte die Wanduhr, als bemühte sie sich, ein Gefühl für die verstreichende Zeit zu vermitteln. Kathleen hielt sich die Ohren zu.

Dort, auf dem Tisch, wartete das Glas. Der Whisky floss wie ein feuriger Lavastrom ihre Kehle hinunter, vorbei an der sich auflösenden Bauchspeicheldrüse, um im Magen wie ein Molotowcocktail explodierend eine brennende Hitze zu entfachen.

Hustend stand Kathleen auf und riss die grosse Schiebetür zur Dachterrasse auf, um wie eine Ertrinkende nach Luft zu schnappen. Eisige Kälte blies ihr ins Gesicht. Das Thermometer zeigte Minustemperaturen in New York. Die winzigen, vom Wind gepeitschten Schneeflocken stachen wie tausend Nadeln in ihr Gesicht.

Sie torkelte über die grosse Terrasse bis zum Geländer und hielt sich schwankend daran fest. 42 Stockwerke … Die Windböen waren in dieser Höhe tückisch und unberechenbar und konnten einen erwachsenen Menschen leicht aus dem Gleichgewicht bringen.

Jetzt Schluss machen. Hat eh alles keinen Sinn mehr.

Warum noch ein paar Monate leben …, leiden wohl eher.

Obwohl, Dr. Silverstone hatte ihr immerhin versichert, dass es lange, fast bis zum Ende, kaum schmerzen würde.

Der kalte Wind peitschte ihr Gesicht und verschlug ihr den Atem, alles drehte sich, alles war so unwirklich, und ihre Gedanken krochen immer träger.

Wow, toll, Glück gehabt, Kathleen O'Hara. Eine Krebsform, die kaum schmerzt … Gratulation, Ms. O'Hara, erster Preis, Sie haben den Jackpot geknackt!

Je mehr Zeit seit der Diagnose verstrich, desto weniger wollte sie ihr Schicksal akzeptieren. Sie fühlte sich hin- und hergerissen zwischen aufkeimender, wenn auch völlig absurder Hoffnung auf ein Wunder und stürzte in der nächsten Sekunde wie auf der Abwärtsstrecke einer Achterbahn in tiefste Depression, wurde von Panikattacken befallen und in der nächsten Stunde von unnützer Euphorie. Die Emotionen jagten wellenartig, wie Stromstösse durch ihren Körper.

Dort unten floss der Verkehr zäh dahin. Die Rushhour zog sich heute wegen der Wetterverhältnisse endlos. Nervöses Hupen von Autos, entnervte Menschen, die erst mit stundenlanger Verspätung nach Hause kommen würden, zu ihren Familien, Kindern, Eltern, Liebhabern, Geliebten.

Kathleen beugte sich weit über die Balustrade und blinzelte durch das Schneegestöber nach unten. Der Wind heulte immer stärker.

Eine starke Böe erfasste sie, sodass sie mit einem Fuss auf dem glitschigen Bodenbelag ausrutschte, sich halb um ihre eigene Achse drehte und nur mit letzter Anstrengung Halt fand. Ihr Herz schlug wie rasend, ihr Blutdruck schnellte von einer Sekunde auf die andere nach oben, und ein gewaltiger Adrenalinschub schoss durch ihren Körper, als sie sich instinktiv und mit dem jedem Menschen angeborenen Überlebenswillen am Geländer festkrallte. Die eisige Luft bohrte sich in ihre Lungen. Ihr war übel, alles wankte.

Na los, Kathleen, gib dir einen Ruck! Wozu dieses Anklammern? Du hast gesehen, es wäre ganz leicht. Nur ein Bein über die Balustrade heben, dann das andere – und loslassen, um alle Sorgen für immer zu vergessen.

Ihr hysterisches Kichern wurde von den Windböen davongetragen. Ihr Giggeln schwoll zu einem lauten Lachen an.

Haha, auf dem Geländer hängen, genau wie das Mädchen in «Titanic» – oh Gott, nun verstieg sie sich auch noch in kitschig-theatralische Fantasien. Juhuiii ...! Wie hatte der Junge im Film geschrien? ‹Ich kann fliegen!›

Sie lachte nun wie irr. Konnte sich im Fahrtwind des Meeres kaum noch festhalten, breitete die Arme aus, denn Leonardo würde sie retten.

Erst die nächste heftige Böe, die ihr wie eine Riesenfaust ins

Gesicht schlug, riss sie aus ihrem Taumel.

Kathleen, gib dir einen Ruck, sei kein Feigling. Komm schon, du grosse Managerin. Da steht kein Retter hinter dir. Dies ist das richtige, das echte Leben.

Wie lange fällt man wohl? Zehn Sekunden? Zwanzig oder fünf?

Ob man den Aufschlag noch spürt? Ob es wohl wehtut?

Nein, man zerplatzt wie eine reife Frucht. Dieser Hauptkommissar, den ich mal kannte … Was hatte er noch gesagt: Es sei eine widerliche Schweinerei, wenn so ein Lebensmüder von einem Wolkenkratzer springt.

Was haben wir gespottet an dem Abend, gelacht über all die Wahnsinnigen, die nichts Besseres zu tun haben, als andere mit ihren scheusslichen Selbstmorden zu beschäftigen. Sehr witzig, Kathleen O'Hara, sag bloss, dir ist das Lachen vergangen.

Lass endlich los, und dann ist es vorbei!

Sie beugte sich noch weiter über das Geländer, dort unten krochen die Autos vorwärts, stop and go.

Nein, so nicht, nicht auf diese Weise. Ich habe noch eine Weile – und dies hier wäre eine Scheissart zu sterben.

Inmitten des heulenden Windes hatte sie auf einmal das Gefühl, auf der Penthouse-Terrasse nicht alleine zu sein. Ein Frösteln, das nicht durch die beissende Kälte verursacht wurde, kroch ihren Nacken hoch, und in dem Augenblick, als sie sich, von Panik erfasst, abrupt umdrehen wollte, nahm sie nur noch einen scheinbar explodierenden, gleissend hellen Feuerball vor ihren Augen wahr, als habe sie einen derben Schlag auf den Hinterkopf kassiert. Dann versank die Welt in Dunkelheit.

5-32-35 ... Ich dreh durch!

Jede anbrechende Minute ist eine Chance,
sein Leben zu verändern.
(Anonym)

Sie erwachte auf dem Fussboden im Salon. Ihr war kalt, eiskalt. Sie zitterte am ganzen Körper. Das Letzte, an was sie sich erinnern konnte, war, dass sie sich über die Balustrade gebeugt hatte und ... weiter an nichts. Sie hatte nicht den blassesten Schimmer, was geschehen war.

Es gelang ihr nicht auf Anhieb, sich aufzusetzen.

Bin ich tot? Wenn man tot ist, hat man doch keine Kopfschmerzen. Mist!

Sie fasste sich an den Hinterkopf. Ja, da war eine Beule, und die Stelle fühlte sich warm an und ... nass. Als sie ihre Hand musterte, war sie voller Blut.

Ich muss mir den Schädel angeschlagen haben.

Sie schaute zur Balkontür, doch die schien geschlossen zu sein. Draussen war es stockdunkel.

Verdammt, ich muss völlig besoffen gewesen sein ..., muss geträumt haben.

Ächzend rappelte sie sich auf und schleppte sich ins Badezimmer. Die heisse Dusche tat gut. Kathleen versuchte, den Kopf freizubekommen. Ihre Gedanken wurden klarer; das Wasser, das ihren Körper hinabströmte, hatte Wunder bewirkt.

Zurück im Salon, schaute sie aus dem Fenster auf die Lichter der Stadt, wusste nicht, was sie tun sollte, schaltete den Fernseher ein, zappte durch ein paar Programme und schaltete wieder aus. Dann schenkte sie sich erneut einen Whisky ein, trank das halbe Glas leer.

In ihrem Kopf pochte der Schmerz. Etwas frische Luft würde ihr guttun. Sie öffnete die Schiebetür, jedoch nur einen Spaltbreit, und spürte den Wind, der mittlerweile wesentlich sanfter geworden war, um ihre Nase wehen.

Plötzlich bauschten sich die Vorhänge wie Fallschirme auf, ein Windstoss fegte blitzartig durch die Wohnung, und dann hörte Kathleen die Eingangstür ins Schloss fallen. In einem Anflug panischer Angst drehte sie sich um.

War jemand in der Wohnung? Ein Einbrecher? Möglich, sie wohnte schliesslich in New York City. Und auch wieder nahezu unmöglich, denn ihre Wohnung war immerhin durch eine spezielle Sicherheitstür geschützt: Panzerstahl mit Sicherheitsschloss und Bolzen. Als sie hier einzog, hatte der Makler versichert, dass man eine Panzerfaust bräuchte, um die Tür aufzubrechen.

Sie riskierte ein paar Schritte durch den Salon in Richtung Ausgang, der sich am anderen Ende des riesigen Korridors befand. Beim Heimkommen hatte sie die Tür geschlossen – da war sie absolut sicher! Ausser ihr hatte niemand einen Schlüssel. Ausserdem hätte Paul, der Wachmann, sie über jeden Besuch informiert.

Oder hatte sie die Tür womöglich offen gelassen? Sie war in letzter Zeit ziemlich vergesslich. Lag wohl an der Krankheit.

Sie überlegte, ob sie den Wachmann anrufen sollte, verwarf den Gedanken aber sofort. In letzter Zeit schaute er sie ohnehin so merkwürdig «besorgt» an.

Um wenigstens nicht völlig unbewaffnet zu sein, nahm sie leise den Baseballschläger von der Wand, ein Geschenk der Red-Sox als Dank dafür, dass sie James damals überzeugt hatte, als Co-Sponsor der Mannschaft einzutreten. Der Gedanke daran trieb ihr Tränen in die Augen.

Reiss dich zusammen, du blöde Kuh! Sie war auf sich und die Welt so wütend, dass sie sich beinahe wünschte, einen Einbrecher vorzufinden, dem sie den Schläger auf den Kopf dreschen könnte.

Wie eine schleichende Katze erreichte sie die Tür. Geschlossen! Sie atmete auf. Es war also doch der Wind gewesen. Das Kontrollfenster des Schlosses war rot. Ja, die Tür war geschlossen, und zwar mit dem Schlüssel.

Niemand ausser ihr war in der Wohnung.

Silverstone hatte gesagt, dass die Medikamente, die er ihr verschrieb, manchmal leichte Halluzinationen auslösten. Deshalb hatte er sie davor gewarnt, sie zusammen mit Alkohol einzunehmen.

Achtlos liess sie den Baseballschläger zu Boden fallen. Ihr war übel. Sie schleppte sich den Korridor entlang ins Bad, wo noch die Dampfschwaden der heissen Dusche in der Luft lagen. Sie torkelte zum Waschbecken, um etwas gegen die Übelkeit einzunehmen.

Als ihr Blick den Spiegel streifte, erstarrte sie. Ein Kribbeln stieg ihren Nacken hoch wie ein eisiger Hauch. Ich werde wahnsinnig!, dachte sie noch, bevor sie zusammensackte.

Langsam verblassten die Zeichen, die jemand mit dem Finger auf den dampfbeschlagenen Spiegel geschrieben hatte. Drei Zahlen nur:

5-32-35

Ein Staubkorn? Das versteht kein Schwein!

Das Verhältnis 1 zu 10^{-9} ist der einmilliardste Teil.
Dies entspricht in etwa dem Verhältnis einer Haselnuss zur Erde.

Nun sei also diese riesige, gigantische Erde in der einen der enorm grossen Waagschalen Trilliarden und Abertrilliarden Tonnen schwer – ein Gewicht, das sie sich gar nicht vorstellen könne. Ihre spitze Anmerkung, ob *er* es sich denn vorstellen könne, überhörte er einfach und fuhr fort: «Nun gut, diese gigantisch grosse und schwere Erde in der einen Waagschale muss nun auf der Waage ins *Gleichgewicht* gebracht werden.»

«Ah, irgendwie logisch. Aber wie?»

«Wie würdest du es denn machen?»

«Na, vielleicht indem ich eine zweite, genau gleich grosse Erde auf die andere Waagschale lege, oder?» Aber als sie ihn ansatzweise nicken sah, platzte sie heraus: «Sag mal, kann es sein, dass du mich verarschen willst? So ein Blödsinn, zwei Erden auf einer Waage, ts!» Empört zerrte sie an ihrem Kopfkissen und zog es sich prompt über den Oberkörper.

«Verarschen? Nein, ganz und gar nicht! In gewisser Weise hast du ja recht. Eine Möglichkeit – und zwar die wohl logischste – wäre es natürlich, eine zweite, genau gleich schwere Erde in die andere Waagschale zu legen. So viel weiss jedes Kind. Um das Verhältnis von Omega zu verstehen beziehungsweise die riesige Erde in der Waagschale ins Gleichgewicht zu bringen, gibt es aber in diesem kleinen gedanklichen Experiment noch eine andere Möglichkeit.»

Veronique sagte nichts, schien ein wenig zu schmollen, schaute ihn aber doch an.

Lundegard nahm es als Aufforderung, seine Erklärung weiter auszuführen: «Nun also, stell dir ein Staubkorn vor, so eins, wie du es schon x-mal in der Luft, im Sonnenlicht, auf Möbeln und so weiter gesehen hast. Oder warte mal, besser noch: Stell dir viele solcher winzig kleiner Staubkörner im Gegenlicht der Sonne vor – Myriaden klitzekleiner Staubkörner, die in der Luft schweben.»

«Ich hasse Staubwischen», fiel sie ihm ins Wort, begann jedoch unmittelbar darauf zu grinsen.

Die Blondine will mich provozieren!, vermutete Lundegard, war darüber aber eher erleichtert als erbost. Die Vorstellung, dass sie nicht mal die Sache mit den Staubkörnern kapierte, hätte ihn ansonsten meschugge werden lassen.

«Okay, nun stellst du dir diese Staubkörner nochmals zehnmal kleiner vor, also eine Wolke aberwitzig winziger Staubkörner, mit den Augen praktisch nicht mehr sichtbar, und die schweben jetzt in der Luft. Hast du das?»

Als wäre ihr warm, packte sie einen Zipfel des Kopfkissens und warf es leger über die Bettkante. «Ja, schon. So ein minikleines Staubkorn kann ich mir zwar kaum vorstellen, aber das macht ja nichts. Auf kleine Dinge stehe ich nicht sonderlich.» Sie wand sich kurz wie eine Schlange, winkelte bäuchlings liegend ein Bein etwas an, liess ihre Hand an sich hinabgleiten und befeuchtete mit der Zunge ihre Lippen.

Lundegard stöhnte einmal leise auf, wollte sich auf sie wälzen, doch sie stoppte ihn hart und entschieden. Ihr Knie berührte ihn wie zufällig an seiner empfindlichen Stelle.

«Ich will es jetzt wissen, *das Ding mit Omega*, und was es mit dieser Erde und mit den winzigen Staubkörnern auf sich hat», meinte sie im Befehlston.

«Okay, okay», besänftigte er sie. Mann, war das ein Weib! Er hielt es kaum noch aus, schaute das Luder an und erklärte, dass sie sich nun eines, bloss ein einziges dieser winzig kleinen Staubkörner vorstellen solle. Und wie das Staubkorn ganz langsam auf die andere Waagschale schwebe.

Sie schaute ihn verdutzt an. «Aha, und was dann?»

Der Rapport

Man kann dem Leben nicht mehr Tage geben,
aber den Tagen mehr Leben.
(Aus Afrika)

Kathleen hatte keine Ahnung, wie lange sie in ihrem eigenen Erbrochenen unter dem Spiegel gelegen hatte. Mit beiden Händen schaufelte sie sich ein paar Sekunden lang kaltes Wasser ins Gesicht, und säuberte den Fussboden notdürftig mit einer Handvoll Kosmetiktücher. Dann torkelte sie, immer noch halb benommen, zum Wandtresor. Aus dem untersten Fach zog sie eine schmale Mappe heraus. Ihre Versicherung, wie sie die Unterlagen damals genannt hatte.

Der Rapport war bloss zwei Seiten lang, das dünne Papier war ziemlich vergilbt. Kein Wunder, dachte sie, ist ja bald zwanzig Jahre alt. Die zwei Bogen raschelten wie feines Pergament, denn es handelte sich um Schreibmaschinendurchschläge, wie man sie seit Jahren nicht mehr benutzte. Sie überflog die Seiten, obwohl es nicht nötig gewesen wäre, denn sie kannte den Inhalt auswendig. Um in den Besitz der Durchschläge zu kommen, hatte sie alle Mittel eingesetzt. Phh, Männer – alles Lustmolche. Glauben, sie seien so clever, aber im Bett braucht man als Frau nur die Zunge richtig zu nutzen, das machen, wovon die Kerle sonst bloss träumen, und schon werden sie gesprächig …

Die Erinnerung daran, wie sie damals an die Information gelangte, war ihr jetzt eklig. Sie schob den widerwärtigen Gedanken beiseite. Mit fahrigen Händen griff sie nach dem zerknitterten Zettel mit den fünf Worten und der Nummer. Zögernd nahm sie das Telefon vom Fussboden auf und begann, die erste Ziffer zu wählen. Jede weitere Bewegung ihrer Finger auf der Tastatur des Telefons liess ihr Herz höher schlagen. Das Freizeichen ertönte.

«Campbell …» Die Stimme erklang ganz klar aus dem Hörer.

«Hallo? Hallo, wer ist denn am Apparat? Hallo! Ich kann Sie nicht hören, wer ist denn …?»

«Ich bin's», sagte sie nahezu tonlos, «ich, Kathleen O'Hara.»

Für ein paar Atemzüge blieb die Leitung stumm, nur ein leises Summen war zu hören. Endlich ein ungläubiges: «Wer ist da?»

«Kathleen O'Hara … Wir kannten uns mal … vor sehr langer Zeit.»

«Du?»

«Ja, äh, ich. Du weisst also noch, wer ich bin?» Plötzlich bereute sie es, dass sie angerufen hatte. Am liebsten hätte sie aufgelegt, aber sie hörte diese seit zwanzig Jahren nicht mehr gehörte Stimme, die auf einen Schlag eine Kette von Erinnerungen in ihr wachrief. Bilder, die sie so lange verdrängt und begraben hatte, drängten mit dieser Stimme urplötzlich wie ein Naturereignis in ihr Gedächtnis zurück. Der Abend mit ihm. Die Liebesnacht. Die Gerichtsverhandlung, ihr Meineid, die Verurteilung. Alles war wieder präsent, als wäre es erst gestern gewesen.

Mein Gott, was habe ich ihm damals angetan!

Während er sprach, schaute sie unablässig auf den Rapport, die zwei Seiten, die gleichsam darauf warteten, dass man ihr Geheimnis preisgab. Sie war so mit der unausgesprochenen Forderung dieses Dokuments beschäftigt, dass sie seine Frage nicht verstand.

«Was, äh, sorry, die Verbindung ist nicht sehr gut, was hast du gesagt?»

«Hm, ich kann dich sehr gut verstehen», erwiderte er und wiederholte seine Frage überdeutlich: «Wie geht es dir, Kathleen O'Hara?»

«Gut. Super. Danke, sehr gut», sagte sie etwas zu schnell und zu hastig, mit einem nervösen Unterton.

«Schön. Es ist schön, deine Stimme zu hören. Mein Gott, ich hätte nie im Leben erwartet, dass ich deine Stimme je wieder hören würde.» Er schien auf eine Erwiderung zu warten, doch als sie ausblieb, meinte er betont fröhlich: «Du bist ja eine ganz grosse Nummer in der Businesswelt. Ich habe einen Artikel über dich gelesen, im ‹Forbes Magazin›, oder? ‹Business Woman of the Year›, glaube ich, hiess der Artikel. Gratulation, Kathleen!

Wer hätte das gedacht?»

Seltsam, seine Freude klang aufrecht und ehrlich. Diese Tugend hatte Kathleen seit Jahren nicht mehr erfahren. In ihrer Welt tat man nur so, als freute man sich des Erfolges des anderen; in Tat und Wahrheit herrschten Neid und Eifersucht auf jeglichen noch so kleinen Erfolg, an dem man nicht selbst beteiligt war.

«Die ‹Business Week› war es, nicht ‹Forbes›. Ist aber schon eine Weile her, ein oder zwei Jahre, denke ich», erwiderte sie automatisch. Sie hatte jeden grösseren Artikel, der über sie veröffentlicht wurde, gesammelt. Sammeln lassen. Und sie kannte fast jeden auswendig. Eitelkeit aus einer fernen Vergangenheit, wie ihr nun schien.

«Ja, kann sein. Weisst du, ich bekomme hier immer nur ziemlich alte Magazine und Zeitungen in die Hände», sagte er lachend, «und in der Regel habe ich kaum Zeit, alles durchzublättern, geschweige denn zu lesen.»

«Wo genau bist du jetzt eigentlich?»

«Südliches Afrika», er nannte den Namen der Stadt, «Townships, mitten in den Slums, um genau zu sein.»

«Oh …», sie schien nach Worten zu suchen, «wie lange schon? Und was machst du dort?»

«Ach, wie lange? Lass mich nachdenken. Muss jetzt um die zehn Jahre her sein. Ja, ich denke, bald sind es zehn Jahre.»

«Wow! Und vorher …, oh, sorry, ich bin wohl etwas zu indiskret.»

«Geht schon in Ordnung. Na ja, ich kam ziemlich herum in der Welt. Ist aber eine lange Geschichte.» Er schwieg, aber seine Frage schien schon in der Luft zu liegen: «Was ist der Grund für deinen Anruf, Kathleen? Nach all den Jahren. Wie lange ist das eigentlich her, dass wir …?»

«Zwanzig Jahre, Chris, ja, schon zwanzig Jahre», erwiderte sie nachdenklich. Sie war froh, dass er sie nicht sehen konnte – in ihrem Zustand. Ihr Blick klebte förmlich an den zwei Seiten des Rapports.

«Zwanzig Jahre! Nicht zu fassen, wie die Zeit verfliegt. Aber woher hast du denn meine Nummer?»

«Von dir selbst.»

«Kann nicht sein ...» Eine Weile war nur ein leises Summen in der Leitung zu hören, dann: «Ah, ich verstehe: der Brief. Jetzt erinnere ich mich. Aber du hast nie geantwortet, und den Brief habe ich vor wer-weiss-wie-vielen Jahren ...»

«Vor ziemlich genau zehn Jahren, Chris», unterbrach ihn Kathleen, und leise, fast flüsternd setzte sie hinzu: «Ich hab den Brief erst vor einer halben Stunde geöffnet – oder so.» Sie wusste selbst nicht, weshalb sie log, anstatt ihm zu sagen, dass sie diese eine Zeile schon einmal gelesen hatte, genau an dem Tag, an dem sie den Brief erhalten hatte.

Ihr war, als spürte sie geradezu körperlich sein Erstaunen. Einen Moment schien er sprachlos.

«Warum, ich meine, warum erst jetzt? Warum überhaupt?»

«Ich kann dir das nicht am Telefon erklären, aber es hat schon seinen Grund.» Die zwei Seiten lagen immer noch wie ein Mahnmal vor ihr, aber sie wusste nicht, wie sie es ihm gestehen sollte. «Darf ich dich besuchen?», fragte sie stattdessen.

«Wie bitte?»

«Ob ich dich besuchen kommen darf.»

«Wo?»

«Na, dort, wo du jetzt bist.»

«Du? Kathleen O'Hara, du treibst Scherze mit mir, ja?»

«Nein, ich scherze nicht, Chris» – schon zu lange nicht mehr, schob sie in Gedanken nach und hörte sich dann gleichsam flehen: «Bitte, Chris, lass mich zu dir kommen! Ich störe nicht und bleibe auch nicht lange, aber ich muss dir etwas sagen.» Ihre Hand lag noch immer auf den beiden Seiten.

«Du hast keine Ahnung, wie es hier zugeht. Und überhaupt ..., deine Arbeit, nein, nein, das ist gar keine gute Idee. Vergiss das Ganze!», wehrte er unwirsch ab. Irgendetwas verunsicherte ihn zutiefst: Was sollte dieses befremdliche Gefühl, das sich zwischen Kopf und Herz in ihm breit machte? Ausgerechnet Kathleen O'Hara! Wie ein Schatten hatte sie ihn all die Jahre verfolgt. Diese kurze Zeit mit ihr, dieser Abend ... und dann die Verhandlung.

«Nein, auf gar keinen Fall!», sagte er lauter als beabsichtigt, und als müsse er seinen Worten noch mehr Nachdruck verleihen und das peinigende Schauspiel beenden: «Also dann, es war nett, mal wieder von dir gehört zu haben, aber ich muss nun weiterarbeiten. Draussen warten einige Leute auf mich.»

«Chris, bitte, leg nicht auf.» Die Knöchel ihrer Hand traten weiss hervor, so stark hielt sie den Hörer umklammert. «Ich muss dir etwas Wichtiges sagen, etwas, das für uns beide lebenswichtig ist, Chris», hauchte sie und strich mit der freien Hand über den Rapport, der raschelnd ihren Flüsterton begleitete.

Das Summen in der Leitung nervte. Sekunden vergingen.

«Weisst du überhaupt, wo ich lebe, Frau Managerin? Hast du eine Vorstellung davon?», fragte er unüberhörbar bitter.

«Du sprachst von den Slums. Im Fernsehen habe ich …»

«Ja, im Fernsehen – aus weiter Ferne!», er setzte ein spöttisches Lachen drauf. «Kathleen O'Hara, diesen Ort kannst du dir nicht in deinen schlimmsten Träumen ausmalen. Ich bin in einer anderen Welt, in einem elenden Loch, das für deinesgleichen nicht existent ist. Es kümmert euch doch nicht einmal, wie die Menschen hier ums Überleben kämpfen! Im Fernsehen – dass ich nicht lache!» Er steigerte sich mit jedem Satz noch mehr in seine Wut hinein. «Ich bin an einem Ort, der ein anderes Universum bedeutet, an einem Ort, den du garantiert nicht kennenlernen möchtest. Hier sterben Menschen, die nie gelebt haben. Weisst du, was das heisst? Chris Campbell lebt mit diesen Menschen in der Hölle, wenn du es genau wissen willst!»

Kathleen konnte seinen schweren Atem hören, obwohl er jetzt schwieg. Sollte sie einfach auflegen? Es war offenbar keine gute Idee gewesen, Chris anzurufen.

«Chris?», fragte sie nach einer Weile vorsichtig.

«Ja», er schien sich wieder gefangen zu haben.

«Was tust du dort?»

«Ich versuche tagtäglich, den Menschen hier etwas zu geben, das es in deiner Welt nicht mehr gibt.»

«Und das wäre, Herr Doktor?», fragte sie ironisch, aber im selben Augenblick tat es ihr leid, denn schliesslich war es ihre Schuld gewesen, dass er …

Bevor sie sich noch entschuldigen konnte, antwortete er

scheinbar ruhig: «Ich bin längst kein ‹Doktor› mehr», aber die Betonung des akademischen Titels verriet seine wahren Gefühle, «und das weisst du genau!» Das Zittern in seiner Stimme sprach Bände, als er anfügte: «Ein richtiger Arzt bringt seine Patienten nicht um …»

Das Geräusch in der Leitung vermischte sich mit einem gedämpften, in Kathleens Ohren fremd klingenden Wortschwall im Hintergrund. «Du hast mir meine Frage noch nicht beantwortet.»

«Welche Frage?» Er stellte sich ahnungslos, denn er wusste ganz genau, welche Frage sie meinte.

«Was du an dem schrecklichen Ort tust.»

«Wie gesagt, ich versuche denen Hoffnung zu geben, die keine mehr haben. Genügt das als Antwort nicht?»

«Kann ich bitte kommen?», fragte sie, vom leisen Rascheln des Rapports begleitet.

«Du bist alt genug, um das selbst zu entscheiden.» Dann fügte er hastig hinzu: «Wenn du es unbedingt willst, lass es mich wissen. Ich muss jetzt gehen, habe viel zu tun.»

Das Knistern in der Leitung war verstummt. Er hatte aufgelegt.

Nachdenklich zupfte Kathleen an einem winzigen Fitzchen Haut, das sie auf ihren trockenen Lippen spürte. Für einen Moment hatte sie das Bedürfnis, sich an der Armlehne ihres Schreibtischstuhls festzuhalten, weil sie glaubte, ein Vibrieren wahrzunehmen. Aber nach allem, was sie in den vergangenen Stunden erlebt hatte, mass sie dem Beben keinen Wirklichkeitsbezug zu. Weshalb auch? Inzwischen zweifelte sie an ihrem Verstand.

Tausende Meilen entfernt schloss Chris Campbell von innen die Tür seines kleinen Büros, setzte sich an seinen alten Schreibtisch, öffnete mit einem Schlüssel, den er immer bei sich trug, die Schublade und nahm einen beschriebenen Papierbogen heraus. Er kannte den Inhalt auswendig, seit sehr langer Zeit, seit ihm sein Onkel Frank den Rapport besorgt hatte.

Was soll ich tun? Ist es so weit?

Die drei Zahlen tauchten vor seinen Augen auf, als wären sie real und nicht bloss Irrlichter, ein Gedanke seines Geistes.

Deutlich erinnerte er sich an die Worte, für die die Zahlen standen: 5–32–35. Er hatte sich geschworen, sie zu vergessen – nun waren sie wieder da: Worte des Hasses und der Rache.

Er löste die zur Faust geballte Hand, griff zaghaft zum Telefon, und obschon er wusste, dass er das Falsche tat, wählte er Franks Nummer.

Kurz vor Weihnachten 2006, New York City –
Noch drei Minuten zu leben

Report on the accident to Boeing 747-121, N739PA on 21 December 1988 at Sherwood Crescent to Flight PA103, Aircraft Name «Clipper Maiden of the Sea» by Aircraft Accident Investigation Branch (AAIB), United Kingdom. (Auszug)

19:02:00 GMT: Flight PA103, N739PA «Clipper Maiden of the Sea» bestätigte Oceanic clearance und nahm Kurs 316 ein.

Es scheint sich alles wie in Superzeitlupe abzuspielen, genau so wie an jener Stelle in dem Film «Matrix», wo Neo, der Held der Geschichte, in der U-Bahnstation gegen den Bösewicht, Mister Smith, kämpft. Dies ist aber kein Film, nicht Hollywood, es fehlt das Popkorn schmatzende Publikum auf den Kinositzen. Nein, dies ist die Wirklichkeit, wie sie realer nicht sein könnte.

Frank sieht sie vor sich: Wie sie im Flugzeug scherzend miteinander sprechen, wie Sarah ihren gemeinsamen Sohn Michael stolz von der Seite her ansieht. Alles scheint sich langsam, überdeutlich und schliesslich grausam zu wiederholen, immer und immer wieder: diese letzten drei Minuten im Leben seiner Lieben.

Ein Piepsen ertönt …

19:02:46.9 GMT: Eine heftige Explosion riss ein Loch in die linke Aussenhülle des Flugzeugs. Der Durchmesser des Loches war etwa einen halben Meter gross. Die Bombe muss nach allen Erkenntnissen im Frachtraum links unterhalb des Cockpits platziert gewesen sein.

Michael dreht den Kopf zu seiner Mutter neben ihm, just im selben Augenblick, als die erste Druckwelle der Explosion – verstärkt durch den abrupten Druckunterschied und deshalb mit Überschallgeschwindigkeit von vorne nach hinten durch das

Flugzeug rasend – sie erreicht. Sarah wird von der Druckwelle in den Sitz gepresst, Michael bemerkt es kaum, sieht bloss mit Erstaunen, dass seine Mutter blutrote Tränen weint.

Wieder ein Piepsen …

19:02:47.3 GMT: Die Druckwelle der Explosion war, gemäss thermodynamischen Berechnungen, fünfundzwanzig Prozent stärker und schneller als die Explosion selbst. Des Weiteren bewegte sich die Schockwelle mit Überschallgeschwindigkeit von vorn nach hinten durch den Flugzeugrumpf.

Michael wendet den Kopf zur Stewardess, um zu fragen, was passiert sei. Ihren Arm sieht er zuerst – gestreckt, mit dem Glas Cola in der Hand –, doch an der Stelle, wo eben noch das wunderhübsch lächelnde Gesicht der jungen Frau ihn betörte, ist jetzt eine blutende Lücke, eine klaffende Wunde aus zersplitterten Knochen, Fleisch und Muskeln getreten. Das Gesicht ist nicht mehr da, einfach weg, der halbe Kopf, er fehlt – von einem Geschoss weggebombt. Nur die untere Reihe der weissen Zähne ist noch zu sehen, alles andere ist einem entsetzlichen Etwas aus zerrissenen Blutgefässen und zersplitterten Knochen gewichen.

Erneut dieses Piepsen …

19:02:47.6 GMT: Die Schockwelle riss einen Teil des Flugzeugdaches ab. Die Druckwelle bewegte sich überschallschnell und pulsierend durch die Flugzeugkabine und durch die Klimaschächte. Des Weiteren wurde sie nochmals durch den Unterschied von atmosphärischem Druck in der Kabine und jenem ausserhalb des Flugzeugs verstärkt. Es wird angenommen, dass Gepäckstücke, Messer, Gabeln und andere Gegenstände infolge der Druckwelle zu tödlichen Geschossen wurden.

Michael sieht, wie die Aussenhaut des Flugzeugs wie Seidenpapier weggerissen wird. Er kann nicht mehr atmen, seine Lungen blähen sich auf. Die Passagiere vor ihm werden wie von einer unsichtbaren Riesenpranke ins Freie gezerrt. Das Dach löst sich. Er schafft es noch einmal, seinen Kopf zu Sarah zu wenden. Seine Mutter sitzt in absurd verrenkter Haltung auf ihrem Platz. Oh Gott, diese Tränen aus Blut! Die Adern in ihren Augen sind geplatzt, Blut strömt auch aus Mund und Nase. Sie scheint ihn anzuschauen, versucht ein Lächeln, doch es misslingt, wird zur Grimasse. Unerträglich, dass seine Mutter weint …! Unablässig rinnen die blutroten Tränen aus ihren Augen über ihre Wangen.

Es piepst immer noch …

19:02:50 GMT: Es wird vermutet, dass etwa drei Sekunden nach der Explosion das Flugzeug auseinanderbrach. Die flugtechnischen Untersuchungen gehen davon aus, dass zuerst das Cockpit abgerissen wurde; einige Millisekunden später der linke Flügel samt Triebwerken und der Hauptteil der Passagierkabine mit dem rechten Flügel und den Triebwerken.

Alle sind machtlos. Alles geht so schnell. Sarahs und Michaels Trommelfelle sind von der Wucht der Druckwelle zerborsten.

Der Captain zieht instinktiv am Steuerknüppel, doch sehen kann er nichts mehr. Seine Augäpfel explodieren förmlich, ein roter Schleier versperrt jegliche Sicht, sein eigenes Blut, das aus den schwer verwundeten Augen spritzt, taucht die Welt in den letzten Minuten seines Lebens in ein dunkel leuchtendes Rot. Captain James MacQuarrie und sein First Officer sind noch am Leben, als sie im Cockpit in die eisige, schwarze Nacht stürzen.

19:03:06 GMT: Die technischen und forensischen Untersuchungen haben ergeben, dass die Passagierkabine mit dem rechten Flügel und mit den auf Vollschub laufenden Triebwerken des rechten Flügels trotz der massiven Läsionen einige Sekunden auf etwa 9000 Meter relativ stabil weitergeflogen sein muss und danach etwa 30 bis 60 Sekunden im Gleitflug bis auf etwa 6000 Meter absank.

Mit Wucht bricht der Flügel ab. Im freien Fall rasen sie in Richtung Erde. Hinter ihnen brennt das ausströmende Kerosin, erfasst den hinteren Teil der Kabine, sodass die verbleibenden Passagiere auf den hinteren Sitzreihen lichterloh wie Fackeln brennen.

19:03:54 GMT: Es wird angenommen, dass sich die Kabine des Flugzeuges mit dem rechten Flügel demzufolge relativ stabil und waagrecht, doch schnell an Höhe verlierend, bis etwa 6000 Meter hielt. Die Untersuchungen haben ergeben, dass zu diesem Zeitpunkt das ausströmende Kerosin die Kabine und die Passagiere erfasste. Ab etwa 6000 Meter neigte sich vermutlich der Rumpf senkrecht und bewegte sich mit einer Geschwindigkeit von etwa 850 bis 900 Kilometer pro Stunde auf die Erdoberfläche zu.

Senkrecht, immer schneller werdend, von den heulenden Triebwerken begleitet, rasen sie mit irrwitziger Geschwindigkeit unaufhaltsam auf die Erde zu. Die Hälfte der Flugzeuginsassen ist aus dem einst schützenden Innern der Kabine herausgerissen worden und erfriert fast augenblicklich – falls sie nicht wie die junge Stewardess von einem der zu tödlichen Geschossen gewordenen Gegenstände durchlöchert oder schon vorher von der Überschalldruckwelle getötet wurden.

Bei fast 900 Stundenkilometer und etwa 5000 Meter Höhe wird die Luft sauerstoffhaltiger und wärmer, der Druck nimmt wieder zu, und einige Passagiere erlangen das Bewusstsein wieder. In ihren Sitzen festgegurtet, sausen sie, brennenden Fackeln gleich, auf ihr Ende zu.

Als Michael zu sich kommt, weiss er nicht, wo er ist. Weder das Heulen des Windes in Orkanstärke noch das Kreischen der Treibwerke am Flügel dringen noch an seine zerfetzten Trommelfelle. Seine Lungen sind auf ein Zehntel des Volumens geschrumpft, er röchelt nach Luft, seine Arterien und Venen sind vom Überdruck geplatzt. Doch er lebt noch, spürt die Hitze des brennenden Kerosins, das seinen Körper erfasst, und zugleich die eisige Kälte des Windes, während sich die Erde nähert.

Piep …, piep …, piep …

19:04:07 GMT: Die forensischen Untersuchungen haben festgestellt, dass etwa die Hälfte der Passagiere bis zum Zeitpunkt des Aufschlags noch am Leben waren. Medizinische Gutachten und pathologische Untersuchungen an den Leichen haben ergeben, dass die meisten Passagiere, die nicht aus dem Rumpf geschleudert wurden, bei der ersten Druckwelle das Bewusstsein verloren haben mussten.

Es wird des Weiteren angenommen, dass die Druckwellen das Flüssigkeits- und Gasvolumen der Passagiere zuerst auf das etwa Vierfache des Normvolumens anschwellen liessen, jedoch kurz später wieder um das etwa Zehnfache kontraktierten. Dies hatte zur Folge, dass bei den meisten Passagieren die Lungen, Arterien, Augen, Trommelfelle und anderen Organe so rasant aufgebläht wurden, dass sie vermutlich nach wenigen Sekunden das Bewusstsein verloren.

Michael spürt die Hand seiner Mutter in der seinen. Spürt ein letztes Mal, wie sie seine Hand drückt. Sie ist noch am Leben. Er sieht ein schimmerndes Licht, wie das Licht einer Stadt. Den Kopf kann er nicht mehr wenden, alles ist rot, blutrot, er hält die Hand seiner Mutter in der seinen, spürt ihre Liebe … bis zuletzt.

19:04:17 GMT: Die medizinisch-forensischen Gutachten der Obduktionen haben erbracht, dass einige Passagiere das Bewusstsein wiedererlangt haben könnten, als sich das Flugzeug ab etwa 6000 Meter im vertikalen Fall auf die Erdoberfläche zubewegte. Es kann als erwiesen betrachtet werden, dass demzufolge eine nicht unbeträchtliche Anzahl Passagiere den gesamten Vorgang zwischen Explosion und Aufschlag (etwa zwei bis drei Minuten) bewusst miterlebt haben.

Dann schaut Michael ihn im Geist flehend an. Die Worte sind trotz des höllisch heulenden Orkans deutlich zu hören. Sie schweben im Raum: «Dad …, bitte hilf uns …!»

19:05:56 GMT: Der Aufschlag riss einen 47 Meter langen Krater mit einem Volumen von 560 Kubikmeter. Einige Häuser in Sherwood Crescent wurden laut lokalen Polizeiakten und späteren Untersuchungen praktisch vaporisiert. Häuser im Umkreis wurden stark beschädigt. Die Bewohner der direkt getroffenen Gebäude verstarben.

Piep …, piep …, piep …, piep …

Das Piepsen des Telefons schreckte ihn auf. Kalter Schweiss auf seinem ganzen Körper liess ihn frösteln. Immer derselbe Traum, seit Jahren.

Oh Gott, du Ungnädiger, du, der du nicht vergibst, was willst du noch von mir? Du hast mir schon alles, alles genommen!

Er wischte sich die Tränen aus den Augen. Die Zeit hatte seinen Schmerz nicht gelindert, nein, der Schmerz war immer grösser geworden – und mit ihm der Hass. Frank hatte alle forensischen Berichte gelesen, immer und immer wieder.

Hätte ich das doch nie getan, hätte ich es bloss dabei belassen, dachte er, hätte ich doch akzeptiert, dass sie nun mal tot sind. Nichtwissen ist vielleicht der bessere Trost.

Aber nun war es zu spät. Seit Jahren zogen die Bilder an ihm vorüber, was genau passiert war, die letzten drei Minuten im Leben seiner Lieben. Wie sie gestorben waren, nein, nicht gestorben, wie sie krepiert waren …, wie du, du Gott ohne Gnade, sie hast krepieren lassen.

Bis ins letzte Detail hatte man den Absturz rekonstruiert.

Ins Verderben hast du sie geschickt, du Erbarmungsloser, ich hasse dich! Bis zum Aufschlag haben sie noch gelebt.

«S-a-r-a-h …! M-i-ch-a-e-l …!» Frank schrie die Namen, während er mit den Fäusten verzweifelt gegen seine Schläfen trommelte. Warum? Warum mussten ausgerechnet sie …?

Als Arzt wusste er nur zu genau, was mit ihren Körpern während dieser letzten drei Lebensminuten geschehen sein musste. Er ahnte, wie es gewesen sein musste, als alle Gegenstände, Flaschen, Messer, Gabeln, alles, was nicht niet- und nagelfest war, zu Schrapnell-Geschossen wurden. Er konnte sich ausmalen, was mit den Leibern geschehen war, als der Luftdruck innerhalb von Sekundenbruchteilen absackte, sich mit der Druckwelle synchronisierte, sodass die Flüssigkeit im Körper der Menschen zuerst auf das Vielfache anschwoll, die Lungen wie Ballone aufblähten, und dann, als die Druckwelle in umgekehrter Richtung zurückraste, um das Zehnfache in sich zusammensackten.

Drei Minuten – Ewigkeiten. Jedes Mal derselbe Albtraum,

jedes Mal verfolgte er dann wie gebannt den Sekundenzeiger seiner Armbanduhr: In Zeitlupe, ätzend langsam, zog der Zeiger auf dem Zifferblatt seine Kreise.

Piep ..., piep ..., piep ... Das Telefon piepte erneut. Vielleicht versuchte einer seiner Patienten, ihn zu erreichen, sodass er es nicht übers Herz brachte, den Anrufer noch länger hinzuhalten. Unwirsch hob er ab, holte dabei tief Luft und meldete sich, verbindlich und freundlich wie immer.

Schon nach dem ersten Wort seines Gesprächspartners war alles hinweggefegt: sein innerer Schmerz, seine Trauer, es gab kein Zurück mehr. Frank schwieg einen Moment, dann antwortete er: «Bist du sicher, Chris?», und nachdem er die Antwort vernommen hatte, stiess er ein erleichtertes «Endlich!» aus.

Frank schaute aus dem Fenster. Der nahende Tag färbte den Himmel allmählich blutrot. Seine Augen waren hasserfüllt, seine schmalen Lippen verzogen sich zu einem boshaften Lächeln.

Gott sei Dank – deine Wege scheinen ja in der Tat unergründlich.

Verpiss dich jetzt!

A man who is not a fool
can rid himself of every folly except vanity.
(Jean-Jacques Rousseau)

Lundegard hielt den ausschliesslich optischen Genuss der Blondine nicht mehr aus. Er wollte sie endlich haben, sich über sie hermachen, ihre … – doch sie schien nicht gewillt, auch bloss seine suchende Hand auf ihrer Haut zu dulden, bevor sie nicht eine befriedigende Antwort hatte.

Ich muss es ihr irgendwie begreiflich machen!, setzte er sich selbst unter Druck. Verstehen wird sie es eh nicht, aber wer weiss, wann ich wieder so ein Vollweib treffe? Am Nordpol wird die Auswahl nicht gross sein.

«Wie gesagt, da ist nun die riesige Erde auf der gigantischen Waage. Und nun fällt eines der Staubkörner, ein einziges bloss, in die andere Waagschale.»

«Bingo, und dann?»

Er bemühte sich, jedem Wort eine grossartige Betonung zukommen zu lassen: «Die Waage gerät ins Gleichgewicht.»

Veronique zog die Augenbrauen hoch und rümpfte zeitgleich die Nase. «Bullshit! Das ist Blödsinn. So was geht nicht.»

«Glaub mir, es ist genau so, wie ich es sage. Das winzig kleine, ultraleichte Staubkorn in der anderen Waagschale reicht aus, um das Gleichgewicht der Trilliarden und Abertrilliarden Tonnen schweren Erde auf der anderen Waagschale ins Gleichgewicht zu bringen.»

«Aber sonst geht's dir gut, ja?» Sie tippte sich an die Stirn.

«Ja, nahezu hervorragend», flachste er, «wenn du das bisschen Astrophysik endlich in deinen blonden Kopf hineinkriegen würdest.» Er wagte es, ihr mit den Fingern durch die Haare zu fahren, um sich auf diese Art an sie heranzupirschen. Prompt packte sie sein Handgelenk und platzierte seinen Arm abseits ihres Körpers.

Pech gehabt, Bjoern. In dieser Hinsicht war die blonde Schöne tatsächlich weniger naiv, als es ihm lieb war. «Es ist noch viel erstaunlicher, sage ich dir. Denn wenn auch bloss ein zweites Staubkorn auf die Waagschale schweben würde, geriete alles erneut aus dem Gleichgewicht.»

Das sass! Jetzt schien sie baff zu sein.

«Genau das ist das Verhältnis von Omega. Präzise eins zu zehn hoch minus fünfzehn. Seit Anbeginn des Universums. Seit über dreizehn Milliarden Jahren. Und Omega ist nur eine der Naturkonstanten. Im Universum gibt es noch ganz andere, viel komplizierte und noch viel unvorstellbarere Dinge, zum Beispiel das Gleichgewicht der Entropie nach dem Urknall: eins zu zehn hoch zehn hoch einhundertdreiundzwanzig! Das ist tatsächlich jenseits jeglichen bildhaften Beispiels und ...»

«Hmm, schon gut, und was ist mit der Antimaterie?»

«Äh, wie?»

«Na, es geht doch alles um Gleichgewicht, oder?»

«Schon.»

«Dann wäre es doch möglich, dass der Bruchteil einer menschlichen Zelle – so wie der Herr Genius mir das mit dem Staubkorn erklärt hat – das gesamte Universum aus dem Gleichgewicht bringen könnte, ne?»

Lundegard stutzte. «Ja, ähm, vielleicht ... theoretisch ... oder – nein! Nein, ich glaube eher nicht ..., oder ja ... Hm, aber so was darf man nicht personalisieren.»

«Hej, weshalb nicht? Ich zitiere ja nur, was du gerade mit dem Staubkorn en miniature erklärt hast. Es könnte doch sein, dass jeder Mensch ein winzig kleines Etwas, na ja, vielleicht so was wie eine Seele in sich trägt. Und manche Teile, sprich: Seelen, sind gut, während andere Teile schlecht sind. Ungefähr so wie Materie und Antimaterie eben.»

Er war völlig verdutzt. Unter normalen Begleitumständen, vor allem in voller Bekleidung, hätte er sich womöglich Gedanken über den Einfall der Blondine gemacht. Doch ihre halboffenen Lippen und ihr Körper, gegen dessen magische Anziehung er mit aller Macht ankämpfen musste, machten ihn so heiss, dass er bloss etwas Abwertendes murmeln konnte.

Veronique war noch nicht fertig mit ihren Ausführungen. Unglaublich, dieses pralle Bündel an Wissbegierde!

«Vielleicht hat Gott oder wer auch immer es so vorgesehen, dass das Universum immer im Gleichgewicht bleiben muss, also Gut und Böse immer in Balance.»

Sein Einwurf, das sei «Quatsch», konnte sie nicht beim Philosophieren stoppen.

«Statt ‹gut› und ‹schlecht› könnte man sich auch …, na, sagen wir mal … Taten, also Aktionen, vorstellen: Teile und Anti-Teile, Gut und Böse, Recht und Unrecht.» Ihre Worte quollen immer schneller und heftiger über ihre Lippen. Jetzt beugte sie sich auch über ihn und begann – endlich! – mit ihrer zupackenden Hand sein gutes Teil zu bearbeiten. Die rosa lackierten Fingernägel ihrer anderen Hand bohrten sich ins Fleisch, ihre vollen Lippen näherten sich, er spürte schon ihren warmen Atem – dann verharrte sie.

Diese Schlange macht mich wahnsinnig, dachte Lundegard. Ihre reibende Hand hielt inne. Dennoch machte sie Anstalten, sich vollends über ihn zu schieben, während sie, ihn anschauend, fragte: «Ist deine *Neutrinofalle* vielleicht so was wie ein Radio?»

«Radio?» Seine Hand fuhr langsam, doch diesmal unaufhaltsam, ihre Oberschenkel in Richtung der beiden prallen Backen hoch. «Radio? Nein, gewiss nicht.» Er war jenseits der Vernunft. Er erreichte den Augenblick, in dem sein Intellekt – wie bei jedem anderen Mann – wie nie vorhanden war. Jetzt bloss nicht mehr diskutieren, ich muss sie haben!

Ihre Hand hielt die seine fest. Sie wollte eine Antwort, denn sie hatte es oft genug erprobt: An diesem speziellen Punkt waren die Männer wie Affen – für diesen kurzen Wimpernschlag der vermeintlichen Lust setzte ihr Gehirn aus.

«Radio? Wie kommst du denn auf die Idee?»

«Na, ein Radio kann *empfangen*!»

«Klar, aber was hat das mit der Neutrinofalle zu tun?»

Sie stöhnte. «Du versuchst doch, die Neutrinos *einzufangen*, he? Da könnte man doch auch sagen: *empfangen*. Und vielleicht sind die Neutrinos ja so eine Art *Boten*.»

Die Blondine hatte kein Wort verstanden. Schade für die Zeitverschwendung. Aber Fantasie hatte sie – und einen supergeilen Körper.

Boten? Empfangen? Radio? So ein Schwachsinn, dachte er, ohne es auszusprechen, denn seine Hormone hatten sein Hirn jetzt völlig im Griff. Er wollte bloss noch das Eine. Seine sehnigen Hände krallten in das feste, rosige Fleisch und zogen den Traum in Richtung seiner wartenden Zunge, sein ganzes Blickfeld bestand nur noch aus ihr. Ihre warmen, feuchtnassen Lippen verhiessen den Himmel auf Erden.

Plötzlich und scheinbar ohne Grund verharrte die Blondine mitten in ihrem rhythmischen Auf und Ab. Sie hob leicht den Kopf, ohne Lundegard anzuschauen, und sagte: «Du glaubst so viel zu wissen, doch vom Wesentlichen hast du keine Ahnung!»

Stille.

Beide hielten inne, eine Sekunde nur, eine kleine Ewigkeit, dann obsiegten die Gene, und er bestieg sie. Die Zigarette qualmte im Cognacglas einsam vor sich hin; es störte ihn nicht mehr. Unter dem ersten kräftigen Stoss heulte sie kurz auf, machte jedoch keine Anstalten der Gegenwehr, sondern vergrub keuchend und stöhnend das Gesicht in seinem Kissen. Dann versanken sie in einem Meer aus Lust.

Sie waren noch nicht recht zu Ende, als sie ihn resolut von sich stiess. «Verpiss dich», zischte sie leise, «los, hau ab!»

Lundegard war perplex. Verunsichert stand er auf, um sich anzuziehen. Während er sein Shirt über den muskulösen Oberkörper zog, fragte er: «Warum bist du auf einmal so grantig?»

«Weil du, falls du jemals deinen blöden Beweis findest – was ich nicht hoffe! –, den Menschen das Allerwichtigste nimmst.»

«Und das wäre?»

«Die Hoffnung!»

Er war schon fast aus dem Zimmer, rief sie ihm hinterher: «Hey, wie heisst du eigentlich?»

«Bjoern Lundegard.»

«Okay, Herr Doktor Lundegard, wenn du eines Tages an etwas glaubst, ohne es beweisen zu müssen, kannst du wiederkommen …, wenn du magst.» Ihre Stimme liess nichts von den Tränen in ihren Augen erahnen, und bevor er etwas erwidern konnte, sagte sie: «Und schliesse die Tür hinter dir!»

Reise ans andere Ende des Universums

Wohin du auch gehst,
gehe mit deinem ganzen Herzen.
(Konfuzius)

Ich hätte es besser wissen müssen. Eine Scheissidee, die Reise überhaupt zu machen. Ich dumme Kuh hab noch darum gebettelt.

Afrika! Gerade noch. Und dann mitten in den Slums.

Mein Gott, ist der Mann naiv, damals wie heute. Klar, Chris Campbell wollte immer schon die Welt retten. Typisch, er hat nicht, aber auch rein gar nicht begriffen, wie das Leben läuft. Ist wahrscheinlich nach wie vor derselbe sentimental-dusslige Wuschelkopf, der er mal war.

Und das Ganze wegen eines Briefes, den er vor zehn Jahren geschickt hat, und einer kurzen Affäre, die bald zwanzig Jahre zurückliegt. Ein Wimpernschlag, und schon sind zwanzig Jahre verflossen, aus, fertig, Schluss und … Oh mein Gott, ich werde bald sterben. Ewige Nacht.

Wie lange sind wir schon in der Luft? Shit, noch nicht mal drei Stunden. Was soll ich denn bloss tun?

«Hallo, Stewardess. Ja, Sie meine ich. Mein Champagnerglas ist schon wieder leer.»

«Madam, ich dachte bloss …, äh, weil wir bald essen und weil Sie sich vielleicht besser fühlen, wenn Sie den Champagner mit dem Essen zu sich nehmen und nicht auf nüchternen Magen.»

«Junge Frau, ich fliege und bezahle wohl kaum erste Klasse, um mir von Ihnen eine Predigt halten zu lassen, okay?»

Die Flugbegleiterin schluckte nur ein paarmal leer und schenkte endlich nach.

Wahrscheinlich hat sie sogar recht mit dem Saufen, immerhin habe ich seit Stunden nichts mehr gegessen. Aber hey, der Witz ist ja: Was habe ich zu verlieren?

Warum sitze ich überhaupt in diesem Flug? Ach, stimmt, um mich zu entschuldigen.

Kathleen, du bist ein Rindvieh!

Und was schulde ich dem Kerl überhaupt? Nichts, absolut nichts. Ich hab mich verdammt nochmal von dem sentimentalen Gedödel umhauen lassen, das mir dieser Schwächling von Miller vorgelallt hat. So ein Scheiss: «Haben Sie sich überhaupt je bei einem Menschen entschuldigt?» Bla, bla, so ein Quatsch! Warum sollte ich mich bei irgendjemandem für irgendwas entschuldigen? Ich musste in meinem Leben alles, aber auch alles alleine erreichen. Und da soll ich mich entschuldigen? Typische Loser-Parolen, und ich falle noch auf den Schwachsinn rein. Und dann Chris mit seinem Ich-gebe-denen-die-nie-gelebt-haben-was-man-nicht-mit-Geld-kaufen-kann. Ts, so ein Bullshit! Hollywood-Gequatsche, dümmliche Schmonzette.

Liebe und Geborgenheit – haha, wer braucht das schon? Gesundheit braucht man und Geld. Geld und Gesundheit, dann kannst du auf alles andere verzichten. Auf einen Gott, den es nicht gibt, sowieso.

Kathleen schlürfte den Rest aus ihrem Champagnerglas und goss gleich nach. Sie spürte einen dicken Kloss im Hals. Ihre Lippen zuckten ganz leicht – aber das bemerkte niemand, denn die Sitze in der ersten Klasse waren weit voneinander entfernt und die Stewardess mit einem Passagier in der ersten Reihe beschäftigt. Langsam füllten sich ihre Augen. Ihre Hände zitterten, als sie ein Taschentuch aus ihrer Tasche fingerte, um sich die lästigen Tränen von den Wangen zu wischen.

Nein, ich bin kein schlechter Mensch. Ich habe dich so sehr geliebt, Vater. Warum hast du mir das angetan? Warum, warum, warum? Du warst mein ein und alles. Vertraut habe ich dir und dann …

Sie weigerte sich, den Gedanken weiterzudenken. Das Taschentuch fiel aus ihrer kraftlosen Hand zu Boden. Der Champagner kühlte zwar ihre Kehle, jedoch nicht ihre Wunden. Wunden der Seele verheilen oft nie.

Kathleen stierte mit leerem Blick auf die afrikanische Savanne, die zehntausend Meter unter ihr vorbeiglitt. Wolkenfetzen huschten am Fenster vorbei, irrwitzig schnell rasten die weissen Schleier dahin, so wenig fassbar wie ihre eigenen Gedanken.

Und jetzt das! Krebs – als wäre das Vergangene nicht schon Strafe genug. Du, du Richter, du Gott der Rache, bitte, bitte, bitte verschone mich. Ich will noch nicht sterben! Warum ich? Warum ich? Gott, warum bloss ich?»

Ein stärker werdendes *Vibrieren* und Schütteln. Turbulenzen. Das Anschnallzeichen leuchtete auf. Die Durchsage des Flugkapitäns, der irgendetwas von ungewöhnlich unstabilen Luftschichten erklärte, drang wie durch eine Dämmwand zu Kathleen, die vom Alkohol benebelt eindöste. Weit unter ihr zogen die Savannen und Steppen gleichgültig vorbei, während Kathleens Tränen langsam versiegend ihre Wangen hinunterrannen. Kathleen O'Hara würde sterben, doch niemand schien sich dafür zu interessieren.

Dunkle Materie – klares Weltbild

Everything has been figured out, except how to live.
(Jean-Paul Sartre)

Die meisten Politiker hatten keine Ahnung, wofür die Milliarden in den Projekten des CERN verwendet wurden – und noch viel weniger den blassesten Schimmer, zu welchem Zweck die Mehrzahl der Forschungsergebnisse, wenn überhaupt je zu irgendetwas, verwendet werden konnten. Trotzdem – vielleicht auch gerade deswegen – flossen weiterhin astronomische Geldsummen in diese Institution.

Lundegards ureigene und tiefste Motivation, die er nur sich selbst eingestand, war es, ultimativ die Frage nach den *Sinn des Seins* zu finden. Wenn er etwas zu viel getrunken hatte, konnte es passieren, dass er dieses Ziel im Kreis «ignoranter Laien» ausplapperte. Im Beisein seiner Forscherkollegen jedoch hielt er seine Lippen im Hinblick auf seine Motive eisern versiegelt. Das Risiko, sonst nur noch als «Halbforscher» – oder schlimmer: gar als «Halbspinner» – zu gelten, lauerte hinter jeder Ecke.

Im Zentrum dieses Lundegard'schen Projektes stand also die ultimative Frage nach dem Wesen der Materie beziehungsweise die Frage, wie das Universum und alles Leben darin entstanden ist. Sein Ziel war es, diese Frage wissenschaftlich zu beantworten. Gibt es einen Schöpfer, einen oder besser etwas, das alles erschaffen hat, etwas, das dafür verantwortlich ist, dass er, Bjoern Lundegard, und alle anderen Menschen, sowie überhaupt alles Leben existiert? Warum gibt es überhaupt Seiendes, warum ist nicht einfach Nichts?

Wollte jemand annehmen, dass Bjoern Lundegard an einen Gott glaubte, so wäre er auf dem Holzweg. Ganz im Gegenteil, schon die blosse Vorstellung, dass irgendwo (womöglich «hoch oben im Himmel») ein thronender Gott herumsass, der die Weltgeschicke lenkte, war absolut lächerlich. Und als wäre dies nicht genug der Dummheit, behaupteten (und glaubten!) die

Leute noch, es gäbe «im Himmel» Engelein, einen heiligen Geist und was sonst noch an Schwachsinn in Bibel, Koran oder sonst wo stand. Vollends blöd wurde es nach Lundegards Ansicht, wenn man den weissbärtigen alten Mann, der die guten Menschen gütig anlächelt, zum Richter erhob, der den Menschen am Ende ihres irdischen Daseins ein ewiges Leben – wohl bei sich auf der Wolke – gewährte. Je nach religiöser Ausrichtung dieses Schwachsinns, den das Volk «Glauben» nannte, wiegten sich manche «Gläubige» in der törichten Hoffnung, als «Bonus» sozusagen bis in alle Ewigkeit im Jenseits körperlichen Gelüsten nachgehen zu dürfen. Welch eine Beleidigung jedes halbwegs normalen menschlichen Intellekts!

Bjoern Lundegards Weltbild war klar, präzise und basierte auf wissenschaftlichen Erkenntnissen:

Erstens, das Universum ist aufgrund von geltenden Naturgesetzen entstanden.

Zweitens, diese Naturgesetze gilt es zu erforschen und empirisch, wissenschaftlich nachvollziehbar zu beweisen.

Drittens, der Mensch ist ein biologisches Wesen, dessen Gehirn die Fähigkeit besitzt, kognitives Denken und Bewusstsein (also Intelligenz) in einen Kontext zu stellen.

Viertens, der Mensch besitzt weder eine Seele noch sonst was in der Art, das irgendwie unsterblich ist, sondern ist mehr oder weniger eine Maschine aus Fleisch und Blut (und einiger anderer Sachen, die ein Normalsterblicher eh nicht richtig verstand und die – ergo – auch keiner weiteren Erläuterung an der Stelle bedurften).

Und er, Bjoern Lundegard, war ganz nahe dran, den Beweis zu liefern. Er würde bald aufräumen mit diesem gefährlichen Schabernack aus Glauben und Religion, denn er hoffte, dass die ersten Messergebnisse demnächst vorliegen würden. Allerdings benötigte er dazu endlich die Neutrinos, die tief unter ihm in die Falle tappen mussten, denn ohne diese liess sich gar nichts beweisen.

Er holte einen Kaffee, setzte sich vor die Monitore und stellte sich auf ein langes Warten ein. Oh ja, Geduld war vonnöten.

Tag für Tag zuckelte dahin – und nichts geschah. Ganz langsam und zuerst nur schleichend, machte ihm die Einsamkeit zu schaffen. Voller Enthusiasmus war er in die Arktis gereist, hatte sich in der Station eingerichtet, tagelang die Programme justiert und verfeinert, stundenlang den feinen Linien der Detektoren zugeschaut. Aber nichts geschah. Jeder Tag war wie der vorige.

Einsamkeitskoller. Keine Menschenseele seit fast vier Wochen – das war einfach zu herb. Er seufzte und versuchte, sich auf seine Aufgabe zu konzentrieren, während er weiterhin auf die Computerbildschirme starrte.

Gerade hatte er beschlossen, sich ein Mittagsschläfchen auf der schmalen Pritsche im Labor zu gönnen, und verschränkte, bereits liegend, die Arme hinter dem Kopf, als just im gleichen Moment einer der Monitore ein Pling von sich gab und damit eine Kollision im Reinwassertank anzeigte. Erregt sprang er auf, setzte sich vor die Monitore und begann, das Detektionsanalyse-Programm zu starten.

Pling ... Das erneute Piepsen des Systems liess ihn fast vom Stuhl fallen. Ungläubig äugte er auf den Monitor, der den zweiten Neutrinoeinschlag anzeigte.

Warten auf Dad

Das knirschende Geräusch muss es gewesen sein, das mich aufgeweckt hat. Jetzt ist es weg. Um mich herum ist es finster. Die schmutzige Decke habe ich wie immer bis über meinen Kopf gezogen. Es ist eine ganz leichte Decke, dennoch ist mir darunter sehr heiss. Heiss ist es heute Nacht, wie schon die Nacht zuvor, aber alleine habe ich immer noch Angst in der Dunkelheit. Dann rolle ich mich unter der Decke ganz klein zusammen und warte, bis Dad nach Hause kommt.

Wieder ein leises Knirschen, draussen vor der Tür. Und da! Ist das nicht ein Lichtschimmer zwischen Tür und Fussboden? Ja, ich glaube schon. Oder ist es der Mondschein? Besser ich schaue nach, presse mein Ohr an die Tür, rufe leise nach ihm.

Keine Antwort.

Dann nochmals, etwas lauter. Ich erschrecke vor meiner eigenen Stimme.

«Geh ins Bett und schlaf, Kleine.»

Ah, Dad ist da, bin ich erleichtert! Ich lege mich wieder hin, ganz leise. Die Decke ziehe ich aber trotzdem über den Kopf, nicht ganz so weit wie vorhin, rolle mich zusammen, mach mich wieder klein und schliesse die Augen.

Etwas weckt mich. Ist schon Morgen?

Ich schaue mich um, blinzele unter der Decke hervor, aber es ist noch dunkel. Warum bin ich denn schon wach? Habe ich überhaupt geschlafen, oder war es ein Traum?

Dann ist der Raum plötzlich gleissend hell, und bevor ich mich unter der Decke verstecken kann, folgt das Krachen. Ein Gewitter! Deshalb bin ich aufgewacht. Nun ist auch der einsetzende Regen zu hören. Wie ein riesiger Wasserfall hört er sich an.

Ich schlüpfe tiefer unter die Decke, schliesse die Augen und versuche einzuschlafen.

Da! Wieder dieses schabende Geräusch an der Tür. Ganz leise nur. Jetzt ist es weg.

Ein Lichtschimmer zwischen Tür und Fussboden. Das Licht flackert, wird etwas dunkler, dann wieder heller.

Ich rufe nach ihm.

Keine Antwort.

Ich traue mich nicht, aufzustehen. Draussen zucken die Blitze, und der Regen prasselt auf die trockene Erde.

Wieder ein Knirschen vor der Tür.

«Bist du das?» Der Regen ist so laut. Er hat bestimmt meine Stimme überhört.

Ich stehe auf und gehe leise zur Tür. Das Licht unter der Tür ist weg. Es ist dunkel und still. Ich öffne die Tür einen Spaltbreit und äuge nach draussen.

Nichts, alles still und dunkel. Ich kann nichts sehen. Ein gleissend heller Blitz explodiert direkt vor meinen Augen ...

Den Schlag fühle ich kaum. Die Wucht, mit der die Tür aufgestossen wurde, hat mich umgestossen. Ich will aufschauen, aufstehen. Was ist passiert?

Dann ist der Schatten da. Ein grosser, dunkler Schatten über mir. Ich will schreien, öffne meinen Mund ..., aber ich kann nicht. Die grosse Hand presst mir den Mund zu. Auf einmal liege ich wieder auf der Pritsche. Das Gewicht auf mir ist so schwer, dass ich kaum Luft bekomme. Ich kann nicht atmen, kann nicht schreien, ich ersticke fast, schlage um mich, versuche mich zu befreien – aber das Gewicht erdrückt mich. Es ist so schwer. Oh Gott, hilf mir!

Dann spüre ich etwas zwischen meinen Beinen ... Nein, ich will das nicht! Nein, nein ..., oh Gott, neiiiin!

Der Schmerz ist wie Feuer, ein Brennen zwischen meinen Beinen. Ich versuche zu strampeln. Der Mann keucht und stöhnt, ich rieche den stinkenden Schweiss.

Die Hand auf meinem Mund lockert sich, dann beisse ich zu, mit aller Kraft beisse ich in die Hand und schmecke das Blut zwischen meinen Zähnen. Die Hand lässt meinen Mund los, und ich schreie aus voller Kehle.

«Dad, Dad!» Mein Schrei übertönt den Regen und das Donnern. «Daaaaad, Hilfe!» Wo ist mein Dad, warum kommt er nicht? Die Hand erstickt jetzt meinen Hilferuf, presst sich mit aller Kraft auf meinen Mund und erstickt jeden Schrei.

Nein, nicht! Ich strample wie verrückt mit meinen Beinen.

Nein! Die Hand krallt sich um meine Kehle. Gleich erstickt sie mich.

Der Mann liegt stöhnend auf mir. Er richtet sich etwas auf, doch die Hand an meinem Hals lässt nicht locker.

Ein Blitz erhellt den Raum. Mein Schrei geht unter im nächsten Donner. Kurz darauf ein weiterer Blitz. Sein Licht ist so hell, dass …

Ich habe sein Gesicht erkannt!

Wie eine Explosion, fast gleichzeitig mit dem Schlag in mein Gesicht, explodiert der Donner. Sterben will ich. Das Blut in meinem Mund schmeckt süsslich, ekelhaft süsslich. Ich würge, eine Flüssigkeit quillt aus meinem Bauch zum Hals und gurgelt aus meinem Mund, rinnt über mein Kinn.

Lass mich sterben, Gott!

Wie konntest du mir das antun?

Bitte … Bitte … lieber Gott … lass mich sterben!

Abfertigung an der Passkontrolle

Auch eine Reise von tausend Meilen
beginnt mit einem einzigen Schritt.
(Aus China)

«Madam», die Stewardess zupfte energisch an Kathleens Ärmel, «Madam, bitte wachen Sie auf! Ist Ihnen nicht wohl?»

«Doch, doch, schon. Ich muss wohl schlecht geträumt haben.» Kathleen war aufgeschreckt, mitten aus dem Albtraum in die Wirklichkeit. Sie konnte das Zittern ihrer Hände nur halbwegs verbergen. Eiskalter Schweiss hatte sich auf ihrer Stirn bis über die Schläfen und im Nacken breitgemacht. Die Kleidung auf ihrer Haut war unangenehm nass und liess sie frösteln. Mit dem Taschentuch tupfte sie sich wenigstens notdürftig das Gesicht trocken.

«Madam, bitte schnallen Sie sich an, wir werden bald landen», forderte sie die Flugbegleiterin höflich auf.

Siebzehn Stunden Flug, der Alkohol, der Albtraum, all dies hatte an Kathleens Nerven gezerrt. Sie war müde, ihr schien, als döste sie sogar während des Landemanövers ein. Am liebsten wäre sie gleich im Flugzeug sitzen geblieben und nach New York zurückgeflogen. Je näher das Treffen mit Chris kam, umso mehr verfluchte sie den verheerenden Einfall, jemals den Brief geöffnet zu haben. Und sie ärgerte sich, dass sie seine Nummer gewählt hatte. Ihr kurzsichtiges Verhalten musste an ihrer Krankheit liegen.

Noch vor kurzem wäre es mir nie in den Sinn gekommen, wegen fünf lächerlichen Wörtern in einem idiotischen Brief einen wildfremden – na ja, so gut wie wildfremden – Kerl anzurufen. So ein Mist, Kathleen, du wirst noch senil. Senil? Shit, dazu wird mir die Zeit wohl kaum reichen. Um senil zu werden, braucht es Jahre. In drei oder vier Monaten bin ich tot.

Sie fasste sich instinktiv an die Brust. Das leise Rascheln des Papiers erinnerte sie an den Grund ihrer Reise. Einmal etwas richtig machen in deinem Leben, Kathleen O'Hara. Deshalb bist du hier. Dennoch spürte sie diese fürchterliche Angst in sich aufsteigen.

Sie versuchte krampfhaft und mit aller Macht und Selbstbeherrschung, die sie aufbringen konnte, ruhig zu bleiben. Überlistete sich selbst damit, sich auf jede kleine, noch so unwichtige Bewegung und Tätigkeit, die sie sonst völlig automatisch und ohne nachzudenken machte, zu konzentrieren. Abschnallen – aufstehen – Koffer aus dem Gepäckfach nehmen – tief durchatmen … Das Herzrasen flaute ein wenig ab, trotzdem fühlte sich der Schweiss auf der Stirn wie Eis an.

«Jetzt haben Sie es überstanden, Madam», tröstete die Stewardess sie scheinbar mitfühlend. «Sehen Sie, wir sind heil und sicher gelandet.» Noch ein nichtssagendes, unverbindliches Lächeln.

Blöde Gans, die denkt, ich hatte Flugangst. Wenn du wüsstest … Todesangst habe ich!

«Danke, und nehmen Sie es mir nicht übel, wenn ich während des Fluges ein bisschen grob zu Ihnen war.» Kathleen bemühte sich ebenfalls, ein Lächeln zustande zu bringen, denn die Stewardess hatte ja nur ihren Job gemacht und konnte schliesslich nicht riechen, dass … Im Gehen drehte sie sich sogar nochmals kurz um und flötete in gewohnter Manier, wie sie es schon tausendmal Hunderten ihrer Mitarbeiter zugesäuselt hatte: «Sie machen einen guten Job, Miss, nur weiter so.»

Die Angesprochene schien dankbar für das unerwartete Lob, und ihr Gesichtsausdruck gewann herzlichere, weniger professionelle Züge.

Der Beamte an der Passkontrolle musterte lange ihren Pass, eine halbe Ewigkeit. Eilig hatte er es offenbar nicht. Lahm wie eine alte Schnecke tippte er auf die Tasten seines Computers, schaute jedoch bei dieser nervenaufreibenden Prozedur kein einziges Mal auf.

Kathleen war diese Art des Wartens in einer Schlange nicht mehr gewohnt. Als Topmanagerin war sie die letzten Jahre immer mit dem Privatjet der Corporation unterwegs gewesen und hatte selbstverständlich in jeder Hinsicht VIP-Status bei Formalitäten wie der Passkontrolle genossen. Das Ausharren in ellenlangen Warteschlangen, das Einreihen in eine Kolonne von Normalsterblichen war ihr bislang fremd, sodass ihr Unmut von Minute zu Minute zunahm. Erschöpft und entnervt stand sie an dem schmuddeligen Zollhäuschen und betrachtete durch die schmutzige Scheibe den schwarzen Beamten.

Komm schon, du Langweiler, was kann denn an einer simplen Passkontrolle so diffizil sein? Der Typ kann womöglich nicht mal lesen und tut einfach wichtig. Irgendeiner hat ihm den Job gegen ein paar Kisten Schnaps zugeschanzt, oder wie? Sind doch eh alle korrupt in …

«Wie bitte?» Sie hatte die Frage nicht verstanden.

«Was ist der Grund Ihres Besuches in unserem Land?» Der Beamte schaute sie ohne jede Regung an.

«Das geht Sie gar nichts …», ganz instinktiv hatte sie den Satz begonnen, besann sich aber gleich eines Besseren. Privilegien, ade! Sie war nicht mehr der CEO einer Corporation, war kein VIP mehr. Sie war ein ganz normaler Mensch, ein Tourist und hatte wenig Lust, noch länger hier festgehalten zu werden, also musste sie sich zusammenreissen. Ein kurzes Räuspern und Hüsteln ihrerseits, um den misslungenen Satzanfang zu löschen. «Oh, Officer, ich war ganz in Gedanken. Der lange Flug und die Hitze hier.» Sie verzog die Mundwinkel, um eine möglichst freundliche Miene zu imitieren.

Im Gesicht des Beamten war keine Regung auszumachen.

«Ich komme einen alten Freund besuchen.»

«Also als Tourist.»

«Ja, als Touristin, Sir.»

«Haben Sie vor, länger als drei Monate in unserem Land zu bleiben?»

Beinahe hätte sie laut gelacht. Drei Monate? Dass ich nicht heule! Ich hab ja kaum noch so lange zu leben, du Trottel. Und in diesem Scheissland bleibe ich aller Voraussicht keine drei Tage. «Nein, Sir, ich denke nicht», antwortete sie gespielt höflich.

Der Beamte knallte einen Stempel in den Pass. «Ich wünsche Ihnen einen angenehmen Aufenthalt in unserem Land.»

Durch die Menschenmassen schob sie sich in Richtung Ankunftshalle. Hunderte drängten schubsend und schwitzend nach draussen.

Sie hatte keine Ahnung, wie er jetzt aussah. Ein Mensch verändert sich in zwanzig Jahren, dachte sie. In der Ankunftshalle zwängte sie sich an den Wartenden vorbei. Bis jetzt konnte sie keinen weissen Mann entdecken, der Chris auch nur annähernd ähnlich sah. Die meisten waren ohnehin schwarz. Ein Weisser wäre schnell aufgefallen.

Er hat es vergessen, dachte sie, oder er hat es sich anders überlegt. Mist, ich hätte nicht kommen sollen. Am besten suche ich mir gleich ein Hotel, und sobald ich dieses klitschnasse Klamottenzeug gewechselt und ein paar Stunden geschlafen habe, fliege ich stante pede wieder nach Hause.

«Mam, Madam!»

War sie gemeint? Vorsichtshalber drehte sie sich um.

Ein junger schwarzer Kerl mit blendend weissen Zähnen hatte sich in voller Grösse hinter ihr aufgebaut und fragte schüchtern: «Miss O'Hara?»

Sie zögerte einen Augenblick und antwortete vorsichtig: «Warum willst du …, warum wollen Sie das wissen?»

«Mein Name ist Daniel, Madam. Ich wohne bei Mister Chris. Er konnte nicht kommen.» Er schien verunsichert. «Ähm, aber das wird Ihnen Mister Chris am besten selbst erklären, wenn wir im Heim sind.»

Kathleen schaute sich den Jungen genauer an. Er war sehr gross, er überragte sie fast um einen halben Kopf. Sein Körper war kräftig, gar muskulös, die schwarze Haut glänzte und schien sehr gepflegt. Das sympathische, offene Gesicht eines Kindes auf einem jungen Männerkörper.

«Ja, ich bin Kathleen O'Hara.» Ohne Widerspruch liess sie ihn das Gepäck aufnehmen und fragte: «Wie alt bist du, Daniel?»

«Sechzehn – in einem halben Jahr aber schon siebzehn», fügte er rasch an. «Und ich bin ein Fussballer, ein ganz guter Fussballer sogar.» Lachend trug er ihr Gepäck. «Der Fahrer wartet draussen.»

Kathleen amüsierte sich über Daniel, der ungefragt wie ein Wasserfall von sich erzählte. Sie fühlte sich nun schon etwas wohler.

«Nett, dass du mich abholst», meinte sie aufrichtig, während sie ihm folgte. Sie bemerkte, dass er leicht hinkte. Hat sich wohl beim Kicken verletzt, der grosse Fussballspieler, dachte sie wohlwollend. Der Bursche wird es noch weit bringen mit seiner sympathischen Art und dem tollen Körper; er könnte es sogar als Model versuchen.

Willkommen in der Hölle

There are victories of the soul and spirit.
Sometimes, even if you lose, you win.
(Elie Wiesel)

Sie verliessen die Ausfallstrasse und bogen schon nach ein paar Kilometern mit dem alten und verbeulten Geländewagen ab. Es ging weiter über eine Sand- und Schotterpiste. Nach einer Weile war von den Lichtern des Airports und der City nur noch ein fernes Glimmen am Horizont zu erkennen. Die Dämmerung tauchte das Land in ein düsteres Zwielicht. Kathleen blickte durch die ziemlich verschmutzten Scheiben des Wagens. Am Strassenrand bewegte sich etwas, das dem Wuseln eines Ameisenhaufens unter dem Vergrösserungsglas ähnelte. Bei genauerem Hinsehen erkannte sie, dass es Menschen waren, unzählige Menschen.

Sie war auf den Anblick nicht eingestellt. Wie auch? Bis vor ein paar Tagen lebte sie in einer anderen Welt. Sie kniff die Augen zusammen, denn sie wollte und konnte nicht glauben, was ihre Augen wahrnahmen.

Der Fahrer hiess Sulimba, sprach aber kaum Englisch, hatte ihr Daniel gesagt. Aber er arbeite schon seit langem für Mister Chris. Kathleen sass neben Daniel auf der Rückbank und hielt sich so gut es ging fest, denn der alte Geländewagen holperte über eine Unzahl von Schlaglöchern. Sie konnte nicht sagen, wie lange sie schon unterwegs waren, aber sie nahm an, dass sie immer weiter in die Slums hineinfuhren.

Nach einer Weile stoppte der Wagen. Es habe gestern stark geregnet, erklärte ihr Daniel, deshalb müssten sie das letzte Stück zu Fuss gehen, damit der Wagen nicht im Schlamm stecken bleibe. Es tue ihm sehr leid.

Das sei schon okay, sagte Kathleen, ohne zu ahnen, was ihr bevorstand.

Am Himmel stand der Mond. Fast Vollmond. Sein Licht

tauchte die fremde Umgebung in einen silbernen, fahlen Schein. Ein Frösteln lief über Kathleens Rücken, denn sie hasste den Mond. Sie hasste ihn seit ihrer Kindheit. Sein kaltes Licht erinnerte sie an den Tod.

Daniel hatte das Gepäck aus dem Wagen gehievt und bat sie höflich, ihm zu folgen. Sie solle bitte dicht hinter ihm bleiben.

Hunderte von Augenpaaren, nein, Tausende. Menschen, wohin sie auch schaute. Überall Menschen, Kinder, Kot, Urin und Gestank. Manche lagen am Boden, andere hockten inmitten des Abfalls. Tote Augen starrten sie an. Ausgemergelte Gestalten, in Lumpen gehüllt. Berge von Müll. Der Gestank war wie eine Explosion. Als würde eine Handgranate mitten in ihrem Hirn explodieren.

Dann entdeckte sie den Hund. Er schien etwas zu fressen. Als sie genauer hinsah, revoltierte ihr Magen: Es war ein Mensch, an dem der Hund knabberte. Ein Baby, ein Babymensch – oder das, was von ihm noch übrig geblieben war. Irgendjemand musste das Baby einfach in die Gosse geschmissen haben. Nun nagte der Hund das restliche Fleisch von dem verhungerten Kind.

Kathleen hielt würgend die Hand vor den Mund. Was sie hier zu sehen bekam, war jenseits dessen, was ihr Gehirn zu akzeptieren imstande war. Es gab keinen Vergleich, keine Erinnerungen und keine Erfahrungen, die sie mit dem grässlichen Anblick in Übereinstimmung bringen konnte. Doch ihre Augen lieferten unbeirrt und unbarmherzig die Bilder. Bild um Bild. Eindruck um Eindruck. Ein Film, den sie nicht zu stoppen imstande war.

Kathleens Körper stellte sich auf Flucht ein. Der motorische Teil dieses Gebildes aus Blut, Fleisch, Knochen, Muskeln, Sehnen, Nerven … war in höchster Alarmbereitschaft, jede Faser erwartete die seit Urzeiten in den Chromosomen verankerte und vorgesehene Reaktion: Flucht – bloss weg von hier! Der ganze Körper wollte wegrennen, pumpte Welle um Welle Adrenalin in die Blutbahnen und Muskeln. Sich verkrampfend, in merkwürdig staksigen Schritten, setzte Kathleen ihren Weg Schritt für Schritt fort, während die Augen Bild um Bild zur Verarbeitung an das Gehirn schickten. Schrecksekunden, die sich zu Schreckminuten dehnten, Minuten wuchsen zu Stunden an, Stunden zu Jahren, zu Jahrzehnten, zu einem ganzen Leben. Augenblicke wurden zu einer Ewigkeit.

Dann versank die Welt in einem schwarzen Nichts, die Beine gaben nach, das Bewusstsein schaltete aus, wie eine überlastete Maschine, deren Sicherungen durchbrannten, um diese unerträgliche *Ewigkeit der Augenblicke* nicht weiter mit ansehen zu müssen.

Nach einer langen Nacht

Generosity is giving more than you can,
and pride is taking less than you need.
(Kahlil Gibran)

Als sie aufwachte, hatte sie keine Ahnung, wo sie sich befand.

Ein Albtraum, was für ein schrecklicher Albtraum. Gott, oh Gott, jetzt schnell eine Dusche, dann einen starken Kaffee, und nichts wie weg. Womöglich komme ich zu spät zum Executive Committee Meeting. Peinlich!, ist mir in meiner ganzen Zeit noch nie passiert.

«Geht's wieder besser?» In der sonoren Stimme schwang ein sorgenvoller Unterton mit. Sie schien ihr irgendwie vertraut, eine Erinnerung, weit zurück, Stimmen verändern sich kaum über die Zeit. Sie versuchte, sich ins Gedächtnis zu rufen, was geschehen war. Allmählich nahm sie eine verwitterte, schmutzig grau-gelbe Decke wahr, die auf ihrem Körper lag. Sie drehte den Kopf, fuhr mit der Zunge über ihre trockenen Lippen und bemerkte zuerst nur undeutlich einen Schatten, der sich über sie beugte. Alles verschwamm wie in dichtem Nebel, die Geräusche klangen merkwürdig gedämpft.

«Daniel, reich mir ein Glas Wasser, bitte», hörte sie die Stimme leise sagen.

«Hier, Mister Chris.»

Hm, erst vor kurzem gehört. Wer war das bloss? Sie wollte etwas fragen, aber ihre Kehle war so trocken, dass ihr nur ein heiseres Krächzen gelang.

Der Schatten beugte sich über sie, dann fühlte sie etwas Kaltes an ihren Lippen.

«Trink, das wird dir guttun.»

Das kühle Nass rann in ihren Mund, gluckerte schwerfällig ihre Kehle hinunter, sodass sie unmittelbar darauf zu husten begann. Der diffuse Schleier vor ihren Augen lichtet sich allmählich, und der Schatten über ihr wurde zu einem hageren

Gesicht mit Dreitagebart. Grosse braune Augen, die von einer Unzahl feiner Fältchen umrahmt waren. Er lachte wohl immer noch viel, obschon sie sich kaum vorstellen konnte, dass es an diesem Ort viel zu lachen gab. Das Haar war etwas schütterer, als sie es in Erinnerung hatte, und graue Strähnen sorgten für hellere Lichter; die glänzenden, gewellten Haare waren einem Kurzschnitt gewichen. Alles in allem ein Gesicht wie aus Stein gemeisselt.

Michelangelos David in der Hölle auf Erden, dachte sie unwillkürlich, auf eine merkwürdige Weise attraktiv …, aber keiner, mit dem ich ins Bett gehen würde. Zu alt, zu hart sein Gesicht. Und die Augen … so beunruhigend. Dann erinnerte sie sich wieder, dass etwas nicht stimmen konnte, dass diese Gedanken hier fehl am Platz waren.

«Wo bin ich?»

«In Afrika.»

«Was? Wo bin ich?»

«Du hast schon richtig verstanden.» Er schob seine Hand unter ihren Kopf, hob ihn an und hielt das Wasserglas an ihre Lippen. «Trink noch einen Schluck.»

«Chris? Christopher …», ungläubig schaute sie ihn an.

«Korrekt. Und nenn mich jetzt bloss nicht James, sonst gibt's einen Klaps auf den Popo.» Er grinste spitzbübisch, doch sein Blick wurde wieder hart, als er weitersprach: «Das hast du wohl nicht erwartet? Na ja, wer ist schon auf so was vorbereitet? Ging mir ähnlich beim ersten Mal.»

«Es ist …, das kann doch …, es ist», sie brachte nur ein Stammeln zustande.

«Beruhige dich.» Er deutete auf den Jungen: «Daniel hast du ja schon kennengelernt.»

«Hallo, Mam O'Hara, erinnern Sie sich an mich?» Daniel winkte schüchtern.

«Ja, jetzt erinnere ich mich. Diese Menschen, all diese Menschen – schrecklich!» Ihre Stimme versagte.

«Ruh dich erst mal aus, Kathy. Das wird schon wieder.» Chris wandte sich an seinen Helfer: «Du kannst jetzt gehen, Daniel, ich komme klar.»

«Ist gut, Master Chris, wenn Sie mich brauchen, einfach rufen, ich bleibe in der Nähe.»

Der Junge war schon draussen, als Chris ihm nachrief: «Und nenn mich nicht immer Master.» Er wandte sich wieder Kathleen zu. «Was für ein Bengel.» Sein Tonfall verriet, dass er den Jungen mochte.

«Ich habe ein sauberes Handtuch dort über den Stuhl gelegt. Du kannst dich später frisch machen. Die Dusche ist am Ende des Flurs.» Und als er bereits im Türrahmen stand: «Aber erwarte nicht zu viel, wir sind hier nicht im Ritz-Carlton, und Wasser gibt es erst gegen Mitternacht. Du kannst also ruhig ein paar Stunden schlafen. Ich schau dann nach dir.» Er löschte das Licht.

«Chris?»

«Ja?»

«Ich wollte …»

«Das hat bis morgen Zeit. Schlaf jetzt.»

«Chris?»

«Ja? Was ist denn noch?»

«Es hat nicht bis morgen Zeit.»

«Also, dann sag's schon.»

«Ich möchte dich um Verzeihung bitten.» Ein leichtes Husten. «Du weisst, dass ich dir heimlich Drogen ins Essen gemischt habe, an dem Abend, nicht? Du weisst es, stimmt's?»

Stille.

«Das war scheisse von mir. Ich hatte keine Ahnung, dass du am nächsten …»

«Ist schon gut. Das ist lange her.» Mehr zu sich selbst murmelte er weiter: «Ich hätte nicht …, vielleicht …» Er schrak aus seinen Gedanken auf, gab sich einen Ruck und sagte fest: «Ist schon okay. Man kann die Vergangenheit nicht ändern. Was geschehen ist, ist geschehen.» Seine Stimme klang eine Spur härter, als er anfügte: «Die Zukunft aber schon. Die Zukunft kann man ändern.»

Kathleen wollte etwas erwidern, überlegte, ob sie aufstehen sollten. Sie spürte erneut eine leichte Übelkeit in sich aufsteigen. Sie war müde, wollte schlafen, deshalb sagte sie bloss:

«Die Zukunft? Wenn man eine Zukunft hat, ja, dann schon.»

«Und um mir das mit den Drogen zu sagen, bist du hier aufgetaucht? Den ganzen weiten Weg geflogen, um mir etwas zu sagen, das ich schon vor zwanzig Jahren wusste?»

«Ja», sie dachte an den Rapport in ihrer Tasche. Das war die Gelegenheit, ihm die beiden Papierbogen zu zeigen, ein Geständnis abzulegen. Sie dachte angestrengt nach, versuchte abzuwägen, wie er wohl reagieren würde.

«Hm, erstaunlich.» Er wollte die Tür schliessen.

«Chris?» Jetzt sag es ihm endlich, dachte sie.

«Was denn noch?»

«Danke.»

Er brummte etwas, das wie ein «Gern geschehen» klang, dann zog er die Tür ins Schloss.

Morgen ist auch noch ein Tag … Und mit diesem Gedanken schlief Kathleen O'Hara ein, ohne zu ahnen, wen sie am nächsten Tag treffen würde.

«Keine Angst, mein Kleiner!»

The ultimate measure of a man is not
where he stands in moments of comfort,
but where he stands at times of challenge and controversy.
(Martin Luther King)

Kathleen wachte früh auf. Im grossen Innenhof spielten etwa ein Dutzend Kinder Fussball, machten einen Höllenlärm, kreischten, johlten – und mittendrin, alle überragend, dennoch wie ein Riesenkind: Daniel! Wild gestikulierend und schreiend, schien er so was wie der Coach dieser eigenartigen Mannschaft zu sein. Als er Kathleen in den Hof treten sah, winkte er ihr fröhlich zu, und sie winkte lächelnd zurück.

Chris kam aus seinem Büro. «Hast du gut geschlafen?»

«Geht so», sie schaute sich um, «was für ein Tag ist heute?»

«Sonntag», antwortete er, «der vierundzwanzigste Dezember, um genau zu sein. Morgen ist Weihnachten.»

«Feiert ihr das hier?»

«Ja, schon, nicht unbedingt traditionell, aber doch in der Art.»

«Es ist heiss heute», sie schaute in den Himmel, «Weihnachten, und es ist so heiss.»

«Ja, Kathleen, wir sind in Afrika und nicht in Big Apple.»

«Scheint so.»

«Hör mal, es ist ja ehrenwert, dass du die Reise gemacht hast, nur um mir zu sagen – na ja, dass es dir leid tut. Wäre nicht nötig gewesen.» Er schaute sie mit einem nicht zu deutenden, eindringlichen Blick an. «Ich hab ziemlich zu tun, der Kleine da drüben wird es wohl nicht bis morgen schaffen", er deutete auf ein Bettchen unter der Veranda. «Kann ich dich hier alleine lassen? Vielleicht willst du den Kindern zuschauen oder was mit ihnen spielen.»

Sie schaute in die Richtung, in die er gedeutet hatte. «Welcher Kleine?»

«Lukas.»

«Wie alt ist er?»

«Er ist acht ... und wird es wohl auch bleiben. Acht, meine ich.»

«Was?»

«Lukas wird sterben», antwortete er hart. «Ich muss jetzt wirklich zu ihm, denn sein Grossvater wird ihn nicht mehr besuchen.» Die Worte klangen wütend und bitter.

Kathleen wollte nachhaken, doch Chris nahm sie schon bei der Hand und führte sie quer über den Hof an eines der Kinderbetten. Ein Mückennetz war über das Bettchen gespannt. Chris hob es mit einer Hand an und zog Kathleen etwas näher. Auf der Matratze lag ein ... Etwas. Etwas aus vielen Knochen, das mit einer schwarzen Haut überzogen, aber auch mit unzähligen blutenden Pusteln übersät war. Dieses Etwas war dennoch unverkennbar ein Kind.

Chris beugte sich über das Bett und streichelte sanft das Gesicht des Jungen. «Mein kleiner Lukas. Hab keine Angst.»

Kathleen staunte über der Klang seiner Stimme: so sanft, so zart und mitfühlend, als wäre es sein eigener Sohn, der da im Bettchen lag.

Der Junge stöhnte, versuchte sich zu drehen, was ihm aber nur halbwegs gelang, denn seine Beine steckten in Windeln. Sein Winseln klang kaum mehr menschlich, eher wie das leise Heulen eines verletzten Tieres. «Grossvater?», flüsterte der Kleine und drehte seinen Kopf in ihre Richtung.

Nun sah Kathleen sein Gesicht. Es sah aus wie eine Fratze. Ein Totenkopf, der auf einem bis aufs Skelett abgemagerten Körper sass, wimmernd, kotzend und verblutend.

Das Stöhnen wurde von leisen, spitzen Schreien unterbrochen, dann wieder Stöhnen und Ächzen. Es stank nach Urin und Kot.

Chris redete auf den verendenden Jungen ein, streichelte ihn, versuchte ihn zu beruhigen. Aber Lukas heulte weiter, rief nach seinem Grossvater, dann spie er einen Schwall aus Blut und Galle aus, die Flüssigkeit spritzte aus seinem Mund, und ein paar Tropfen landeten auf Kathleens weisser Bluse, ein paar in ihrem

Gesicht, auf ihren Wangen und Lippen. Doch sie stand nur da, unfähig, sich zu bewegen, wie wenn ihre Füsse am Boden festgenagelt wären.

Chris schob sie hart und bestimmt beiseite und rief nach Daniel, er solle ihm hier helfen und dann mit den Kindern nach draussen gehen, bis alles vorbei sei. Daniel hielt Lukas fest, sodass Chris ihm eine Spritze geben konnte. Nach ein paar Minuten tat das Morphium seine Wirkung: Der Kleine erschlaffte, sackte in sich zusammen und zuckte noch leicht, bevor er beinahe ruhig dalag. Das leise Stöhnen wollte jedoch nicht aufhören.

Nach wie vor harrte Kathleen an derselben Stelle aus. Wieder ein grauenhafter Film, der sich vor ihren Augen abspulte, ohne dass sie Einfluss darauf nehmen konnte.

Chris und Daniel zogen den Kleinen in seinem Bettchen aus, wuschen ihn, wechselten seine Windeln, puderten ihn ein. Nachdem sie ihm behutsam ein neues kurzes Höschen und ein T-Shirt angezogen hatten, nahm Daniel die blut- und kotverschmierten Sachen mit.. Lukas stöhnte immer noch leise, betäubt vom Morphium.

Chris hob in aus seinem Bettchen in eines der grossen Betten, die gleich daneben standen. Dann legte er sich neben den Sterbenden, nahm ihn in seine Arme, streichelte den ausgemergelten Kopf und summte leise eine Melodie.

«Grossvater, Grossvater», wie eine Beschwörung raunte es der Junge, als hoffte er noch, den Ersehnten kraft seines Namens herbeizurufen. Lukas begann zu husten, sodass erneut das Blut aus seinem kleinen Mund spritzte. Geduldig und unerschütterlich wischte Chris die Flüssigkeit mit dem bereits rot verfärbten Tuch ab und fuhr fort, den Jungen mit seiner Melodie zu besänftigen und ihn in seinen Armen zu wiegen, zwischendurch leise und sanft die immer gleichen Worte wiederholend: «Hab keine Angst, mein Kleiner, bald hast du keine Schmerzen mehr, keine Krankheit …, alles wird gut …, alles wird gut …, du wirst glücklich sein. Geborgenheit, Licht und Liebe warten auf dich.»

Kathleen wusste später nur noch, dass sie sich, bevor sie zusammenbrach, neben dem Bettchen übergeben hatte.

Midlifecrisis im Labor

Das Universum existiert seit etwa 10^{10} Jahren.
Es wird voraussichtlich noch etwa 10^{127} Jahre existieren.

Der Physiker DeLacroix erweckte den Eindruck eines dezenten und abgeklärten Mannes – so wie man es von einem reifen Professor erwartete und als gegeben betrachtete. Nichtsdestoweniger hatte er mit seinen rund fünfundfünfzig Jahren bereits ein recht stürmisches Leben hinter sich – drei gescheiterte Ehen und fünf Kinder konnten ein Lied davon singen. In der Tat liess ihn das fortschreitende Alter zumindest äusserlich bedächtiger und ruhiger erscheinen, doch seine innere Verfassung stand in krassem Gegensatz dazu.

In letzter Zeit ertappte er sich immer öfter bei dem Gedanken, seiner Midlifecrisis ein Ende zu setzen. Eine Flasche Cognac und eine Packung Pillen, schon wäre es vorbei. Es plagten ihn die Dämonen des Zerfalls, des Sich-Bewusstwerdens, dass seine besten Jahre der Vergangenheit angehörten und dass seine sexuelle Attraktivität rapide Richtung Null-Linie fiel. Er gierte geradezu danach, noch einmal von einer jungen Frau begehrt zu werden, die sanfte, feste Haut eines nach Frühling und Leben duftenden Körpers ganz eng an seiner gnadenlos alternden Haut zu spüren, volle rote Lippen zu küssen, sich verführen zu lassen von der Schimäre, er könne die eigene Jugend zurückholen, den lauen Windhauch eines Sommerabends noch einmal …

Die kreischenden Bremsen der Metro rissen Professor DeLacroix aus seinen teils morbiden, teils euphorischen Hirngespinsten.

Eine eisige Brise wehte ihm ins Gesicht, als er die Treppen aus dem Untergrund hinaufstieg und in Richtung Universität stapfte. Die bissige Kälte und das graue Einerlei des schmutzigen Himmels holten ihn in die Realität seines Lebens zurück: Nein, er würde nie wieder fünfundzwanzig sein, nie wieder einen jungen, begehrenswerten Körper in seinen Armen halten. Er würde nie wieder der Illusion erliegen, selbst ein wenig unsterblicher zu sein, wenn auch nur für ein kurzes Liebesabenteuer. Nein, dachte er, mein Leben wird langsam und träge, wie ein seicht dahingleitender, trüber Fluss.

Julie Jeunette empfing ihn im Labor mit einem verbissenen Gesichtsausdruck, der gar nicht recht zu ihrem sonst so charmanten Wesen passen wollte. Wie hypnotisiert fixierte sie die grünen Zahlenreihen auf dem Computermonitor. DeLacroix mochte diese Studentin sehr, auch wenn – oder gerade weil – sie nicht zu seinen brillantesten Schülern gehörte. Wenn er ehrlich war, so gestand er sich im Geheimen ein, waren es vor allem die feminine Schönheit und Anmut von Julie Jeunette, die ihn veranlasst hatten, an einem Sonntag in die Fakultät zu kommen.

«Nun, Julie, was ist denn so dringend? Naht das Ende der Welt?»

Julie erschrak, als sie die Stimme des Professors so dicht hinter sich hörte.

Er grinste und musste sich zusammenreissen, damit er sie nicht zu aufdringlich anstarrte. Vermutlich wollte es ihm nicht so ganz gelingen, denn ihr reizender Oberkörper zeichnete sich vollendet unter der Bluse ab, und ihre zauberhaften Knie offenbarten sich ihm unterhalb ihres Minirocks, dessen Saum beim Sitzen neckisch in Richtung Oberschenkel gerutscht war. Ja, selbst der feine Geruch des Schweisses unter Julies Achselhöhlen – dies alles war Leben, Jugend, Begierde.

Ihre Anrede unterbrach seine Gedanken.

«Schauen Sie sich die Messreihe an, Herr Professor», sie deutete auf den Stapel Papier auf dem Tisch.

Er beugte sich über ihre Schulter, um die ersten Seiten anzuschauen. Die Zahlen der Tabellen kreisten vor seinen Augen, denn so nah war er ihr noch selten gewesen. Eine Welle der Lust schoss durch seinen Körper, er geriet in einen Taumel und fand gerade noch Halt an der Rückenlehne ihres Stuhles. Der einzige Kommentar, zu dem er fähig war, belief sich auf ein «Aham… hmm…», ohne dass er im Mindesten begriff, was ihm seine Studentin, diese Antilope mit dem Körper einer Göttin, überhaupt mitteilen wollte. Nach wie vor über sie gebeugt, tat er, als studierte er die Zahlenkolonnen auf dem Papier, und wünschte sich, dieser Augenblick möge ewig währen: sie beide in einem anderen Universum, unsterblich, stark und voller Lust.

Dann passierte es – der Funke sprang über, breitete sich blitzschnell wie ein loderndes Feuer in seinem ganzen Körper aus, oder noch schneller, wie eine nukleare Kettenreaktion, er fühlte eine Welle durch seinen Körper rollen, von den Zehen ausgehend und in Sekundenbruchteilen hinauf bis unter die Kopfhaut, das Kribbeln und die Schauer, alles wurde klar, er fühlte die Kraft wie ein Vibrieren in sich. Er konnte nicht anders, legte seine Hand auf ihre Schulter, roch an ihrem ebenmässigen Hals und liess seine Hand langsam, aber unaufhaltsam zu ihren Brüsten gleiten. Sie schaute ihn mehr erstaunt als abwehrend an, drehte leicht den Kopf, öffnete die Lippen, aber bevor sie etwas sagen konnte, packte er sie bestimmt und mit beiden Händen und zog sie auf die Beine zu sich hoch und küsste sie auf den Mund. Ihr Körper wurde starr, verkrampfte sich abwehrend, sie presste ihre Lippen aufeinander. Er erschrak, Panik erfasste ihn – was hatte er bloss getan? Gleich würde sie losschreien. Er wollte sich entschuldigen, irgendetwas sagen: dass es ihm leid tue, dass sie um Himmels willen niemandem von seinem Fauxpas erzählen solle.

Doch Julie schaute ihn mit ihren dunkel funkelnden Augen an, dann öffneten sich ihre weichen Lippen, er konnte ihren zarten Atem riechen, diesen Duft der Jugend – alles fühlte sich nach ewigem Leben an, bloss dieser eine Augenblick, alles andere war ihm auf einmal völlig gleichgültig, als er seine Lippen auf die ihren drückte.

Machtlos

The opposite of love is not hate, it's indifference.
The opposite of art is not ugliness, it's indifference.
The opposite of faith is not heresy, it's indifference.
And the opposite of life is not death, it's indifference.
(Elie Wiesel)

Kathleen spürte, wie sie von starken Händen hochgehoben wurde. Dann fühlte sie die Matratze unter ihrem Rücken. Mit aller Macht öffnete sie die Lider. Jemand beugte sich über sie, ein grelles Licht blendete sie wie eine kleine Sonne, leuchtete direkt in ihre Augen. Sie konnte nur Wortfetzen verstehen.

«Shit …, hat sich schon wieder der Kopf …» «Ja, zum Kuckuck … Ich geb ihr nochmals …»

Als der scharfe Lichtstrahl erlosch, sah sie einen Augenblick lang ein Gesicht ganz nah über ihrem eigenen. «Sie hier? Wie kommen Sie denn …», dann versank die Welt um sie herum erneut in Dunkelheit. Das Letzte, was sie wahrnahm, war ein fernes, rhythmisches Trommeln.

Sie erwachte mitten in der Nacht. Chris stand neben ihrem Bett. Benommen blickte sie sich um. «Was ist passiert?»

«Du hast dich erbrochen und bist …, na, sagen wir mal zusammengeklappt.»

«Wie lange war ich bewusstlos?» Mühsam stützte sie sich im Liegen auf die Ellbogen.

«Zwei Tage. Ich habe dir ein starkes Schlafmittel gespritzt, nachdem du versucht hast, aus dem Bett zu steigen, und dir deinen schönen Schädel am Boden angeschlagen hast.» Er grinste verlegen und sagte dann ernst: «Es war zu deiner eigenen Sicherheit.»

«Ich kann mich kaum erinnern, aber mir war, als hätte ich …»

«Was?»

«Ach nichts, ich habe wohl von jemandem geträumt. Muss an

den Medikamenten liegen. Halluzinationen oder so.» Sie richtete sich vollends zum Sitzen auf. «Der Junge? Hab ich das auch geträumt?»

«Nein», erwiderte Chris leise, «nein, das war kein Traum. Leider.»

«Was ist mit ihm?»

«Er ist …», seine Stimme stockte, «er hat es geschafft. Hat jetzt keine Schmerzen mehr.» Er strich sich über die müden Augen. «Es ist drei Uhr früh. Schlaf noch ein wenig.» Er ging auf die Tür zu.

«Chris, ich kann nicht hierbleiben.»

Seine Silhouette zeichnete sich im Halbdunkel gegen die Tür ab. Er schwieg.

«Ich werde morgen zurückfliegen. Das hier ist zu viel für mich. Es ist einfach nicht meine Welt – tut mir leid.»

«Tut es dir nicht.»

«Warum glaubst du das?»

«Es ist dir scheissegal. Sei zumindest ehrlich.»

«Nein, das darfst du so nicht glauben. Ich …»

«Shut up, Kathleen, halt einfach den Mund, oder sei wenigstens ehrlich.» Seine Stimme hatte einen giftig-traurigen Klang. «Ihr seid alle gleich. Alle!»

Sie war müde, wollte nicht streiten, zumal ihr Kopf schmerzte, aber die aufkeimende Wut war stärker. «Christopher Campbell, hör auf mit dem moralinsauren Gequatsche! Was glaubst du denn? Dass du ein besserer Mensch bist – nur weil du hier lebst? Ich will dir mal was sagen: Du bewirkst hier gar nichts. Die Welt ist, wie sie ist. Menschen sind nun mal Egoisten.»

Er stand immer noch da. Sein Gesicht verhärtete sich, dann senkte er den Kopf und nickte. «Ja, du hast recht – was bewirke ich schon?»

«Scheisse, Chris, tut mir leid. Ich hab's nicht so gemeint.»

«Ja, ja. Ich fahr dich morgen früh.» Dann schaltete er das Licht aus und murmelte beim Schliessen der Tür: «Wessen Welt ist das hier schon, Kathleen O'Hara? Wessen Welt ist das schon?»

Good-bye, Luna

Die Distanz unseres Sonnensystems zum Zentrum der Milchstrasse ist ideal. Näher wäre fatal für menschliches Leben.

«Professor! Nun was meinen Sie zu den Messreihen? Haben Sie eine Erklärung dafür?» Julie Jeunette schaute DeLacroix irritiert an. Artig sass sie auf dem Stuhl und wartete, dass er endlich etwas sagen würde.

Ihre Worte holten ihn in die Realität zurück. Der Schweiss klebte kalt an ihm, er hüstelte verlegen, als fürchtete er, seine Fantasie sei von ihr erkannt worden und seine illusorische Fata Morgana hätte ihn verraten, sodass sie ihm gleich eine Ohrfeige verpassen würde.

Nichts dergleichen geschah. Sein Sekundentagtraum blieb es, unerkannt, nur in seinem Kopf stattgefunden. Seine Studentin schaute ihn genauso an wie vorhin: Er war ein alter Mann, ihr Professor, von dem sie eine Antwort auf eine unerklärliche physikalische Frage erwartete, und nicht ihr Liebhaber, der sich mit ihr lustvoll auf dem Boden des Labors wälzte.

Verdattert versuchte er sich den Zahlenreihen zu widmen. Welch ein Jammer, er war zurück in der Realität seines zerfallenden Körpers angelangt; er war, wo er war und was er war: alt und unattraktiv, und nicht in einer Quadrillion Jahren würde er dieser Göttin der Jugend, die keine paar Zentimeter von ihm entfernt sass, näherkommen als jetzt. Am liebsten hätte er Selbstmord begangen ob der Trostlosigkeit dieser Erkenntnis.

Nachdem er sich ein Glas Wasser geholt hatte, um Zeit zu schinden, aber auch um die pure Verzweiflung hinunterzuspülen, registrierte er endlich den Knackpunkt der Zeichen auf dem Monitor. Ein paar Sekunden, dann richtete er sich auf, schaute Julie an und sagte: «Das ist ein Witz, Julie, ein Scherz, und ein schlechter noch dazu.» Er schaute sie etwas strenger an, als er wollte. «Sie haben sich das mit den anderen ausgedacht, hab ich recht? Sie dachten wohl, dass Sie mit dem alten Professor Schabernack treiben könnten, einen Jux, den man eben mit einem alten Mann macht.»

«Das ist kein Scherz, Herr Professor.» Ihr Blick war die Unschuld selbst, und DeLacroix hatte alle Not, Julie nicht auf die Apparaturen zu zerren, sie zu liebkosen und mit ihr …

«Niemand weiss davon, Herr Professor, ich habe es selbst nicht geglaubt. Das kann doch nur eine Fehler von mir sein, oder?» Ihre flehende, fast hysterische Frage und die vollkommene Absenz einer Interaktion mit DeLacroix' verwegenen Gedanken brachte ihn wieder auf den Boden der Wirklichkeit. Irritiert schaute er zuerst auf Julie, dann auf die Messreihe – und nochmals auf die Messreihe. Endlich erfasste er die Tragweite.

Die nächsten zwei Stunden verbrachte Professor DeLacroix damit, die Resultate zu kontrollieren, Julie auszufragen, wie sie den Laser kalibriert habe, ob sie alle Checkpoints überprüft habe, ob alle Fehler auszuschliessen seien – all dies, obwohl er sich darauf verlassen konnte, dass der Laser keine Fehler machen würde und dass das Programm strikt die Messdaten ausgewertet hatte. Er wusste nur zu genau, dass ein Bedienungsfehler seitens seiner Studentin Julie Jeunesse unmöglich war, weil jedes Kind den Laser bedienen konnte und weil das Programm die Distanz und Fluchtgeschwindigkeit des Mondes automatisch, narrensicher und präzise ausgerechnet hatte – kurzum, dass die Messresultate absolut und zweifellos korrekt sein zu hatten und dies auch waren.

«Das ist unmöglich», murmelte er dennoch, «unmöglich.»

Der Mond hatte sich entfernt, und seine Fluchtgeschwindigkeit weg von der Erde erhöhte sich exponentiell mit jedem Tag, der verging. In wenigen Monaten würde seine stabilisierende Wirkung auf die Erde nicht mehr existieren.

Der Professor bemerkte, dass Julie zu zittern anfing. Womöglich würde sie gleich losschreien, davonlaufen und voller Panik der ganzen Welt verkünden, was sie soeben entdeckt hatten. Nicht auszudenken!

Im Zuge eines Geistesblitzes wusste DeLacroix, was nun zu tun sei. Ein Geschenk Gottes, fürwahr, das ist es, dachte er, etwas Schöneres kann es in meiner Situation nicht geben, als das Ende der Welt zu verkünden. Urplötzlich stand er ganz nahe am Abgrund des Wahnsinns, als er seine Gedanken weiterspann. Hi, hi, so was passiert einem nur ein einziges Mal im Leben. Dann lachte er herzhaft und gratulierte Julie: «Bravo, meine Liebe, Sie haben die Prüfung bestanden.»

Sie schaute ihn mit grossen Kulleraugen ungläubig an.

«Na, was glauben Sie denn? Selbstverständlich habe ich das Messgerät manipuliert. Ein Trick bei den neuen Studenten», er lachte erneut, «die beste Methode, um herauszufinden, wer die Sache begriffen hat und wer nicht.»

Weihnachten 2006

Reich und arm, dick und dünn

Wer den Tag mit einem Lächeln beginnt,
hat bereits gewonnen.
(Jonathan Swift)

Kathleen wartete draussen vor dem grossen Tor, während Chris den Wagen holte, um sie zum Flughafen zu fahren. Er hatte trotz ihrer Proteste darauf bestanden, sie selbst zu chauffieren.

Plötzlich, wie aus dem Nichts, war sie direkt vor Kathleen aufgetaucht, die Kleine. Sie hatte ein blaues Kleid an, das wie eine alte Schuluniform aussah, schon etwas abgewetzt, aber sauber und gepflegt. Kathleen schätzte das zierliche Mädchen auf fünf oder sechs Jahre.

Teils verunsichert, teils skeptisch, betrachtete Kathleen die Kleine genauer: Sieht nach Armut aus, dachte sie etwas angewidert; die Welt ist beschissen, aber was soll's, ich kann schliesslich nichts daran ändern – jetzt sowieso nicht mehr. Eine Welle von Selbstmitleid durchfuhr sie.

Die Kleine stand immer noch da und schaute Kathleen neugierig an. Der intensive Blick wurde langsam unangenehm. Was sollte sie zu der Göre sagen?

Mehr oder weniger spontan entschloss sie sich zu einem «Hallo», begleitet von einer Grimasse, die eigentlich als ein Lächeln gedacht war, jedoch eher einem verzerrten Grinsen glich.

Das Mädchen antwortet nicht und starrte sie weiter an.

Die versteht offenbar kein Wort, dachte Kathleen und fragte sich nervös, wo zum Teufel denn Chris mit dem Wagen blieb.

Die Kleine schaute sie jetzt freundlich an. Ihre Haut war sehr dunkel. Sie hatte ein fein geschnittenes Gesicht, das von kurzem, lockigem, pechschwarzem Haar umrahmt wurde. Das Erstaunlichste an diesem Mädchen waren die Augen: gross, haselnussfarbig – und irgendwie merkwürdig. Sie glitzerten wie zwei Seen oder Spiegel, die so intensiv mit dem

Licht spielten, dass man glaubte, in zwei funkelnde Kristalle zu schauen.

Kathleen hatte in ihrem Leben schon sehr viele Menschen getroffen, konnte sich jedoch nicht entsinnen, jemals in solche Augen geblickt zu haben. Sie hatten etwas Beruhigendes und Beunruhigendes zugleich, als würde einen der Blick wie Röntgenstrahlen durchdringen.

Kathleen wollte sich gerade umdrehen und im Hof auf Chris warten, als die Kleine fragte: «Wie heisst du?»

«Kathleen O'Hara», gab sie verdutzt und gegen ihren Willen Auskunft; sie konnte gar nicht anders, als auf die Frage antworten. Die Stimme des Mädchens klang so glasklar und melodisch, eine Mischung aus kindlich und dennoch erwachsen. Die Stimme schien im Einklang mit den Augen. Kathleen war wie benommen; mit aller Kraft musste sie sich besinnen, wo sie eigentlich war und was sie hier tat. «Und du? Wie heisst du?», fragte sie zurück.

«Ich bin Marie.»

«Und was tust du hier?

«Och, ich bleibe eine Weile bei Onkel Chris.»

«*Onkel* Chris?»

«Ja, er ist sehr nett», sie lächelte und fragte weiter: «Ist er dein Freund?»

«Äh, na ja, nein ... Vor langer Zeit vielleicht mal.» Sie verfluchte sich insgeheim: Wieso liess sie sich von dieser Göre aushorchen? «Das geht dich eigentlich gar nichts an», sagte sie barsch, doch sogleich tat es ihr leid, denn die Kleine konnte schliesslich nichts dafür, dass sie sich hierher verirrt hatte.

«Wie alt bist du überhaupt?»

«Acht.»

«Oh, schon? Und wo sind deine Eltern?»

«Tot. Sie sind gestorben.» Und nach einer kurze Pause fügte sie sachlich hinzu, als habe sie die Frage schon oft gehört: «Meine Grosseltern sind auch tot.» Sie neigte den Kopf ein wenig zur Seite, als ob sie überlegte. Leise und nachdenklich ergänzte sie: «Alle sind tot, bis auf ...» Ein weiteres Zögern und Luftholen, um dann mit festem Ton zu bestätigen: «Nein, ich meine, doch, alle sind jetzt tot.» Sie schaute Kathleen nun fröhlich an, gar nicht so, wie man es von einem Kind erwartet hätte, das gerade erzählte, seine gesamte Familie sei gestorben.

«Alle tot?», fragte Kathleen überrumpelt. «War es ein Unfall?»

«Nein, sie hatten Aids – und Hunger – und woran man sonst hier so stirbt.» Sie legte ihre Stirn in Falten und verdrehte die Augen Richtung Himmel, als grübelte sie, ob sie nichts vergessen habe. «Aber die meisten sind an Aids gestorben.»

Kathleen war nun völlig verwirrt, weil Marie sie nun mit einem strahlenden Lächeln ansah, und nahm an, dass die Kleine nicht richtig im Kopf sein könne. Deshalb machte sie Anstalten, zu gehen.

«Darf ich dich Kathy nennen?», fragte Marie, und bevor Kathleen noch ein Ja oder Nein äussern konnte: «Woher kommst du denn?»

«New York City», antwortete sie unwirsch. Der Ekel erregende Gestank der Slums lastete wie jeden Tag in der Luft und verursachte ein Würgen in ihrem Hals und Gaumen. Sie hielt es hier nicht länger aus.

«Oh, ist das weit weg?»

«Ja, sehr weit.»

«Wie viele Tagesmärsche denn?»

«Tagesmärsche ...», Kathleen musste nun doch grinsen. «Sehr, sehr viele. Und selbst wenn man wollte, könnte man nicht zu Fuss dorthin gehen, denn zwischen den Kontinenten liegt ein Meer.»

«Ein Meer?» Marie schien zu Kathleens Verwunderung nicht einmal zu wissen, was der Begriff Meer bedeutete.

«Ja, ein Meer. Viel Wasser, sehr viel Wasser.»

«Ist es schön dort, wo du wohnst – in U'ork?»

«New York. New York heisst die Stadt. Ja, es ist sehr schön da», und mehr zu sich selbst murmelte sie leise, «wenn man gesund und reich ist auf jeden Fall.»

Marie war der letzte Teil des Satzes nicht entgangen. «Bist du denn reich, Kathy?»

«Das geht dich einen Dreck an, Kleine», schnauzte sie zurück und verfluchte Chris, weil er sich so unverschämt viel Zeit liess.

«Wirst du immer so böse, wenn man dich was fragt?» Marie liess sich offensichtlich weder beeindrucken, noch schien sie zu begreifen, dass sie verschwinden solle. Stattdessen stellte sie die vorige Frage noch einmal und zupfte Kathleen, die ihr den Rücken zugewandt hatte und so tat, als halte sie nach Chris und dem Wagen Ausschau, an ihrer Bluse. «Bist du denn reich?»

Kathleen fuhr herum und wollte der Kleinen in einem Anflug von Wut die Leviten lesen, doch dann brachte sie es nicht übers Herz: Marie stand nach wie vor unschuldig dreinschauend vor dem Center und hob sich in ihrer blauen Schuluniform wie ein Farbtupfer vom schmutzigen Braun-Grau der restlichen Umgebung ab. Irgendwie tat sie Kathleen nun leid. «Ja, ziemlich reich», sagte sie, und weil sie sich vergegenwärtigte, wo sie sich befand: «Reicher, als du es dir vorstellen kannst.» Aber was nützt mir das ganze Geld schon ein meiner Situation?, ergänzte sie verbittert in Gedanken.

«Merkwürdig», antwortete Marie.

«Was ist merkwürdig?», hakte Kathleen abwesend nach.

«Du bist gar nicht dick.»

«Hm, was? Nein, ich bin nicht dick. Warum sollte ich dick sein?»

«Bei uns sind reiche Menschen dick, denn sie haben viel zu essen. Daran sehen alle anderen, dass sie reich sind», erklärte Marie.

«Aha», meinte Kathleen. So hatte sie diese Tatsache noch nie betrachtet.

«Aber was machst du denn mit all deinem Geld, wenn du es nicht für Essen ausgibst?», fragte Marie verwundert.

«Na, andere Dinge eben», wimmelte Kathleen wortkarg ab. Sie hatte genug von dem Gespräch; es wurde ihr zu blöde, sich mit einem offensichtlich frühreifen schwarzen Waisenkind zu unterhalten.

Marie blieb hartnäckig. «Was kann man mit so viel Geld tun, wenn man genügend gegessen hat? Und wenn man ein Kleid hat oder sogar zwei und ein Zimmer, in dem man schlafen kann? Und vielleicht sogar ein Bett, wie hier bei Onkel Chris!? Was kann man sonst noch kaufen?»

«Alles, was du nie haben wirst, Kleine», fauchte Kathleen erbost. «Verschwinde jetzt, ich will meine Ruhe haben.»

«Ist gut, entschuldige», sagte Marie fröhlich. Sie schien nicht beleidigt zu sein, denn sie hüpfte davon, gut gelaunt ein Liedchen summend. Plötzlich hielt sie inne, drehte sich noch einmal um und trat flink ein paar Schritte auf Kathleen zu. «Ach, bin ich dumm, jetzt weiss ich, was du mit deinem Geld machst; du kaufst deiner Familie Essen und Kleider.» Sie nickte wie zur Bestätigung ihrer Worte mit ihrem Lockenköpfchen.

«Blödsinn, ich habe keine Familie. Verschwinde jetzt, du Göre.»

«Schon gut, ich geh schon.» Marie setzte leise singend ihren Weg fort, dann drehte sie sich erneut um. «Wie lange darfst du denn noch leben?», und als sie nicht sofort eine Antwort bekam: «Du bist doch auch zum Sterben hier, oder nicht?» Doch bevor die völlig irritierte Kathleen etwas entgegnen konnte, war sie auch schon um die Ecke verschwunden.

Pling ..., pling ... – endlich!

Das erste Gesetz der Thermodynamik:
Energie und Materie können nicht zerstört,
sondern nur umgewandelt werden.

Endlich!, dachte Lundegard erleichtert und zugleich unfähig, einen weiteren Gedanken zu fassen. Er hatte die Enter-Taste gedrückt, fast kindisch euphorisch darauf gehämmert, um das Programm zu starten. Wie einst Einsteins Relativitätstheorie, die auch erst viele Jahrzehnte nach ihrer Formulierung experimentell bewiesen werden konnte, galt es nun, die kosmischen Konstanten zu beweisen, also jede Zweifel auszuräumen, dass die String-Theorie stimmte, und davon eine Weltformel abzuleiten. Es ging mit anderen Worten um den endgültigen empirisch-wissenschaftlichen Beweis – er wagte den Gedanken kaum zu denken –, dass unendlich viele Universen existierten und es ergo *keinen Schöpfer* gab. Denn wenn eine unendliche Anzahl von Universen vorhanden war, brauchte es schlichtweg weder einen Schöpfer noch einen Gott oder sonst was, denn eines der unendlich vielen Universen – bloss ein einziges – wäre eben genau so beschaffen, dass Leben entstehen konnte.

Eines musste sich auch Lundegard eingestehen: Falls die Theorie der Multiversen, also der unendlichen Anzahl paralleler Universen, falsch wäre, dann konnte selbst er, Lundegard, sich das Folgende partout nicht erklären: Wie es zu diesem enormen Zufall kam, dass das vom Menschen bewohnte Universum überhaupt so perfekt geschaffen war, Leben darin entstehen zu lassen.

Er hoffte auf den ultimativen Sieg des Geistes über Aberglauben, Irrwitz und falsche Propheten. Ja, so würde es sein, und irgendwann würden sich die Menschen damit abfinden, dass es bloss ein Diesseits gab und dass jeder nur ein einziges, endliches Leben hatte mit der Chance, aus diesem das Beste zu machen. Als epochales «Nebenprodukt» von Lundegards phänomenalen Forschungsergebnissen würde es irgendwann weder Religionskriege noch Fanatiker und Fundamentalisten, noch Massaker im Namen von Etwas, das nicht existierte, geben.

Für einen kurzen Moment hielt Lundegard den Atem an, plötzlich wurde ihm mulmig, denn nun, da er kurz vor dem Durchbruch stand, rechnete er damit, angefeindet zu werden. Man würde sich nicht scheuen, ihn zu diskreditieren. Ja, gar Schlimmeres malte er sich aus, denn Religion und der Glaube an eine Gottheit hatten zu jeder Zeit in der Menschheitsgeschichte auch dazu gedient, die Menschen zu unterdrücken, gegeneinander aufzuhetzen; sie waren immer auch von den Mächtigen missbraucht worden. Selbst in der heutigen Zeit, so dachte Lundegard, vielleicht sogar mehr als je zuvor, wird der Glaube missbraucht von religiösen Fanatikern und Fundamentalisten – und am meisten, wo denn sonst? Ja, wo sonst als in Amerika, das die tumben Nationalidioten «God's own country» nennen; wo alles bis ins Extrem getrieben wird; wo bigott-verlogene, machthungrige Politiker und Unternehmer mit ihrer nicht zu überbietenden Doppelmoral Kriege anzetteln und führen, bloss um ihre Hegemonialinteressen zu festigen: Sie hatten keine Skrupel, die Länder, an deren Rohstoffe sie sonst nicht herankämen, zu unterwerfen und rechtfertigten das Ganze noch, indem sie den Namen Gottes vor sich hinhielten wie einen Schutzschild.

Noch bevor sich Lundegard vollends in seinen heiligen Zorn hineinsteigerte, fühlte er sich bestätigt, zutiefst überzeugt davon, dass es das Beste für die Menschheit sei, wenn endlich mit diesem Irrglauben aufgeräumt würde. Die Zeit war reif für eine neue Gesellschaft.

Allerdings war er ehrlich genug zu sich selbst: Sein eigener Erfolg, der Nobelpreis, die Anerkennung als eines der grössten Genies – vielleicht grösser als Newton, Einstein und wie sie alle hiessen – gab in erster Linie den Ausschlag für seine Bemühungen. Er wollte gefeiert werden, in die Annalen und Ahnengalerie der Wissenschaftsgeschichte eingehen. Ja, zugegeben, auch ein Bjoern Lundegard war nicht gefeit gegen die schlimmste aller Sünden, des Teufels liebste Sünde – die Eitelkeit.

Die nächsten Tage genoss er als die schönsten Momente seines

Wissenschaftler-Lebens, denn anhand der beiden ersten Neutrinoeinschläge im Reinwassertank konnte er feststellen, dass seine Theorie, seine mathematischen Gleichungen, die er in die Programme hatte einfliessen lassen, funktionierten. Die Berechnungen zeigten sich mehr als erfolgreich, denn mit einer noch grösseren Präzision als erhofft, waren die Programme tatsächlich in der Lage, die komplexen Verhältnisse verschiedenster Konstanten aus den Neutrino-Detektionen abzuleiten: die präzise Massedifferenz von Protonen zu Neutronen, das Verhältnis der Elektronen zu den Protonen, das genaue Verhältnis von Protonen zu Antiprotonen und auch den exakten Wert Omegas. Und all dies tausendmal präziser als mit jeder bisher bekannten Methode. Allein dafür wäre ihm der Nobelpreis sicher.

Er überlegte, ob er die Daten schon ans CERN übermitteln sollte, doch dann entschied er sich dagegen. Nein, dachte er, ich muss zuerst mehr Evidenz sammeln – und im Grunde traute er keinem seiner Kollegen. Die wären imstande, ihm seinen sauer verdienten Ruhm zu klauen. Und für das wichtigste Resultat würde er ohnehin noch einige Tage brauchen. Er musste möglichst noch weitere Neutrinoeinschläge abwarten, denn er wollte auf Nummer sicher gehen. Um seine Theorie der Dunklen Materie und Energie wirklich beweisen zu können, bräuchte er die höchstmögliche Evidenz.

Allmählich wurde er müde und erschrak prompt beim Blick auf die Uhr, denn es wurde ihm bewusst, dass er seit fast zwanzig Stunden ohne Unterbrechung gearbeitet hatte.

Ein paar Stunden später weckte ihn ein eigenartiges Geräusch. Er rollte sich auf der Pritsche auf die andere Körperseite, wollte weiterschlafen, den wunderschönen Traum weiterträumen, in dem er schwelgte: Er, Bjoern Lundegard, nahm in Stockholm vom schwedischen König persönlich den Nobelpreis für Physik entgegen.

Doch das Geräusch nervte, ein rhythmisches Piepsen: Pling …, plong …, pling …, plong …

Herrschaftszeiten!, dachte er, das können keine Neutrinoeinschläge sein. Zu regelmässig, und auch dieses «Plingen» war nicht das gleiche wie beim ersten Mal. Shit, wahrscheinlich die Kaffeemaschine oder so.

Er wälzte sich herum, setzte sich auf den Rand der Pritsche und erhob sich ächzend. Das Piepsen war penetrant. Scheisse, diese verdammte Kaffeemaschine!

Doch als er das Licht in der kleinen Küche anknipste, stellte er fest, dass dort kein Gerät eingeschaltet war. Nein, die Geräusche kamen tatsächlich aus dem Labor.

Bitterer Abschied

Heute Morgen war ich traurig,
weil ich keine neuen Schuhe für meinen Auftritt hatte,
dann schaute ich aus dem Fenster
und sah einen Mann ohne Beine.
(Jim Morrison, The Doors)

Sie waren wieder am Airport, genau an der Stelle, an der Kathleen von Daniel begrüsst worden war. Mitten im Strom unzähliger Menschen, die geschäftig im Terminal hin und her eilten, standen sie sich gegenüber und nahmen das Treiben um sich herum kaum war. Sie hätten unterschiedlicher kaum sein können, Chris Campbell und Kathleen O'Hara. Keiner der beiden wagte etwas zu sagen, keiner wollte den ersten Schritt machen und Adieu sagen, wenn auch aus gegensätzlichen Gründen.

Kathleen wippte nervös von einem Fuss auf den anderen, als wollte sie zu einem Spurt ins Flugzeug ansetzen. All diese Eindrücke, Gefühle, dieses Elend, diese Menschen: Sie wollte weg, so schnell wie möglich. Bloss weg von diesem schrecklichen Ort. Schon im Flugzeug würde sie alles vergessen. Heim nach New York! Sie würde schon etwas finden. Sie wollte leben – jetzt da sie das Antlitz des Todes in einer Art und Weise gesehen hatte, wie sie es sich nicht schlimmer hätte ausmalen können: dieses Abkratzen, dieses Verrecken. Es war stickig heiss im Terminal.

Ich will leben, ja, ich will leben! Ich bin reich, sehr reich sogar. Und ich bin jung. Ich muss einen Weg finden, gesund zu werden. Vielleicht haben sich die Ärzte doch geirrt – eine Verwechslung der Pathologen. Passiert immer wieder mal, wie man hört, auch die Nachdiagnosen sind bestimmt alle falsch. Und wenn nicht, dann suche ich mir einen Heiler. Spirituelle Heiler – man liest immer wieder von ihren Erfolgen. Ich habe doch sogar mal jemanden kennengelernt, der mir erzählte, er kenne jemanden, den die Ärzte abgeschrieben hatten und den dieser Heiler – wie hiess der Typ noch? Keine Ahnung, werde ich schon herausfinden –, den also dieser Heiler behandelt habe; und der Mann sei gesund geworden, einfach so. Die Mediziner hätten nur Kuhaugen gemacht vor Staunen. Oder hey, eine Spontanheilung ist ja auch möglich – selbst Ärzte geben das manchmal zu. Selbst Silverstone hat das gesagt, oder? Ja, genau! ... Shit, Kathleen, du weisst genau, dass das alles Blödsinn ist. Ammenmärchen, an die sich jene klammern, denen die Ärzte und die Wissenschaftler jegliche Hoffnung genommen haben. Ganz nach dem Motto, dass die Hoffnung zuletzt stirbt.

«Kathy, haaalloo, hörst du mich?»

Sie zuckte zusammen. Ach, Chris. «Ja, ja, sorry.»

«Ich nehme an, du findest den Weg zur Passkontrolle selbst.» Er schaute ihr lächelnd in die Augen und streckte ihr zum Abschied die Hand entgegen.

Sie erwiderte seinen Gruss automatisch in einer gewohnt professionellen Manier.

Er hielt ihre Hand einen Moment fest. «Ich wünsche dir alles Gute, Kathy. Es ist mir zwar nach wie vor ein Rätsel, warum du diese lange Reise auf dich genommen hast, nur um dich bei mir zu entschuldigen, aber trotzdem danke. War schön, dich wiedergesehen zu haben», dann hauchte er ihr einen flüchtigen Kuss auf ihre Wange.

Ein Anflug von Röte überzog ihr Gesicht – etwas, das ihr seit Jahren nicht mehr passiert war –, dann zog sie ihre Hand aus der seinen und erwiderte mit leicht belegter Stimme: «Ja, gewiss. Danke für alles. Auch ich wünsche dir alles Gute bei deiner Arbeit und bei allem – na, du weisst schon, eben bei dem, was du hier tust.» Als müsste sie etwas wiedergutmachen, sagte sie hastig: «Du bist ein edler Mensch, Christopher Campbell», und ihr Lächeln war diesmal herzlicher und ehrlicher.

«Leicht gesagt, Kathleen», antwortete er schroffer, als sie erwartet hätte.

Sie wollte zuerst etwas erwidern, liess es dann jedoch sein und hob ihr Gepäck vom Boden hoch. Sie war schon auf dem Weg zur Zollkontrolle, als sie eine kleine Wendung machte und ihm über ihre Schulter zurief: «Die Kleine mit der blauen Schuluniform?»

Chris, der ihr nachgeschaut hatte, als habe er geahnt, dass sie sich noch einmal umdrehen würde, hakte nach: «Marie?»

«Genau, die meine ich.»

«Was ist mit ihr?»

«Pass gut auf sie auf. Sie ist … etwas Besonderes.»

«Ich weiss», Chris nickte. Und nach einem kurzen Zögern: «Ich werde sie wie meinen Augapfel zu hüten versuchen …»

«Dann ist es ja gut.»

«… bis sie stirbt.» Sein Blick irrte über den Fussboden der Halle, als zählte er die Steinplatten.

Bevor Kathleen die zwangsläufige Frage stellen konnte, kam er ihr zuvor: «Bald. Sie hat noch zwei, drei Monate; ich kann es nicht genau sagen.» Dann wandte er sich seinerseits in Richtung Ausgang und strebte davon.

Er war schon einige Meter gegangen, da hörte er Kathleen ganz nah hinter ihm: «Chris, hat die Kleine etwa auch …?»

Er blieb stehen. Ein leichtes Zucken um seine Mundwinkel schien ihn zunächst am Sprechen zu hindern. «Ja, ich hatte so gehofft, dass sie nicht angesteckt worden wäre», ein Räuspern, ein leichtes Tremolo in seiner Stimme, als er den Satz beendete, «von dem einen Mal.»

Sein Gesicht schien jetzt mit den zusammengekniffenen Augen wie versteinert. Er wirkte auf einmal sehr alt. Die Szene hatte etwa Surreales an sich. Sie waren im Korridor zu den Passkontrollen. Hunderte Menschen eilten an ihnen vorbei, schubsten, drängelten, schoben, während die beiden wie zwei Felsen in einem schwarzen Meer menschlicher Körper standen. Die anderen zogen in gleichgültigen Wogen an ihnen vorbei, nahmen keine Notiz von dem Entsetzlichen, das gerade gesagt worden war. Die Worte waren verhallt, die letzten Schwingungen fortgespült von den schwarzen Wellen.

Chris sprach weiter, als könnte er damit das Geschehene ungeschehen machen – ein Aufbäumen gegen die Grausamkeit der Gleichgültigkeit: «Marie hat ihre ganze Familie verloren. Alle sind an Aids und Hunger gestorben. Der einzige Mensch, den die Kleine noch hatte, war ihr eigener Vater. Sie wohnte bei ihm.» Chris schluckte, er versuchte sachlich zu bleiben, dennoch konnte er seine Wut nicht verbergen, als er fortfuhr: «Er hat sie vergewaltigt, Kathy, vergewaltigt und angesteckt mit Aids.

Wie viele hier dachte er, er könne sich selbst heilen, wenn er eine Jungfrau nimmt.» Er stöhnte, und um seine Lippen machte sich ein weisser Zug bemerkbar. «So eine Scheisse ist das hier!» Resigniert erklärte er: «Sie ist erst acht Jahre alt, so jung. Es ist noch nicht lange her, dass sie zu mir fand. Viel zu spät. Sie hat zwar mir gegenüber nie gesagt, dass es ihr Vater war. Doch wer sonst sollte es gewesen sein? Sie lebte ja bei ihm, und Afrika ist … Mist, hier ist alles Mist.» Er wischte sich mit der Hand über die feuchte Stirn. «Die Krankheit ist bei Marie schon zu weit fortgeschritten. Ich kann ihr nicht helfen – niemand kann das.» Dann murmelte er: «So ist das eben hier, aber wen kümmert es schon? Das ist Afrika.» In seinen Augen lag eine zentnerschwere Traurigkeit, als er schulterzuckend sagte: «Ja, da kann man nichts machen. Pech gehabt, die Kleine, sie ist eben auf der falschen Seite des Lebens geboren.»

Kathleen stand einfach da. Keine Regung verriet, was in ihr vorging. Sie stierte ins Leere, als wäre Chris gar nicht vorhanden.

Schnellen Schrittes eilte er aus dem Terminal, ohne sich noch einmal umzuschauen.

Lungenkollaps

Mein ist die Rache und die Vergeltung für die Zeit,
da ihr Fuss wanken wird, denn nah ist der Tag ihres Verderbens,
und was ihnen bevorsteht, eilt herbei.
(Deuteronomium)

Frank hatte sämtliche Zeitungsartikel, die er über den letzten Flug der PanAm 103 in die Hände bekommen konnte, gehortet. An einsamen Abenden sass er im Halbdunkel seines Wohnzimmers, das nur von einer alten Stehlampe erhellt wurde, breitete die Ausschnitte vor sich aus und verfiel in selbstquälerische Grübeleien. Zuweilen nahm er die Mappe mit den Artikeln sogar mit auf kürzere Reisen, die er jedoch so weit wie möglich vermied. Das Unterwegssein erinnerte ihn ja doch bloss an …

«Alle 243 Passagiere und 16 Besatzungsmitglieder wurden bei dem Absturz getötet. Eine schottische Ermittlungsbehörde gab bekannt, dass, als das Cockpit wegbrach, extrem starke Luftströmungen durch den Rumpf gepeitscht seien, die den Passagieren die Kleidung weggerissen und Objekte wie Getränkewagen in tödliche Geschosse verwandelten.

Aufgrund der plötzlichen Druckänderung dehnten sich die Gase innerhalb der Körper auf das vierfache Volumen aus, was bei vielen zu einer Lungenüberdehnung oder einem Lungenkollaps führte. Nicht angeschnallte Passagiere bzw. ungesicherte Objekte wurden aus der Maschine in –46°C kalte Luft geschleudert und fielen etwa zwei Minuten lang aus 9 km Höhe in Richtung Boden. Andere blieben auf ihren Sitzen und schlugen noch angeschnallt auf Lockerbie auf.

Die meisten Insassen der Maschine wurden aufgrund des Sauerstoffmangels während ihres Sturzes bewusstlos, doch die Gerichtsmediziner glauben, dass einige bei Bewusstsein blieben, bis sie sauerstoffreichere Luftschichten erreichten. Pathologe William G. Eckert, der die Ergebnisse der Autopsien untersuchte, sagte der schottischen

Polizei, dass er glaube, dass die Cockpitbesatzung, einige Flugbegleiter und 147 weitere Passagiere sowohl die Bombenexplosion als auch die darauffolgende Dekompression überlebten und erst durch den Aufprall starben. Keiner von ihnen hatte Anzeichen von Verletzungen durch die Explosion, den Druckabfall oder das Auseinanderbrechen der Boeing 747. Eine Mutter wurde mit ihrem Baby im Arm gefunden, zwei Freunde hielten sich an den Händen und eine ganze Anzahl von Passagieren umklammerte Kruzifixe.»

Kruzifixe! Hatten sie den auf elende Weise Umgekommenen etwa geholfen? In Gedanken nahm Frank ihnen nun die Kreuze weg, stampfte darauf herum und warf die Teile in den Müll. Die Menschen waren tot, und der Glaube an einen Gottessohn hatte sie nicht vor dem Fürchterlichen verschont. Die Toten brauchten keine Kruzifixe mehr – und er als ein Lebender erst recht nicht.

Abweichungen

Das zweite Gesetz der Thermodynamik:
Die Entropie oder das Chaos im Universum nimmt immer zu.

Schlaftrunken torkelte Bjoern Lundegard ins Labor. Der Monitor und das System piepsten im Sekundentakt der Neutrinoeinschläge. Pling …, pling …, plong …, pling …, plong …

Das ist völlig unmöglich, dachte er, das System muss einen Fehler machen, irgendwas ist defekt, Neutrinoeinschläge können niemals in so einer Kadenz auftreten und detektiert werden. Auch störte ihn, dass es zwei verschiedene Arten von Detektionen zu sein schienen. Er setzte sich vor den Monitor und begann einen gründlichen Systemcheck.

Alles in Ordnung! Alle Tests zeigten an, dass das gesamte System fehlerfrei war. Lundegard, ein Mann der Ratio und Wissenschaft, liess sich jedoch nicht so leicht aus dem Konzept bringen. Er war sich sicher, dass irgendwas die vermeintlichen rhythmischen Detektionen auslöste, und suchte weiter nach dem Fehler.

Er arbeitete konzentriert, checkte alle Programmroutinen, dann, an einer weiteren Konsole hinter ihm, mittels Ferndiagnose die Energieversorgung der Baryonen-Detektoren im Tank und wartete auf die Resultate. In der Zwischenzeit zeichnete das System unbeirrt und vollautomatisch die immer noch gleichmässigen, im Sekundentakt eintreffenden Signale aus dem Tank auf. Das System war von Lundegard so programmiert worden, dass es die eintreffenden Daten auswertete, mit den vorherigen verglich und dann auf den Disks des Computersystems ablegte.

Hätte Lundegard in diesem Moment nicht so intensiv daran gearbeitet, den vermeintlichen Fehler im System zu finden, wäre ihm aufgefallen, dass das System nun kleine Abweichungen der zuvor gemessenen Werte registrierte. Allerdings: Wäre es ihm aufgefallen, hätte er es höchstwahrscheinlich als einen weiteren möglichen Fehler des Systems gewertet, denn die Ergebnisse waren nach wissenschaftlichen Erkenntnissen ein Unding: Die seit Jahrmilliarden konstante Massedifferenz von Protonen zu Neutronen, das Verhältnis der Elektronen zu Protonen, die Korrelation von Protonen zu Antiprotonen und der Wert Omegas zeigten Abweichungen. Die kosmischen Konstanten begannen sich zu verändern – nach menschlichem Ermessen eine Unmöglichkeit.

Doch das System war emotionslos und neutral, wie ein Fotoapparat, der die ungeschminkte Wirklichkeit ablichtet. Unbestechlich wie eine mathematische Gleichung, zeichnete das System auf, was die tausend Meter unter der Erde vergrabenen Detektoren registrierten: Das Universum begann sich zu verabschieden, etwas begann aus dem Gleichgewicht zu geraten, und *Etwas* schien dem zuzustimmen.

Südliches Afrika, Grand Hotel

An der Bar mit Simone de Beauvoir

Nur stilles Wasser und ruhendes Sein
geben Sicht auf den Grund der Dinge.
(Aus Japan)

Kathleen O'Hara hatte sich auf einem bequemen, burgundroten Barsessel an der Hotelbar niedergelassen. Sie schaute sich um. Ein Luxusschuppen, klassisch kolonialer Stil, nicht mein Geschmack, dachte sie. Dann drängten sich wieder die Bilder der Slums in ihre Erinnerung, der elende Ort, wo die Menschen krepierten – keine zwanzig Kilometer Luftlinie entfernt. Unter Aufbietung aller Willenskraft versuchte sie, den Gedanken zu verdrängen und ihn durch Tagträumereien zu ersetzen. Sie nahm einen grossen Schluck Whisky und schloss die Augen. Morgen früh würde sie den ersten Direktflug zurück nach New York nehmen. Inzwischen hatte sie zweieinhalb Gläser Whisky intus, und ihr wurde langsam schwindelig. Kathleen hatte früher nie viel getrunken, sodass ihr der Alkohol schnell zu Kopf stieg. Das dämpfende Gefühl tat ihr jedoch gut. Alles um sie herum schien leichter zu ertragen. Die Geräusche verschmolzen zu einer einzigen sinnlosen Kulisse.

Klaviermusik schwebte gedämpft an sie heran, etliche Akkorde und Töne der Melodie schienen sich gar auf dem Weg zu ihr zu verlieren; die ohnehin dezenten Gespräche der anderen Gäste in der Bar murmelten wie von fern an ihre Ohren. Ihr ganzes Leben war auf einmal gedämpft, selbst der nahende Tod schien ihr nicht mehr so schrecklich, sondern gedämpft. Eigentlich war alles gar nicht so schlimm.

Auf der gegenüberliegenden Seite des riesigen Foyers traf nun eine Masse von Menschen ein, die sich vor dem Grand Ballroom versammelten und sich in kleinen Gruppen unterhielten. Als Kathleen sie genauer ins Visier nahm, konnte sie erkennen, dass es sehr junge Menschen waren, und alle waren schick angezogen. Es musste sich um eine Weihnachtsfeier handeln.

Aus den offenen Türen des Grand Ballrooms drang nun Musik, allzu laut und sehr modern. Die meisten begannen in den Ballroom zu strömen, aber einige blieben im Foyer, tranken aus schmalen Cocktailgläsern, lachten, flirteten und scherzten.

Kathleen ertappte sich dabei, dass sie wohl minutenlang zu den jungen Menschen gestarrt hatte, während die ganze Zeit dieselben Gedanken in ihrem Kopf kreisten:

Alle noch so jung, so lebendig, voller Leben – das Privileg der Jugend.

Warum muss ich sterben und die dort nicht?

Sie werden leben, lachen, essen, trinken, verzweifeln, hoffen und *lieben*.

Und ich werde sterben.

Unbändiger Hass ballte sich in ihr zusammen.

Vielleicht war sie mit diesem Hass nicht einmal alleine. Vielleicht empfanden ihn ja auch viele alte oder andere junge, aber todkranke Menschen beim Anblick der Jugend. Einen abgrundtiefen Hass. Mit dem eigenen Ende konfrontiert, schien ihr die Jugend der anderen bloss noch hassenswert.

Der Gedanke half. Ja, der Gedanke, diese jungen, perfekten Körper lachender Menschen noch vor ihr sterben zu sehen, oh ja, das half – doch nur den Bruchteil einer Sekunde, dann war es vorbei.

Sie wischte sich die Tränen und die tropfende Nase mit dem Ärmel ihrer Armani-Bluse ab und trank einen weiteren Schluck Whisky aus dem halbvollen Glas.

Als junge Studentin, so fiel ihr ein, hatte sie die Geschichte von einem Mann gelesen, der nicht sterben konnte. Sie versuchte, sich an den Titel des Buches oder an den Autor zu erinnern, aber weder das eine noch das andere wollte ihr gelingen. Die wesentlichen Züge der Story hatte sie jedoch nicht vergessen. Sie begann im Mittelalter – zwölftes oder dreizehntes Jahrhundert – in Italien … oder Frankreich? Egal. Der Protagonist, irgendein Graf oder Lord oder dergleichen, nahm einen Zaubertrank zu sich, den er von einem alten Kerl bekommen hatte. Warum eigentlich? Kathleen konnte sich nicht mehr erinnern. Jedenfalls trank der Mann das Zeug trotz der Warnung des Alten, dass der Trank ihn unsterblich machen würde – auf immer und ewig. Der Lord glaubte dem Alten nur halbwegs, aber er verspürte dieselbe Gier wie alle Menschen: die Gier auf ewiges Leben und ewige Jugend.

Die Geschichte nahm ihren Lauf – Kathleen hatte das Buch noch vor Augen: Es war dick, aber gut geschrieben und recht spannend. Der Lord oder Baron oder was auch immer war also nun unsterblich. Die Geschichte begleitet diesen Unsterblichen nun durch mehrere Jahrhunderte, in denen er Kriege gewinnt und verliert, sich verliebt und Kinder zeugt. Er sieht aber alle Anstrengungen seinerseits immer wieder in seinen unsterblichen Augen. Im Verlauf der Jahrhunderte erlebt er im Grunde immer wieder das Gleiche. Alles entsteht und vergeht wieder. Nur er sieht ständig dieselben Zyklen, weil er ja unsterblich ist: Aufstieg und Fall von Ländern und Reichen; seine Geliebten und Frauen, die alt werden und sterben, seine Kinder, die ihn selbst nicht altern sehen, jedoch selbst von Alter und Tod dahingerafft werden. Nur er selbst altert nicht. Er selbst kann nicht sterben.

Nach mehreren hundert Jahren ist er des Lebens müde. Er ist es leid, immer und immer wieder das Gleiche zu sehen; unzählige Male zu erleben, wie alle Menschen, die er liebt, alt und gebrechlich werden und sterben; immer wieder zu essen, zu lieben, zu kämpfen, jahrelang stets dasselbe zu tun. Er will endlich sterben, doch er ist und bleibt unsterblich. Keine Verletzung kann ihm etwas anhaben, jeder Versuch, sich selbst umzubringen, scheitert.

Kathleen bestellte das nächste Glas Whisky und ignorierte den Blick der Kellnerin, die ihr jedoch anstandslos das Gewünschte brachte. Sie sinnierte über die Geschichte. Der Held des Buches – auch an seinen Namen konnte sie sich nicht erinnern –, war auf jeden Fall am Ende verzweifelt und zutiefst unglücklich. Er war terrorisiert ob des Wissens und der Tatsache, dass er schon Hunderte Jahre alt war, jedoch trotz seines innigen Wunsches, zu sterben, eben nicht sterben konnte. Zum Schluss gelangte er zu der Einsicht, dass es einen Grund geben musste – ob einen göttlichen Grund oder nicht, wurde aus der Geschichte nicht recht klar –, dass alle Menschen sterben müssen.

Wie wäre es wohl, tatsächlich ewig zu leben?, überlegte Kathleen. Zu leben bis ans Ende aller Dinge, bis die Sonne erloschen wäre, bis alle Sterne im Universum nach Abertrilliarden von Jahren ausgebrannt wären und bis das Letzte aller Materieteilchen verschwunden wäre? Und am Schluss wäre bloss noch ewige Dunkelheit in einem absolut leeren, kalten Raum. Und nun wäre nur noch sie da, kein anderes menschliches Wesen. Bloss noch sie, Kathleen O'Hara, in einem leeren, kalten, schwarzen Raum – nein, nicht in einem Raum, sondern in einem Nichts. Sie selbst, mit sich selbst – auf alle Ewigkeit.

Sie nahm einen grossen Schluck aus dem Glas.

Was für ein grässlicher Gedanke! Noch schlimmer als der Tod!

Der unsichtbare Fremde

Sweet is the remembrance of troubles
when you are in safety.
(Euripides)

Der Alkohol war Kathleen zu Kopf gestiegen. Allerdings hatte sie sich noch so weit unter Kontrolle, dass sie sich bemühte, sich das Schwindelgefühl und ihren umnebelten Zustand nicht anmerken zu lassen. Ihr war übel, trotzdem süffelte sie weiter. Ihr Blick fiel wieder auf die Ansammlung der jungen Partygäste: Sie waren nur ein paar Meter von ihr entfernt und doch Lichtjahre weit weg – fast genauso wie der Slum und Chris, nur in einer anderen Richtung. Ein paar Kilometer Luftlinie von hier war die Hölle. Dort verendeten Menschen, und dort lebte …, nein, dort starb auch die Kleine, Marie.

Kathleen hegte auf einmal den dunklen Wunsch, dass all die lachenden, feiernden Hotelbesucher sterben müssten. Jetzt, genau in diesem Moment. Alle dort drüben und um sie herum sollten sterben, noch vor ihr – oder zumindest mit ihr. Alle. Ihr zum Trost, weil sie selbst auch sterben musste. Hatten nicht die Pharaonen im alten Ägypten ein ähnliches Ritual?

Ihr war inzwischen zum Speien übel. Beinahe verlor sie die Orientierung, denn der Sessel schwankte, sodass sie Halt an den Armlehnen suchte. Ihr trüber Blick schweifte durch die Bar. Wo zum Teufel war die Kellnerin?

Kathleens Innereien rebellierten. Ob sie wohl im Hotel schnell genug einen Arzt organisieren konnten, falls sie zusammenklappte? Oh Himmel, war ihr schlecht!

Da, an der Bar, war das nicht …? Ach Quatsch, wieso sollte sich der ausgerechnet hier herumtreiben? Sie überlegte, ob sie aufstehen sollte. Mist, ich bin besoffen, habe schon wieder Halluzinationen. Ha, was für ein Schicksal, Kathleen O'Hara, dachte sie, an Krebs zu sterben und erst noch verrückt zu werden.

Scheibenkleister, ich muss jetzt zahlen und schlafen gehen. Vielleicht ist morgen alles besser. Vielleicht ist alles ein Traum. Morgen bin ich dann wieder in Ordnung. Alles nur der Alkohol.

«He, Sie da», nur mit grösster Konzentration gelang es ihr, ihre Aussprache einigermassen zu kontrollieren, «ich will tsssahlen», schnauzte sie die Kellnerin an.

Die Kellnerin, eine junge schwarze Beauty, war es gewohnt, mit reichen, arroganten weissen Gästen umzugehen, und tat so, als habe sie den rüden Ton, den Kathleen angeschlagen hatte, nicht bemerkt. «Ihre Rechnung wurde schon beglichen, Madam», erwiderte sie charmant.

«Be---glichen? Vonwemdenn, hä?»

«Von diesen Herrn an der Bar.» Ohne sich umzudrehen, deutete die Kellnerin diskret auf einen Punkt hinter ihr.

Kathleen neigte den Kopf zur Seite, so unauffällig es ihr in ihrem Zustand möglich war, und schaute in Richtung der betreffenden Stelle. Sie zwinkerte, blinzelte, presste die Lider zusammen und öffnete sie wieder. «Was soll der Scheiss, Kindchen?» Schwankend erhob sie sich und schaute die Kellnerin böse funkelnd an. «Da ist kein Mann.»

Die Kellnerin schwenkte herum, um sich selbst zu versichern. Tatsächlich, die betrunkene Lady hatte recht. «Pardon, Madam, aber dort sass vor wenigen Minuten noch ein Herr.» Und frostiger als zuvor erklärte sie nochmals: «Er hat Ihre Rechnung schon beglichen.» Dann kehrte sie Kathleen, ohne ein weiteres Wort zu verlieren, den Rücken zu und bediente einen Gast an einem anderen Tisch.

Die spontane Idee, der Hotelangestellten nachzugehen, um zu fragen, wie der Mann ausgesehen habe, verwarf Kathleen nach den ersten, völlig unsicheren Schritten. Ein Gang auf einem schwankenden Schiff bei Windstärke 10 wäre dagegen ein Klacks gewesen. Mit Mühe und Not schaffte sie es vor ihre Zimmertür, angelte umständlich den Schlüssel aus ihrer Handtasche, der zunächst absolut nicht ins Schloss passen wollte, und liess sich schliesslich mittels eines beinahe schnurgeraden Sturzflugs in den nächstbesten Sessel fallen. Ihr Gehirn lieferte plötzlich wieder Bilder von Marie und von all dem Entsetzlichen, was sie gesehen hatte.

Mein Gott, die Kleine ist noch so jung! Vergewaltigt – und hat nun Aids. Zum Heulen, so eine Scheisse. Maries Blick …

Wohin soll ich schon? Niemand wartet auf mich. Ich bleibe hier, ja genau, ich bleibe hier, dachte Kathleen.

Marie stand vor ihr, in ihrem blauen Kleidchen, in einer Welt aus Hunger, Dreck und Gewalt. Und sie lächelte. Dieses Lächeln, der einzige Reichtum, den sie hatte, dieses Lächeln war wohl ihr Geheimnis: Es strahlte grenzelose Zuversicht aus, die von ganz tief im Inneren zu kommen schien.

Hör auf mit dem Gelalle!, schalt sich Kathleen selbst. Jeder Idiot kann lächeln!

Bevor jedoch der Zynismus seine alte Macht auf sie ausüben konnte, wurde ihr vollends schlecht. Sie ächzte sich aus dem Sessel hoch, warf sich bäuchlings, in voller Bekleidung aufs Bett und begann aus tiefster Seele zu schluchzen. Nach all den Jahren als eine toughe Frau, in denen sie die Erinnerung an ihre Kindheit getilgt hatte, war sie plötzlich wieder das kleine Mädchen, das auf furchtbare Weise an Leib und Seele verletzt worden war.

King George

Mit jedem Tropfen wächst das Meer der Menschlichkeit!
(Sir Peter Ustinov)

Der Taxifahrer glaubte zuerst, sich verhört zu haben, als Kathleen ihm das Fahrtziel mitteilte. Nachdem er sich versichert hatte, dass mit seinen Ohren alles in Ordnung war, weigerte er sich kategorisch, ihrer Anweisung zu folgen.

«In die Slums? Oh no, dorthin fährt niemand», winkte er ab und murmelte: «Schon gar nicht mit einer vornehm gekleideten weissen Frau auf dem Rücksitz.»

Erst als sie ihm eine vergleichsweise unerhörte Summe Geld bot, für die er ansonsten zwei Wochen lang chauffieren musste, akzeptierte er.

Geld, wie immer; Geldgier bewirkt alles, dachte Kathleen.

Ein fahler Silberstreifen am Horizont kündigte den neuen Tag an. Weil es nicht regnete und noch fast dunkel war, brachte sie der Fahrer trotz unzähliger Schlaglöcher mitten durch den Slum bis vor das grosse Eisentor des Centers. Niemand war zu sehen.

Kathleen klopfte vorsichtig an das Tor. Eine Weile war es still, dann hörte sie, wie jemand den Riegel zurückschob. Der Nachtwächter, der sich sofort an sie erinnerte, liess sie lächelnd eintreten.

Mister Chris sei schon vor einer Stunde ins andere Center gefahren, wie jeden Morgen. Sie könne aber gerne auf ihn warten; er werde in ungefähr einer Stunde wohl zurück sein.

Als Kathleen auf ihre Armbanduhr schaute, registrierte sie erst, dass das Zifferblatt immer noch New Yorker Zeit anzeigte. Hier, in Afrika, war es noch nicht mal sechs Uhr.

Sie liess sich auf einem der Plastiksessel nieder, auf denen bald die unzähligen Patienten Platz nehmen würden. Die Sonne heizte bereits unaufhaltsam den Morgen auf. Endlich hörte sie einen Wagen vor dem Tor. Sie stand auf.

Aber es war nicht Chris. Ein älterer Mann schritt durch das

Tor. Sein Anzug hatte sicherlich schon bessere Tage gesehen, aber dafür, dass sie mitten in einem afrikanischen Slum waren, sah der Herr distinguiert gekleidet aus.

Sicher so ein korrupter Regierungsbeamter, dachte Kathleen und entschied, den Fremden einfach zu ignorieren.

Schnurstracks schritt jedoch der Mann auf sie zu: «Ist Doktor Campbell zu sprechen, Madam?», fragte er höflich.

«Keine Ahnung, ich arbeite nicht hier», erwiderte sie barsch.

«Dann werde ich auf ihn warten», antwortete der Mann nach wie vor freundlich.

«Keine Ahnung, wann Mister Campbell wiederkommt», meinte sie erneut ungnädig. Die Anwesenheit des Mannes störte sie. Sie hatte gehofft, mit Chris bei seiner Rückkehr alleine zu sein.

«Das ist kein Problem, Madam, ich warte gerne auf ihn.»

Kathleen musterte den Mann genauer. Er war gross, wohl noch eine paar Zentimeter grösser als sie selbst, hatte kurzes, dicht gelocktes graues Haar und einen akkurat geschnittenen, gepflegten Bart. Seine atypisch schmale Nase verlieh ihm ein nahezu aristokratisches, würdiges Aussehen. Der Mann erinnerte Kathleen entfernt an den Generalsekretär der UN, den sie einmal persönlich getroffen hatte, denn auch die Stimme des Mannes hatte diesen eigenartig gelassenen, tiefen, sanften und dennoch bestimmten Ton.

«Wer sind Sie überhaupt?», fragte sie ihn und schien vollends jegliche Manieren abgelegt zu haben.

«George N'Ukebe, Madam, man kennt mich aber wohl besser unter dem Namen ‹King George›.» In seinem Lächeln lag ein melancholischer Zug, als er weitersprach: «Doktor Campbell hat mich gebeten zu kommen – wegen meines Enkels Lukas.»

Kathleen glaubte, sich verhört zu haben, denn Chris hatte ihr aufgebracht erzählt, dass Lukas' Grossvater einst ein für die hiesigen Verhältnisse wohlhabender Geschäftsmann gewesen sei; Genaueres wisse er nicht, aber über einen Mann, der nicht mal seinen sterbenskranken Enkel besuche – über so einen wolle er auch gar nicht mehr wissen.

«Sie sind Lukas' Grossvater?», fragte Kathleen mit grossen Augen.

«Ja, hm, Sie scheinen meinen Enkel zu kennen?» Solch eine Begegnung hatte King George offenbar nicht erwartet. «Wer sind Sie denn, Madam, wenn es gestattet ist zu fragen?»

Seine gewählte Art, zu formulieren und zu sprechen, schien so gar nicht an diesen Ort zu passen und verwirrte Kathleen. Obwohl sie eigentlich gar nicht wollte, antwortete sie automatisch: «O'Hara, Kathleen O'Hara.» Fast hätte sie dem Mann noch die Hand gereicht, zog sie aber mit einer ruckartigen Bewegung zurück und verschränkte demonstrativ die Arme vor der Brust. Dann fragte sie in eisigem Tonfall: «Wo waren Sie denn vorgestern, als Ihr Enkel hier starb, Mister Newkewe?»

Seine Hand, mit der er sie hatte begrüssen wollen, war immer noch ausgestreckt. Jetzt zog er sie langsam zurück. «Mein Name ist, N'Ukebe, Madam, aber meine Freunde – die wenigen, die mir noch geblieben sind – nennen mich King George oder einfach George», sagte er mit bewundernswerter Ruhe.

«Ich bin aber nicht Ihr Freund, Mister, und werde es wohl kaum werden», antwortete Kathleen giftig.

«Madam O'Hara, Sie kennen mich nicht. Bitte hören Sie mir nur eine kurze Weile zu – und dann urteilen Sie über mich.»

Kathleen fühlte sich hin- und hergezogen zwischen Widerstreben und Neugier. Sie schwieg, und George N'Ukebe nahm es als Zeichen, seine Geschichte zu erzählen:

Vor langer Zeit sei er ein sehr bekannter Schreinermeister mit eigenem kleinem Betrieb gewesen und habe viele noble Kunden gehabt – weisse Kunden, wie er nicht ohne Stolz betonte. Er habe mit seiner Frau und seinen Kindern in der Nähe der grossen Stadt gelebt. Alle seien glücklich gewesen, auch die beiden Zwillinge, die Enkel, die ihm schliesslich geschenkt wurden. Bis sich alles änderte. Bis die «böse Krankheit» über sie hereinbrach, wie man sie am Anfang noch bezeichnete und wie er sie noch immer nenne, weil das Wort Aids so harmlos klinge. Alle seine Angehörigen seien krank geworden.

Als seine weissen Kunden erfuhren, dass seine Familie an der «bösen Krankheit» litt, und es nicht mehr geheimzuhalten war, weil sein ältester Sohn als Erster starb, da durften er und seine Familie nicht mehr in der Wohngegend bei den Siedlungen der

Weissen bleiben. Sie wurden vertrieben, immer weiter weg, bis sie am Schluss in die Slums ziehen mussten.

Er hatte kein Auskommen mehr, denn die Schreinerei hatte man ihm weggenommen. Und selbst als er mit einfachsten Mitteln versuchte, Tische und Stühle herzustellen, kaufte sie niemand, denn im Elendsviertel konnte sich niemand die Möbel von George N'Ukebe leisten. Die meisten Menschen hatten nicht einmal genug zu essen oder ein Dach über dem Kopf.

Selbst in den Slums begann man sie zu meiden. Die Menschen hatten eine panische Angst, sich anzustecken. Man glaubte, dass sich die «böse Krankheit» durch die Luft verbreitete. Niemand half ihnen. Die Menschen hatten sogar Angst, mit ihnen zu sprechen, denn sie waren überzeugt, dass böse Geister und Dämonen die Krankheit hervorriefen und dass man alle Infizierten meiden müsse. Manchmal warf man auch Steine nach ihnen, um sie auf Abstand zu halten. Also zogen sie immer tiefer in die Slums, dorthin, wo es nichts ausser Müll, Dreck und Ratten gab. Wenige Jahre nur habe das Virus gebraucht, um seine Familie wegzuraffen: seine Frau, seine drei Söhne, seine Tochter, ihren Mann und einen der Enkel. Alle starben – bis auf Lukas.

King George hatte die Tragödie in einer fast stoischen Art und Weise erzählt, die Kathleen erschaudern liess. Dann fuhr er fort: «In unseren Gesellschaften bist du nichts wert ohne Ehefrau und ohne Geld. Niemand hört auf dich, du *bist* einfach nicht ohne eine Familie. Die grösste Scham ist es, wenn du es nicht schaffst, dich um deine Familie zu kümmern.» Er sah Kathleen mit traurigen Augen an. «Und ich habe es nicht geschafft, meine Familie zu retten – die grösste Schande überhaupt. Als Ältester und Einziger habe ich überlebt, und Gott ist mein Zeuge, Madam O'Hara: Jedes Mal, wenn jemand aus meiner Familie krank wurde, habe ich den Herrgott angefleht, er möge mich anstelle meines Angehörigen nehmen und meine Familie am Leben lassen. Es hat nichts genutzt. Gott hat geschwiegen.»

Als er weitersprach, untermalte ein weinerlicher Ton seine Worte: «Sehen Sie, Madam O'Hara, ich weiss, es ist in Ihren Augen unverzeihlich, dass ich nicht an Lukas' Seite war in seinen letzten Stunden, doch ich hatte nicht mehr die Kraft, meinen letzten Verwandten, den allerletzten Teil meiner selbst, sterben zu sehen. Gott möge mir vergeben, aber ich hatte einfach nicht mehr die Kraft dazu.» Mit zitternden Händen nahm er ein Taschentuch aus seiner Westentasche, trocknete sich die Augen und steckte das Tuch zurück an seinen Platz. Dann berührte er Kathleens Arm und sagte: «Niemand auf dieser Welt sollte alleine und ungeliebt sterben müssen – deshalb danke ich Ihnen und Doktor Campbell, dass sie bei Lukas waren und ihm ein klein wenig Liebe und Trost am Ende seines Weges gaben.»

Kathleen war unfähig, sich zu bewegen oder irgendetwas zu sagen.

«Ich muss jetzt gehen, Madam O'Hara. Bitte danken Sie Doktor Campbell in meinem Namen», dann drehte sich King George um und schritt auf das grosse Eisentor zu.

«Mister N'Ukebe!» Kathleen war aus ihrer Erstarrung erwacht und ihm nachgelaufen. Jetzt streckte sie ihm ihre Hand entgegen. «Ich möchte Sie um Verzeihung bitten – und ich wäre sehr stolz, Sie ‹George› nennen zu dürfen.» Sie lächelte ihn ungekünstelt an.

Dankbar schüttelte er ihre Hand. Dann ging er erhobenen Hauptes den Sandweg entlang, bis er irgendwann zwischen den Hütten aus Kathleens Blickfeld verschwand.

Im Hof wartete Daniel. Er schien sich nicht über ihre Rückkehr zu wundern, fragte lediglich, ob sie durstig sei. Als er sich auf ihr Nicken hin auf den Weg machte, um ein Glas Wasser zu holen, bemerkte Kathleen, dass er stärker humpelte als bei ihrer ersten Ankunft und dass er das rechte Bein schleifend hinter sich herzog. Sie rief ihm nach, er solle sein Bein von Chris untersuchen lassen. Lachend antwortete er: «Machen Sie sich keine Sorgen, Mam. Wird schon werden.»

Sie mochte den Jungen immer mehr. Er war so sympathisch, so jung und so voller Leben.

John wird es wissen

*Der Jupiter hat genau die richtige Grösse und Masse,
um der Erde gefährlich werdende Himmelskörper abzulenken.
Andernfalls wäre Leben auf der Erde kaum möglich.*

Lundegard hatte den ganzen Tag nach dem vermaledeiten Fehler im System gesucht, aber nichts, absolut nichts dergleichen gefunden. Gerade als er sich vor der Hauptkonsole platzieren wollte, verstummte das System – kein Piepsen mehr. Stumm starrten ihn die Monitore an. Zum Kuckuck, dachte er, irgendwo muss sich ein Problem eingeschlichen haben, aber wo?

Er war todmüde und gähnte in einer Tour. Vorwurfsvoll starrte er nochmals die leise surrenden Monitore und die unzähligen Messgeräte an, dann stand er mit einem energischen Klatsch auf die Tischplatte auf, ging in sein Zimmer und legte sich schlafen.

Der «Defekt» liess Lundegard in den folgenden Tagen keine Ruhe. Wie besessen suchte er, um die Lösung des Problems zu finden. Doch die Monitore blieben stumm. Kein einziger Neutrinoeinschlag mehr. Nach eineinhalb Wochen war er so zermürbt, dass er beschloss, das CERN zu kontaktieren und SOS zu signalisieren: Die sollten ihn von hier abholen! Das ganze System tauge wohl nichts – und seine eigene Theorie genauso wenig.

Nun, eigentlich war es ja gar nicht seine Theorie, sondern die von Fritz Zwicky. Ja genau, dieser blöde Schweizer hatte sich damals irgendeinen Humbug ausgedacht, der einfach nichts taugte. Kommt Zeit, kommt Rat, dachte sich Lundegard, um den Nobelpreis nicht gänzlich an den Nagel hängen zu müssen; er, Lundegard, würde sich Zeit nehmen und eine neue Theorie finden.

Er schaltete den Satelliten-Uplink ein, um Kontakt mit dem CERN herzustellen – und im selben Augenblick erwachten die

Monitore zu neuem Leben. Pling …, pling …, plong …, pling …, plong …

Massenhaft und in irrwitziger Abfolge detektierte das System die Neutrinoeinschläge. Lundegard war baff.

Hä? So viele Neutrinos – in so kurzer Zeit? Unmöglich!

Das System zeichnete alles auf. Lundegard sah die Zahlen über den Monitor huschen, während das System automatisch die Einschläge und deren Rhythmus nach allen bekannten Binär-Codes durchforstete:

```
11010100010110101100111010100010011010110110
01110101000101110110101000101101011001110101
00010011010110110011101010001011101101010001
01101011001110101000100110101101100111010100
01011101101010001011010110011101010001001101
01101100111010100010111011010100010110101100
11101010001001101011011001110101000101110110
10100010110101100111010100010011010110110011
10101000101110110101000101101011001110101000
1001101011011001110101000101110 …
```

Stundenlang huschten die Einser und Nullen über die Monitore, doch das System war nicht in der Lage, irgendetwas zu dechiffrieren. Die Abfolge der Einser und Nullen, die über den Monitor huschten, waren kein Code, den das System in der Lage war zu analysieren. Es schien sich doch um einen Zufall zu handeln.

Lundegard wunderte sich zwar immer noch über die unglaubliche Frequenz der Neutrinoeinschläge, doch er dachte in der Zwischenzeit, dass es sich wohl um ein Phänomen handeln musste, wenn auch um ein extrem seltenes. Irgendetwas, das zwar nach einem Schema und Code aussah, aber nichts weiter als eine Laune der Natur war.

Dann obsiegte sein Geist als Wissenschaftler: Verdammt, das ist zu seltsam. Und endlich hatte er *die* Idee: John!

Sein alter Kumpel John Shepherd – klar, vielleicht würde er etwas damit anfangen können. John war ein merkwürdiger Kauz und Workaholic, der rund um die Uhr arbeitete, ein verrückter

Kerl. Bei dem Gedanken an seinen Spezi musste Lundegard grinsen, denn John gehörte zu den sprunghaften Geistern, die nie – oder zumindest lange nicht – wussten, was sie in ihrem Leben machen wollten: Er hatte mal Theologie studiert, dann abgebrochen, weil es ihm nun doch «zu öde und idiotisch sei, irgendwelchen Hirngespinsten nachzuhängen». Dann hatte er Medizin zu studieren begonnen, fand es aber ätzend, sich «immer bloss Innereien anzuschauen» (O-Ton Shepherd). Danach hatte er sich ein Ökonomie-Studium «reingezogen und abgeschlossen», wie er es ausdrückte, um dann an der Business-School den angehenden Jungmanagern die «Geheimnisse des Kohlemachens» zu erklären. Das letzte Mal, als sie sich getroffen hatten und gemeinsam auf eine Sauftour durch die Studentenpubs von Boston und Cambridge zogen, hatte John auf die Frage: «Warum Ökonomie und nicht Medizin?», mit seinem breitesten Grinsen geantwortet: «Die Mädels, Lundegard, die Mädels … Du kannst dir nicht vorstellen, was die alles tun, um Karriere zu machen.» Und: «Die in der Medizin – Jesus, langweiligere Frauen gibt es gar nicht.»

Lundegard hatte bis heute nicht durchschaut, ob er das ernst gemeint hatte oder nicht. Na, egal. Er startete das Chatprogramm. Hatte er es doch vermutet: John war online.

> lundg@cern.net:	John, was ist? Schlaflose Nächte?
> shep.j@hbs.edu:	Hi, Lundegard. Was machen denn die Eisbären?
> lundg@cern.net:	Keine Zeit für alberne Spässe, John. Kannst du was für mich anschauen?
> shep.j@hbs.edu:	Klar, was denn? Ist deine Freundin mit einem Eskimo durchgebrannt? ☺
> lundg@cern.net:	Wie gesagt, John, echt keine Zeit für Scherze. ☹ Ich schick dir was.
> shep.j@hbs.edu:	Okey dokey, Junge, leg los! ☺

Lundegard zog das File in den Browser. Keine zwanzig Kilobytes gross. Der Download dauerte bloss ein paar Sekunden.

> lundg@cern.net: Und? Hast du's?

> shep.j@hbs.edu: Wart mal, muss es schnell runterziehen … O.k., da ist es schon.

> lundg@cern.net: Schau's dir an, ich hol mir schnell 'nen Kaffee.

> shep.j@hbs.edu: Was soll das denn sein?

> lundg@cern.net: Ach, wahrscheinlich bloss Datenschrott. Oder hast du sonst 'ne Idee?

> shep.j@hbs.edu: Gib mir ein paar Minuten. Ich meld mich dann.

Im Wilden Westen

Es genügt nicht, zum Fluss zu kommen
mit dem Wunsch, Fische zu fangen.
Du musst auch das Netz mitbringen.
(Aus China)

Kathleen sass unter dem grossen Baum im Hof, als Chris endlich auftauchte. King George war längst gegangen, und ausser dem Zirpen der Grillen war es ruhig im Center. Daniel hatte sich auf sein Zimmer verzogen. Sie war so tief in ihre Gedanken versunken, dass sie Chris erst bemerkte, als er schon vor ihr stand.

«Was machst du denn noch hier? Ich dachte, du seist abgeflogen?» Seine Stimme klang nicht so erstaunt, wie sie erwartet hätte.

Sie zögerte einen Moment, dann fasste sie sich ein Herz und fragte: «Kann ich hierbleiben? Ich meine, eine Weile?»

«Du? Was ist denn in dich gefahren? Ich dachte, das sei nicht deine Welt, Kathleen O'Hara.»

«Du hast es doch selbst gesagt: Wessen Welt ist das schon?»

«Ja, das hab ich gesagt. Es sollte niemandes Welt sein hier», er machte mit seinem Arm eine kreisende Bewegung, um seine Worte zu unterstreichen. «Aber du, Kathleen … Es sind doch Menschen aus deinem Milieu, die sich einen Dreck drum kümmern, was hier passiert», er stiess die Worte mit hörbarem Ärger aus und hob seine Hand, um anzudeuten, dass sie schweigen solle. «Du hast es doch mit deinen eigenen Augen gesehen, wie der Kleine krepiert ist, Kathleen, oder nicht?» Er wollte gar keine Antwort haben und steigerte sich immer mehr in seinen Zorn hinein. «Findest du das in Ordnung, frage ich dich? Findest du es in Ordnung, dass Kinder wie Lukas nicht den Hauch einer Chance auf ein würdiges Leben haben? Und warum scheren sich Menschen wie du, die die Möglichkeiten hätten, etwas dagegen zu tun, einen Scheissdreck um die Menschen hier und anderswo?»

Kathleen hatte den Kopf schweigend gesenkt, nun stand

sie auf, machte einen Schritt auf ihn zu und stammelte: «Aber ich ..., ich wollte doch ...»

«Was wolltest du? Wollest du mal ein Abenteuer erleben und schauen, wie es so ist? Wolltest du dich mal weiterbilden? Sag mir nicht, du wolltest mal sehen, wie es ist, wenn ein Kind elendiglich stirbt!» Er hatte sie mit beiden Händen an den Oberarmen gepackt und zog sie ganz nah an sich heran. Als er weitersprach, tat er es auf einmal leise, eindringlich und eiskalt: «Der Kleine hätte eine Chance verdient gehabt, wie alle Menschen hier. Aber sie haben keine, Kathleen, denn ihr gebt ihnen keine Chance!» Dann liess er sie los und trat einen Schritt zurück. Verbittert und müde fuhr er fort: «Es sind Menschen, Menschen wie du und ich. Menschen mit Wünschen und Träumen, gute und schlechte Menschen, mit allen Fehlern und Freuden. Sie sind kein Material für Statistiken, keine ökonomischen Nicht-Faktoren, keine Ausschussware. Man darf sie nicht einfach ignorieren oder vergessen.» Er schaute sie durchdringend an. «Aber das interessiert dich ohnehin nicht. Geh zurück in deine Welt, Kathleen O'Hara, und ignoriere auch für den Rest deines Lebens, was ...»

«Ich werde sterben, Chris», unterbrach sie ihn.

«Eines Tages müssen wir alle sterben.» Er winkte mit der Hand ab und schien den Satz völlig falsch verstanden zu haben.

«Pankreaskrebs, Phase vier», erläuterte sie bündig. «Dir als Arzt brauche ich ja nicht zu erklären, was das heisst.»

Sie konnte ihm jetzt seine Betroffenheit ansehen. Als er zum Sprechen ansetzte, legte sie ihre Hand sanft auf seine Lippen. «Bitte, Chris.» Ihre Augen füllten sich gegen ihren Willen mit Tränen und verrieten ihre Gefühle. «Ich habe sonst niemanden. Bitte, Chris! Ich möchte nicht alleine sterben.»

Er schwieg. Endlose Sekunden standen sie mitten im Hof und schauten einander in die Augen. Wäre die Umgebung illustrer gewesen, hätte man annehmen können, ein Liebespaar habe sich just in diesem Moment geküsst und schaute sich nun verliebt in die Augen.

Chris war innerlich verunsichert. Das ist nicht fair, sinnierte er. Soll ich ...? Dann rang er sich zu einer Antwort durch:

«Okay, bleib, wenn du willst. Nein, bedanke dich nicht.» Dann wandte er sich zum Gehen und sagte mit einem merkwürdigen Klang in der Stimme: «Ich zeige dir später, wo du dich einrichten kannst. Beschäftige dich in der Zwischenzeit selbst, ja?»

«Chris?»

«Was?»

«Danke.»

«Ich habe doch gesagt, du sollst dich nicht bei mir bedanken», brummte er im Gehen. «Wenn du wüsstest …», die letzten Worte waren so leise, dass Kathleen sie nicht mehr verstand.

Sie setzte sich unter die Veranda und wartete. Die Wärme der Morgensonne jagte Dampfschwaden der nächtlichen Feuchtigkeit in die Luft und erinnerte Kathleen an den Morgennebel um diese Jahreszeit in New York. Allerdings war die Assoziation hier eher fehl am Platz. Sie nahm die Umgebung nun bei vollem Tageslicht wahr, erhob sich und schlenderte durch das Gelände.

Das Center war aus Steinen gebaut. Die flachen Gebäude waren u-förmig um den Innenhof angeordnet. Kathleen blieb stehen und schaute auf das kleine, verwitterte Schild an der Wand, das offenbar vor langer Zeit dorthin gehängt worden war. Dennoch war der Satz, der in roter Farbe darauf stand, noch deutlich zu lesen:

Wer ein einziges Menschenleben rettet, rettet die ganze Menschheit.

Ja, wer's glaubt, wird selig!, dachte Kathleen. So ein Schwachsinn!

Angewidert wandte sie sich ab in Richtung des Tors und drehte sich einmal um ihre eigene Achse, als wollte sie alles mit einer imaginären Kamera filmen.

Filmen! Sie musste unweigerlich an einen alten Wildwestfilm denken. Sie verharrte, dann wusste sie auch, weshalb: Das Center erinnerte sie an ein Fort eines altmodischen Westerns.

Sie kicherte wie irr bei dem Gedanken. Ja genau, ein Fort! Sie war die Gute, und draussen vor dem Tor lauerten die bösen Indianer. Yippie yeah, lass uns noch ein paar dieser dreckigen

Rothäute abknallen, John Wayne! Sie stellte sich breitbeinig in Pose, als imitierte sie den typischen Westernhelden.

Auf einmal waren die Übelkeit und der dumpfe Schmerz wieder da. Sie lehnte sich an einen grossen Baum, um nicht umzufallen, und versuchte, ruhig zu atmen und die Angst zurückzudrängen. Trotz der Hitze fühlte sie den kalten Schweiss auf ihrer Stirn.

Nach ein paar Minuten hatte sie sich wieder im Griff. Sie schämte sich vor sich selbst. Schrecklich, ich werde tatsächlich verrückt! Das ist kein Fort, Kathleen, und du bist nicht John Wayne. Du hast bloss Krebs und wirst bald tot sein, und wenn du dich wie eine Psychopathin benimmst, wird dich Chris wegschicken, und dann kannst du ganz alleine dein Leben aushauchen, ohne eine Menschenseele bei dir. Also reiss dich zusammen, Kathleen O'Hara.

Ihr Atem wurde regelmässiger, sie wischte sich den Schweiss von der Stirn und liess ihren Blick erneut über den Innenhof schweifen.

Eine Insel – ja, dieser Vergleich schien ihr passender. Chris hat eine Insel aufgebaut, und draussen tobt das Meer.

Ihre Gedanken kreisten um diese Metapher, aber dann schossen ihr wieder die grässlichen Bilder durch den Kopf, die sie gesehen hatte: die ärmlichen Menschen, die Kinder, der Gestank, das Elend … Ein Meer des Elends – das ist es. Ein Meer der Hoffnungslosigkeit schwappte gegen das Tor, ein Tsunami aus Blut, Kotze, Pisse und …

Die Stimme schreckte Kathleen aus ihren Gedanken hoch, und sie war fürs Erste ausgesprochen dankbar dafür. Doch einen Atemzug später glaubte sie, sich verhört zu haben, und fragte ungläubig: «Was hast du gesagt? Sorry, ich war ganz in Gedanken.»

Die Kleine stand wieder direkt hinter ihr, hatte sie am T-Shirt gezupft und wiederholte ihre Frage.

Und wenn es ihn nicht gibt?

Ce qui fait la beauté des choses est invisible.
(Antoine de Saint-Exupéry)

«Hast du Angst vor dem Tod?» Die Frage klang unbekümmert.

«Was soll das, Kleine?» Kathleens Antwort fiel wütender als gewollt aus. Insgeheim räsonierte sie: Soll ich etwa mit dieser Rotznase über den Tod diskutieren?

«Jeder hat Angst vor dem Sterben», sie beugte sich zu Marie hinunter. «Du etwa nicht?»

«Nein.»

Die Kleine ist doch nicht so hell, wie ich dachte, überlegte Kathleen. Sie hat ja keine Ahnung, wovon sie redet. Aber irgendetwas ist an ihr.

«So, so, du hast also keine Angst. Und warum nicht, wenn man fragen darf?»

«Weil ...», Marie suchte offenbar nach den richtigen Worten. «Hast du Angst vor dem Schlafengehen, Kathy?»

«Ach, das ist doch nicht dasselbe», antwortete Kathleen barsch, aber Marie insistierte weiter.

«Warum hast du Angst vor dem Tod, Kathy?»

«Weil ich dann nicht mehr bin. Nicht mehr sein werde. Nicht mehr atme, esse, denke, mich bewege und so weiter.»

«Aber du isst und denkst doch auch nicht, wenn du schläfst.»

«Ich weiss aber, dass ich wieder aufwachen werde.»

«Warum weisst du das?»

«Weil ich bis jetzt immer aufgewacht bin.»

«Na, ist doch klar, wenn du nicht aufgewacht wärst, würdest du jetzt nicht hier sitzen.» Marie grinste.

«Ach komm, lass mich in Ruhe! Der Tod ist eben endgültig, da wacht man nicht mehr auf.»

«Das kannst du doch gar nicht wissen – oder warst du schon mal tot?» Das Mädchen schaute sie ernsthaft an, und

Kathleen sah ihrer Miene an, dass sie die Frage wirklich ernst meinte.«Nein, das nicht, aber ... Quatsch, natürlich war ich noch nie tot, oder?»

Marie liess ihr keine Zeit zum Überlegen.

«Was also soll denn schon so schlimm sein am Tod, Kathy?»

«Na eben ... – mein Gott, dass man eben nicht mehr ist.»

Marie kicherte.

«Was gibt's da zu lachen?», fragte Kathleen ungehalten.

«Du hast ‹mein Gott› gesagt, aber du glaubst gar nicht an ihn.» Sie kicherte weiter und fand das offensichtlich sehr lustig.

«Ach, Kleine, ich wünschte, ich wäre wie du», flüsterte Kathleen, doch Maries Ohren entging es nicht.

Marie schaute nun ernst drein. «Wie bin ich denn?»

«Na, so ..., wie soll ich dies nun wieder sagen, ... so naiv, nein, nicht naiv.»

«Naaif? Was heisst das?»

«Zum Beispiel, wenn man Dinge glaubt, die nicht wahr sind.»

«Ah, wenn man an Gott glaubt, meinst du?»

«Hmm, so in etwa. Ich weiss nicht, ob man unbedingt Gott als Beispiel nehmen sollte.»

«Aber dann sind ja ganz, ganz viele Menschen naaif.»

«Vielleicht weniger, als es gut wäre.»

Marie zog eine kleine Schnute und schien zu überlegen. «Hey, Kathy, lass uns ein Spiel spielen», schlug sie vor.

«Oh, mein Go... Ich meine, meine Güte, nein, ich habe echt keine Lust auf Spiele.»

«Och, komm, Kathy, sein kein Spielverderber. Es dauert auch nicht lange – versprochen!»

Marie schaute sie mit ihren grossen Kulleraugen an, wie ein kleiner Hund, wie ein niedlicher Welpe mir grossen, bettelnden Augen, sodass Kathleen nicht widerstehen konnte.

«Also gut, aber nur ganz kurz.»

«Oh ja, prima!»

«Also, wie geht das Spiel?»

«Also, das Spiel heisst: Es gibt keinen Gott.»

«Hä, was soll denn das für ein Spiel sein?» Kathleen hatte ihre

Stirn in Falten gelegt, aber um die Sache abzukürzen, drängte sie: «Na gut, Marie: Es gibt also keinen Gott. Und was nun?»

«Jetzt sind wir tot.»

«Was?»

«Ja, jetzt sind wir tot.»

«Und?»

«Fühlst du was?», fragte Marie treuherzig.

«Blödes Spiel», zischte Kathleen.

«Kathy, du musst dich schon etwas anstrengen bei dem Spiel», rügte Marie sie gutmütig. «Also, fühlst du was?»

«Schei…», sie biss sich auf die Lippen, «was soll ich denn fühlen?»

«Na nichts!» Die Kleine grinste über das ganze Gesicht.

«Nichts?»

«Ja, wie im tiefen Schlaf. Eben nichts. Keine Angst, keine Schmerzen, keinen Hunger, keinen Durst – nichts, überhaupt nichts!» Marie lächelte sie unschuldig an. Dann verkündete sie: «Ich geh jetzt spielen.» Auf zwei Riesenschritte folgten vier kleine Tapser, bei denen sie jeweils die Ferse des einen Fusses vor die Spitze des anderen setzte. Nach ein paar Hopsern blieb sie stehen. Sie schien etwas vergessen zu haben. «Kathy?», sagte sie.

«Ja?»

«Und nun stell dir vor: *Es gibt Gott!*» Dann setzte sie ihren Weg fort. Bevor sie vollends um die Ecke verschwand, hielt sie noch einmal inne und rief: «Das kann doch nur noch besser sein, hi, hi!»

Und was führt Sie hierher?

Was die Ebbe nimmt, bringt die Flut wieder.
(Aus Afrika)

«Ich möchte dir jemanden vorstellen. Hast du Lust, ihn kennenzulernen?»

«Oh, das klingt ja spannend. Wen denn?»

«Du wirst schon sehen.» Ein Lächeln huschte über Chris' Gesicht – es erinnerte Kathleen an den jungen Arzt, der er einst war –, doch sogleich wurden seine Züge wieder hart.

Sie gingen über den grossen Platz, in dessen Mitte eine mächtige Eiche wuchs. Um diese Zeit war nicht mehr viel los. Die meisten ambulanten Patienten waren gegangen, und die Kinder hielten ihren Mittagsschlaf. Auch heute herrschte wieder eine brütende Hitze, die Luft war drückend schwül und lastete bleischwer auf den Wellblechdächern der Hütten.

Der Mann sass im Schatten der Veranda.

«John, dürfen wir Sie stören?» Chris deutete auf Kathleen. «Ich möchte Ihnen Kathleen O'Hara vorstellen, eine gute Freundin aus Amerika, die hier für eine Weile zu Besuch ist.»

«Misses O'Hara. Es ist mir eine grosse Ehre. Niemals hätte ich mir träumen lassen, dass ich sie persönlich kennenlernen würde.» Der Mann erhob sich langsam aus seinem Sessel und kam, ein wenig hinkend, jedoch um aufrechte Haltung bemüht, auf sie zu.

Kathleen hatte automatisch ihre Hand ausgestreckt, die der Mann mit einem warmen, kräftigen, doch nicht zu festen Griff umfasste, andeutungsweise schüttelte und dann, nach alter Gentleman-Manier, mit einer elegant angedeuteten Verbeugung küsste, ohne sie mit seinen Lippen zu berühren.

Kathleen kannte diese Geste nur vom Fernsehen oder aus alten Hollywoodfilmen und hätte sie am allerwenigsten hier, an einem Ort wie diesem, erwartet. Sie schaute sich den würdevollen Herrn genauer an: Er musste Mitte vierzig sein, ging vielleicht sogar auf die fünfzig zu, doch sein Gesicht wies kaum Falten auf, er machte einen jugendlichen Eindruck. Das kurze, schwarze Kraushaar wurde nur von einigen grauen Locken durchzogen. Er ist auf eine vereinnehmende Art sehr attraktiv, dachte Kathleen.

«Darf ich mich vorstellen, Madam», sagte der Mann mit einer tiefen, warmen Stimme und mit einer Aussprache und Gewandtheit, wie sie heutzutage wohl nur noch am britischen Königshof zu hören war. «Ich bin John K. Sawimbi», und erneut deutete er eine leichte Verbeugung mit dem Oberkörper an.

«Sie kennen mich?», fragte Kathleen erstaunt.

«John ist einer der bekanntesten Journalisten Afrikas», erklärte Chris, bevor dieser selbst antworten konnte.

«War. Das war ich einmal, Chris.» Er schaute nachdenklich, fast traurig durch seine feinen Brillengläser und murmelte laut genug, dass man es noch hören konnte. «Das ist lange her.» Er deutete ein Lächeln an. «Und der Superlativ ist auch leicht übertrieben, *Doktor* Campbell.» Mit einem flinken Augenzwinkern klopfte er auf Chris' Schulter. «Aber ein ganz guter Journalist war ich schon.»

«John, Sie untertreiben wie immer, und ich habe Ihnen schon tausendmal untersagt, mich ‹Doktor› zu titulieren.» Mit einem Seitenblick auf Kathleen beendete er seinen Widerspruch: «Ein richtiger Arzt bin ich schon lange nicht mehr.»

«Also gut, Chris, ich nenne Sie so, wie Sie es wünschen, aber nur wenn Sie nie wieder in meiner Gegenwart sagen, Sie seien kein Arzt mehr.» Und zu Kathleen gewandt: «Chris ist der beste Arzt, den man sich überhaupt vorstellen kann.»

«Ich denke, da hat Mister Sawimbi recht.» Die Antwort kam ihr irgendwie verlogen vor, aber sie war ihr einfach über die Lippen entwichen.

«Also gut, was immer ihr meint. Ich lasse euch eine Weile alleine, wenn's recht ist, denn ich habe noch viel zu tun.» Dann ging er davon.

«Leider kann ich Ihnen nicht gerade viel anbieten, Misses O'Hara», er sah sich um, «wie Sie sehen, bin ich zurzeit leider etwas indisponiert.»

«Das ist schon in Ordnung, Mister Sawimbi.»

Sie setzten sich unter die Veranda in den Schatten, wo John bereits vorher seine Mittagsruhe gehalten hatte.

«Also, so eine Freude, so eine Ehre.» Er schaute sie an, als wollte er sich versichern, dass er keiner Fata Morgana erlegen sei. «Die grosse Kathleen O'Hara, hier bei uns, hier mit mir auf einer Veranda, mitten in Afrika …» Er konnte die Tatsache offenbar nur schwerlich fassen.

Kathleen winkte etwas müde ab. «Ach, lassen Sie das bitte, Mister Sawimbi, ich bin nicht die, für die Sie mich halten», sie schaute auf das Laub des Baumes und murmelte fast unhörbar, «nicht mehr zumindest …, nicht mehr lange.» Sie bemerkte den erstaunten Blick ihres Gegenübers und schob schnell und etwas verlegen nach: «Entschuldigen Sie, Mister Sawimbi. Was führt Sie denn hierher an diesen Ort?»

«John. Bitte machen Sie mir die Freude und nennen Sie mich John.»

«Sehr gerne; ich bin Kathleen.» Sie nickte ihm zu. «Also, John, warum sind Sie hier?»

«Um zu sterben.»

Betretenes Schweigen, minutenlang. Ein endgültigeres Thema gibt es nicht.

«Und was führt Sie hierher, Kathleen?»

«Dasselbe wie Sie, John: der Tod.»

Um sie herum war es sehr still. Nur ein leichter Wind bewegte die Baumkronen der mächtigen Eiche und verursachte ein sanftes Rauschen. Wenn man die Augen schloss, hätte man sich der Illusion hingeben können, man höre Meeresrauschen, wie von einer fernen Brandung. Genau so ein Rauschen, das Erinnerungen und Sehnsüchte im Menschen wachrief und das Leben verhiess.

Keiner der beiden wagte diesen Augenblick zu brechen, keiner wollte, dass sich dieser kurze Moment der Illusion verflüchtigen solle.

Schliesslich fand John Sawimbi zuerst in die Realität zurück. Seine Frage klang wie ein Fanal: «Warum hier?»

Die Frage hing zäh in der feucht-heissen Luft, eine ganze Weile, dann war der Bann gebrochen.

«Können Sie sich einen besseren Ort vorstellen als diesen?»

«Wenn ich an Ihrer Stelle wäre: ganz gewiss. Tausend bessere Orte.»

«Weshalb? Ist der Tod nicht überall derselbe?»

«Der Tod vielleicht schon», er beugte sich etwas zu ihr vor, nahm seine Brille ab und flüsterte, «aber das Sterben wohl kaum, Kathleen.»

«Dasselbe dachte ich auch. Noch vor ein paar Tagen hätte ich Ihnen ohne Zögern zugestimmt, John. Jetzt allerdings bin ich nicht mehr dieser Meinung. Nein, ich denke, man sollte das Sterben nicht über sich ergehen lassen.» Sie suchte die richtigen Worte. «Man muss – wie soll ich das ausdrücken? – an ihm teilhaben.»

«Teilhaben? Am Sterben? So ein Unsinn! Entschuldigen Sie meine Gereiztheit, meine Liebe, aber für Sie ist es leicht dahingesagt. Sie sind ja nicht krank, leben nicht hier; Sie schauen sich alles an und fliegen bald wieder erster Klasse zurück. Was wissen Sie schon über den Tod und das Sterben, Kathleen?» Offenbar hatte er völlig missverstanden, warum sie hier war, und liess sie nicht einmal mehr zu Wort kommen. «Teilhaben am Sterben – wie das schon klingt. Haben wir etwa teil an der Geburt, Kathleen? Nein, und genauso wenig haben wir teil am Sterben. Es geschieht einfach, und es ist zum Kotzen. So ist das.» Beschämt senkte er den Kopf und setzte an, sich für sein Benehmen zu entschuldigen, doch Kathleen kam ihm zuvor.

«Sie haben mich missverstanden, John, ich bin zum Sterben hier, genau wie Sie.»

Erst das laute Lachen und Kreischen der Kinder, die einige Minuten später in den Innenhof rannten, hatte die eiskalte Stille gelöst.

«Wir sind beide Teil des Systems.»

«Von welchem System sprechen Sie, John?»

«Von dem der Unterdrückung, der Gier, der Selbstbefriedigung um jeden Preis, der Masslosigkeit, der Unmenschlichkeit – und von den Folgen, die daraus resultieren.» Er deutete auf einen imaginären Punkt jenseits der Mauern. «Von diesem System spreche ich, dem System des *Ungleichgewichtes.*»

«Kommen Sie schon, John, Sie sind ein gebildeter Mann, sie wollen mir doch jetzt nicht mit linkslastigem Teeniegeschwätz kommen?»

«Zum System gehört auch die Art von Zynismus, den Sie gerade zu Gesicht tragen, meine liebe Kathleen.»

«Blödsinn, gleich werden Sie noch behaupten, dass die bösen imperialen Kapitalisten schuld am Elend auf der Welt seien – speziell an der Not dieses Kontinentes –, und dass ich persönlich die Ursache dafür sei, dass die Kinder hier infiziert sind. Und zu guter Letzt werden Sie womöglich noch mir die Schuld geben, dass Sie selbst krank und zum Sterben verurteilt sind.» Kathleen versuchte, ihre harschen Worte mit einem Lächeln zu mildern, was ihr aber nicht recht gelang.

«Nein, ich selbst bin schuld, ein Teil der Sünde zu sein, Kathleen, ein Teil der Sünde, ja, genauso ist es. Ich bin schuld daran, dass ich Aids habe – mehr noch, als Sie sich vorstellen können.» Er schaute seine Hände an, als ob er dort eine Erklärung finden könnte. «Ich hatte schon gesagt, dass ich mich selbst auch als Teil der Schuldigen betrachte.»

«Mein Gott, John, nun quälen Sie sich doch nicht so. Die Probleme Afrikas hat weder ein Einzelner verschuldet, noch kann sie ein Einzelner lösen. Alle wissen, dass es eine Tragödie ist und ...», sie versuchte, versöhnliche Worte zu finden, «... alle wissen, dass gerade Afrika ein schweres Los gezogen hat.»

«Ha, hören Sie auf, Kathleen. Das Märchen von den ach so armen Afrikanern. Nein, nein, da kennen Sie mich schlecht. Ich selbst war immer einer der grössten Kritiker meiner Landsleute. Als Journalist habe ich es nicht verschwiegen, dass wir selbst auf diesem Kontinent eine riesige Schuld an unserem Schicksal tragen, eine Kardinalschuld, wenn Sie es vielleicht sogar theologisch betrachten möchten.»

«Aber ...»

«Lassen Sie mich bitte zu Ende sprechen, Kathleen. Auch wenn es meine eigenen Leute nicht zugeben würden und Leute wie Chris so was nicht schätzen, aber als Afrikaner sei es mir erlaubt, die Wahrheit zu sagen: Korruption wird Afrika zugrunde richten. Vor Jahrzehnten hätte man sie bekämpfen oder gar ausrotten können, jetzt ist es zu spät. Alle nehmen, alle zahlen, jede Gefälligkeit kostet, Korruption ist Teil unserer Kultur, unseres Alltags. Sie frisst uns auf. Allzu viele Afrikaner sind gierig und masslos, uns fehlen grundsätzliche Tugenden, um uns zu entwickeln. Fleiss, Pünktlichkeit oder gar Nächstenliebe sind Fremdwörter in Afrika. Voodoo wirkte einst, aber seitdem wir sein wollen wie der weisse Mann, fehlt uns der Schutz. Wir haben aufgehört zu lieben. Wenn du deine Familie zurücklässt, weil du sie nicht mehr ernähren kannst, wenn du jahrelang am Morgen aufwachst, ohne eine Zukunftsperspektive zu sehen, wenn jeder Tag wie der vorige ist, ein Morgen im Grunde nicht mehr existiert, dann beginnst du mit Frauen zu schlafen, nur um nicht mehr alleine zu sein oder einfach um alles für einen kurzen Augenblick zu vergessen. Denn wenn du um Essen, Kleidung und einen Platz zum Leben kämpfen musst, bleibt kein Platz für Liebe.» John klang erschöpft und resigniert. «Das ist die Wahrheit über Afrika, Kathleen.»

Sie hatte ihn bisher nicht unterbrochen, nur seinen Worten gelauscht. «Sie urteilen hart, John.»

«Mag sein, aber all das soll nicht darüber hinwegtäuschen, dass Sie selbst, Menschen mit Macht und Einfluss, sich nicht mit dem Gesagten reinwaschen dürfen. All das berechtigt Sie nicht dazu, sich von der Schuld freizusprechen, die Sie selbst auch tragen, meine liebe Kathleen.» Er erhob sich stöhnend und schaute sie mit einem traurigen Lächeln an. «Ich weiss, das alles klingt ziemlich moralisch und verbittert. Ich bin müde, bitte verzeihen Sie, ich muss mich eine Weile hinlegen und schlafen.»

«John», sie musste die Frage stellen, «glauben Sie …» Ihr Zögern war Beweis genug, dass sie die Frage kaum zu stellen wagte. «Glauben Sie, dass der Tod gerecht ist?»

«Dass der Tod gerecht ist?» Er lachte kurz und bitter. «Ha! Nein, nicht wenn es einen selbst betrifft.» Und nachdem er sich ein paar Schweissperlen von der Schläfe gewischt hatte: «Nun gut, man könnte andererseits auch sagen: Das einzig demokratisch Gerechte am Leben sei doch der Tod, ja. Da könnte man doch glatt gläubig werden und an einen Schöpfer glauben. Man stelle sich vor, es wäre möglich, unsterblich zu sein – wie in dem

Buch von Simone de Beauvoir. Schrecklicher Gedanke!»

«Sie haben es auch gelesen? Erst vor einigen Stunden habe ich verzweifelt nach dem Titel und dem Autor gesucht, und nun erwähnen Sie es wie zufällig.»

«Hab's vor vielen Jahren gelesen. Es war zu der Zeit Pflichtlektüre für all die Linken und Pseudointellektuellen, die was auf sich hielten.» Seine Miene verzerrte sich, als habe er Schmerzen. «Theoretisch hatte die gute Simone recht, aber nur theoretisch, denn in meiner jetzigen Situation würde ich alles darum geben, ewig zu leben. Aber wer würde das schon nicht tun?» Mit einem erschöpften Winken machte er sich auf den Weg in sein Zimmer.

«*Marie.* Marie würde nie um ein ewiges Erdenleben bitten», murmelte Kathleen, als John längst gegangen war.

Musik liegt in der Luft

Nutze die Talente, die du hast.
Die Wälder wären still,
wenn nur die begabtesten Vögel sängen.
(Henry van Dyke)

Marie spielte vor dem Tor. Mit einem kurzen Holzstock hatte sie Kreise und Quadrate in den Sand gezeichnet und hüpfte von einem Feld zum nächsten. Dabei sang und summte sie fröhlich eine Melodie. Dann wieder schien sie zu irgendeiner imaginären Musik zu tanzen. Auch die zirpenden Grillen trotzten der feuchten Mittagshitze, die in bleierner Schwere in der Luft hing und jeden Atemzug zur Qual werden liess.

Die meisten Menschen hatten sich in ihren elenden Baracken verkrochen. Kein Windstoss mischte die Luft auf. Es stank, es stank bestialisch. Eine undefinierbare Mischung aus Kot, Urin, Blut, verfaulten Früchten und Bananenschalen. Der Atem der Slums wurde von der schweren Decke aus feuchter, heisser Luft niedergehalten.

Der Gestank war jenseits dessen, was Kathleen je an anderen Orten der Welt gerochen hatte. Und er war allgegenwärtig.

«Nach einer Weile wirst du ihn nicht mehr riechen», hatte Chris kurz nach ihrer Ankunft gesagt. «Du wirst dich daran gewöhnen wie an eine verkehrsreiche Strasse dicht neben deinem Haus – oder wie an den Lärm, wenn du in der Abflugschneise von JFK wohnst. Nach einer Weile gewöhnt sich der Mensch an fast alles.»

Kathleen konnte diesem Trost wenig abgewinnen. Sie hatte nie an einer Autobahn oder im Bereich einer Flugzeuglandebahn gelebt, ausserdem konnte sie schlecht glauben, dass man sich je an diesen Gestank gewöhnte. In einem Punkt hatte Chris allerdings recht gehabt: Der Gestank verursachte bei ihr wenigstens kaum noch Übelkeit.

Kathleen beobachtete Marie eine Weile. Das Mädchen war

so in sein Spiel und seinen Tanz vertieft, dass es die Zuschauerin gar nicht bemerkte.

Weshalb ist sie so glücklich?, rätselte Kathleen wie schon oft. Sie weiss doch, dass sie sterben wird; Chris hat es ihr gesagt. Jeden Tag sieht sie Menschen, die hier zugrunde gehen. Und die meisten sind noch halbe Kinder.

«Hey, Marie», rief Kathleen der Kleinen zu.

Das Mädchen hielt beim Springen inne und blieb auf einem Bein stehen. «Hallo, Kathy!»

«Du tanzt ohne Musik?»

«Wieso sagst du das? Hörst du denn die Musik nicht? Sie liegt doch in der Luft, die um uns herum ist ..., zu *der* Musik!» Sie wiegte ihre Arme im Takt einer unhörbaren Melodie, um ihre Erläuterung zu unterstreichen.

Die Kleine scheint heute wieder etwas verwirrt zu sein, vermutete Kathleen. Wahrscheinlich war es eben doch zu viel für ein so junges Mädchen, zu wissen, dass es sterben würde, und deshalb ging die Fantasie mit ihr durch. Oder war das normal bei Kindern ihres Alters?

«Tanz doch einfach mit mir, Kathy», vernahm sie Maries Aufforderung. «Vielleicht hörst du die schöne Musik dann auch.»

Kathleen steckte die Hände in die Hosentaschen, um ihre Unsicherheit zu überspielen. «Marie, *welche* Musik? Da ist keine Musik.»

«Doch, ehrlich», Marie tanzte weiter und drehte sich mit in den Nacken gelegtem Kopf im Kreis, «du musst nur genau hinfühlen. Wenn du das tust, kannst du sie *hören*, die Musik.»

«Bullshit», Kathleen musste sich zusammenreissen, um nicht auszurasten.

Marie hörte mit dem Tanzen auf, nahm Kathleen bei der Hand und zog sie mit sich.

«Wohin willst du?» Kathleen stolperte hinter Marie her, die wie verrückt an ihrem Arm zog.

Kurz darauf standen sie in Chris' kleinem Büro. Auf dem Schreibtisch stand ein Transistorradio.

«Was soll das, Marie?», protestierte Kathleen. «Chris ist bestimmt verärgert, wenn wir uns einfach in seinem Zimmer zu schaffen machen.»

Doch die Kleine hatte schon das Gerät eingeschaltet und auf volle Lautstärke gedreht.

«I can get no satisfaction», krächzte es aus dem uralten Radio, und es klang, als hätte Mick Jagger eine Nacht durchgezecht. Sekunden später schwebte Mozarts «Kleine Nachtmusik» durch den Raum und wurde sofort von wilden afrikanischen Trommeln abgelöst.

Marie wollte schon weiter am Frequenzknopf drehen, aber Kathleen nahm nun das Radio mit einem entschlossenen Handgriff an sich und schaltete es aus. Dennoch tanzte die Kleine im Takt der unsichtbaren Musik weiter und hüpfte fröhlich summend aus dem Raum. Kathleen folgte ihr in den Hof.

«Siehst du, Kathy?», jubelte das Mädchen.

«Was soll ich sehen?»

«Dass die Augen nicht alles sehen können, was wichtig ist.» Marie hüpfte auf das grosse Tor zu, drehte sich mehrmals um ihre eigene Achse, breitete die Arme aus und sang: «… aber das Herz schon, das Herz kann es sehen.»

Glaubst an die Liebe?

Friendship marks a life even more deeply than love.
Love risks degenerating into obsession,
friendship is never anything but sharing.
(Elie Wiesel)

Sonntag. Der Vormittag war ruhig gewesen. Chris war offenbar auswärts, und Marie verbrachte die Zeit bei Daniel. Dem Jungen ging es schlecht, er klagte über schlimme Schmerzen im Bein.

Gegen Mittag fasste sich Kathleen ein Herz und schaute nach den beiden. Daniel schlief, während Marie seine Hand hielt.

«Wie geht es ihm?», fragte sie leise.

«Nicht gut. Onkel Chris ist in die Stadt gefahren, um andere Medikamente zu holen.»

«Ich bin draussen, wenn was ist.»

«Ist gut, Kathy.»

Sie schlenderte über den Innenhof und setzte sich auf den Schaukelstuhl, den King George inzwischen für Chris gezimmert hatte und der im Schatten des Baumes stand. Sie schloss die Augen. Drei Wochen war sie nun schon hier. Die Zeit war wie im Flug vergangen. Allmählich, zuerst mit allergrösster Überwindung, hatte sie sich an den Tagesablauf gewöhnt. Tagelang hatte sie nur im Center «herumgehangen». Inzwischen fühlte sie sich bemerkenswert gut, fast zu gut. Die Medikamente, die ihr Silverstone verschrieben hatte, schienen ihre Wirkung zu entfalten – eine Wirkung, die jedoch nicht lange anhalten würde, wie er erklärt hatte: keine Heilung, nur ein kurzer Zeitgewinn – er hatte das Adjektiv betont, als er ihr die Pillen in die Hand drückte. «Nutzen Sie die Zeit gut, Kathleen», hatte er ihr mit auf den Weg gegeben. Sie hatte damals nichts erwidert, hatte es für puren Zynismus gehalten. Angesichts ihres eigenen Endes und in Anbetracht dessen, was sie hier in Afrika erlebt hatte, war sie sich nicht mehr sicher, ob Silverstones «Rat» tatsächlich zynisch gemeint war.

Sie lehnte sich im Schaukelstuhl zurück und döste ein.

Das Klappen einer Autotür weckte sie auf. Chris machte eine dunkle Miene, als er mit einer Plastiktüte unter dem Arm aus dem Wagen stieg. Ein knappes Nicken in ihre Richtung, dann eilte er in Daniels Zimmer.

Als er wieder herauskam, setzte er sich neben sie, faltete seine Hände wie zum Gebet und starrte wortlos auf den Boden.

«Was hat der Junge eigentlich?», fragte Kathleen. «Kannst du ihm nicht helfen?»

«Nein, kann ich nicht», sagte er verbittert. «In NewYork oder sonst wo vielleicht, aber nicht hier. Inzwischen wäre es ohnehin zu spät; selbst wenn er einen Pass hätte, den er wohl nie bekäme, könnte er einen Transport nicht überleben.»

Soll ich es ihm nun sagen?, überlegte Kathleen. Ja, sag es ihm endlich, versuchte sie sich selbst zu überzeugen. Sie schaute ihn verstohlen von der Seite an. Seine dünnen Lippen, die zusammengekniffenen Augen, alles schien so hart an ihm zu sein.

Sie konnte sich nicht überwinden, liess stattdessen ihren Blick über die flachen Gebäude gleiten. «Wie finanzierst du das Ganze hier eigentlich?» Eine Sachfrage, typisch für dich, Kathleen O'Hara, dachte sie.

«Es gibt genügend Menschen mit einem schlechten Gewissen», knurrte er, ohne sie anzuschauen. «Ist es nicht beruhigend, zu Weihnachten ein paar Dollars zu spenden? Dann hat man es doch zumindest versucht.»

Nach einer Weile wagte sie einen neuen Anlauf: «Eigentlich weiss ich gar nichts von dir. Wo bist du aufgewachsen?»

«In Schottland.»

«Ein Highlander also», es sollte scherzhaft klingen.

«Kein Highlander. Kleines Kaff, Sherwood Crescent», gab er knapp Auskunft. «Kennt heute kein Schwein mehr unter dem Namen.»

Eine undefinierbare, dunkle Ahnung kroch in ihr hoch, deren Bedeutung sie jedoch nicht fassen konnte, eine Erinnerung, die flüchtig und tief im Unbewussten lag. Es hat nichts damit zu tun, wischte sie den Blitzgedanken weg, dennoch wollte das unheilvolle Gefühl nicht verschwinden. Ihre Stimme hatte den Klang rostigen Eisens, als sie fragte: «Und deine Eltern leben noch?»

«Sind beide gestorben. Unfall.»

«Oh, das tut mir leid.»

«Weshalb? Du hast sie doch gar nicht gekannt.»

«Schon …, aber das sagt man halt so.»

«Falsch!», sein Blick war so hart wie seine Stimme, «eben nicht. Man sollte das sagen, was man denkt, dann wäre die Welt ein besserer Ort.»

Dunkle Gewitterwolken waren aufgezogen, und das dumpfe Grollen kam rasch näher. Erst als die ersten Tropfen, hohl pochend, auf den Blechdächern aufschlugen, standen sie auf.

Die ganze Zeit hatte sie mit sich gerungen, ob sie es ihm sagen sollte. Nein, nein, ich kann nicht! Der Albtraum schien nicht mehr aufzuhören. Das würde er ihr nie im Leben verzeihen – ausser …

Die Frage kam über ihre Lippen, ohne dass sie es wollte: «Glaubst du an die Liebe, Chris?»

Er mied ihren Blick und antwortete nicht. Seine Lippen waren zusammengepresst, und ein fast unmerkliches Zucken umgab seine Augen.

Der Regen prasselte hernieder und durchnässte sie in kurzer Zeit, aber sie standen immer noch an derselben Stelle.

Chris trat näher an sie heran und sagte endlich: «Definiere Liebe.»

«Mann, was gibt es denn da zu definieren?» Ihre Brüste zeichneten sich nun durch die nasse Bluse deutlich ab. «Liebe ist Liebe. Jedes Kind weiss, was das heisst. Das muss man nicht definieren.»

«Nein, ich glaube nicht an die Liebe.»

«Warum nicht?»

Das Zucken um seine Mundwinkel war nun nicht mehr zu übersehen. Der Regen lief in Strömen über sein Gesicht. Er nahm es erleichtert, ja dankbar wahr, denn das Wasser vom Himmel vermischte sich mit seinen Tränen, sodass diese nicht zu sehen waren. Ein trauriger Zorn schwang mit in seiner Antwort: «Weil die Liebe infamer ist als der Tod.»

Moby Dick

Gewohnheit ist ein eisernes Hemd.
(Slowenisches Sprichwort)

Gespenstisch und stroboskophaft erhellten die Blitze den Raum, während der Regen wütend auf die Wellblechdächer donnerte.

Chris lag auf dem Bett und las «Moby Dick», eines seiner Lieblingsbücher. Schon in seiner Kindheit hatte ihm seine Mutter von diesem «riiiesigen Ungeheuer», wie sie es nannte, vorgelesen. Er sah sie noch vor sich, wie sie sich auf den Rand seines Bettes setzte und jeden Abend vor dem Einschlafen manchmal ein ganzes oder, wenn es schon zu spät war, ein halbes Kapitel der Geschichte las. Als wäre es erst gestern gewesen, erinnerte er sich sogar an das Gefühl, wie die eisige Angst seine Kehle zuschnürte, als seine Mutter ihm zum ersten Mal von Moby Dick erzählte. Erst später stellte er fest, dass ihre unheimliche Beschreibung zunächst so gar nicht mit dem Text des Buches übereinstimmte, denn sie erfand gerne ein paar Dinge hinzu und schmückte sie dann mit einer dramatisch klingenden Stimme aus. Mit ihrer Gabe als Vorleserin jagte sie ihm, ohne sich dessen bewusst zu sein, eine Gänsehaut über den Rücken.

Er war nun bei jener Passage angelangt, da der Wal das Schiff von Kapitän Ahab zum wiederholten Male attackierte. Mittlerweise war er zwar heftig harpuniert und verletzt, aber nicht so schwer verletzt, als dass er aufgegeben hätte oder gar sterben würde. Nein, Moby Dick griff das Schiff von unten an und versenkte es. An dieser Stelle hatte seine Mutter beim ersten Mal eine lange Pause gemacht, ihn zunächst sanft lächelnd angeschaut und dann ohne Vorwarnung einen markerschütternden, tiefen Ton ausgestossen, der wohl für einen Walschrei stehen sollte. Später fand er heraus, dass Wale gar nicht schreien können.

Damals hatte er zu diesem Zeitpunkt vor lauter Angst unter der Bettdecke in die Hose gemacht, traute sich aber nicht, es seiner Mutter zu sagen. Unbekümmert las sie ihm weiter vor, immer wieder diesen grässlichen Schrei ausstossend.

Moby Dick hatte nun also die Harpunenboote angegriffen, Kapitän Ahab hatte seine letzte Harpune geworfen, sich aber in den Seilen verheddert und würde gleich von Moby Dick in die Tiefen des Meeres gezogen. Vor seinem Untergang winkte Ahab seinen verbliebenen Männern zu, er schien ihnen mitteilen zu wollen, sie sollten ihm folgen in sein nasses, kaltes Grab.

Das Ganze endete damit, dass er wochenlang nicht mehr alleine schlafen konnte und sich jeden Abend bei seiner Mutter im Bett verkroch.

Das Ungeheuer

Life is weaker than death,
and death is weaker than love.
(Khalil Gibran)

Die Strasse ist pfeilgerade und mit einer dünnen Schicht Schnee bedeckt. Links und rechts ein Haus neben dem anderen, aufgereiht wie Soldaten, uniform, backsteinfarben. Erst auf den dritten Blick sind sie zu unterscheiden. Es ist schon dunkel, Schnee nieselt vom Himmel herab und überzuckert die Landschaft und die strammstehenden Häuser mit einer weissen Decke aus feinen Kristallen.

Der Schnee dämpft seine Schritte, als er, bedächtig auf der Strasse entlangschreitend, die kalte, reine Dezemberluft einatmet. Schritt um Schritt geht er voran, in der Vorfreude, seine Familie zu sehen. Was für Augen würden seine Mutter, sein Vater und seine Grosseltern machen, wenn er unverhofft und kurz vor Weihnachten an die Tür klopfen würde. Er lächelt still vor sich hin und dankt Gott für das Leben.

Als er das Haus erreicht, schaut er durch das Fenster des Wohnzimmers. Das flackernde Kaminfeuer taucht den Raum in goldfarbenes Licht. Sein Vater und seine Grosseltern sitzen in den gemütlichen Sesseln. Ihr lautes Lachen und Scherzen ist selbst durch das geschlossene Fenster zu hören.

Wo ist denn Mom?, überlegt er, doch im gleichen Augenblick entdeckt er sie schon: im Flur stehend, hält sie das Telefon an ihr Ohr und scheint sich angeregt zu unterhalten.

Den hellen Schein und das merkwürdig singende, zuerst ganz leise Pfeifen und Grollen nimmt er zunächst nicht wahr. Er klopft ans Fenster, drückt sein Gesicht nah an die kalte Scheibe, um auf sich aufmerksam zu machen. Spitzbübisch grinst er und pocht nun erneut, diesmal stärker. Doch drinnen scheinen sie das Klopfen nicht zu bemerken, denn keiner schaut zum Fenster.

Der Schein am Himmel wird heller, das singende Pfeifen wächst zu einem Heulen an, wie bei einem Sturm. Wie verrückt hämmert er nun ans Fenster – und endlich bemerken sie ihn, denn seine Mom hat den Hörer auf dem kleinen Tisch abgelegt, ohne ihn auf den Apparat zurückzulegen, und kommt ans Fenster. Er winkt und klopft, doch sie starrt durch ihn hindurch zum Himmel und ruft den anderen etwas zu. Alle stehen eilig auf und versammeln sich am Fenster, doch keiner sieht ihn.

Das Pfeifen schwillt zu einem grässlichen Heulen an. Er dreht sich um.

Dann sieht er *ihn*! Moby Dick …, er ist es!

Riesengross, mit einem Feuerschweif rast er mit irrwitziger Geschwindigkeit, ein grässliches Gebrüll durch seinen aufgerissenen Rachen stossend, fauchend und wutentbrannt auf das Haus zu. Das Letzte, was er wahrnimmt, sind die brennenden Menschen im offenen Rachen des Monsters – zuallervorderst, eingeklemmt, aufgespiesst von den spitzen Zähnen des Ungeheuers erkennt er sie beide, ihre Körper, sie brennen lichterloh.

Sex statt Liebe?

Ce pour quoi tu acceptes de mourir,
c'est cela seul dont tu peux vivre.
(Antoine de Saint-Exupéry)

Er wälzte sich im Bett, schlug seine Augen auf. Jemand klopfte an der Tür. Sein Atem ging schwer, sein Herz pochte viel zu schnell. Dieser entsetzliche Traum, immer der gleiche schreckliche Traum! «Moby Dick» lag auf seinem Bauch. Er klappte das Buch zu und beschloss, nie wieder darin zu lesen, in der Hoffnung, der Albtraum würde verschwinden, doch er wusste im Grunde, dass dem nicht so war. Wieder klopfte es. Er stand auf und öffnete.

«Darf ich reinkommen?» Ohne seine Antwort abzuwarten, huschte Kathleen ins Zimmer. Chris schloss die Tür. Als er sich wieder umdrehte, stand sie am Bett. Nackt. Das fahle Licht des Mondes, das durch das Fenster fiel, umhüllte ihren Körper wie eine Tunika. Er öffnete seinen Mund, um etwas zu stammeln, aber ihre Lippen, die sich sanft auf die seinen legten, liessen keine Worte mehr zu. Sie liebten sich stundenlang.

Das Gewitter war weitergezogen, nur das Rauschen und helle Trommeln des schwächer werdenden Regens auf dem Blechdach war noch zu hören. Sie lagen nackt auf dem Bett. Er streichelte über ihren Rücken und liess seine Hand auf ihrem Po liegen.

«Du bist sehr schön, Kathy.»

«Krank bin ich und werde bald sterben,» erwiderte sie wehmütig.

«Ich auch.»

«Du? Sterben? Bist du etwa ...», fragte sie, indem sie ihm erstaunt ins Gesicht schaute.

«Eines Tages müssen wir alle sterben, wusstest du das etwas nicht, Kathleen O'Hara?» Er sagte es ohne eine Spur Ironie in der Stimme.

«Verarsch mich jetzt nicht, Chris. Nicht du! Was glaubst du

denn? Dass es mir Spass macht, hier an diesem Scheissort zu sein, um zu sterben?» Sie konnte ihre Tränen nicht zurückhalten. «Warum ich? Warum ich, Chris?» Weinend vergrub sie ihr Gesicht im Kissen.

Er sagte nichts, liess sie ihr Leid ausheulen. Schliesslich nahm er ihr Gesicht in seine Hände und sagte: «Erst wenn du den Tod akzeptierst, wirst du fähig sein, zu leben, Kathy.»

«Niemand kann das!» Wütend schwang sie sich aus dem Bett und warf sich den Morgenmantel über die Schultern. «Ich sage dir: niemand!» Sie zurrte den Gürtel fest und riss die Tür auf

«Ich weiss. Der Satz stammt übrigens nicht von mir.» Und bevor sie davonrennen konnte, schob er schnell nach: «Kathy, ich möchte dir eine Frage stellen.»

«Hab keine Lust auf Fragen. Lass mich einfach gehen!»

«Du brauchst die Frage nicht *mir* zu beantworten, nur dir selbst.» Er richtete sich im Bett auf und umfasste seine Knie mit beiden Händen, wie ein Ruderer, der zu einem imaginären Endspurt ansetzte.

«Okay, dann stell die Frage endlich», zischte sie.

«Wenn du wie durch ein Wunder geheilt würdest», er machte eine Pause, während der er sie eindringlich anschaute, «was genau würdest du in deinem Leben ändern, Kathleen O'Hara?»

Es hatte aufgehört zu regnen und die Stille wirkte irreal.

Chris stand vom Bett auf und stellte sich nackt, wie er war, vor sie hin. Seine Augen hatten einen eigenartigen Glanz. «Du kennst die Antwort, Kathy.» Er strich eine Haarsträhne aus ihrem Gesicht. «Vielleicht ist dies der Grund, weshalb uns Gott kein längeres Leben zugesteht.»

Elvis Presley und der Chief

Man soll keine Dummheit zweimal begehen,
die Auswahl ist schliesslich gross genug.
(Jean-Paul Sartre)

Kathleen trat in den Innenhof. Auch heute Morgen erinnerten sie die leichte Übelkeit und der dumpfe Druck im Bauch gnadenlos an das nahende Ende. Chris sass wie so oft seit Stunden an seinem kleinen Schreibtisch und studierte irgendwelche Unterlagen. Krankengeschichten, Lebensschicksale Verlorener, zusammengefasst auf jeweils einer Seite Papier. Die meisten dieser Menschen waren noch Kinder. Viele schienen sich mit ihrem Schicksal irgendwie abgefunden zu haben, aber sie, Kathleen O'Hara, wollte sich nicht arrangieren. Ich will leben – und wenn ich schon nicht leben darf, dann will ich heute Morgen zumindest nicht ans Sterben denken.

Es war Sonntag. Wenig Betrieb im Center, denn Sonntag war der einzige Tag, an dem Chris keine Patienten empfing. Sie klopfte an die angelehnte Tür und steckte ihren Kopf halb ins Büro.

«Wie fühlst du dich heute?», fragte er scheinbar mitfühlend.

«Ziemlich mies», antwortet sie und brach unvermittelt in Tränen aus. «Ich fühle mich miserabel, Chris, ich will nicht sterben!»

«Hej!», wies er sie scharf zurecht, «geh in dein Zimmer, heul dich dort aus und komm dann zurück.»

Sie starrte ihn verdutzt an, wollte etwas erwidern, doch ohne aufzuschauen befahl er: «Jetzt!»

Als sie später zurückkehrte, stand er auf und schlug in bestimmendem Tonfall vor: «Komm, wir fahren aufs Land.»

Sie war von seiner Idee nicht besonders begeistert. «Was gibt es dort so Besonderes?»

«Ich möchte dir einen alten Freund vorstellen.»

«Einen Freund?»

«Ja, Elvis Presley. Er ist dort zu Besuch.»

Sie schaute ihn entgeistert an und vergass über seiner Erläuterung sogar den dumpfen Schmerz in der Magengegend. «Elvis Presley? Du hast sie wohl nicht alle? Mir ist echt nicht nach deinen Spässen zumute.»

«Er ist einer der *Clever Men*, ein Walemira-Talmai oder Karadji, wie es gewisse Stämme nennen.»

«Ich verstehe kein Wort.»

«Einer, dem das Wissen weitergegeben wurde», er lächelte, «ein Auserwählter, ein Stammesführer. Einer, der Kontakt zu der *Traumzeit* oder zu den *grossen Ahnen* hat. Und noch viel mehr als das.»

«Chris, was soll ich denn bei diesem Wulemura oder wie immer er auch heisst?» Verärgert hob sie die Hände. «Kann denn dein Wulu-was-auch-immer den Krebs heilen? Kann er das?»

«Keine Ahnung, am besten fragst du ihn selbst. Los, lass uns fahren! Du wirst ihn mögen.» Er nahm sie bei der Hand, um jede Widerrede im Keim zu ersticken.

Vor der Tür wartete Marie. «Ihr geht weg?», fragte sie. «Darf ich mitkommen?»

Chris grinste. «Sicher, Marie, ich wollte dich sowieso fragen, ob du uns begleiten willst, denn wir besuchen heute deinen alten Freund, den Chief.»

«Wir besuchen Onkel Matimba?» Das Mädchen hüpfte vor Freude und wollte schon zum grossen Tor rennen, als Chris sie zurückrief.

«Nicht so schnell, Marie, ich will zuvor noch einmal nach Daniel schauen.»

Aber Marie zog Chris am Saum seines Hemdes und versicherte ihm: «Hab ich schon getan. Er schläft jetzt, aber heute Nacht hatte er grosse Schmerzen und hat viel geweint.»

«Du warst bei ihm heute Nacht?», hakte Chris nach.

«Ja, ich hatte ihn weinen gehört und wollte nicht, dass er alleine ist.» Offenbar wollte sie nicht weiter darüber sprechen und zerrte erneut an seinem Hemd. «Komm jetzt, Onkel Chris.»

Während der dreistündigen Fahrt ins Dorf schlief Kathleen fast die ganze Zeit. Chris weckte sie nach ihrer Ankunft. Mitten im Busch. Ein einfaches, aber zeimlich sauberes Dorf, wie es schien. Es bestand aus etwa einem Dutzend Hütten mit Strohdächern. Die Kinder waren gut genährt und tollten lachend herum. Sie betraten eine etwas grössere Hütte im Zentrum des Dorfes, in deren Mitte ein kleines Feuer brannte. Zwei alte Männer mit Lendenschurz und nacktem Oberkörper hatten sich dort niedergelassen. Es roch nach Fett, ranzigen Fellen und Schweiss. Kathleen hatte grösste Mühe, sich nicht wieder zu übergeben. Am liebsten hätte sie die Behausung gleich fluchtartig verlassen. Die beiden Männer standen von der Feuerstelle auf.

«Ah, mein alter Freund», rief Chris und umarmte den Grösseren der beiden. Dieser stiess ein kehliges Lachen aus und flüsterte Chris etwas ins Ohr, das Kathleen nicht verstehen konnte, worauf beide in schallendes Gelächter ausbrachen. Endlich wandte sich Chris an Kathleen: «Ich möchte dir meinen sehr guten Freund Elvis Presley vorstellen.»

Der Alte zeigte beim Lachen zwei Reihen blendend weisser Zähne, die wie Perlen leuchteten. Dann gab er Kathleen die Hand und sagte etwas in einer fremden, guttural klingenden Sprache.

Kathleens Augen hatten sich langsam ans Zwielicht im Inneren der Hütte gewöhnt, sodass sie den Alten genauer betrachten konnte: Ein Hüne, fast einen Kopf grösser als sie selbst, verfilzte Haare, die sie absurderweise an eine Rastafrisur à la Bob Marley erinnerte; der Lendenschurz, der lange, graue, verfilzte Bart und die dichten, fast weissen Brusthaare liessen den Mann noch surrealer erscheinen, als die ganze Szene schon war. Elvis' Haut war pechschwarz, viel dunkler noch als jene der anderen Menschen, die Kathleen hier getroffen hatte.

Automatisch hatte sie dem Alten die Hand gereicht und hoffte, dass er nicht bemerkte, wie abstossend sie seinen Anblick empfand, vor allem das Gesicht, das sie an einen Neandertaler erinnerte. Er nahm ihre Hand, schüttelte sie kräftig und brabbelte wieder etwas Unverständliches, gefolgt von einem weiteren Schwall schallenden Gelächters.

Kathleen war nun völlig entnervt und zischte Chris zu: «Und der andere ist wohl Bob Dylan?»

Chris lächelte nur und tat, als habe er die Bemerkung überhört, denn inzwischen hatte er sich vor dem anderen Mann verbeugt. «Marimba! Oba wanu kalunga, nete matu nulunga.»

Der Alte strahlte über das ganze Gesicht. «Nabo owango, Master Chris, kulona mata hui dedunga keno.»

Chris legte seine Hand auf Kathleens Schulter. «Darf ich vorstellen: Chief Matimba, der Dorfälteste und Stammesführer.»

Kathleen reichte dem Alten anstandshalber die Hand und nuschelte: «Freut mich, Sie kennenzulernen.» Sie wollte schnellstmöglich weg von hier. Weg aus dieser stinkenden, verrauchten Hütte, weg von diesen beiden alten, ranzigen Männern, weg von diesem Ort, an den sie nicht hingehörte.

Chris sprach jedoch ungerührt weiter und erklärte den beiden Männern, während sein Arm immer noch auf Kathleens Schulter lag: «Freunde, dies ist Kathleen O'Hara, eine gute Freundin, die bei mir zu Besuch weilt.»

Kathleen stand nach wie vor leicht gebückt in der Mitte der Hütte und wusste nicht, wie sie in dieser absurden Szene reagieren sollte. Marie, die sich still hinter Chris' Rücken versteckt hatte, rettete sie vor einer Entscheidung, als sie unvermittelt mit einem riesigen Satz den Chief ansprang und ihm um den Hals fiel. «Onkel Matimba», sie gab ihm einen schmatzenden Kuss auf die Wange, «natumbo oro sanango.»

«Marie, n'owangi mahai?» Matimba hielt die Kleine wie eine Puppe in seinen kräftigen Armen und streichelte zärtlich ihren kleinen Lockenkopf.

Die Männer schienen Kathleens Abneigung gegen dieses Treffen und den Ort nicht mitzubekommen. Wie lächerlich, ein alter schwarzer Mann mitten im afrikanischen Busch, der sich Elvis Presley nennt – ha, so ein Bullshit!, dachte sie.

Der Chief setzte Marie wieder ab und flüsterte ihr etwas ins Ohr. Kichernd kniff sie den Chief in seine dicke Nase und verschwand flink nach draussen, und noch bevor Kathleen fragen konnte, ob sie Marie Gesellschaft leisten könne, deutete der Chief auf die flachen, ziemlich schmutzigen Kissen am Boden.

Prompt setzte sich Chris auf eines der Kissen und signalisierte Kathleen, dass sie sich ebenfalls niederlassen solle.

Unsicher und verärgert stand sie herum. Einmal mehr schoss ihr der Gedanke durch den Kopf, dass sie besser zurück nach New York fliegen sollte; nach ihrem Empfinden hatte sie hier nichts verloren, das war eine Welt für sich und ganz bestimmt nicht die ihrige. Deshalb beugte sie sich zu Chris hinunter und flüsterte: «Chris, bitte, ich will gehen! Was soll das Ganze? Ich verstehe kein Wort, und diese schwarzen Männer …»

Bevor Chris antworten konnte, tat es der Chief, der ein Gehör wie eine Luchs zu haben schien: «Bitte Kathleen, beschämen Sie mich und mein bescheidenes Heim nicht und seien Sie mein Gast!» Sein Englisch war mit einem leichten Akzent gefärbt, ansonsten jedoch makellos.

Kathleen war vor den Kopf gestossen. Der Chief sprach ihre Sprache, hatte offenbar alles verstanden – schon vorhin musste er alles verstanden haben –, was sie nicht leise genug in Chris' Ohr geflüstert hatte. Das Blut schoss ihr ins Gesicht, sodass es schamrot anlief. Welch eine Blamage! Doch innerhalb von Sekunden schlug ihre Scham in Wut um. «Warum geben Sie vor, kein Englisch zu sprechen, und lassen mich ins Messer laufen?», entfuhr es ihr.

Chief Matimba schien völlig unbeeindruckt von ihrem Vorwurf und antwortete gelassen: «Afrikaner begegnen euch Weissen mit Respekt. Ihr aber behandelt uns, als wären wir nicht nur arm, sondern dreckig, dumm und gefährlich. Wir behandeln euch, wie ihr es niemals verdient: als Überlegene und Meister. Wir vergessen niemals, dass wir schwarz sind. Wie könnten wir das vergessen in dieser Welt?» Er hielt kurze inne und schien sich die Frage nochmals in Erinnerung zu rufen. «Habe ich denn so getan, als wäre ich Ihrer Sprache nicht mächtig? Oder haben Sie nicht vielmehr einfach angenommen, dass dies so sein müsse? Zwei alte Männer im Lendenschurz, da kann man doch aus Ihrer Sicht kaum anders urteilen, nehme ich an?»

Kathleen zögerte, ob sie sich entschuldigen oder aufstehen und einfach gehen sollte. Sie schaute zu Chris, doch dieser machte keinerlei Anstalten, sich in den Dialog einzumischen.

Chief Matimba sprach indessen weiter: «Der unbekannte Gast bei uns wird immer als Letzter begrüsst – und wenn möglich, in seiner eigenen Sprache, falls man diese auch beherrscht.»

Er schien sich über sie lustig zu machen, aber der dumpfe Druck in Kathleens Bauch dämpfte nun ihre Wut, denn die Angst wurde schlagartig übermächtig und stieg wie ein Prickeln in ihr empor. Die Hitze, der Rauch und der Geruch in der Hütte sowie die aufkeimende Panik erfassten sie wie ein Nebel, der sich unaufhaltsam immer enger an sie schmiegte.

Die Männer schienen davon nichts mitzubekommen, denn der Chief sprach weiter: «Ich möchte Ihnen eine Geschichte erzählen, die wir hier jedem Kind erzählen.»

Sie wollte protestieren, doch der Chief hob seine Hand, um sie zum Schweigen aufzufordern: «In der Brust jedes Menschen wohnen zwei Löwen, die einen ewigen Kampf gegeneinander führen: Der eine Löwe ist das Böse – Wut, Neid, Schmerz, Leid, Arroganz, Selbstmitleid, Schuld, Unmut, Niedertracht, Lüge, falscher Stolz und Egoismus. Der andere Löwe ist das Gute – Freude, Frieden, Liebe, Hoffnung, Gelassenheit, Demut, Güte, Freundlichkeit, Empathie, Grossmut, Wahrheit, Mitgefühl und Glaube.» Er machte eine Pause, schaute Kathleen eindringlich an und fragte: «Und Kathleen, wissen Sie, welcher der beiden Löwen den Kampf gewinnt?»

Sie hatte die Frage infolge ihrer Angstgefühle und körperlichen Reaktionen kaum verstanden und musste sich nun mit äusserster Anstrengung konzentrieren. «Nein, weiss ich nicht, aber Sie werden es mir bestimmt gleich sagen, nehme ich an.»

Chief Matimba schien sich auch diesmal nicht durch Kathleens Zynismus beirren zu lassen. «Der, den man füttert!», sagte er. «Der, den man nährt, Kathleen.» Dann grinste er so breit, dass das Weiss seiner Zähne sogar das Weiss seiner Augäpfel in den Hintergrund treten liess.

«Sie fühlen sich nicht besonders wohl?» Der Alte, der sich Elvis nannte, sprach ebenfalls ihre Sprache!

Kathleen wunderte sich über nichts mehr, nicht einmal darüber, dass Elvis einen amerikanischen Akzent hatte. Ich stehe jetzt auf und verlasse die Hütte, dachte sie nur. Die Übelkeit war so stark, dass sie ein Würgen im Hals spürte und die Befürchtung hegte, sich in den nächsten Sekunden zu erbrechen. Oh Gott, gleich werde ich alle ankotzen!

Elvis erhob sich aus dem Schneidersitz, ohne sich mit seinen Händen abzustützen und mit der Geschmeidigkeit einer Raubkatze, die man ihm nie zugetraut hätte, und ging vor Kathleen in die Hocke. Bevor sie auch nur reagieren konnte, legte er seine Hände mit festem Griff auf ihre Schultern, fixierte sie kurz und eindringlich, murmelte ein paar Worte in einer unverständlichen Sprache und setzte sich dann genauso behände, wie er aufgestanden war, wieder an seinen Platz.

Ohne Schmerzen

Das Schicksal ist viel zu ernst,
als dass man es dem Zufall überlassen könnte.
(Sir Peter Ustinov)

Die Übelkeit, der Druck und die Panik waren weg! Verschwunden, wie weggeblasen. Kathleen legte unwillkürlich die flache Hand auf ihr Brustbein, atmete tief durch und konnte es nicht fassen. Wie hatte der Alte das gemacht? War er etwa einer dieser Medizinmänner, einer von denen, die immer wieder mal die Sommerloch-Klatschspalten der Boulevardpresse füllten? Sollte sie ihn fragen – sie überlegte fieberhaft –, sollte sie ihm die Frage stellen?

Elvis schien ihre Gedanken gelesen zu haben, denn bevor sie auch nur die Lippen öffnen konnte, antwortete er ungefragt: «Nein, das kann ich nicht.»

«Was …, wie bitte?», stammelte sie.

«Sie wollten mich fragen, ob ich Krebs heilen kann, nicht wahr? Die Antwort darauf ist: Nein, das kann ich nicht.» Der Abglanz des Feuers spiegelte sich in seinen Augen. «Ich möchte Ihnen jedoch eine Geschichte erzählen. Es ist die älteste aller Geschichten überhaupt – jene von der grossen Regenbogenschlange.»

«Ach, hören Sie mit diesem Mumpitz auf, bitte! Das Letzte, was ich noch brauche, sind irgendwelche afrikanischen Märchen.»

«Es ist keine afrikanische Geschichte, sondern eine der Aborigines. Nun, vielleicht erzähle ich Ihnen die Geschichte ein andermal.» Er fixierte sie wie eine Schlange, die ein Kaninchen anstarrt, bevor sie es verschlingt. «Gehören Sie auch zu den Menschen, die vorzeitig aufgehört haben zu leben, Kathleen? Obwohl Sie weiter arbeiten, essen, ihre sozialen Kontakte pflegen? Machen Sie auch alles automatisch, wie nebenbei, ohne den magischen Augenblick zu begreifen, den jeder einzelne Tag in sich birgt? Halten Sie denn überhaupt noch einmal inne, um das Wunder des Lebens zu begreifen? Haben Sie in gesunden Zeiten in Betracht gezogen, dass der nächste Augenblick ihr letzter auf diesem Planeten sein könnte?»

«Ah, hören Sie auf mit diesem New-Age-Käse! Ich bin nicht so blöd, mich auf Budenzauber und Hokuspokus einzulassen. Das ist Nonsens für Ihre afrikanischen Ne…, Buschleute! Legenden, die jeder normale Mensch als Schrott abtun muss. Schon mal was von Zivilisation gehört, Elvis?» Sie presste die Lippen aufeinander. Sie wusste, dass sie zu weit gegangen war. Wenn sie ehrlich zu sich selbst war, hatte sie sich nicht nur von ihren depressiven Gefühlen angesichts des eigenen Endes zu diesen Beleidigungen hinreissen lassen: Auch ihr Unvermögen, zu glauben, und der Mangel an einem Anker in ihrem Leben hatten sie dazu verleitet, ihre Frustration an diesen einfachen Menschen auszulassen. Sie hatte diese beiden sicherlich auf ihre Weise ehrbaren alten Männer total überrumpelt. Elvis zog kräftig an seiner langen, schmalen Pfeife. «Euer Problem ist es, dass ihr überall nach dem «höher, schneller und weiter» sucht und seit langem den Kontakt zu den schöpferischen Ahnen der Traumzeit, deren Wirken unsere Welt erst zu dem geformt hat, was sie ist, verloren habt. Und seitdem ihr deshalb eure geistige Existenz auf die Rationalität reduziert habt, hat sich eine Leere in eurem Geist breitgemacht, die ihr auch nicht mit noch so viel Freizeit, Geld, Macht und irgendwelchen Vergnügungen füllen könnt.» Abermals zog er an der Pfeife und stiess den Rauch in Kringeln aus.

Kathleen hielt es kaum mehr aus, doch irgendeine geheimnisvolle Kraft hielt sie auf ihrem Kissen.

«Der Verlust des Kontaktes zu einer metaphysischen Sphäre der Welt und zu den tiefen, unbewussten Schichten eures Geistes – diese Leerstelle in eurer Existenz lässt sich nicht mit irgendetwas Beliebigem ausfüllen. Gegen die elementare Leere helfen keine Ersatzgüter. Auf diese Weise findet ihr den sinnvollen Zusammenhang, der über die materielle Welt hinausgeht, nie. Alles ist verbunden. In Ihren Ohren mag es unsinnig erscheinen, aber alle Menschen sind unsichtbar miteinander verbunden – und diese Verbindung können wir beeinflussen, zum Guten wie zum Schlechten. Wenn Sie wollen, können Sie es auch als eine Art Gleichgewicht betrachten, Kathleen.»

Nur das leise, gleichgültige Knistern des Feuers war nun noch zu hören. Kathleen hielt zuerst den Kopf wie zum Gebet gesenkt, dann stand sie wortlos auf und ging hinaus. Niemand hinderte sie daran.

Krieg der Ameisen

Que m'importe que Dieu n'existe pas.
Dieu donne à l'homme de la divinité.
(Antoine de Saint-Exupéry)

Kathleen stolperte aus der Hütte. Irgendetwas hatte der Alte mit ihr angestellt. Zwar fühlte sie die Übelkeit und den dumpfen Schmerz nicht mehr, aber seine Worte hatten sie zutiefst beunruhigt. Sie brauchte Luft. Jeder Atemzug im Freien war besser als die Inhalation des entsetzlichen Miefs in der Hütte.

Nachdem sich Kathleen ein paar Minuten lang die Beine vertreten hatte, entdeckte sie Marie, die unter einem grossen Magnolienbaum am Rande des Dorfes kauerte und wie gebannt auf den Erdboden schaute. Kathleen rief nach ihr, aber die Kleine schien nicht zu hören. Ohne Hast und immer noch tief ein- und ausatmend, schritt Kathleen auf das Mädchen zu.

«Hey, Marie, was gibt es denn so Interessantes auf der Erde?» Kathleen stand jetzt neben Marie, aber diese antwortete nur, ohne den Blick zu heben: «Ameisen.»

«Ameisen?» Kathleen rümpfte die Nase. «Aha, und was fasziniert dich so an ihnen?»

«Hm, schau mal genau hin!»

Zu Hunderten krabbelten die kleinen Tierchen am Boden herum.

«Ja, ich seh's», meinte Kathleen stirnrunzelnd. «Toll, so viele Ameisen», doch in Wahrheit hatte sie weder Lust noch Laune, sich das emsige Treiben des Viehzeugs anzuschauen, und spielte mit dem Gedanken, Chris aus der Hütte zu holen, damit sie endlich ins Center zurückfahren würden. Immerhin lag auch noch ein Weg von drei Stunden vor ihnen.

Marie liess nicht locker. «Komm, Kathy, schau genau hin.»

«Meine Güte, kannst du nerven», stöhnte sie, ging aber dennoch in die Hocke und kauerte nun neben der Kleinen.

Das scheinbar wirre Gekrabbel schien, aus der Nähe betrachtet, System zu haben. Ausserdem waren es zwei verschiedene Arten vom Ameisen: schwarze und rotbraune. Die schwarzen waren grösser als die roten; diese wiederum schienen sich schneller und wendiger als die schwarzen zu bewegen.

«Schau, Kathy, sie kämpfen.»

Tatsächlich, die schwarzen Ameisen hatten mehrere Kolonnen gebildet. Gestaffelt, hintereinander, in Wellen – genau so, wie man es aus Historienfilmen kannte – griffen sie die roten Ameisen an. Letztere waren scheinbar an Kraft unterlegen, denn die schwarzen zerfetzten immer mehr der roten Ameisen, die, wie es schien, einen Verteidigungsring gebildet hatten, um sich so zur Wehr zu setzen.

Krieg, dachte Kathleen, ein richtiger Krieg der Ameisen.

Die schwarzen griffen nun immer stärker an. Dann plötzlich, einem unhörbaren Kommando folgend, stoben die roten Ameisen in alle Richtungen auseinander, gaben den Kampf auf, versuchten zu flüchten. Den meisten gelang es jedoch nicht, denn die schwarzen Feinde hatten mehrere Ringe um die roten Flüchtenden gebildet, fingen diese ab, zerfetzten und frassen sie.

Kathleen hatte nicht bemerkt, dass Marie mittlerweile den Baum hinaufkletterte. Erst jetzt schaute sie auf und starrte entgeistert auf Maries Treiben.

«Marie», rief sie resolut, «komm sofort wieder herunter, du wirst dich noch verletzen!»

Marie dachte gar nicht daran, sondern stieg lachend weiter und setzte sich weit oben auf einen dicken Ast. «Komm rauf, Kathy», winkte sie.

«Spinnst du? Nein, du kommst jetzt sofort da runter!»

«Sei kein Feigling, Kathy, komm, ich will dir etwas zeigen.»

Ja, was hatte sie schon zu verlieren? Der Baum weckte eine alte Sehnsucht in ihr, eine Erinnerung an eine ferne Zeit, an einen der letzten unbekümmerten Sommertage ihres Lebens – das Picknick, mit ihm. Später waren sie zusammen auf einen Baum geklettert. Oh, wie glücklich und sorglos war sie damals gewesen … Bis die Nacht kam.

Während sie Ast für Ast emporstieg, zerstoben die düsteren Erinnerungen mit jedem Höhenmeter. Prustend setzte sie sich schliesslich neben Marie auf den mächtigen Ast und grinste wie befreit.

«Siehst du, war doch gar nicht schwer», sagte Marie strahlend. «Schau mal hinunter.»

Kathleen schätzte, dass sie sechs oder sieben Meter über dem Erdboden waren. «Wow, ganz schön hoch. Halte dich ja gut fest, Marie.»

«Das meinte ich nicht, Kathy. Die Ameisen, kannst du sie noch sehen?»

Kathleen hatte bisher keine Brille gebraucht, sie sah noch sehr gut. Aber die winzigen Tiere konnte sie von hier oben beim besten Willen nicht mehr erkennen. «Nein», sie schüttelte den Kopf.

«Die sind aber noch alle da, und wahrscheinlich bekämpfen sie sich immer noch», mutmasste Marie.

«Ja, da magst du recht haben.»

«Denkst du, es gibt gute und schlechte Ameisen, ich meine, so wie es gute Menschen und böse Menschen gibt?» Sie schien die Frage ernst zu meinen.

«Keine Ahnung.» Kathleen fühlte plötzlich wieder die Übelkeit im Magen. «Komm, es reicht, ich möchte wieder hinunter.»

«Also wäre es dir egal, ob es gute und böse Ameisen gibt, oder rote und schwarze, nette oder weniger nette, wie bei den Menschen eben.»

«Ja, egal», antwortete Kathleen halbherzig, während sie sich nach einem geeigneten Ast umsah, der sich für den Abstieg anbot.

«Warum ist dir das egal?»

«Herzchen, ich hatte einfach nie die Musse, über Ameisen nachzudenken.»

«Warum nicht?»

«Ich hatte anderes zu tun, zu arbeiten, mich um die Firma zu kümmern, Entscheidungen zu treffen – tausend andere Dinge eben, die meine Zeit beansprucht haben.»

«Siehst du?»

«Was soll ich sehen?»

«Gott wird im Moment auch anderes zu tun haben – wie du, als du noch gearbeitet hast. Da hattest du auch keine Zeit, dich darum zu kümmern, ob es gute oder böse Ameisen gibt. Aber jetzt, Kathy, jetzt hast du Zeit. Jetzt sitzt du hier mit mir auf einem Baum in Onkel Matimbas Dorf, weit weg von deinem Zuhause, und denkst über Ameisen nach.»

«Hm, du kommst auf Ideen», Kathleen wusste nichts Besseres zu erwidern.

«Eines Tages, wenn Gott wieder etwas mehr Zeit hat, wird er vielleicht auch auf einen riesengrossen Baum sitzen und sich um die guten und die bösen Menschen kümmern.» Marie machte eine ernste Miene.

Als sie endlich wieder am Boden waren, schaute sich Kathleen die Ameisen nochmals an und beugte sich dazu ganz nah über den Boden: Die rotbraunen hatten Verstärkung erhalten. Von allen Seiten und in grosser Überzahl griffen sie die schwarzen an und vernichteten sie.

Der Code

Das dritte Gesetz der Thermodynamik:
Nichts im Universum kann auf den absoluten Nullpunkt abkühlen.

Bjoern Lundegard stand auf, holte sich einen Kaffee, setzte sich, starrte auf den gelb blinkenden Smiley und wartete. Er kannte John ziemlich gut: Drängen liess er sich nicht. Er würde wohl eine Weile brauchen, falls er überhaupt was zu der Zeichenfolge sagen konnte. Nach einigen Grübeleien kam Lundegard ohnehin zu dem Schluss, dass sie gar nichts bedeuten konnte. Ein Zufall, ein seltener zwar, aber dennoch. Wir wissen so wenig … Er konnte den Gedanken nicht zu Ende führen, da pingte das Chat-Tool:

> shep.j@hbs.edu:	Lundegard, bist du noch da?
> lundg@cern.net:	Klar.
> shep.j@hbs.edu:	Du willst mich verscheissern mit dem Zeug, oder? ☹
> lundg@cern.net:	Was hältst du davon?
> shep.j@hbs.edu:	Was soll schon damit sein?
> lundg@cern.net:	Hej, Mann, ich mach nie Witze während meiner Arbeit. Solltest du inzwischen wissen. Also, rück raus damit: Was ist das? Nur Datenschrott?
> shep.j@hbs.edu:	Nö, kein Datenschrott, würde ich sagen, aber auch kein Binärcode.
> lundg@cern.net:	Weiss ich auch. Ich hab alle Codeprogramme versucht.
> shep.j@hbs.edu:	Hast die falschen Programme. ☺
> lundg@cern.net:	Blödsinn, John, ich habe alle, die man haben kann.

> shep.j@hbs.edu: Bestimmt keines, das diesen Code noch kennt. ☺

> lundg@cern.net: ??? Jetzt reicht's, komm zur Sache!

> shep.j@hbs.edu: Ja, ja, nur mit der Ruhe, Junge. Was für ein Handy hast du?

> lundg@cern.net: Ein Nokia-Modell. Mann, lass die Ablenkungsmanöver!

> shep.j@hbs.edu: Was für einen SMS-Ton?

> lundg@cern.net: Ahhh, Shit, keine Ahnung - irgendeinen halt.

> shep.j@hbs.edu: Kannst du dich an den allerersten SMS-Ton erinnern, der eingestellt war?

> lundg@cern.net: Sag mal, bist du jetzt unter die Mobilfunk-Heinis geraten? Wenn ich vom Nordpol je wieder heil in die Schweiz gelange, können wir über 'n neues Handy labbern. Nicht jetzt!!!

> shep.j@hbs.edu: … dit, dit, dit, dah, dah, dit, dit, dit …

> lundg@cern.net: Hää???

> shep.j@hbs.edu: Das war er: der erste aller SMS-Töne von Nokia.

> lundg@cern.net: Du bist keine grosse Hilfe.

> shep.j@hbs.edu: Warum bist du denn gleich eingeschnappt? Also, den SMS-Ton kann man auch so darstellen: …--…

> lundg@cern.net: Das ist …

> shep.j@hbs.edu: Genau, der Kandidat hat 100 Punkte! Das ist Morsecode!!! ☺

> lundg@cern.net: Bist du sicher?

> shep.j@hbs.edu: Klar, Lundegard, wenn man deine Daten durch den

Morsedecoder laufen lässt,
kommt das hier raus. Ich
schick dir das File.

Endlose Buchstabenreihen flimmerten über Lundegards Monitor, als er das Datenfile öffnete:

```
GCUA CGAG CUUC GGAG CUAG GCUA CGAG CUUC GGAG
CUAG ACGA GCUU CGGA GCUA GCUA CGAG CUUC GGAG
CUAG GCUA CGAG CUUC GGAG CUAG GCUA CGAG CUUC
GGAG CUAG GCUA CGAG CUUC GGAG CUAG GCUA CGAG
CUUC GGAG CUAG GCUA CGAG CUUC GGAG CUAG GCUA
CGAG CUUC GGAG CUAG ACGA GCUU CGGA GCUA GCUA
CGAG CUUC GGAG CUAG GCUA CGAG CUUC GGAG CUAG
GCUA CGAG CUUC GGAG CUAG GCUA CGAG CUUC GGAG
CUAG GCUA CGAG CUUC GGAG CUAG GCUA CGAG CUUC
GGAG CUAG GCUA CGAG CUUC GGAG CUAG ACGA GCUU
CGGA GCUA GCUA CGAG CUUC GGAG CUAG GCUA CGAG
CUUC GGAG CUAG GCUA CGAG CUUC GGAG CUAG GCUA
CGAG CUUC GGAG CUAG GCUA CGAG CUUC GGAG CUAG
GCUA CGAG CUUC GGAG CUAG GCUA CGAG CUUC GGAG
CUAG ACGA GCUU CGGA GCUA GCUA CGAG CUUC GGAG
CUAG GCUA CGAG CUUC GGAG CUAG GCUA CGAG CUUC
GGAG CUAG GCUA CGAG CUUC GGAG CUAG GCUA CGAG
CUUC GGAG CUAG GCUA CGAG CUUC GGAG CUAG GCUA
CGAG CUUC GGAG CUAG ACGA GCUU CGGA GCUA GCUA
CGAG CUUC GGAG CUAG GCUA CGAG CUUC GGAG CUAG
GCUA CGAG CUUC GGAG CUAG GCUA CGAG CUUC GGAG
CUAG GCUA CGAG CUUC GGAG CUAG GCUA CGAG CUUC
GGAG CUAG GCUA CGAG CUUC GGAG CUAG ACGA GCUU
CGGA GCUA GCUA CGAG CUUC GGAG CUAG GCUA CGAG
CUUC GGAG CUAG GCUA CGAG CUUC GGAG CUAG GCUA
CGAG CUUC GGAG CUAG GCUA CGAG CUUC GGAG CUAG
GCUA CGAG CUUC GGAG CUAG GCUA CGAG CUUC GGAG
CUAG ACGA GCUU CGGA GCUA GCUA CGAG CUUC GGAG
CUAG GCUA CGAG CUUC GGAG CUAG GCUA CGAG CUUC
GGAG CUAG GCUA CGAG CUUC GGAG CUAG GCUA CGAG
CUUC GGAG CUAG GCUA CGAG CUUC GGAG CUAG GCUA
CGAG CUUC GGAG CUAG ACGA GCUU CGGA GCUA GCUA
CGAG CUUC GGAG CUAG GCUA CGAG CUUC GGAG CUAG
```

GCUA CGAG CUUC GGAG CUAG GCUA CGAG CUUC GGAG
CUAG GCUA CGAG CUUC GGAG CUAG CUUC GGAG CUAG
GCUA CGAG CUUC GGAG CUAG GCUA CGAG CUUC GGAG
CUAG GCUA CGAG CUUC GGAG CUAG GCUA CGAG CUUC
GGAG CUAG ACGA GCUU CGGA GCUA GCUA CGAG CUUC
GGAG CUAG GCUA CGAG CUUC GGAG CUAG GCUA CGAG
CUUC GGAG CUAG GCUA CGAG CUUC GGAG CUAG GCUA
CGAG CUUC GGAG CUAG GCUA CGAG CUUC GGAG CUAG
GCUA CGAG CUUC GGAG CUAG ACGA GCUU CGGA GCUA
GCUA CGAG CUUC GGAG CUAG GCUA CGAG CUUC GGAG
CUAG GCUA CGAG CUUC GGAG CUAG GCUA CGAG CUUC
GGAG CUAG GCUA CGAG CUUC GGAG CUAG GCUA CGAG
CUUC GGAG CUAG GCUA CGAG CUUC GGAG CUAG ACGA
GCUU CGGA GCUA GCUA CGAG CUUC GGAG CUAG GCUA
CGAG CUUC GGAG CUAG GCUA CGAG CUUC GGAG CUAG
GCUA CGAG CUUC GGAG CUAG GCUA CGAG CUUC GGAG
CUAG CUUC GGAG CUAG GCUA CGAG CUUC GGAG CUAG
GCUA CGAG CUUC GGAG CUAG GCUA CGAG CUUC GGAG
CUAG GCUA CGAG CUUC GGAG CUAG ACGA GCUU CGGA
GCUA GCUA CGAG CUUC GGAG CUAG GCUA CGAG CUUC
GGAG CUAG GCUA CGAG CUUC GGAG CUAG GCUA CGAG
CUUC GGAG CUAG GCUA CGAG CUUC GGAG CUAG GCUA
CGAG CUUC GGAG CUAG GCUA CGAG CUUC GGAG CUAG
ACGA GCUU CGGA GCUA GCUA CGAG CUUC GGAG CUAG
GCUA CGAG CUUC GGAG CUAG GCUA CGAG CUUC GGAG
CUAG GCUA CGAG CUUC GGAG CUAG GCUA CGAG CUUC
GGAG CUAG GCUA CGAG CUUC GGAG CUAG GCUA CGAG
CUUC GGAG CUAG ACGA GCUU CGGA GCUA GCUA CGAG
CUUC GGAG CUAG GCUA CGAG CUUC GGAG CUAG GCUA
CGAG CUUC GGAG CUAG GCUA CGAG CUUC GGAG CUAG
GCUA CGAG CUUC GGAG CUAG

> lundg@cern.net: Was soll das Zeug darstellen?

> shep.j@hbs.edu: Typisch Physiker! Mensch, Junge, das ist das LEBEN!!!

Les jeux sont fait

Gott Ist oder Ist nicht.
Man muss wählen,
es gibt keine Alternative.
(Blaise Pascal)

Wochen waren ins Land gezogen. Kathleen konnte es kaum fassen. In der Nacht hatte sie ein Vibrieren gespürt, dann aber war sie eingeschlafen. Sie lag noch im Bett, fühlte sich schlapp und müde. Der Druck in der Magengegend und die Übelkeit waren wiedergekommen, ja, sie nahmen von Tag zu Tag zu. Chris hatte ihr versichert, das sei noch nicht so schlimm; trotz der Nebenwirkungen solle sie weiterhin die Medikamente nehmen, die ihr der Arzt in New York verschrieben habe. Die Metastasierung der Karzinome werde dadurch immerhin verzögert. Wie harmlos dies alles aus dem Mund eines Arztes klang: klinisch sauber, so gar nicht nach Schmerzen, Verzweiflung, Erbrechen und Sterben.

Später, wenn ihr Arzneimittelvorrat zur Neige sei, könne er ihr andere Mittel besorgen, und wenn die Schmerzen wirklich einsetzten, werde er ihr Morphin geben. Professionell, ohne spezielle Regungen hatte er ihr dies mitgeteilt, so ganz, als ob er mit ihr übers Wetter geplaudert hätte. Kathleen wurde aus ihm einfach nicht schlau.

Dieser Umstand erleichterte ihr zu allem Überdruss auch nicht die Entscheidung, wann der richtige Zeitpunkt sei, um ihm die ganze Wahrheit zu sagen, um ihm endlich zu sagen, was wirklich geschehen war vor zwanzig Jahren.

Heute, warum nicht heute? Genau, ich passe heute den richtigen Moment ab.

Sie rollte sich zur Seite und schaute auf die aufgehende Sonne. Wenn sie nicht gewusst hätte, wo sie war und dass sie bald sterben würde, hätte sie sich sogar wohlgefühlt, wäre vielleicht sogar glücklich oder … verliebt.

Jäh wurden ihre Gedanken unterbrochen, als die Zimmertür aufgerissen wurde.

«Wach auf, Kathy!», bat Chris.

«Ich bin schon wach. Was ist los?»

«John liegt im Sterben», sagte er erregt. «Willst du ihn noch mal sprechen?»

Sie nickte und sass auch schon auf der Bettkante.

«Du weisst, wo er ist.» Dann eilte er hinaus.

Kathleen stand hastig auf, besprengte sich kurz mit zwei Handvoll Wasser das Gesicht und zog sich an. Chris hatte John in eines der kleinen Einzelzimmer legen lassen. Am Ende war das immer so. Leise klopfte sie an die Tür und trat ein.

John öffnete die Augen, und als er sie erblickte, gelang ihm sogar ein Lächeln.

«Hallo, John. Wie geht es?» Sie war sich der Sinnlosigkeit der Frage bewusst, aber was sollte sie stattdessen sagen?

«Kathleen, ich hab nicht mehr lange», er hustete trocken. Sein Atem ging angestrengt, stossweise, keuchend und unangenehm gurgelnd.

Kathleen fühlte sich unwohl und musste sich mit aller Macht zusammenreissen, doch John hatte ihren Gesichtsausdruck korrekt interpretiert.

«Sie müssen nicht lange hier sein. Wer möchte das schon?»

«Nein, John, ich bleibe gerne hier bei Ihnen.»

«Ach Kathleen, wir sind beide erwachsen und intelligent genug.» Er machte eine müde Handbewegung. «Sie müssen mich nicht mit unnötig höflichen Floskeln trösten. Bitte setzen Sie sich doch kurz, ich möchte Sie etwas fragen.»

Sie zog einen Stuhl neben das Bett und setzte sich.

«Ich wollte Sie das schon länger fragen», er hustete erneut. Das Betttuch, in das er gehustet hatte, war voller kleiner Bluttropfen. Er hatte es nicht bemerkt.

Kathleen faltete das Tuch ein wenig, sodass man die Flecken nicht mehr sehen konnte.

«Glauben Sie an Gott und das ewige Leben?», fragte er.

Kathleen stand auf, nahm einen sauberen Lappen aus dem kleinen Schrank an der Wand, machte ihn ein wenig feucht und legte ihn auf Johns Stirn. Dann nahm sie seine Hand und hielt sie fest. Er atmete wieder etwas ruhiger.

«Ich ... weiss es nicht, John.»

«Ha, natürlich wissen Sie es nicht – wer kann das schon wissen? Ich habe Sie aber gefragt, ob Sie daran glauben, Kathleen.»

«Wollen Sie eine ehrliche Antwort?»

«Nein, natürlich nicht. Ich liege hier am Ende meiner Zeit und habe Sie gerufen, um mich anlügen zu lassen.» Heftig drückte er ihre Hand, während sich sein Gesicht unter Schmerzen verzerrte. «Selbstverständlich will ich eine ehrliche Antwort von Ihnen! Das ist ja der Grund, warum ich Sie frage und nicht Chris oder sonst wen. Auf irgendeinen salbungsvollen, verlogenen ‹Glaube an deinen Herrn›-Quatsch kann ich in meiner Situation gut verzichten.» Er liess seinen Kopf erschöpft ins Kissen fallen.

«Nein, ich glaube nicht an das ewige Leben.» Sie fasste sich mit der freien Hand an die Stirn. «Kein vernünftiger Mensch kann an das ewige Leben, an die Engelein im Himmel, an einen gütigen Vater und all den Mist glauben. Und wenn Sie die ganze Wahrheit wissen wollen, dann sage ich Ihnen, dass jeder aufgeklärte Mensch das auch weiss, aber wer gibt das schon gerne zu, wer ...», sie stockte, denn John hatte seine Augen geschlossen. War er etwa schon tot?

Jetzt hatte sie ein schlechtes Gewissen, war beschämt, weil sie vielleicht nicht die richtigen Worte gefunden hatte. Sie beugte sich über den bewegungslosen Körper. War es denn zu verantworten, einem Sterbenden jegliche Hoffnung zu nehmen und mit kalter Logik jeglichen Funken Hoffnung im Keim zu ersticken?

Sie wollte irgendetwas Milderndes tun, irgendetwas Hoffnungsfrohes sagen – oder Chris holen. Ja, bestimmt würde er John hilfreichere Worte vermitteln können.

Sachte versuchte sie ihre Hand aus Johns Hand zu ziehen, als er die Augen öffnete.

«Keine Sorge, Kathleen, Sie brauchen mich noch nicht ganz abzuschreiben.» Seine Mundwinkel verzogen sich, als wollte er über einen guten Witz schmunzeln, doch keinem der beiden war nach Lachen zumute. «Ich danke Ihnen für die ehrliche

Antwort, doch in meiner Situation klingt sie nicht so sehr überzeugend, Kathleen.»

«Es tut mir leid, John, ich meine, dass ich so herzlos bei meiner Antwort war.»

«Nein, nein, Sie haben mich missverstanden. Ich dachte mein ganzes Leben genau wie Sie. Was ich sagen will, ist: Sie haben mir noch nicht erklärt, weshalb Sie zu wissen glauben, dass es weder Gott noch ein ewiges Leben geben kann.»

Sie schaute ihn verwundert an, denn diese Antwort hatte sie nicht erwartet.

Plötzlich richtete sich John auf, zog sich aus eigener Kraft mit dem Oberkörper hoch und bat sie, ihm ein zweites Kissen zu reichen, sodass er besser mit ihr sprechen könne. Seine Stimme klang plötzlich klar, sie schien nicht mehr die Stimme eines Sterbenden zu sein, ganz so, als wollte John zu seinem letzten, aufrichtigen Gefecht antreten.

Der Lebenswille … Wir wollen einfach nicht sterben, dachte Kathleen unwillkürlich, in der Hinsicht scheint jemand ganze Arbeit geleistet zu haben.

«Also, ich warte», sagte er bestimmt.

«Sie warten – worauf?»

«Ach Kathleen, bitte spielen Sie nicht mit der kurzen Zeit, die einem sterbenden Mann wie mir hier bleibt. Auf die besten Argumente, die Sie haben! Alles was gegen Gott und das ewige Leben spricht.» Er schaute sie beinahe verschmitzt an und schien sein letztes Aufbäumen zu geniessen.

«Aber John», sie wäre am liebsten aufgestanden und gegangen, «lassen Sie uns morgen darüber sprechen. Ich denke, Sie sollten sich ausruhen.»

«Für mich gibt es kein Morgen, Kathleen. Heute ist mein Tag, mein letzter Tag. Bitte, Kathleen, es wird auch für Sie selbst wertvoll sein – da bin ich mir ziemlich sicher.»

«Also gut, wie Sie wollen», gab sie nach. «Was soll dieser Glaube an einen *lieben Gott*? Wie lachhaft das schon klingt! Wir haben keinen einzigen Beweis für die Existenz Gottes, und es wird einen solchen auch nie geben, weil es eben keinen Gott gibt.»

«Hmm», er schien nicht beeindruckt.

Furios fuhr sie fort: «Lassen Sie es mich mit den Worten Ludwig Feuerbachs sagen: Religion und Gott sind pure Projektion, ein Wesenswunsch des Menschen, der seine eigene Vergänglichkeit nicht akzeptieren kann oder will. Oder mit Freud, der zurecht immer davon überzeugt war, dass Religion und Gottglaube reine Illusion seien, gar ein Ausdruck von Unreife, Infantilität oder Neurosen.» Sie schaute ihn betrübt an. «Es tut mir leid, John, aber so ist es nun einmal: Wir werden geboren, leben ein bisschen und sterben. Kein Zuvor, kein Danach!»

«Ist das alles?» Er hustete heftig, bevor er weitersprechen konnte. «Sie nehmen ein paar Zitate von irgendwelchen Psychologen und Philosophen und machen Sie hinsichtlich der Frage des Glaubens – vielmehr des Nichtglaubens – zu Ihrem Lebenscredo? Ihrem Feuerbach antworte ich mit Immanuel Kant: Was nicht beweisbar ist, muss noch lange nicht falsch sein. Und zu Freud sage ich selbst: Ist nicht jeder Moment – jeder Augenblick wie Lieben, Hoffen, Bangen und so fort – eine Projektion, Kathleen?»

«Ach, John, was beweist das schon?»

«Beweise, Beweise – meine Güte», seine Stimme wurde schwächer. Kathleen reichte ihm sein Wasserglas. Er trank einen Schluck, und sein abgemagerter Körper schien sich noch einmal wie eine Feder zu spannen. «Auch wenn dies harsch klingen mag, meine Liebe, aber bald schon werden Sie an meiner Stelle hier liegen. Spätestens dann werden auch Sie sich der Frage aller Fragen stellen – der Frage, die wir doch alle so gerne verdrängen, hoffend, dass sie uns nie einholen werde. Und dennoch holt sie uns eines Tages ein.» Er beugte sich unter grosser Anstrengung vor und wisperte: «Und wissen Sie, was die Frage ist, Kathleen?»

Sie schluckte leer. «Ich kann es mir vorstellen – ja, ich denke, ich kenne die Frage.»

«Nein!», das Wort kam wieder erstaunlich heftig, «nein, ich glaube es nicht! Denn man weiss es immer erst spät, meist erst, wenn es zu spät ist.» Sein Gesicht verkrampfte sich. «Denn die Frage aller Fragen ist: *Was haben wir schon zu verlieren?*» Wie triumphierend liess er sich ins Kissen fallen und lächelte.

Die Zeit schien stehen geblieben zu sein. Stille.

Dann endlich brach Kathleen das Schweigen. «Das verstehe ich nicht ganz, John.» Sie wollte ihn nicht weiter aufregen und hatte beschlossen, dass es erbarmungslos und sinnlos war, einen Sterbenden zu nerven.

«Die Wette, Kathleen – das Leben ist wie eine Wette, und damit der Glaube im Hinblick auf den Sinn des Lebens. Es gab einmal einen Mann, der sagte, dass es mit dem Glauben und Gott wie eine Wette sei. Wie bei jeder Wette muss man auch bei dieser Wette setzen. Allerdings geht es bei dieser Wette um den ultimativen Einsatz, und zwar um ‹null› oder ‹unendlich›. Anders gesagt: alles oder nichts! Und wissen Sie was, Kathleen?»

Sie schüttelte leicht den Kopf.

«Wenn man diese Lebenswette annimmt, kann man alles gewinnen und nichts verlieren. Aber vielleicht ist es für mich schon zu spät. Vielleicht gibt es Regeln für die Wette, so wie im Casino. Vielleicht ist Gott ja ein Croupier», er lachte kurz auf, «vielleicht sagt Gott: ‹Les jeux sont fait, rien ne va plus.› Ja, vielleicht habe ich dieses Spiel schon verpasst, oder nicht? Wer weiss? Wie sind die Regeln? Kann man auch noch eine Sekunde, eine Tausendstel-Sekunde vor dem Tod setzen? Gilt es dann noch?» Seine Stimme begann zu versiegen. «Kennen Sie die Regeln des Spiels, Kathleen?» Er streichelte über ihre Hand. «Ich werde jetzt eine Weile schlafen. Danke, dass Sie bei mir waren. Es war mir eine Ehre, Sie kennengelernt zu haben.»

Sie schluckte ihre Tränen, berührte seine Wangen, stand auf und ging zur Tür.

«Kathleen?»

«Ja, John?»

«Die Wette, Kathleen. Man kann nur gewinnen.» Von seiner Miene war jegliche Angst gewichen. «Aber man muss setzen!»

Das Meer, der Mond

Schön ist der Tropfen Tau am Halm
und nicht zu klein, der grossen Sonne selbst
ein Spiegelglas zu sein.
(Friedrich Rückert)

Deprimiert sass Kathleen im Hof unter dem Baum. John war in der Nacht gestorben. Chris war bis zum Ende bei ihm geblieben. Sie hatte erst nicht gewagt, ihn zu fragen, dann war es ihr doch herausgerutscht, so wie wenn man «Hi, wie geht's?» sagt und doch nie eine ehrliche Antwort auf die Floskel erwartet.

«Wie war's?» Wie konnte sie bloss diese hirnrissige Frage stellen?

«Schmerzhaft», hatte Chris kurz angebunden geantwortet, dann war er in seinem Zimmer verschwunden.

Kathleen war hin- und hergerissen, als sie die Kleine kommen sah.

«Wirst du John vermissen, Kathy?» Marie setzte sich neben sie.

«Und du, was wirst denn du in deinem Leben vermissen? Ich nehme an, so ziemlich alles», zischte sie, doch im selben Augenblick tat es ihr leid. Sie fühlte sich mies dabei, dass sie ihre Wut auf das Leben und den Tod an dem Mädchen ausliess, und haspelte: «Verzeih, Marie, ich habe es nicht so gemeint.»

Doch Marie schien es überhört zu haben und rief sehnend: «Das Meer – ich habe noch nie das Meer gesehen!» Aber dann fügte sie hastig und verlegen an: «Na, macht nichts. Ist auch nicht so schlimm.»

«Es gibt vieles, das du noch nicht gesehen hast, Kleine», meinte Kathleen.

«Hm, wohl schon, aber Onkel Chris hat mir erzählt, dass das Meer wunderschön sei.» Marie wies in eine imaginäre Ferne und breitete ihre dünnen Arme aus. «Es ist blau, das Meer. Aber nicht immer dasselbe Blau. Am frühen Morgen, wenn die Sonne aufgeht, ist es fast grau, so wie der Himmel, und man könnte meinen, dass Meer und Himmel dasselbe seien; nicht wie Bruder und Schwester sind dann der Himmel und das Meer, sondern wie eine unendlich grosse graue Decke, die die ganze Erde zudeckt, damit die Erde in der Nacht nicht so frieren muss. Und weit ist das Meer, unendlich weit, genau wie der Himmel so weit. Man kann das Ende des Meeres nie sehen. Und wenn die Sonne aufgeht und ihre ersten roten und orangefarbenen Strahlen die riesige graue Decke von der Erde ziehen, dann kann man langsam erkennen, dass der Himmel und das Meer getrennt, jeder für sich, den Tag verbringen, aber dennoch sind sie verbunden, denn keiner kann ohne den anderen auskommen. Sie gehören einfach zusammen – wie Geschwister.

Je mehr die Sonne aufgeht, desto blauer wird das Meer. Zuerst ein ganz dunkles Blau, später nimmt es an manchen Stellen ein helles Blau an und an anderen Stellen ein grünliches Blau. Es sieht aus wie ein riesiger, toll farbiger Teppich, der in den allerschönsten Farben leuchtet, die man sich vorstellen kann.

Und der Himmel spiegelt sich im Wasser, die Wolken spiegeln sich in sanftem Weiss und verschmischen sich mit dem Blau-Grün. Wenn die Sonne am Himmel noch höher steigt, dann beginnt das Meer auch noch zu glitzern, wie Tausende kleiner Glasscherben.

Und am Abend kommt der Mond und heisst die Nacht willkommen. Der Mond wacht über die Erde und über uns. Er ist unser Freund und sorgt dafür, dass wir alle ruhig schlafen können. Er ist wie ein Nachtwächter oder wie ein Hirte … oder wie ein Vater oder Bruder, und …», ihr Kichern klang merkwürdig, «… so einen Vater oder Bruder muss man doch lieben und gern haben, Kathy, oder?» Sie schaute Kathleen mit grossen Augen an. «Ist doch so, Kathy, einen Vater und einen Bruder muss man doch lieben, Kathy, ja?»

Kathleen konnte sich in dieser Sekunde weder regen noch äussern, doch Marie sprach schon weiter. Sie war ganz ausser Atem, hatte vor Eifer und Erregung vergessen, Luft zu holen. «Und es ist nass, das Meer. Aber nicht unangenehm nass, sondern manchmal ein frisches Nass und manchmal ein warmes

Nass. Und das Wasser wirft rauschende Wellen. Wenn der Wind ganz fest bläst, dann tönt es wie ein Donnergrollen während der Regenzeit. Und manchmal ist es ganz leise und sanft wie das Rauschen der Blätter in den Bäumen und Palmen bei einem leichten Morgenwind oder an einem lauen Abend.» Die Worte sprudelten nur so aus Maries Mund, und das Mädchen ruderte mit den Armen, um seine Worte zu unterstreichen.

«Und salzig ist das Meer, hat Onkel Chris gesagt, salziger noch als die Rinde des Kikoka-Baumes, salziger als die Frucht der Mulinda-Blüte.» Die Kleine war nun vollkommen ausser Atem. Sie holte tief Luft, dann drehte sie sich zu Kathleen herum und fragte: «Stimmt das alles, Kathy? Hast du das Meer schon mal gesehen?»

«Ja, es stimmt», antwortete Kathleen nachdenklich, «ja, ich habe das Meer schon oft gesehen – aber wie du es beschrieben hast, so habe ich es noch gar nie gesehen, Marie.» Sie strich dem Kind sanft über den schwarzen Lockenkopf und lächelte es aus tiefstem Herzen an. «Würdest du denn das Meer wirklich gerne sehen?» Sie legte ihre Hände zu beiden Seiten an Maries kleinen Kopf. «Wollen wir uns zusammen das Meer anschauen, Marie?»

Marie konnte die Frage zuerst nicht fassen, doch dann zappelte sie aufgeregt herum und jubelte: «Oh ja, das wäre toll!» Plötzlich schien ihr jedoch etwas einzufallen, und mit gesenktem Blick meinte sie: «Aber das geht ja gar nicht. Das Meer ist furchtbar weit weg, und ich …», sie stockte, «und du auch … – na, du weisst schon, Kathy», sagte sie ganz ernst.

In Kathleen jedoch erwachte der alte Management-Spirit. Ich bin noch nicht tot, trotzte sie, und die Kleine auch nicht! Wäre ja gelacht, wenn wir es nicht schaffen würden, ans Meer zu fahren. Und ich möchte es genau so sehen, wie es Marie vorhin beschrieben hat. «Mach dir keine Sorgen, Kleine. Ich habe schon ganz andere Dinge zustande gebracht.» Entschlossen grinste sie das Mädchen an. «Darin bin ich echt gut, Kind, denn was man mit Geld alles anstellen kann – das glaubst du gar nicht.» Und ohne es auszusprechen, vervollständigte Kathleen den Satz in Gedanken: Dich und mich kann ich mit all meinen Millionen zwar nicht heilen. Aber ans Meer kann ich uns beide sehr wohl bringen. Und wie! Sei es auch das Letzte, das ich bewältige.

Sie spürte, wie sie ihre Lebenslust und den Lebenswillen wiedergewann, wie sich jede Faser ihres Körpers auf einmal erfrischt anfühlte – wie wenn ein Adrenalinstoss durch ihren Körper raste. Sie fühlte sich gut. Sie fühlte sich gut und stark wie lange nicht mehr. Endlich eine Aufgabe! Beschwingt machte sie sich auf den Weg, und diesmal spürte sie die kurze Vibration ganz deutlich.

Reisepläne

Der Mensch, der den Berg versetzte,
war derselbe, der anfing,
kleine Steine wegzutragen.
(Aus China)

Kathleen klopfte und fiel gleichsam mit der Tür ins Haus. «Marie möchte das Meer sehen», verkündete sie ohne Umschweife.

Chris zog die Augenbrauen nach oben.

«Ja, das Meer. Du hast es ihr doch so schön geschildert», meinte sie.

«Hat sie dir das erzählt?»

«Klar, Frauengequatsche, aber davon verstehst du wohl nichts», sagte sie neckisch.

«Na, da hast du ausnahmsweise recht. Nee, davon verstehe ich tatsächlich nicht viel.»

«Also, was meinst du, Doktor Campbell?», ganz bewusst versuchte sie ihn zu provozieren.

Er schaute immer noch in seine Papiere auf dem Schreibtisch. Dann seufzte er, drehte sich auf seinem alten Bürostuhl in ihre Richtung und sagte halb ironisch, halb vorwurfsvoll: «Kathy, Kathy, du wirst dich wohl nie ändern. Wie willst du das denn anstellen, Frau Managerin? Das Meer ist weit weg. Wir sind hier in Afrika.» Er schluckte fast unmerklich und versuchte, seiner Stimme einen sachlichen Klang zu geben. «Und die Kleine hat nicht mehr lange – ein paar Wochen vielleicht noch.»

«Ja, ich weiss, gerade deshalb.» Fast trotzig wie ein Teenager fuhr sie fort: «Und gerade deshalb habe ich schon ein Flugzeug gechartert.» Beim Blick in seine erstaunten Augen musste sie schelmisch grinsen.

«Ah, so ist das», er vertiefte sich wieder in seine Unterlagen. «Warum fragst du mich denn überhaupt?»

«Weil ich dir vertraue und weil ich …»

«Was?»

«Nichts.» Sie drehte sich zum Fenster und kehrte ihm dem Rücken zu, damit er ihre Tränen nicht sah. «Weil du sie am besten kennst.»

«Mach, was du für richtig hältst.»

«Chris?»

«Was denn noch?»

«Ich werde ihr das Meer zeigen, aber ich kann nicht ..., du weisst schon.»

«Nein, ich weiss nicht. Was kannst du nicht?», fragte er mit eisigem Unterton.

«Wenn es so weit ist, ich meine, wenn sie stirbt, Chris ... Ich kann nicht bei ihr sein. Das schaffe ich einfach nicht.»

Nur ein Zucken um die Mundwinkel schien etwas von seinem Inneren preisgeben zu wollen. «Hast du es ihr gesagt?»

Sie schaute betreten zu Boden. «Nein», dann fügte sie murmelnd hinzu, «sie hat aber auch nicht danach gefragt.»

Er stand auf, ging auf sie zu und drehte sie mit einem harten Griff an der Schulter zu sich. Stahlhart, wie Schraubstöcke schlossen sich seine Hände um ihre Arme. Trotz ihres spitzen Aufschreis lockerten sich seine Finger kein bisschen. «Du wirst es ihr sagen, hast du mich verstanden, Kathleen O'Hara?», zischte er sie an. «Du wirst es ihr sagen, dass du nicht bei ihr bleibst.»

Das *Vibrieren* des Schranks mit den leise klirrenden Ampullen schien seine Worte zu unterstreichen.

New York City, Ground Zero

Little Bears letzter Ritt

Epsilon ist präzise 0,007 –
das Verhältnis von Wasserstoff zu Helium in der Nukleosynthese.
Eine minimale Abweichung, und es gäbe
keine schweren Elemente wie zum Beispiel Eisen.

John «Little Bear» Taylor war schwindelfrei, wie alle Navajo-Indianer. Eine genetische Laune der Natur. Statt mit wehenden Haaren auf dem Rücken eines Pferdes über die Prärie zu reiten, arbeiteten er und seine Stammesbrüder deshalb auf einer der höchsten Baustellen der Welt.

Er stand auf dem Eisenstahlgerüst, das einmal der «Freedom Tower», gedacht als Nachfolger des World Trade Centers, werden sollte. Fast dreihundert Meter unter ihm floss der Strassenverkehr der City träge dahin. John brauchte keine Sicherung, schon gar kein Fangnetz – wäre auch absurd in der Höhe –, denn er bewegte sich auf den schmalen Stahlbalken, als wären sie breite Wege auf sicherem Terrain. Heute war es sogar windstill, allerdings bitterkalt, weshalb John in eine dicke Daunenjacke eingepackt war. Die eisige Luft kündigte einen Schneesturm an, da war sich «Little Bear» ziemlich sicher.

Freitagnachmittag, noch ein paar Stunden, und er würde zu Hause mit seiner Frau und seinem kleinen Sohn das Wochenende geniessen. Rittlings setzte er sich auf einen Balken, um sein Mittagessen zu sich zu nehmen. Sein letzter Gedanke war, ob sein Grossvater wohl in den heiligen Jagdgründen sei – denn «Little Bears» Bewusstsein registrierte den sekundenlangen Fall zuerst nicht wirklich. Erst kurz vor dem Aufschlag durchzuckte ihn ein Wundern. Dann schlug er auf dem Asphalt auf und war auf der Stelle tot.

Willkommen im Imperial Lodge

Du bist deine eigene Grenze,
erhebe dich darüber!
(Hafis)

Kathleen hatte Marie nicht gesagt, wann die Reise beginnen würde. Auch hinsichtlich des Zieles hatte sie sie im Ungewissen gelassen, denn sie wollte das Mädchen überraschen. Vor ein paar Tagen war sie heimlich mit Sulimba, den sie gerne mochte, in der City gewesen und hatte ein paar Sachen für die Tour eingekauft.

Als Kathy aufstand und beim Durchqueren des Innenhofes die klare Morgenluft einatmete, war sie versucht, für den schönen Tag und die lange nicht gekannte Lebenslust zu danken. Der dumpfe Druck in ihrer Magengegend holte sie jedoch sogleich in die Realität zurück. Energisch wischte sie die düsteren Gedanken beiseite. Wenn es dich gibt, Gott, bitte hilf mir nur dieses eine Mal; lass uns diese Reise machen!

Auf leisen Sohlen, um die anderen Kinder nicht zu wecken, tapste sie auf Maries Zimmer zu, klopfte leise an die Tür und forderte die schlaftrunkene Kleine auf, dass sie ihre Morgentoilette machen und dann auf ihr Zimmer kommen solle, denn sie habe eine Überraschung für sie.

Nachdem sich Marie gewaschen und angekleidet hatte, kam sie aufgeregt in Kathleens Zimmer gehuscht. Auf dem Bett stand ein grosses Paket in rot-blauem Geschenkpapier mit einer goldfarbenen Schleife.

«Für *mich*?», fragte Marie staunend und wollte es gleich aufreissen, aber Kathleen hielt sie schmunzelnd zurück. «Ja, für dich. Aber wir machen es erst am Flughafen auf, einverstanden?»

«Am Flughafen!?» Marie machte Riesenaugen und konnte vor Staunen den Mund nicht wieder schliessen.

«Du wolltest doch einmal das Meer sehen, oder nicht?», schob Kathleen wie beiläufig nach, aber bevor sie noch recht aussprechen konnte, hatte Marie sie vor Freude angesprungen wie ein junger Hund.

Kathleen war darauf nicht vorbereitet und geriet aus dem Gleichgewicht, sodass beide auf dem Bett landeten. Marie wollte sie nicht loslassen, klammerte sich immer noch an ihren Nacken und gab ihr schmatzende Küsse auf die Wangen.

«Juchhu, ich werde das Meer sehen!», jubelte sie.

Das Taxi wartete draussen vor dem Tor. Kathleen hatte die Abreise bewusst ganz früh am Morgen geplant, sonst wäre kein Taxifahrer aus der City in die Slums gefahren. Am Flughafen war zu dieser frühen Stunde kaum Betrieb. Marie hatte das Kleidchen, das Kathy ihr gekauft hatte, angezogen, und die restlichen Sachen waren in ihrer neuen braunen Reisetasche verstaut. Kathleen hatte über ihren New Yorker Anwalt alles organisieren lassen, sodass tatsächlich auch alles wie am Schnürchen klappte.

Geld bewegt die Welt, dachte Kathleen halb melancholisch, halb wütend, als sie durch die fast menschenleere Abfertigungshalle schritten. Während Kathleen mit langen und schnellen Schritten vorwärtsstrebte, sprang Marie voller Vorfreude neben ihr her.

Ohne ersichtlichen Grund drosselte Kathleen plötzlich das Tempo. Marie hatte im ersten Moment gar nicht bemerkt, dass sie alleine war, und war schon eine paar Meter weitergerannt.

Genau hier, erinnerte sich Kathleen, hatte Chris ihr von Maries Schicksal erzählt. Ihr war, als müsste sie nun einen grossen Bogen um die Stelle machen.

«Kommst du, Kathy?», forderte Marie sie auf.

«Klar, Marie.»

Hand in Hand rannten sie in Richtung der Gates. Dort wartete ein Minibus, in den sie einstiegen.

Als sie sich der gecharterten Challenger 500 näherten, fragte Marie: «Wo sind denn alle anderen Menschen, die mitfliegen?»

Kathy schaute sie grinsend an. «Alle, die mitfliegen, sind in diesem Bus.»

Zum ersten Mal erlebte Kathleen, dass Marie sprachlos war. Alles war neu für sie. Als die Maschine mit heulenden Triebwerken über die Startbahn schoss und kurz danach abhob, krallte sich Maries Hand an Kathleen Arms fest. Aber schon nach ein paar Minuten war die Angst gewichen. Sie schauten aus den kleinen Festern auf die winziger werdenden Wolkenkratzer der City. Nach einer knappen Stunde setzten sie zur Landung an.

Obwohl die meisten Gäste mit dem Helikopter zum Hotel flogen, hatte Kathleen entschieden, mit dem Wagen zu fahren. Die Limousine fuhr, wie sonst bei Staatsgästen üblich, direkt neben das Flugzeug. Eine Riesenluxuslimousine, die sich wie ein Anachronismus von der Landschaft abhob. Der livrierte schwarze Fahrer hielt den beiden die Tür auf. Er war enorm gross und breit wie ein Kleiderschrank. Sein runder, kahlgeschorener Kopf glich einer gigantischen schwarzen Kugel, und seine weissen Zähne blitzten wie Schnee, als er sie beide warmherzig begrüsste.

«Hallo, Ladies, willkommen beim Imperial Lodge Transfer Service. Ich heisse Joshua und werde Sie ins Hotel bringen. Die Fahrt dauert zwar ein paar Stunden, aber dafür hat man eine vorzügliche Aussicht aufs Meer und auf die Küste.»

Marie legte den Kopf in den Nacken und schaute von unten her an Joshua empor. «Wow, du bist aber riesig – und so breit!»

Joshua kratzte sich grinsend am Kopf, denn er wusste natürlich, dass die meisten Gäste, die er chauffierte, ebenfalls so – oder schlimmer – über ihn dachten.

«Macht nichts», meinte Marie, wie um ihn zu trösten. «Ich mag dich trotzdem.»

«Entschuldigen Sie, Sir», schaltete sich nun Kathleen dazwischen, «Marie ist immer etwas direkt.»

«Geht schon in Ordnung, Madam.» Er beugte sich zu Marie und reichte ihr seine riesige Hand.

Während der Fahrt, die sie mal näher, mal ferner am Meer entlangführte, plapperte das Kind mit Joshua. Sie hatte sich neben den schwarzen Hünen auf den Beifahrersitz gesetzt und hörte aufmerksam zu, wenn er ihr die Landschaft erklärte. Zu jedem Hügel und jeder Schlucht kannte er eine Geschichte. Kathleen sass derweil auf dem Rücksitz, hing ihren Gedanken nach und schlief nach kurzer Zeit ein.

Schliesslich tauchte wie eine Fata Morgana das Hotel vor ihnen auf. Es lag an einer völlig abgelegenen Steilküste und thronte dort wie ein Märchenschloss, eine Mischung aus Buckingham Palace und orientalischem Sultanspalast, ein atemberaubender Anblick. Das Imperial Lodge Hotel war eines der exklusivsten Häuser der Welt. Normalsterbliche Touristen fanden dort keinen Zutritt, denn es war bewusst für die Superreichen konzipiert. Hauptsächlich war es für seinen paradiesischen Golfplatz bekannt, der zu den schönsten der Welt gerechnet wurde. Kathleen, hatte sich noch nie für diesen Sport begeistern können. Sie hatte das Hotel wegen der fantastischen Lage und wegen seines wundervollen Strands gewählt.

Joshua fuhr die Limousine direkt vor die Einfahrt. Ein Türsteher in schmucker Uniform riss eilfertig die Wagentüren auf.

Weil Joshua der Kleinen versprochen hatte, ihr das Herz des Wagens, den Motor, zu zeigen, willigte Kathleen ein und bat den Fahrer, Marie später zur Rezeption zu begleiten, während sie vorausging. Sie war bester Laune, dass bis jetzt alles geklappt hatte und dass Marie im Glück schwebte. Kathleen freute sich selbst wie ein kleines Kind auf seinen Geburtstag und auf den Geschenke-Segen.

«Schleimbeutel» in Person

Es gehört oft mehr Mut dazu, seine Meinung zu ändern,
als ihr treu zu bleiben.
(Friedrich Hebbel)

Kathleen hatte die Executive Suite gebucht, und solche Gäste wurden prinzipiell vom Direktor persönlich empfangen und betreut. Rölf Obersted, ein relativ junger Manager deutsch-dänischer Abstammung, leitete das Hotel erst seit kurzem, und obschon es in Afrika lag, figurierte es für ihn als ideales Sprungbrett für eine steile Karriere. Als Kathleen die Lobby betrat, wurde sie von ihm auf halbem Weg zur Rezeption mit einem freudigen: «Madam O'Hara, was für eine Ehre, Sie bei uns begrüssen zu dürfen», und einer vollendeten Verbeugung mit Handkuss willkommen geheissen – gerade so, als wäre sie seit Jahren der Stammgast des Hauses oder überhaupt die Königin von England.

Kathleen erkannte Heuchler auf den ersten Blick, denn sie selbst hatte diese Rolle schon tausendfach in ihrem Leben gespielt; noch vor weniger als einem Vierteljahr hätte sie es als selbstverständlich empfunden, dass man sie mit solchem «Charme» zu umgarnen versuchte. Aber diese Zeiten lagen lange zurück. Jetzt nahm sie das übertriebene, schleimerische Getue nur mit Abscheu wahr. Sie schielte den Kerl von der Seite her an, während er sie in serviler Haltung und konstant vom Wetter und vom herrlichen Golfplatz plappernd an die Rezeption begleitete: Blondes, leicht gewelltes Haar umrahmte ein perfekt geschnittenes, maskulines Gesicht; grossgewachsen, schlank und in einem teuren Massanzug steckend, sah er – das musste man ihm lassen – blendend aus.

Die Lobby des Hotels war pompös und nach Kathleens Geschmack zu kitschig. Die Marmorsäulen mit den Goldornamenten, der Boden aus brasilianischem Granit und die riesigen Kristalllüster schienen nach dem Motto «Je teurer, desto besser» ausgewählt worden zu sein. Aus gut versteckten Lautsprechern drang dezente, klassische Musik durch die Lobby, und die wenigen Gäste, die sich um diese Stunde hier aufhielten, stanken geradezu nach Geld.

An der Rezeption schnauzte Obersted seinen Assistenten herrisch an: «George, den Schlüssel zur Executive Suite für Madam O'Hara.»

«Sofort, Sir», erwiderte dieser dienstfertig und bat Kathleen höflich: «Wären Sie so nett, Madam, die Anmeldung auszufüllen?»

«Was soll das, George, Madam braucht doch keine Formulare auszufüllen.» Ungehalten riss der Direktor dem Angesprochenen das Papier aus der Hand und zischte: «Sie Esel!» Weitere Beschimpfungen verkniff er sich, als er Kathleens konsternierten Blick registrierte.

George Mutebo, der seit vielen Jahren als Assistent der Direktion arbeitete, entschuldigte sich leise und senkte seinen Kopf. Obschon er sich ständig selbst weitergebildet hatte und in Tat und Wahrheit das Hotel fast alleine führte, war er sich sehr wohl bewusst, dass er als Schwarzer keine Chance erhalten würde, zum Hoteldirektor ernannt zu werden. Damit hatte er sich längst abgefunden, was jedoch seine Wut auf Menschen wie Obersted nicht minderte.

Dieser wandte sich mit säuselnder Stimme an Kathleen: «Bitte, Madam O'Hara, darf ich Ihnen die Anmeldung aufs Zimmer schicken lassen, und Sie füllen das Formular in aller Ruhe aus, wenn es Ihre Zeit erlaubt?»

Kathleen nickte nur, denn der Typ hatte soeben noch weitere Minuspunkte gesammelt. Sie wollte nun möglichst schnell auf ihr Zimmer und mit Marie an den Strand hinunter, denn in der Zwischenzeit war es später Nachmittag.

Just als Obersted ihr den Schlüssel reichte, war auf einmal lautes Lachen zu hören. Kathleen, die mit dem Rücken zum Haupteingang stand, erkannte nur, dass Obersted auf einmal grosse Augen bekam, ein unmutig klingendes Grunzen von sich gab und dann seinen Kopf in eine Schräglage brachte, als müsste er sich versichern, dass die Szene, die er sah und die nicht sein durfte, tatsächlich keine Sinnestäuschung war.

Neugierig drehte sich Kathleen in Richtung des Eingangs und entdeckte, was Obersted soeben an seinem Weltbild hatte zweifeln lassen: Marie thronte wie eine orientalische Prinzessin auf Joshuas mächtigen Schultern, als würde sie einen Elefanten reiten; dazu lachte und quietschte sie so vergnügt, dass sie sämtliche Blicke auf sich zog.

Obersted erwachte aus seiner Erstarrung. «Sagen Sie dem Volltrottel, er soll das Kind hier rausschaffen, Mutebo!» Er hatte nun jede sorgsam antrainierte Contenance verloren, und da George nicht gleich reagierte, wollte er selbst einschreiten.

«Die Kleine gehört zu mir», sagte Kathleen.

«Bitte wie?» Obersted glaubte, sich verhört zu haben.

Kathleen wiederholte ihre Worte langsam und betont.

Marie und Joshua hatten in der Zwischenzeit die Rezeption erreicht. Wie eine Flaumfeder hob der Riese das Mädchen über seinen kahlen Kopf von den Schultern und stellte sie auf den Fussboden. Marie war ausser sich vor Vergnügen und redete sofort auf Kathleen ein, sodass diese sachte, aber bestimmt die Hand auf den Mund der Kleinen legen musste, um ihren Redefluss zu stoppen.

Obersted packte den verdutzten Chauffeur am Arm und zog ihn beiseite. Er musste sich auf die Zehenspitzen stellen, um auch nur in die Nähe von Joshuas Ohren zu kommen.

«Sie Idiot, was soll das? Sie sind gefeuert!» Dann näherte er sich wieder seinem Gast, tippte scheinbar ratlos auf die Tastatur seines Computers und räusperte sich diskret. «Madam, leider ist uns offensichtlich bei der Reservierung ein Missgeschick unterlaufen. Ich stelle gerade fest, dass wir restlos ausgebucht sind.» Er sah seinen Assistenten scharf an. «Ist doch so, George, nicht wahr?»

«Gewiss, Sir, gewiss», sagte dieser mit einem traurigen Blick auf Kathleen und Marie, «es ist mein Fehler, Sir, wie Sie schon sagten, wir sind leider ausgebucht, Madam.» Er schämte sich zutiefst, aber er hatte keine andere Wahl, denn Obersted würde ihm, ohne mit der Wimper zu zucken, ebenfalls seine Stellung kündigen. Wovon sollte er dann seine Familie ernähren?

Kathleen durchschaute sogleich das schmutzige Spiel und

rang um Fassung. «Sie lügen mich doch an, Sie ...», zischte sie.

Obersted liess sich nicht beeindrucken. Auch als Kathleen ihm zuerst das Doppelte, dann sogar das Dreifache des Preises bezahlen wollte und ihm mit einer Klage drohte: Es half alles nichts.

Einige Gäste warfen bereits missbilligende Blicke an die Rezeption, und Obersted wollte vermeiden, dass die Szene ausartete. Mit einer diskreten Handbewegung winkte er zwei der Security-Guards, die in der Lobby postiert waren, herbei und unterbrach Kathleens Wutausbruch.

«Madam, ich bitte Sie, das Hotel mit dem ..., mit dem Kind unverzüglich zu verlassen.»

Kathleen hatte auf einmal das Gefühl, vor einem Abgrund zu stehen, am Rande einer gigantischen Schlucht, die sie unmöglich überwinden konnte. Mit der Stimme eines kleinen Mädchens flehte sie Obersted an: «Bitte, Mister, lassen Sie uns wenigstens eine halbe Stunde an den Strand. Bitte!»

Obersted hatte dieses Schauspiel sichtlich satt. Indigniert hob er die Augenbrauen und erwiderte kühl: «Der Strand ist nur für Gäste, Madam. Wenn Sie selbst einen Blick darauf werfen wollen – gerne. Aber ohne die Schwar..., ähm, ich meine, ohne das Kind.»

Ein folgenschweres Telefonat

Es kann die Ehre dieser Welt
dir keine Ehre geben;
was dich in Wahrheit hebt und hält,
muss in dir selber leben.
(Theodor Fontane)

Plötzlich war es wieder da: dieses Gefühl, das sie irgendwann, damals nach jener Nacht, zum ersten Mal verspürt hatte. Hass, tiefster Hass!

Kathleen trat einen Schritt auf Obersted zu. Sie hatte ja nichts zu verlieren, und hätte sie Maries Stimme nicht gerade jetzt gehört, hätte sie ihm ihre Schuhspitze schwungvoll gegen ein ausgewähltes Körperteil gekickt. Zum ersten Mal in ihrem Leben hegte sie Mordgedanken. Es war gut, dass sie keine Waffe zur Hand hatte, sonst hätte es womöglich diesen grosskotzigen, herzlosen Snob das Leben gekostet. Zugleich wurde ihr blitzartig bewusst, was es bedeutete, aus tiefstem Herzen zu hassen. So lange hatte sie dieses Gefühl unterdrückt, hatte es sorgsam in sich verschlossen gehalten – jetzt brach es aus dem Gefängnis aus. Unwillkürlich kam ihr Chief Matimbas Geschichte der zwei Löwen in den Sinn. Ja, Obersted war ihr eigenes Spiegelbild: Sie erkannte in ihm den Menschen, der sie nicht mehr sein wollte; die Handlungs- und Denkweise, die ihr Leid taten; die Eigenschaften, die sie an sich hasste. In der Person Oberstеds wollte sie dieses Verhasste schlagen, würgen, zerstören, auslöschen.

Ihr Arm stoppte auf halben Wege zu Oberstеds aristokratischer Nase und stiess auf ein Hindernis aus Fleisch, Muskeln und Knochen in Form der riesigen Hand, die Joshua wie eine Mauer vor Oberstеds Gesicht hielt, um den Schlag abzufangen.

«Bitte, Madam, bitte!», besänftigte Joshua sie mit traurigem Blick.

Marie nahm Kathleen bei der Hand und bat: «Kathy, lass uns gehen. Es macht ja nichts, lass uns gehen, ich bin müde.»

Kathleen brach es fast das Herz, das Kind so enttäuscht zu sehen, aber sie wollte es nicht noch mehr den abfälligen Blicken der Menschen hier aussetzen. Sie bückte sich zu Marie hinab und flüsterte ihr ins Ohr: «Ist schon gut. Geh bitte mit Joshua vor, ich komme gleich.»

Marie nickte und ging langsam an Joshuas Hand nach draussen.

Die zwei Security-Guards hatten sich diskret, aber unmissverständlich links und rechts neben Kathleen postiert. Sie ignorierte die Männer bewusst, nahm ihre Taschen vom Boden auf, schaute Obersted an und sagte in voller Lautstärke, dass es alle in der Lobby hören konnten: «Sie sind ein herzloser Wichser, Herr Direktor!», dann wischte sie mit einer energischen Geste einige Gegenstände vom Tresen der Rezeption und kehrte Obersted den Rücken. Auf dem Weg nach draussen rempelte sie absichtlich ein paar Gäste an, die mit offenen Mündern dastanden, als komme sie von einem anderen Planeten.

Marie wartete Hand in Hand mit Joshua, der Kathleen sogleich anbot, dass sie bei ihm übernachten könnten. Er selbst könne problemlos bei seinem Bruder schlafen. Kathleen überlegte: Der Rückflug wäre frühestens morgen möglich; ohnehin war es zu spät, um in die Stadt zurückzufahren. Ein anderes Hotel gäbe es nicht, zumal sie sich, vor allem aber Marie, ähnliche Demütigungen ersparen wollte, und der einzige kleine Ort war das Städtchen, in dem Joshua und die meisten Angestellten des Imperial Lodge wohnten. Sie willigte ein und fuhren mit dem uralten, klapprigen Privatauto Joshuas in den Ort.

Er lag auf einer Anhöhe, sodass man in der Ferne das Meer erspähen konnte, aber der einzige direkte Zugang zu den Stränden war nur beim Imperial Lodge möglich, denn die Steilküste verlief auf eine Länge von über dreihundert Kilometern am Meer entlang.

Joshua fuhr sie zu seiner Behausung, die aus einem kleinen Schlafzimmer und einer winzigen Küche bestand. Alles war sehr sauber, trotzdem schien sich Joshua ein wenig zu genieren. «Es tut mir leid, Madam, aber das ist alles, was ich Ihnen bieten kann.»

«Nennen Sie mich einfach Kathleen», sie gab ihm die Hand, «und ich danke Ihnen von Herzen hierfür, Joshua.»

Gerührt verabschiedete sich der Riese mit einem dicken Kuss auf Maries Wange und versprach Kathleen, sie am nächsten Morgen abzuholen und in die Stadt zu fahren; er habe ja jetzt, da er gefeuert sei, genügend Zeit.

«Kathy, ich bin müde.» Marie sah ganz blass aus.

«Es tut mir so leid, Marie.» Kathleen fühlte sich, als stünde sie mit dem Kind an einem tiefen Abgrund. Es war alles gescheitert, und sie hatte Mühe, sich ihren Frust und die Niedergeschlagenheit nicht anmerken zu lassen.

«Macht nichts, Kathy. Ich habe ja das Meer gesehen. Auch von fern sah es sehr schön aus.»

Kathleen biss die Zähne aufeinander, um nicht loszuheulen. Das Leben war so schrecklich, so beschissen! Sie musste ihrer Wut Luft machen! Schneller, als sie selbst denken konnte, packte sie die Taschen, die zu ihren Füssen standen, und schleuderte sie mit Wucht gegen die Wand, sodass der Inhalt zu Boden fiel. Dann liess sie sich aufs Bett fallen und brach in Schluchzen aus.

Marie legte sich wortlos neben sie, schlang ihre dünnen Arme um Kathleens Leib und kuschelte sich eng an sie. Bald war das Mädchen eingeschlafen. Kathleen stand vorsichtig auf, ging zum Waschbecken und wusch sich die Augen aus. Dann schaute sie die schlafende Marie an.

Was kann ich wirklich hier bewirken?, fragte sie sich resigniert. Alles war nur ein Traum. Wunder geschehen allenfalls in Hollywood, kleine Marie … Ich gebe auf, ich kann nicht mehr. Wie beide werden sterben – ich schuldig und du unschuldig, und dennoch macht es keinen Unterschied. Das Leben geht weiter, aber nicht für uns zwei.

Sie stützte ihren Kopf zwischen die Hände und schaute leeren Blickes auf den Boden, auf den zerstreuten Inhalt der Taschen und auf … ihr Handy.

Die Nummer! Die Nummer ist gespeichert!, schoss es ihr durch den Kopf.

Flugs hob sie das Gerät auf und schaltete es ein. Sie hatte

immer noch seine Privatnummer, die nur wenigen Menschen zugänglich war, im Handy gespeichert. Ein Knopfdruck, und nach ein paar Sekunden hörte sie die Stimme.

«Hallo!?» – sonor und souverän wie immer.

«Hallo, James!»

«Kathleen ..?»

«Ja.»

Eine kurze Pause, in der nur ein Rauschen in der Leitung zu hören war.

«Welche Überraschung! Schön, von Ihnen zu hören. Wie geht es Ihnen?»

«Wie soll's mir schon gehen? Zum Kotzen, ehrlich gesagt.» Sie konnte sich die nächste Bemerkung nicht verkneifen. «Und wie geht es Ihrem neuen CEO? Tut ihm die Nase noch weh?»

«Rockman, meinen Sie? Der arme Kerl sah wochenlang wie eine Mumie aus mit seinem Verband.» Er lachte kurz auf. «Er und mein neuer CEO? Ha, wo denken Sie hin, Kathleen? Arschkriecher kann ich für so eine Position nicht brauchen. Nein, nein, Rockman hat nun eine Spezialaufgabe übernommen. Er kümmert sich um die Erzmine in Sibirien – vor Ort natürlich.» Das Knistern seiner Havanna war so deutlich zu hören, dass Kathleen sich nahezu einbildete, den Rauch zu riechen.

«Lassen wir den Smalltalk, James», sie zögerte, weil sie sich fragte, ob sie zu weit ging, «ich möchte Sie um einen Gefallen bitten.» Ein Blick auf die schlafende Marie gab ihr den nötigen Kick, und zu verlieren hatte sie ohnehin nichts.

«Um einen Gefallen bitten?» Die Ablehnung war schon aus dem Tonfall zu entnehmen. James hätte den nächsten Satz auch unausgesprochen lassen können, denn Kathleen kannte ihn gut genug: Gemäss seinem Credo schuldete er ihr absolut nichts mehr. Deshalb überraschte es sie nicht, was sie nun zu hören bekam: «Das Geld haben wir überwiesen. Ich wüsste nicht was wir noch …»

«Das Imperial Lodge gehört doch Ihnen, James.»

«Das …, *was* bitte?»

«Letztes Jahr haben Sie die ganze Kette gekauft, James. Tun Sie nicht so verdammt unwissend! Sie wissen immer ganz genau, wofür sie mehrere hundert Millionen Dollar ausgegeben haben.»

Selbstverständlich wusste er Bescheid, aber er wäre nicht einer der reichsten Männer der Welt geworden, wenn er sich nicht zuerst anhören würde, was seine krebskranke Ex-CEO mitzuteilen hatte, wenn sie sogar aus Afrika auf seiner Privatnummer anrief.

«Ja und? Wollen Sie einen Discount auf eine Übernachtung rausschinden?» Sobald er ungeduldig wurde – und das war in der Regel sehr schnell –, wurde er zynisch, und dies bedeutete eigentlich immer, dass das Gespräch beendet war.

Kathleen kannte ihn besser als die meisten Menschen, und deshalb begann sie – entgegen ihrem sonstigen Verhalten –, wie ein Wasserfall in das Telefon und auf James einzureden: Sie erzählte von Marie und dem arroganten «Direktor-Schwein», das nicht einmal den letzten Wunsch eines todkranken Mädchens erfüllte; von den Fehlern, die sie selbst gemacht habe, und auch von den seinen, die er, gerade er, James der Grosse, gemacht hatte; davon, dass man teilen müsse; und von all dem, was die Reichen und Mächtigen den Armen schuldeten.

Am anderen Ende der Welt glaubte James zuerst, sich verhört zu haben. War das seine Kathleen? Sein CEO, na gut, Ex-CEO? Dieselbe Person, die er jahrelang gefördert hatte und die seine Corporation operativ und auch strategisch fast vier Jahre lang erfolgreich geführt hatte? Dass Kathleen auch ihn selbst mit der Fusion von Global One gleich um mehrere Milliarden Dollar reicher gemacht hatte, war für James selbstverständlich und im Grunde keines speziellen Gedankens wert, denn schliesslich war Kathleen genügend honoriert und abgefunden worden. In der Welt von James Earl Connors III. war es ja auch schlichtweg nicht einzusehen, warum jemand etwas tun sollte, ohne Geld oder einen geldwerten Vorteil dafür zu erhalten.

In den ersten Minuten, als Connors Kathleen zuhörte, vermutete er, ihr sozialer Eifer könne nur ihrer Krankheit zuzuschreiben sein. So eine Gefühlsduselei hatte er von seinem Ex-CEO im Leben nicht erwartet. Er wollte schon auflegen, als die Bilder wie ein Blitz in ihn einschlugen! Wie elektrisiert schaltete er auf die Freisprecheinrichtung und hörte nun Kathleens Stimme und ihre Klagen über die Ungerechtigkeit der Welt durch den Raum hallen.

James Connors schritt auf einen Schrank zu, öffnete ihn und zog eine alte Lederbrieftasche daraus hervor. Das Foto – diese Aufnahme, die ausser ihm selbst noch nie jemand zu Gesicht bekommen hatte! Auch er selbst hatte sie wohl seit einem Vierteljahrhundert nicht mehr angerührt. Er hatte sie Johnson richtiggehend «abringen» müssen: der junge James neben dem Präsidenten im Weissen Haus, nachdem sie ihn wieder so weit aufgepäppelt hatten, dass er mit der Empfehlung des Präsidenten an eine Schule in New York reisen durfte. Er hatte doch Johnson ein Versprechen gegeben …! Was wäre denn gewesen, wenn ihn der Präsident im Elend hätte liegen lassen?

Auf einmal war es still. Er hörte Kathleen schluchzen, und ihr Weinen vermischte sich über Tausende Kilometer hinweg mit dem Knistern seiner Havanna.

Just in dem Moment, als sie etwas sagen wollte, klickte es leise in der Leitung. Er hatte aufgelegt.

Kathleen stolperte gegen die Bettkante und liess sich fluchend auf die Matratze fallen.

«Mit wem hast du gesprochen, Kathy?» Marie war aufgewacht.

«Mit einem Arschlo…, ähm, sorry, mit meinem Ex-Boss.»

«Oh, dann musst du ihn doch mögen, wenn du für ihn gearbeitet hast.»

«Das dachte ich einmal. Ist lange her, Marie.» Sie starrte auf das Handy in ihrer Hand. «Damals war ich ein anderer Mensch. Ja, damals dachte ich, dass ich ihn mag. Aber jetzt?»

«Ist er auch so reich wie du?»

«Ach, Marie, er ist superreich. Das kannst du dir gar nicht vorstellen – er ist wie ein König. So viel Geld hat er.» Sie schaltete das Handy aus und bettete sich neben die Kleine. «Lass uns schlafen, Marie, alles Geld der Welt kann gewisse Dinge nicht kaufen, doch das versteht man erst spät – meistens zu spät.»

Smalltalk unter Reichen

Fremde Fehler beurteilen wir als Staatsanwälte,
die eigenen wie Verteidiger.
(Aus Brasilien)

Rölf Obersted persönlich hatte sie abgeholt. Er sei «untröstlich» ob des Missverständnisses und wolle sich «tausendfach» bei Madam und der jungen Miss entschuldigen. Er wand sich wie ein glitschiger Wurm. Madam möge ihm seinen Fauxpas allergnädigst verzeihen, und selbstverständlich seien sie beide im Imperial Lodge willkommen, jederzeit!

Der Empfang im Imperial Lodge war vom Allerfeinsten. Marie sah niedlich aus in ihrem marineblauen Kleidchen und strahlte übers ganze Gesicht, als der Direktor ankündigte, sie werde hier mit Blick aufs Meer logieren.

Oh, mein Gott, ist das Leben schön, dachte Kathleen mit einem Anflug von Poesie, so wunderbar dieser Tag, ein Tag wie eine Schneeflocke, perfekt und von atemberaubender Schönheit.

Am Abend gab man zu ihren Ehren einen Empfang mit illustren Gästen, alles alte Bekannte: John Pizzano, der Rennstallbesitzer, Mohamad Iban El'Kundani, dessen Vermögen jenseits des Zählbaren lag, und wie sie alle hiessen. Kathleen war glücklich wie nie zuvor und vergass an diesem Abend gar ihre Krankheit. Einen kurzen Augenblick lang war sie sogar versucht, an Gott zu glauben.

Marie bezauberte die ganze Gesellschaft, jeder wollte ihr über den hübschen Lockenkopf streicheln, und Marie genoss es, im Mittelpunkt zu stehen.

«Och, schau mal, die Kleine, wie niedlich!»

«Ja, ist die süss!»

«Ja, ja, die schwarzen Kinder ...»

Nach dem Essen brachte Kathleen die Kleine zu Bett und gesellte sich dann mit einem Drink wieder zu den Gästen an der Bar. Leise Klaviermusik, dezente Diskussionen, angeregte Gespräche über die Weltpolitik im Allgemeinen und über die des afrikanischen Kontinentes im Speziellen. Bald erörterte die Runde die Themen der sozialen Ungerechtigkeit, des Hungers und was dagegen zu tun sei – selbstverständlich aus Sicht der Anwesenden.

«Oh, Cyril, da kann man nicht viel tun. Die wollen ja nicht arbeiten.»

«Ja, Sie haben recht, und die Korruption ist ja so schrecklich. Alles korrupt. Das ganze System in Afrika ist korrupt.»

«Ganz genau. Nicht zu sprechen von all den Diktatoren. Das sind ja gar keine richtigen Länder. Die denken alle noch in Sippen und Stämmen.»

«Genau, ganz wie Sie es sagen, Maurice. Und dann noch der Aberglaube an irgendeinen Mumpitz.»

«Schlimm ist das Ganze, aber man kann beim besten Willen nicht mehr tun, als die UNO ohnehin tut. Wir alle helfen ja, wo es geht.»

«Bedenken Sie, Henry, alle acht Sekunden – oder waren es acht Minuten …? Na ja, spielt ja keine grosse Rolle, aber auf jeden Fall alle acht Was-auch-immer verhungert ein Kind in Afrika. Oder stirbt an Aids oder an einer anderen Krankheit. Aber als Einzelner ist man ja machtlos dagegen.»

Kathleen kannte sämtliche ökonomisch-intellektuellen Argumente, die sie selbst zur Genüge vor sich geschoben hatte, um zu erklären, «warum man da nicht viel tun» könne.

«Aber ich frage mich, ob wir nicht doch etwas mehr als …», mischte sich Kathleen in die Debatte ein.

«Ach bitte, Kathleen, kommen Sie jetzt nicht mit dieser Rette-ein-Menschenleben-und-du-rettest-die-ganze-Menschheit-Tour, meine Liebe. Stellen Sie sich doch der Realität: Es ist, wie es ist. Solche Dinge brauchen Zeit. Viel Zeit sogar.»

«Aber …»

«Nein, nein, wenn Sie es unbedingt mit der Religion haben, dann trösten Sie sich doch einfach mit dem Gedanken, dass Gottes Wege unergründlich sind. Steht ja so oder ähnlich auch in der Bibel, wenn ich mich recht entsinne. Und Gott wird demzufolge schon wissen, warum die Dinge so sind, wie sie sind.»

«Also, ich spende immer zu Weihnachten oder kaufe Souvenirs in diesen Dritte-Welt-Ländern. Man will ja schliesslich helfen und kein Unmensch sein.»

«Man muss aber auch ans Business denken – wo kämen wir sonst hin?»

Kathleen nahm das einstimmige Gelächter wahr.

«Ja, genau, Cyril, vor allem ans Business. Schliesslich besitzen diese Länder enorme Rohstoffvorräte – im Gegensatz zu uns.» Ein Grinsen überzog das feiste Gesicht des Sprechers.

«Achtzig Milliarden Dollar pro Jahr», wandte Kathleen ein.

«Ho, ho, eine erkleckliche Summe. Und was ist damit?»

«Achtzig Milliarden Dollar pro Jahr, über zehn Jahre verteilt investiert ...», antwortete sie.

«Also achthundert Milliarden Dollar in zehn Jahren», rechnete Maurice schnell.

«Exakt!», bestätigte Kathleen scharf. «Achthundert Milliarden in zehn Jahren – und es gäbe keine Slums mehr auf dieser Erde.»

«Ach ja? Und wer sagt das?»

«Die UNO.»

«Meine Güte, die UNO verbreitet so einen Schwachsinn! Echt?»

«Ja, echt.»

«Achthundert Milliarden Dollar sind 'ne Menge Geld.»

«Das ist genau die Summe, die weltweit fürs Militär ausgegeben wird», erklärte sie. «Uupps, so viel?», entfuhr es einer Dame, die sich bisher nicht zu Wort gemeldet hatte.

«Mehr als das! Denn die Summe von achthundert Milliarden Dollar fürs Militär wird weltweit *pro Jahr* ausgegeben! Pro Jahr!», fauchte sie in die Runde.

Betretenes Schweigen. Man nippte an den Drinks.

Cyril fand als Erster seinen Willen zum Widerstand und versuchte Kathleen mit Fakten zu beruhigen: «Die letzten fünfzig Jahre sind zwei Billionen dreihundert Milliarden Dollar als Entwicklungshilfe nach Afrika gegangen. Und was hat es genützt? Nichts, absolut nichts!»

Kathleen verzog die Miene zu einem abfälligen Grinsen. «Sie wissen genauso gut wie ich, dass wir all die Milliarden an die Diktatoren, die korrupten Regime und all die Schweine bezahlt haben, um das Zehn- oder Hundertfache an Rohstoffen und anderen Annehmlichkeiten zurückzuholen.»

«Meine Güte, sind Sie naiv, meine Gute! So ist nun mal das Leben. Seien Sie froh, dass es Ihnen und uns gutgeht!»

Eine Dame kicherte zuerst, ein erzwungenes Lachen folgte, bis schliesslich alle in das Lachen einstimmten und sich schliesslich noch über das allgemeine Gelächter amüsierten.

«Hey, Kleine, ist es nicht höchste Zeit für dich, endlich zu schlafen?»

Kathleen zuckte bei den Worten zusammen, fuhr herum und sah Marie in ihrem Pyjama und barfuss in der Bar stehen.

«Marie», rief sie erschrocken, «warum schläfst du nicht?»

«Es war so laut, und da bin ich aufgewacht. Warum lachen denn alle?»

«Wir sind einfach glücklich, dass es uns gutgeht, Kleine», antwortete Maurice und hielt das Feuerzeug an seine Zigarette. «Du solltest mit Madam O'Hara nach Amerika gehen. Dort würde es dir sicher gefallen.»

«Oh ja! Ja, das will ich.» Marie zog aufgeregt an Kathleens edlem Kleid.

Kathleen packte sie hart am Arm und zischte: «Nein, das geht nicht – und das weisst du auch.»

«Aber ich will mit dir nach Amerika, bitte, Kathy, und ich will gesund werden.»

«Nein, Marie, du gehörst hierher, nach Afrika.» Sie versuchte, Marie aus der Bar zu führen. «Denke an deine Freunde hier.»

Marie riss sich los, rannte zurück in den Kreis der Umstehenden und tobte: «Die anderen sind mir egal. Ich will mit dir gehen. Ich will gesund werden!»

Ein klatschendes Geräusch brachte Kathleen wieder zur Besinnung: Sie hatte der Kleinen eine Ohrfeige verpasst.

Erschrocken über sich selbst kniete sie sich zu Marie herab und hielt sie gegen deren Willen fest. «Nicht du, du nicht …!», stiess sie verzweifelt aus. «Du bist was Besonderes! Alle müssen sterben – du auch! Du hast es doch selbst gesagt, schau dir die anderen an, die müssen auch alle leiden.»

Marie kämpfte sich aus Kathleens Umarmung frei. «Nein, ich will *leben* – wie andere auch!» Ihre Nase blutete. Schluchzend stammelte sie: «Bitte, bitte, zeig mir Amerika, lass mich doch nicht hier … sterben. Du bist doch reich, alle hier sind reich. Bitte, helft mir!»

Gewaltsam packte Kathleen das Mädchen und begann, auf die Kleine einzuschlagen, immer härter, Marie stürzte zu Boden; vor Wut kochend, schlug und trat Kathleen nach Marie, traf sie am Kopf, das Blut spritzte aus der Nase, die Gäste waren schockiert, keiner wagte einzugreifen, alle schauten angewidert diesem Schauspiel zu. Einer der Gäste rief nach der Security, doch keiner der Wächter war in Sichtweite. Andere Gäste versuchten, Kathleen mit gutem Zureden und Worten zu beruhigen: «Mein Gott, Kathleen, lassen Sie doch die Kleine in Ruhe – sie hat doch nichts getan. Die will doch bloss leben – wie wir alle …»

Doch Kathleen ignorierte die Worte; sie war ausser sich. Wie besessen schlug und trat sie auf die vor Schmerzen sich windende und wimmernde Marie ein.

DeLacroix am Rande des Wahnsinns

Der Mond entfernt sich jedes Jahr etwa vier Zentimeter von der Erde.

Die nächsten Tage – oder besser gesagt: Nächte – arbeitete Professor DeLacroix wie noch nie in seinem Leben. Seine anfängliche «Befürchtung», dass Julie tatsächlich noch dümmer sei als vermutet und das Messgerät (das selbstverständlich perfekt und präzise funktionierte) falsch bedient hätte, erwies sich als unbegründet. Alle Messungen ergaben genau das, was Julie Jeunette entdeckt hatte: Der Mond entfernte sich tatsächlich. Doch nicht um die völlig üblichen vier Zentimeter pro Jahr – was den meisten Menschen gar nicht bewusst war –, sondern um mehrere Millimeter pro Tag! Und mit jedem Tag verdoppelte sich seine Fluchtgeschwindigkeit von der Erde, wie DeLacroix nach einer Woche intensiver Messungen feststellte.

Er rechnete die Werte hoch und kam zu dem Schluss, dass sich der Mond in wenigen Monaten so weit von der Erde entfernen würde, dass seine stabilisierende Wirkung auf die Achsrotation der Erde verschwunden wäre. Die Folgen kannte DeLacroix – wie jeder Astrophysiker auf diesem Planeten – ganz genau: Die Erde würde langsam, aber sicher zu «schwanken» beginnen – vergleichbar mit einem Kreisel, der instabil wurde. Zuerst wäre bloss ein Beben und Zittern zu spüren, doch bald würden die Instabilitäten so stark sein, dass verheerende Erbeben von bisher ungeahnten Ausmassen jegliches Leben auf dem Planeten zerstörten.

Und er, Professor DeLacroix, würde – wenigstens für kurze Zeit – das Vergnügen haben, als Entdecker dieses Phänomens massenhaft Interviews zu geben und im Rampenlicht der Öffentlichkeit stehen. Einmal im Leben – wenn auch erst am Ende desselben – würde er sich endlich noch einmal wichtig fühlen … und jung!

Er hatte einen geradezu psychotischen Zustand erreicht, der an Wahnsinn grenzte. Doch als Wissenschaftler funktionierte er immer noch perfekt. Immerhin so perfekt, dass ihn Meldungen stutzig machten, die er in den letzten Tagen von verschiedenen Quellen vernommen hatte und die von einem rätselhaften *Vibrieren* der Erde berichteten. Die breite Öffentlichkeit hatte noch keine Notiz davon genommen, doch diverse Messstationen rund um den Globus zeichneten die kaum wahrnehmbaren Erschütterungen auf, die sich alle paar Tage und nur für ein oder zwei Sekunden manifestierten.

Er konnte sich das zunächst nicht erklären. Der Mond hatte sich bei weitem noch nicht genügend von der Erde entfernt, um diese Vibrationen auszulösen. Erst als er auf die Idee verfiel, den Gravitations-Analyse-Spektografen einzusetzen, erkannte er ein weiteres Phänomen: Der Mond hatte zu «pulsieren» begonnen. Alle paar Tage sandte er Gravitationswellen in Richtung Erde, und diese wurden von Tag zu Tag stärker. Obschon auch dies nach wissenschaftlichen Erkenntnissen unmöglich schien, wunderte es den Professor nicht mehr – ganz im Gegenteil: DeLacroix war irre vor Glück, denn so hatte er noch ein Weiteres zu verkünden vor dem Ende der Welt.

Happy End?

Wer den Himmel im Wasser betrachtet,
findet Fische auf den Bäumen.
(Aus China)

Kathleen wachte schweissüberströmt auf. Marie hatte ihr Köpfchen nahe an Kathleens Schulter gelegt und atmete gleichmässig.

Ein Traum! Gott sei Dank, bloss ein Albtraum! Aber diese Übelkeit …

Abrupt stürzte Kathleen aus dem Bett und hastete zu der kleinen Toilette, um sich zu übergeben. Sich mehr tot als lebendig fühlend, schluckte sie zwei von Silverstones Pillen. Es wird nicht mehr lange dauern, dachte sie. Oh Gott, was für ein Albtraum.

Joshua holte sie gegen zehn Uhr ab. Die Sonne strahlte am klarblauen Himmel. Er schien mächtig aufgedreht, wie ein Schüler am ersten Schultag, und drängte zum Aufbruch. Sie packten ihre wenigen Sachen, denn auch Kathleen wollte nun so schnell wie möglich weg von diesem Ort.

«Um Himmels willen, wohin fahren Sie denn, Joshua?», fragte Kathleen erschrocken, als er mit dem Wagen in Richtung des Hochplateaus abbog.

«Pardon, Madame, ich habe etwas vergessen abzuholen. Wenn Sie bitte erlauben …?»

Sie brummte ein missmutiges «Na, wenn es sein muss». Schon die Vorstellung, diesem grässlichen Obersted nochmals über den Weg zu laufen, war schrecklich. «Wir warten aber im Wagen.»

«Klar», sie konnte Joshuas breites Grinsen nicht sehen.

Sie waren kaum vor dem Hotel angelangt, als die Wagentüre aufgerissen wurde und eine sonore, Kathleen nur allzu bekannte Stimme sie begrüsste: «Darf ich die Damen im Imperial Lodge herzlich willkommen heissen.»

Sie traute ihren Ohren nicht. Das konnte doch nicht sein,

nein, sie musste wohl wieder träumen, denn das war die einzige plausible Erklärung. Nun aber wollte sie auf keinen Fall aufwachen! Es wäre doch zu schön, wenn … Nicht diesmal, diesmal nicht, Gott, lass es kein Traum sein!

Bist du der König der Welt?

Lachen und lächeln sind Tor und Pforte,
durch die viel Gutes
in den Menschen hineinhuschen kann.
(Christian Morgenstern)

Es war kein Traum: Vor ihr stand James – James Earl Connors III. höchstpersönlich! Er hatte doch tatsächlich eine Hoteluniform an und sah darin wie einer der Türsteher aus. Kathleen stammelte etwas und schüttelte fassungslos den Kopf, doch ihr Ex-Boss lachte schallend und umarmte sie herzlich.

«Ich wollte nicht als komplettes Arschloch bei Ihnen in Erinnerung bleiben, Kathleen.» Dann nahm er Marie ins Visier, die ihn ohnehin seit ihrer Ankunft mit grossen Augen angeschaut hatte. «Und du musst die kleine Prinzessin sein», er reichte ihr die Hand, «es wird dir hier bestimmt gefallen.»

«Bist du der König der ganzen Welt?», fragte das Mädchen beeindruckt. «Du bist ja schwarz, genau wie ich!»

Er lachte prustend und hob Marie hoch. «Der König der Welt? Nein, gewiss nicht. Ich bin nur James Connors.» Vorsichtig setzte er sie wieder am Boden ab und nahm sie an der Hand. «Komm», er grinste breit, «lass uns reingehen. Ich muss da mal ein bisschen für eine bessere Atmosphäre sorgen.»

Die vier Bodyguards folgten ihnen diskret und in gebührendem Abstand. Die Empfangshalle glich einem Tollhaus und nicht mehr dem Foyer eines der teuersten Luxushotels der Welt. Unzählige Gäste wurden sanft, aber bestimmt von den Security-Guards des Hotels und von anderen Angestellten unter lautem Protest nach draussen komplimentiert. Hinter der Rezeption standen Obersted und George, die ein paar aufgebrachten Gästen erklärten, dass sie aufgrund besonderer Umstände das Hotel verlassen müssten.

«Das ist eine unglaubliche Frechheit. So etwas habe ich noch nie erlebt.» Die Frau, die gerade ihre Schimpftirade auf Obersted abliess, war eines der bestbezahlten Models der Welt und nicht gewillt, diesen vornehmen Rausschmiss hinzunehmen. Ihr Begleiter, ein Rennstallpromotor, der sich in der Abgeschiedenheit des Imperial Lodge – und fern seiner Familie – ein paar schöne Tage mit dem Topmodel gönnte, stimmte jetzt lautstark in den Protest ein und zischte den verdatterten Obersted an: «Das wird Konsequenzen haben! Ich werde dafür sorgen, dass Sie nirgends mehr eine Stelle finden, Sie …, Sie …»

«Die Mühe können Sie sich sparen. Dafür ist ohnehin schon gesorgt.» James baute sich vor dem Mann auf. «Bitte, Sir, verlassen Sie mit ihrer *Begleitung* das Hotel.»

«Wer sind denn Sie?» Der Mann musterte James abfällig von oben nach unten, von unten nach oben, in der Annahme, dass Connors ein Wachmann sein müsse. «Ich werde mich bei Ihren Vorgesetzten beschweren», fauchte er Obersted an.

Connors legte seine Hand auf die Schulter des «Gentleman» und raunte ihm leise zu: «Ich habe Ihre Beschwerde vernommen – und nun ziehen Sie gefälligst mit Ihrer Miss von dannen. Ihre Ehefrau weiss doch sicher nicht, dass Sie mit dem Girlie hier sind.» Laut und deutlich fügte er hinzu: «Ich wünsche Ihnen eine gute Heimreise!»

Als die beiden kleinlaut in Richtung Ausgang verschwanden, wandte sich James an Obersted: «Und nun zu Ihnen. Wie war doch Ihr Name?»

«Obersted, Sir. Rölf Obersted, Generaldirektor des Hauses und …»

«Schon gut, Obersted.» James' Stimme war schneidend und hatte einen gefährlich ruhigen Klang, als er fragte: «Wollen Sie auch in Zukunft für die Rupert-Elton Company tätig sein, Mister Obersted?»

«Gewiss, Sir, und ich verspreche Ihnen …», hofierte dieser seinen Chef, doch der schnitt ihm das Wort ab.

«Schön, dann sind Sie ab sofort Assistent der Geschäftsleitung dieses Hauses. Und wenn Sie jetzt ein einziges Wort sagen, Mann, dann werden Sie auf diesem Planeten nie wieder eine Anstellung finden. Haben Sie das verstanden, Mister?» Er wartete Obersteds Antwort erst gar nicht ab, sondern wandte sich an George.

«Sie wissen, wie man ein Hotel führt?»

«Ja, Sir, ich denke schon.» George Mutebo nickte verunsichert.

«Gratuliere, mein Freund, Sie sind der neue Generaldirektor des Hauses.» James reichte ihm die Hand, und bevor sich der verdatterte George bedanken konnte, beugte sich James zu Marie hinunter. «Nun, darf ich mir erlauben, die junge Lady an den Strand zu begleiten?»

Kathleen kannte James Earl Connors III. seit vielen Jahren, und bis vor kurzen hätte sie es noch für völlig unmöglich gehalten, dass ihr «Boss» überhaupt zu einer angenehmen emotionalen Reaktion fähig sei. Aber auch wenn er sich vorhin fix mit der Hand über die Augen gewischt hatte, war es ihr nicht entgangen, dass James beim Anblick Maries feuchtglänzende Augen bekommen hatte.

Eine halbe Stunde später folgte Kathleen den beiden an den Strand. Schon von weitem entdeckte sie Marie und James unter einer kleinen, weissen Pergola im Schatten der Palmen. Die beiden unterhielten sich, wie es schien, angeregt und lautstark. Marie war auf ihren Stuhl gestiegen und fuchtelte wild mit den Armen, zeigte aufs Meer und plapperte unablässig auf ihren grossen Freund ein, dessen sonores Lachen über den halben Strand zu schallen schien. Als sie Kathleen sahen, hüpfte Marie vom Stuhl, und James erhob sich.

«Ich muss jetzt gehen, Kathleen», er legte seine Arme auf ihre Schultern und schaute sie lange an. «Ich wünschte, ich könnte mehr als nur dies für Sie tun.»

Sie schüttelte leicht den Kopf und setzte zu einer Erwiderung an, sagte dann jedoch nichts, sondern drückte ihre Wange an sein Gesicht.

Verlegen senkte er den Kopf. Dann beugte er sich zu Marie und sagte: «Danke, kleine Prinzessin.»

Marie schaute in seine traurigen Augen, dann streichelte sie seine Hand. «Oh, gern geschehen – ich danke *dir*.» Und lächelnd setzte sie hinzu: «Du bist ein sehr netter König.»

Mit einem Winken drehte er sich um und ging davon.

«James, warum sind Sie gekommen?»

Als er Kathleens Frage hörte, blieb er stehen. «Man kann die Welt vielleicht nicht verändern, Kathleen, aber versuchen sollte man es auf jeden Fall.» Er nickte ihr noch einmal zu, dann schritt er schnellen Schrittes davon.

Am Ausgang des Hotels wartete Joshua, um seinen «neuen» Chef an den Helikopterlandeplatz zu chauffieren. James klopfte dem Hünen freundlich auf die Schulter. «Waren Sie schon einmal in Amerika?», fragte er grinsend.

Joshuas Gesicht leuchtete fast so hell wie die Sonne, als er schwungvoll die Tür des Wagens aufriss.

Ex nihilo nihil fit

We shall not cease from exploration
And the end of all exploring
We will arrive where we started
And know the place for the first time
(T. S. Eliot)

Mit unter dem Kopf verschränkten Armen und übergeschlagenen Beinen lag Marie neben Kathleen auf einer Liege am Strand unter zwei grossen Palmen. Kathleen hatte ihre Sonnenbrille aufgesetzt und schaute in die Wellen. In einem blendend hellen Weiss strahlte die Sonne am Himmel und brach sich in den sanften Wellen zu unzähligen winzigen gleissenden Diamanten, die auf den Wellen zu reiten schienen.

Sie waren alleine am endlosen Strand. Zuweilen kam eine der Angestellten und erfüllte den beiden ihre kulinarischen oder sonstigen Wünsche. James hatte, wie immer, wenn er etwas anpackte, ganze Arbeit geleistet und sämtliche Gäste aus dem Hotel ausquartiert.

«Was hast du eigentlich gearbeitet, Kathy?»

«CEO, ich meine Chairman – also, wie soll ich dir das erklären?», überlegte sie. «Ich manage Firmen.»

«Managen? Was bedeutet das, Kathy?»

«Hm, ich sage eben anderen Menschen, was sie tun sollen.»

«Und wenn sie keine Lust haben, dir zu gehorchen? Oder wenn sie glauben, was anderes sei besser?»

«Ach, Marie, das ist alles nicht so einfach, wie du es dir vorstellst», Kathleen rang sichtlich um Worte. Wie sollte sie einem kleinen afrikanischen Mädchen erklären, was Management, Führung, Leadership und Shareholder-Value bedeuteten?

«Sag es mir, damit ich es verstehen kann, Kathy.»

«Ich versuche, die Leute davon zu überzeugen, warum sie ihre Aufgabe so erledigen müssen.» Je länger Kathleen darüber nachdachte, wie all diese «Werte» zu erklären seien, umso hohler, unverbindlicher, unnötiger und sinnloser kam ihr all das vor, wonach sie ihr Leben lang selbst gestrebt hatte.

«Und wenn sie trotzdem noch keine Lust haben, zu tun, was du ihnen sagst?» Marie liess nicht locker. «Was machst du dann?»

Die bohrenden Fragen des Mädchens nervten, doch wenn Kathleen ehrlich war, vor allem deshalb, weil sie die sinnlose Leere ihres eigenen Lebens so überdeutlich aufzeigten. Sie wusste, dass Marie weder abzuwimmeln war noch Ruhe geben würde, bis sie eine befriedigende Antwort erhielt. Insofern konnte sie ihre Gereiztheit nicht ganz aus ihrem Tonfall verbannen, als sie sagte: «Dann schmeisse ich die Leute raus!»

Marie schaute sie mit grossen Augen an. «Das darfst du?»

«Klar darf ich das. Ich bin der …, nein, ich war der CEO.»

«So was wie ein Häuptling also», hakte Marie erneut nach, «oder eine Königin?» Marie schien von der Vorstellung fasziniert. «Und die, die du rausgeschmissen hast, sind dir nicht böse?»

«Doch, die meisten wohl schon», sie hüstelte verlegen, «aber so viele habe ich auch nicht entlassen.»

«Entlassen?»

«Das bedeutet dasselbe wie rausgeschmissen, aber es klingt netter.»

«Aber du warst doch bestimmt traurig, wenn du die Menschen manchmal entlassen musstest.»

Kathleen schwieg betreten. Die Schlichtheit der Frage war so klar wie die Antwort, die sie ehrlicherweise darauf geben müsste, doch für die Antwort schämte sie sich. Deshalb stand sie auf und schlug vor: «Lass uns etwas am Strand spazieren gehen, okay?»

Als sie zurückkehrten, stand die Sonne schon tief am leuchtend roten Horizont. Kathleen legte sich wieder auf die Liege, schloss die Augen und wünschte sich, dieser Augenblick möge nie enden.

«Warum bist du eigentlich reich, Kathy?»

«Ich habe hart dafür gearbeitet.»

«Arbeiten denn andere Menschen nicht auch hart – und sind doch nicht reich?»

«Schon, vielleicht muss man auch eine Portion Glück haben. Manche sagen: ‹Ex nihilo nihil fit.›»

Marie hatte sich aufgesetzt und legte den Kopf schief.

«Sorry, Kleine, das verstehst du ja nicht. Kommt von meiner humanistischen Bildung», Kathleen grinste, «das ist lateinisch und heisst ungefähr ‹Von nichts kommt nichts›. Das ist ein unwiderlegbares Naturgesetz, das auch im Geschäftsleben gültig ist.» Um von dem Thema abzulenken, fragte sie: «Und, Marie, gefällt dir das Meer immer noch?»

«Oh ja, es ist wunderschön!» Die Frage Maries kam hier so unerwartet wie die Krebsdiagnose: «Warum glaubst du nicht an Gott, Kathy?»

«Ach nein, Marie, das hatten wir doch schon.»

«Warum nicht, Kathy?»

«Herrje, weil es keinen Gott gibt – und schon gar kein ewiges Leben.» Sie nahm Maries Hand, als wollte sie für ihre Antwort um Entschuldigung bitten.

Marie schaute sie lächelnd an. Dann befreite sie ihre Hand aus jener von Kathleen, kletterte auf den Liegestuhl und zeigte mit einer grossen kreisenden Bewegung ihrer ausgebreiteten Arme auf das Meer und den Himmel. «Und wer hat dies alles geschaffen, Kathy?»

«Niemand.»

«Niemand?»

«Ah, Marie, du nervst aber heute.» Sie hatte sich halb von der Liege aufgesetzt und schaute die Kleine an, wie sie dastand mit dem Badekleidchen und den dünnen Beinen, den Lockenkopf leicht schräg haltend, während sie auf eine Antwort wartete. «Also schau, es ist so: Am Anfang war nichts. Dann gab es einen Urknall, und dann entstand das Universum. Viel, viel später entstanden die Sonne und die Planeten und dann die Erde und schliesslich der Mensch. Voilà, das nennt man Wissenschaft.»

Marie kicherte ausgelassen. «Nichts? Du hast gesagt, am Anfang war nichts?»

«Genau.»

«Aber gerade vorhin hast du mir doch erklärt, dass das nicht geht. Du hast gesagt: ‹Von nichts kommt nichts›, stimmt's? Es geht also nicht, dass aus nichts etwas werden kann!» Als habe sie es hundertmal geübt, warf sie einen Stein in die anbrandenden Wellen und staunte über dessen elliptische Flugbahn, bis er mit einem leisen Platschen im Meer verschwand. «Ja, Kathy, du hast gesagt, es sei ein Naturgesetz.»

New York City, Ground Zero

Der Affenkäfig

Einen Wahn verlieren, macht weiser,
als eine Wahrheit finden.
(Ludwig Börne)

Als die Polizei und die Ambulanz am Fusse der Baustelle eintrafen, war von John «Little Bear» Taylor nicht mehr viel zu erkennen. Die dicke Daunenjacke hatte zwar dafür gesorgt, dass sein Körper nicht in unzähligen Partikeln über den Asphalt verspritzt wurde, aber der Fall aus fast dreihundert Meter Höhe hatte jeden einzelnen Knochen in tausend Stücke zersplittert, und seine Organe waren durch die Wucht des Aufpralls zu einem unkenntlichen Brei aus Blut, Fett und Gewebe zermalmt.

Der zuständige Officer, Rob Morgan, ein erfahrener Mann, der kurz vor seiner Pensionierung stand und seit über dreissig Jahren im Dienst des New York Police Department stand, liebte seinen Beruf. In all den Jahren hätte er mehr als einmal einen Innendienst-Job an einem wettersicheren Schreibtisch annehmen können, aber er wollte unter den Leuten sein – wie er es nannte –, draussen bei den Menschen, wo das Leben stattfand.

Wie gesagt, er liebte seinen Job. Fast immer. Ausser an Tagen wie diesen. Angewidert sah er sich die Reste des Leichnams an, bevor er ihn von der Ambulanz wegbringen liess. Selbstmord oder ein Unglück? Der Fall schien klar zu sein.

Rob Morgan wäre aber nicht er selbst gewesen, wenn er nicht sicherheitshalber die «Unfallstelle» höchstpersönlich besichtigt hätte. Begleitet vom Vorarbeiter der Baustelle, fuhr er mit dem provisorischen Lift ganz nach oben, wo John gearbeitet hatte. Der Aufzug glich einem grossen Affenkäfig, und Rob Morgan wurde es immer mulmiger, je weiter sich der vergitterte Kasten nach oben bewegte. Die Stelle, an der «Little Bear» sein Mittagessen eingenommen hatte, war nahe am Aufzug, sodass sie wenigstens nicht auszusteigen brauchten, um einen Hinweis auf die Ursache zu entdecken. Rob Morgan und der Vorarbeiter trauten ihren Augen zuerst nicht und glaubten, einer optischen Täuschung zu erliegen.

Bist Du glücklich?

Das Glück wohnt nicht im Besitz und nicht im Gold,
das Glücksgefühl ist in der Seele zu Hause.
(Demokrit)

Ihr letzter Tag im Imperial Lodge war angebrochen. Gemächlich rollten die Wellen an den Strand – ewige Gezeiten, das Meer kennt keine Eile. Marie sass im Sand und schaute wie gebannt aufs Wasser, während Kathleen im Schatten der Palmen vor sich hin döste und die Seele baumeln liess. Keine Pläne, keine Erinnerungen, weder Vergangenheit noch Zukunft, genau wie es dieser verrückte Aborigine – ob er wohl wirklich Elvis hiess? – gesagt hatte. Die Vergangenheit existierte bloss in ihrer Erinnerung und die Zukunft nur in ihrer Erwartung. Ja, der alte Kauz hatte recht gehabt. Nur das gleichmässige Geräusch der Brandung drang an sie heran. Eine leichte, angenehme Brise streichelte sanft ihre Haut, sie fühlte sich wohl, wollte diesen einen Augenblick so in Erinnerung behalten, wie er war: kostbar, unbezahlbar … ewig.

«Kathy?»

«Hmm?»

«Bist du glücklich?»

«Ja, sehr. Ich glaube, ich war nicht mehr so glücklich, seit ich ein kleines Kind war.»

«Und warum nicht? Hast du dich nie gefreut?»

«Doch, schon.»

«Worüber?»

«Tja, lass mich nachdenken …» Kathleen rückte ihre Sonnenbrille zurecht.

«Zum Beispiel bei deiner Arbeit? Warst du da glücklich?»

«Ja …, nein …, ach, ich weiss nicht. Manchmal schon ein bisschen.»

Marie grübelte eine Weile, dann sagte sie: «Komisch, dass die meisten Menschen nur dann glücklich sind, wenn sie sich auf etwas freuen, das erst noch geschehen wird. Aber wenn es dann eintrifft, können sie sich gar nicht mehr richtig freuen, sondern warten schon auf das Nächste, worauf sie sich freuen können …»

Frank

Siegerin über das Schicksal
ist die Weisheit!
(Decimus Iunius Juvenalis)

Irgendwann war das Sammeln dieser Zeitungsartikel zur Sucht geworden; die Sache war ihm völlig entgleist. Ursprünglich hatte es sich eher durch Zufall ergeben, weil einer seiner Patienten als Journalist arbeitete und mit Reportagen über den Absturz der PanAm 103 zu tun hatte.

«Kapitän MacQuarrie, der Erste Offizier, der Flugingenieur, ein Flugbegleiter und einige Passagiere der First Class wurden noch angeschnallt in der Flugzeugnase gefunden, nachdem diese auf einem Feld nahe Lockerbie aufgeschlagen war. Eine Flugbegleiterin wurde lebend gefunden, sie starb aber, bevor Hilfe geholt werden konnte. Auch ein Mann wurde lebend gefunden, doch auch er verstarb kurze Zeit später. Die Untersuchung ergab, dass er vielleicht überlebt hätte, wenn er früher gefunden worden wäre. Des Weiteren wurden Opfer in Waldstücken gefunden, deren Sitze sich in den Bäumen verfangen hatten. Einige der Opfer wiesen keine tödlichen Verletzungen auf, jedoch wurden sie erst zwei Tage nach dem Absturz gefunden. Falls die Opfer den Absturz also überlebt hatten, sind sie später erfroren.»

Zum Teufel, warum konnte er keine Ruhe finden? Der Hass nahm jede Faser seines Körpers ein und hielt seine Gedanken mit unbarmherzigen Klauen fest.

Ruhe, R-u-h-e! Frank wollte Ruhe und Frieden haben und nährte doch mit jedem Tag das Feuer des Zornes, das in ihm brannte.

Einander nah und doch fern

Schön ist eigentlich alles, was man mit Liebe betrachtet.
(Christian Morgenstern)

«Hast du gut geschlafen?»

Kathleen spürte seine Hand, die Wärme seines Körpers und fühlte sich geborgen. «Ja, das habe ich tatsächlich, wie seit langem nicht mehr.»

«Wie war's am Meer?»

«Unbeschreiblich schön.»

«Freut mich.»

Sie lagen eine Weile einfach nebeneinander. Die Fensterscheiben kündeten fahlgelb die aufgehende Sonne an.

«Chris, glaubst du, dass Träume etwas bedeuten?

«Wie meinst du das?»

«Na, dass Träume mehr sind als elektrische Entladungen unseres Gehirns, mehr als sich entladende stimulierende Neuronen, Synapsen und so.»

«Die Aborigines glauben, dass Träume uns den Weg ins Jenseits weisen», antwortete er. «Sie glauben, dass Träume Realitäten hinter verschlossenen Türen sind und wir im Schlaf Zugang zu diesen anderen Realitäten und Welten erhalten.»

«Und glaubst du das auch?»

«Warum fragst du?»

«Weil ich geträumt habe. Ich habe geträumt, ein Schmetterling zu sein.»

Langsam färbten sich die Scheiben heller und ähnelten einem abstrakten, verwaschenen Bild, das nun jedoch deutlichere Formen und Farben gewann. Beide waren in Gedanken versunken, bis Kathleen sich auf die Seite wälzte und ihren Kopf mit der Hand abstützte, um ihn von der Seite anzuschauen.

Zögernd setzte sie zu einer Frage an. «Chris?»

«Hmm?»

«Warum hast du damals vor Gericht nicht widersprochen?»

«Weil ..., weiss nicht so recht» , er hob die Hand und liess sie schwer auf das Betttuch fallen. «Spielt doch eh keine Rolle mehr. Irgendwie war mir damals alles egal.»

Sie spürte instinktiv, dass er ihr nicht die Wahrheit sagte. «Aber warum? Wir kannten uns kaum. Und ich ..., ich habe dich schlecht behandelt – ja, mehr als das, ich habe dich verraten.»

«Ist schon okay, Kathy.»

«Nein, Chris, das ist nicht okay. Es war nie okay. Nicht für mich.» Sie kämpfte mit sich. Sollte sie es ihm endlich sagen? Wie würde er reagieren? Na, wie wird er wohl reagieren, du blöde Kuh, dachte sie, du hast dem Mann sein Leben verpfuscht – wie kann man da schon reagieren? «Verzeih, dass ich dein Leben ruiniert habe, Chris.»

«Du hast mein Leben nicht ruiniert», antwortete er ernst. «Eigentlich hast du mein Leben gerettet – eigentlich wäre ich längst tot!» In seinen Mundwinkeln lag wieder dieses leichte Zucken. «Ich weiss nur bis heute nicht, ob ich wollte, dass du mein Leben rettest.»

«Wie meinst du? Ich verstehe das nicht.» Kathleen runzelte die Stirn.

Er schlug die Decke zurück, stand auf und streckte sich. «Vergiss es. Irgendwann wird die Zeit da sein. Es kommt immer die Zeit, wo man Rätsel zu verstehen beginnt.» Er schnappte sich das Handtuch und seine Kleider, um in die kleine Dusche am Ende des Korridors zu gehen. Die Tür knirschte leise beim Öffnen.

«Chris?»

«Ja, was denn?», fragte er mürrisch nach.

«Marie wird bald sterben?» Sie schaute an die graue Decke, die teilnahmslos zurückstarrte. Kein Entkommen, Augenblicke der Wahrheit, schlechter Moment, doch es musste jetzt raus. «Ich kann das nicht.»

«Hatten wir das nicht schon besprochen?», fragte er scharf und dachte, was für eine schöne Frau sie war.

«Wie ich geschrieben hatte, Kathy: *We are what we do*.» Dann zog er die Tür mit einem harten Ruck hinter sich zu.

Return-On-Investment

Der Geist wird reich durch das, was er empfängt,
das Herz durch das, was es gibt.
(Victor Hugo)

Kathleen traute sich nicht, ins Zimmer einzutreten. Was sollte sie dem Jungen auch sagen? Sorry, Junge, bist halt im falschen Land, auf dem falschen Kontinent geboren. Welchen Trost sollte sie ihm spenden? So nach dem Motto: Mein junger Freund, kein Schwein in der Welt interessiert sich für dich; es kümmert niemanden ein Jota, dass du ganz langsam zerfressen wirst; niemand will wissen, dass du dich quasi auflöst.

Sie hielt die Türklinke immer noch in der Hand, unentschlossen, ob sie doch hineingehen sollte, dann hörte sie seine Schreie – es waren nicht mehr die Laute eines Menschen! Kathleen liess die Klinke los, als wäre sie glühend heiss, und schritt langsam über den Hof. Dort setzte sie sich in das hinterste Eck, wo man Daniels Heulen am wenigsten hören konnte.

Er litt bestialische Schmerzen. Die HI-Viren hatten in den letzten Wochen sein Immunsystem komplett zerstört, sodass die Parasiten freie Bahn hatten. Daniels innere Organe begannen sich regelrecht zu zersetzen, hatte Chris ihr erklärt. Hätte sie bloss nicht nachgefragt, dachte sie. Er hatte es ihr im Plauderton, mit der sachlichen, emotionslosen Stimme eines Buchhalters, der eine Bilanz ohne Höhepunkte erörtert, erklärt. Die Parasiten seien nicht aufzuhalten, denn es gebe keine Mittel dagegen. Solche Parasiten gab es nur in Afrika, nirgends sonst. Demzufolge war es absolut nicht lukrativ für die grossen Pharma-Unternehmen, nach einem Mittel zu forschen. Und selbst wenn man forschen würde und ein Mittel fände: Die Afrikaner könnten es sich ohnehin nicht leisten. Kein Markt vorhanden.

«Die Elastizität der Preise kennst du ja bestens, Kathleen», schloss Chris seine Ausführungen, «Return-on-Investment, Shareholder-Value und all das Zeugs. Dir brauche ich das ja nicht zu erklären. Was soll's? Auf diesem Kontinent gibt es ja eine Ressource, die im Überfluss vorhanden ist und um die man sich nicht zu kümmern braucht: Menschen!»

Chris wurde von Tag zu Tag zynischer, kälter und härter. Seit sie vom Meer zurück war, hatte sich dieses Gefühl immer mehr zur Tatsache gewandelt. Sie schliefen zwar fast jede Nacht zusammen, doch zugleich schienen sie sich nicht näherzukommen – im Gegenteil.

Sie hatte keine Ahnung, was das bedeuten sollte, aber er musste einen Grund haben – einen, der tiefer lag als das Unrecht, das sie ihm dazumal angetan hatte. Ihn direkt darauf anzusprechen wagte sie nicht, denn sie fürchtete die Antwort. Sie hatte sich diskret bei seinen Mitarbeitern kundig gemacht, hatte da und dort wie zufällig nachgefragt, ob denn Mister Chris – so nannten ihn fast alle – immer schon so sachlich und kalt, scheinbar keiner Emotion, fähig gewesen sei. Nein, eigentlich nicht, erst in letzter Zeit sei das so, antworteten die meisten.

Sie lag schon im Bett, als das Knarren der Tür sein Kommen ankündigte. Er kroch unter die Decke. Sie roch den Duft seiner geduschten Haut, doch er drehte sich auf die Seite und brummte bloss ein «Gute Nacht».

«Chris, schläfst du schon?», flüsterte sie nach ein paar Minuten.

«Ja.»

«Dann sage ich es dir morgen.»

Er warf sich herum und grinste. «Warum stellt du dann so rhetorische Fragen?» Er äffte ihre Stimme nach: «Schläfst du schon?» – Mensch, das kann ja niemand auf dieser Erde ehrlicherweise mit Ja beantworten.» Er zog eine spöttische Grimasse. «Also, was ist die Frage?»

«Es ist weniger eine Frage als eine Feststellung.»

«Mach schon, Frau Chairman, sag einfach, was du sagen willst.»

«Weshalb hat Marie keine Angst vor dem Tod?»

Er schaute sie lange an, rückte näher an ihre Seite, antwortete aber nicht.

Kathleen hatte ihn inzwischen gut kennengelernt – als hätte sie ihn nie verlassen. Einerseits schien eine sonderbare, enge Vertrautheit zwischen ihnen zu bestehen, andererseits wurde sie das Gefühl nicht los, dass sie in verschiedenen Universen lebten. Neben ihm lag dieselbe Kathleen O'Hara, die noch vor wenigen Wochen eine der mächtigsten Frauen der Welt gewesen war. Sie hatte ihn damals in schändlicher Weise verraten; sie war es, die ihn verlassen hatte.

«Menschen ändern sich nicht» – Kathleen erinnerte sich an die Worte, die ihre Grossmutter kurz vor ihrem Tod gesagt hatte.

Sie war schon dabei, sich mit seinem Schweigen abzufinden, als er sagte: «Weil sie keine Beweise braucht, um zu glauben, Kathleen. Eine Fähigkeit, die wir beide längst verloren haben.»

M.I.T.

All the world's a stage,
And all the men and women merely players.
They have their exits and their entrances.
(William Shakespeare)

Kathleen hatte schlecht geschlafen. Das Bett neben ihr war leer. Chris war wie jeden Morgen sehr früh aufgestanden. Die Sonne schien noch nicht einmal durch das Fenster, aber man konnte schon die ersten Strahlen als Silberstreif am Horizont erahnen. Sie hörte ein lautes Lachen draussen im Hof: Chris, unüberhörbar. Einige Wortfetzen drangen bis ins Zimmer, aber verstehen konnte sie nichts. Die zweite Stimme war ebenfalls die eines Mannes; sie kam ihr sogar merkwürdig vertraut vor.

Kathleen stand auf, wusch sich schnell das Gesicht und zog sich an, dann ging sie nach draussen.

Der Mann neben Chris war fast einen Kopf grösser. Ein Schwarzer. Dichtes, kurzes, gewelltes Haar und ein ebenso gepflegter, kurz geschnittener grauer Bart. Eleganter dunkelblauer Anzug, blendend weisses Hemd und farbig gestreifte Krawatte. Kathleen schritt auf die beiden zu und konnte den Mann immer noch nicht richtig einordnen. Irgendwie …, wie wenn das … Nein, unmöglich! Neben dem Mann stand ein Koffer. Er schien sich von Chris zu verabschieden.

Schliesslich rutschte es ihr einfach so heraus: «Elvis? Das kann doch nicht …», vor lauter Staunen brachte sie kein Wort mehr über ihre Lippen.

Er lachte so herzlich und schallend, dass es wie ein Echo durch den Hof klang, und umarmte sie so fest, dass ihr beinahe die Luft wegblieb. «Kathy, geben Sie es zu: Sie hatten mich abgeurteilt.»

Kathleen schaute Chris an und sagte giftig: «Du wusstest es natürlich. Ihr beide habt mich bloss verarscht.» Dann traf ihr Zorn auch Elvis: «Wer sind Sie denn wirklich? Macht es Ihnen

Spass, die Leute zu verschaukeln und mit einem Lendenschurz in einer Hütte jemanden vorzugeben, der Sie nicht sind?» Ihre nächsten Worte schrie sie voller Bitterkeit: «Und dass die Kleine krepieren wird, das interessiert Sie wohl gar nicht.»

«Marie?», sagte er leise. «Ja, ich weiss, und es erfüllt mein Herz mit grossem Schmerz.» Er schaute zu Chris. «Wo ist sie?»

«Sie schläft, ist in letzter Zeit sehr müde. Es wird wohl nicht mehr lange dauern.» Wie so oft verriet ein Zucken um seine Lippen seine wahren Gefühle. «Soll ich sie rufen?»

«Nein, lass sie schlafen. Ich werde sie ganz sicher wieder treffen.»

Sein Lächeln und seine scheinbare Gleichgültigkeit liessen Kathleen explodieren: «Ah ja, Sie werden sie wiedersehen! Kapieren Sie's überhaupt, wie es um sie steht?»

«Kathy, bitte!» Chris hatte diese Reaktion nicht erwartet und wollte sie beruhigen, doch der alte Mann hatte bereits seine Hand auf ihre Schulter gelegt und sprach in sanftem, aber bestimmtem Ton: «Kathleen, lassen Sie mich das Ganze erklären.»

«Was soll es da zu erklären geben?» Wütend kehrte sie den beiden den Rücken und stapfte schellen Schrittes über den Hof in Richtung ihres Zimmers.

Als sie an der Zimmertür angelangte und sie öffnen wollte, spürte sie eine Hand an ihrem Arm. Sie erschrak und fuhr herum: Der Alte stand direkt hinter ihr! Doch bevor sie sich über seine Behändigkeit wundern konnte, hielt er ihr etwas vor die Augen: einen ID-Badge mit der Aufschrift: «John E. Presley, Professor, Abteilung für Astrophysik, Massachusetts Institute of Technology, Cambridge, MA.»

«Mein Name ist Presley, Professor John Elvis Presley. Bis vor ein paar Jahren war ich ordentlicher Professor für Astro- und Partikelphysik am MIT in Cambridge.» Er nickte grinsend: «Das ist wirklich mein Name. Die meisten wissen es nicht, aber in den Fünfziger- und Sechzigerjahren war es en vogue, den Aborigine-Kindern Namen von meist amerikanischen Schauspielern, Sängern und dergleichen zu geben.»

Ihr Blick wechselte mehrmals zwischen dem Badge und dem Alten.

«Sie kennen sicher den berühmten Satz von Saint-Exupéry. Kathleen, Sie müssen lernen, die Dinge mit dem Herzen zu betrachten, denn das Wesentliche ist für die Augen unsichtbar.» Er steckte den Ausweis in seine Jacketttasche. Seine Augen glänzten traurig, und wehmütig sagte er: «Ja gewiss, Kathleen, dass Marie sterben wird, geht mir – genauso wie Chris – sehr nahe, doch Sie, meine Freundin, scheinen immer noch nicht verstanden zu haben, worum es im Leben wirklich geht.» Sanft legte er seinen Arm um ihre Schultern. «Ich möchte Ihnen etwas mitgeben, bevor ich wieder abreise, denn wir werden zukünftig keine Gelegenheit mehr haben, miteinander zu reden – jedenfalls nicht auf dieser Seite.» Er schmunzelte und kniff seine Augen der Sonne wegen zusammen. «Setzen wir uns doch unter den Baum», er nahm sie bei der Hand wie ein kleines Kind.

Sie liess sich ohne Widerstand von Presley führen. Ein sanfter Windhauch bewegte das Laub. Das Sitzen im Schatten tat gut, zumal sich Kathleen körperlich nicht wohlfühlte. Sie fühlte, dass der Krebs im finalen Stadium angelangt war. Da sie nichts sagte, ergriff Presley erneut das Wort.

«Sie wollen doch bestimmt wissen, ob ‹es› das gewesen sei?»

Sie hielt den Kopf gesenkt, nickte und begann leise zu schluchzen. Er nahm ihre Hand und reichte ihr sein Taschentuch.

«Als Kind wurde ich von meinem Stamm als Clever Men erwählt. Es ist eine alte Aborigine-Zeremonie. Der Stamm versammelt sich nach einem vorgegebenen, jahrtausendalten Ritual und befragt die grossen Ahnen, wer der nächste Walemira-Talmai oder Clever Men, wie ihr Weisse es nennt, wird. Die Ahnen bestimmen dies, und ich war der Auserwählte. Dann wurde mir das Wissen um die grossen Ahnen und die Traumwelt vom damaligen Clever Men weitergegeben. Als dies geschehen war, bereitete sich mein Vorgänger auf seinen Tod vor. Wir glauben nicht nur, Kathleen, sondern wir wissen es seit Jahrtausenden, dass der Tod nicht endgültig ist. Es ist eine Transformation, denn wenn das Leben nicht ewig ist, dann kann der Tod auch nicht ewig sein.» Er zog sein Jackett aus und legte es sorgfältig neben sich. «Dies war auch der Grund, warum ich Ihnen bei Chief Matimba die Geschichte der grossen Regenbogenschlange erzählen wollte und …»

Abrupt fiel ihm Kathleen schluchzend ins Wort: «Das ist doch absoluter Schwachsinn, Professor Presley, und das wissen Sie auch. Ammenmärchen für Idioten! Ich mag zwar krank sein und bald sterben, aber ich bin immer noch bei Sinnen.»

Presley liess sich von ihrem Ausbruch nicht beirren. «Als ich dann ungefähr fünfzehn oder sechzehn Jahre alt war, drängten immer mehr Weisse in unser Dorf. Viele meines Stammes begannen, sich zu betrinken, verloren den Glauben und zogen in die Städte der Weissen. Dort konsumierten sie noch mehr Alkohol, und die meisten wurden kriminell oder starben an den Folgen ihrer Sucht. Die meisten waren noch sehr jung. Nur die Alten blieben im Dorf. Auch ich selbst verlor meinen Glauben, war aber stark und klug genug – den Ahnen sei's gedankt –, mich nicht vom Alkohol verführen zu lassen. Ich ging an die Schule der Weissen und später an die Universität, wollte Erfolg haben, wie die Weissen leben und alles wissen, was die Weissen wissen. Also studierte ich Physik – ich war ganz gut darin –, schloss ab, erhielt ein paar Jahre später die Gelegenheit, in Ihr Land zu gehen, und schliesslich war ich Professor am MIT.»

Unwillkürlich entfuhr ihm ein Seufzen. «Ach, was haben wir in den letzten Jahrzehnten in der Astrophysik nicht alles herausgefunden: das Alter des Universums, wie lange es noch existieren wird, Schwarze Löcher, Quantenmechanik, die Unschärferelation, die Relativität und das Wesen der Zeit und so weiter und so fort. Und dann die String-Theorie, M-Theorie und die Theorie, dass es möglicherweise unendlich viele Universen gibt – oder auch nicht, wer kann das je wissen?» Er lachte kurz auf. «Multiversen – unendlich viele Universen, mit Trilliarden von Doppelgängern von uns. Und dann der Urknall. Allen Ernstes behaupten die Physiker, dass das ganze Universum oder die Multiversen aus dem Nichts entstanden seien, ohne jede Ursache – das ganze Universum, wir alle, das Leben. Aus dem Nichts! Hokuspokus, wie wenn ein Zauberer ein Kaninchen aus dem leeren Hut zieht», er fand das so amüsant, dass er sich vor Lachen auf die Knie schlug. «Jedes Kind weiss, dass so was unmöglich ist.»

Kathleen musste an Marie denken: Das Mädchen hatte am Meer genau dies gesagt, wenn auch mit anderen Worten.

«Soll ich Ihnen ein Geheimnis verraten, Kathleen? Ich verstehe das Ganze auch nicht – und den meisten Menschen ergeht es ebenso, sogar den Physikern. Manche wollen sich nur wichtig machen und den Nobelpreis gewinnen – aber zugeben, dass ihr Verstand nicht ausreicht, um das Rätsel zu verstehen? Ha! Nie im Leben würden die das zugeben!» Er schmunzelte. «Was ich damit sagen will, meine Liebe: Irgendwann ging es mir genauso wie Ihnen. Erst viele Jahre später erkannte ich: Je mehr wir forschten und herausfanden, desto weniger verstanden wir wirklich. Und worum geht es denn eigentlich bei alldem?» Er beantwortete die Frage gleich selbst: «Selbstverständlich darum, die einzige, ultimative Frage eines jeden Menschen zu beantworten: ob das Leben irgendeinen Sinn macht; ob wir irgendeine ‹Dimension› jenseits unseres körperlichen Daseins haben. Das ist es doch auch, was Sie sich fragen, Kathleen, oder nicht?»

Bedächtig erklärte er weiter: «Vor ein paar Jahren erkannte ich, dass alle Antworten schon gegeben sind. Alle Antworten waren bereits im Traditionsgut meiner Vorfahren enthalten. Ich sah also keinen Sinn mehr darin, Professor am MIT zu bleiben, und so beschloss ich, zu meinem Stamm zurückzugehen und bloss noch dann und wann eine Vorlesung als Gastprofessor zu halten. Inzwischen lebe ich die meiste Zeit bei meinem Stamm – oder bei den Wenigen, die übrig geblieben sind.» Wehmut lag in seiner Stimme. «Meine Ahnen und Vorfahren wussten schon alles, was es in dieser Hinsicht zu wissen gibt. Wir wissen, dass in uns allen – und in allem anderen in der Natur – ein Funke des göttlichen Bewusstseins glüht. Wir wissen, dass das Wesen der Zeit reine Spekulation ist, denn die Vergangenheit existiert nur in unserer Erinnerung, die Zukunft nur in unserer Erwartung. Beide sind nicht wirklich. Genau deshalb kennt keine Sprache der Aborigines ein Wort für ‹Zeit›. Denn Zeit ist Bewegung – im physischen und im metaphysischen Sinn.»

Er wandte ihr seinen Blick zu und sagte lächelnd: «Was wir hier und jetzt tun, Kathleen, das, was wir in jeder Minute, ja, in jeder Sekunde unseres Lebens tun, jede Tat und Aktion, strahlt aus wie ein Echo. Ein Echo, das in die Vergangenheit wie auch in die Zukunft ausstrahlt … und uns unsterblich macht.»

Unsterblich! Das Stichwort versetzte Kathleen einen Stich. Sie wusste nicht, ob sie ihrem Unmut Luft machen sollte oder nicht, denn im Grunde mochte sie den alten Kauz. Deshalb meinte sie nur traurig: «Um ehrlich zu sein, Professor Presley: Alles sträubt sich in mir. All das, was Sie selbst als Aborigine glauben, kann ich nicht nachvollziehen. Clever Men, Traumzeit, die grossen Ahnen und auch Ihre Geschichten von der grossen Regenbogenschlange und dieses Zeugs: Was sagt das schon aus? Selbst wenn die Geschichten hunderttausend Jahre alt sind, beweisen sie doch absolut nichts, Professor Presley.» Sie wischte sich die Tränen aus den Augen. Ruhiger, doch umso deprimierter erklärte sie: «Ich habe mal unter anderem Psychologie studiert und dort gelernt, dass in jedem Menschen gewisse Grundmuster menschlicher Gedanken oder gar Erinnerungen kodiert sind. Sigmund Freud nannte es das Ur-Ich oder Ur-Bewusstsein. Das erklärt doch auch die Übereinstimmung all dieser Legenden, die die meisten Menschen als Gottesbeweis anführen wollen. Das ist doch Quatsch, Professor, und ein so gebildeter und intelligenter Mensch wie Sie sollte das wissen.»

Presley lachte. «Ach, Freud! Ja, ja, das Ur-Ich, wie er es nannte. Und das glauben Sie, Kathleen?» Er lachte immer noch, als er fortfuhr: «Freud hat viele Verdienste, aber er hat auch zeitlebens die These vertreten, der Mensch sei ultima ratio, und ich zitiere, so gut ich mich erinnern kann, im Originalton: Der Mensch ist von Geburt an ein sexuelles Wesen – schon als Kleinkind ein autoerotisches, inzenstuöses, plymorph perverses Lustbündel voller sadomasochistischer Gelüste. Sein ganzer Körper – im Besonderen jede Körperöffnung, aber auch die Haut und natürlich die Genitalien – dienen einzig und alleine der Befriedigung dieser seiner Gelüste. Ja, so in etwa war Freuds Credo.» Er verzog seine Mundwinkel leicht nach unten, hob die Augenbrauen und fragte: «Glauben Sie das, Kathleen O'Hara? Glauben Sie, dass jeder Mensch schon als Kind und dann sein ganzes Leben lang nur eines will, nämlich Sex?»

«Nein!» Sie schrie es so laut, dass Presley zusammenzuckte. Sie war aufgesprungen, als müsste sie vor der Erinnerung, die schlagartig präsent war, davonlaufen. Immer diese schrecklichen

Bilder, als hätten sie sich erst vor ein paar Minuten in ihr Gedächtnis eingebrannt und wären nicht schon vor Jahrzehnten geschehen. Wie ein Dämon, der seine hässliche Fratze zeigte und die alte Wunde aufriss, war die Erinnerung wieder da. Diese furchtbare Nacht, in der er ihre Seele zerschmettert hatte, *er,* den sie über alles geliebt hatte … Sie musste nach Luft schnappen wie eine Ertrinkende.

Presley stand auf, sah das blanke Entsetzen in ihrem Gesicht und strich sanft über ihre Wangen. Dann nahm er sein Jackett, griff in die Innentasche und hielt ihr einen Umschlag hin. «Öffnen Sie den Brief erst, wenn sie so weit sind.» Er verharrte kurz. «Ich bin sicher, Sie werden es verstehen. Alles Gute, Kathleen.»

«Und wann soll das sein?»

«Sie werden es wissen.» Lächelnd drehte er sich um und ging.

Unerlaubte Experimente

Wären die Protonen im Verhältnis zu den Neutronen
nur ein Prozent schwerer oder leichter,
gäbe es keine DNA, keine Zellteilung und somit auch kein Leben.

Sie hatten die Vorbereitungen abgeschlossen, alle Systeme mehrmals gecheckt. Das Rastertunnel-Mikroskop, der Hochleistungscomputer, alle Programme. Alles funktionierte einwandfrei.

Matsushima persönlich begab sich in den Hochsicherheitstrakt des Labors im dritten Untergeschoss, wo alle befruchteten Zellen, Eier und sogar einige Embryonen in den grossen, auf über minus zweihundert Grad abgekühlten Tanks lagerten. Vorsichtig öffnete er einen der Tanks und entnahm eine kleine Phiole mit eingefrorenen befruchteten Eizellen – menschlichen Eizellen. Obschon er hierfür im Grunde eine schriftliche Erlaubnis des Wissenschaftsrates benötigt hätte – denn jegliche Experimente an menschlichen Eizellen bedurften einer solchen Bewilligung –, scherte er sich im Augenblick einen Dreck darum: Sollte sich nämlich bestätigen, was sie an den Rattenzellen beobachtet hatten, brauchte er sich ganz bestimmt nie mehr um irgendwelche Bewilligungen zu kümmern.

Zurück im Labor, bereiteten sie alles vor: die menschlichen Eizellen in die Petrischale geben, Nährflüssigkeit einspritzen und in die von Matsushima entwickelte Spezialkammer des Rastertunnel-Mikroskops einbringen.

Matsushima und Watanabe hielten den Atem an und starrten wie gebannt auf den Monitor. Nach einigen Sekunden hatte der Hochleistungsrechner die ersten Bilder berechnet und stellte diese auf dem Monitor dar. Ein Wunder der Technik: Die Zellteilung erschien live auf dem Bildschirm, eine sich langsam drehende Doppelhelix. Das menschliche Erbgut, sich teilend, Schritt für Schritt; Phase um Phase rekombinierte sich die DNA auf dem Schirm und stellte die Entstehung menschlichen Lebens dar. Auf einem zweiten Monitor lieferte das Genom-Erkennungsprogramm mittels Datenbankabgleichsanalyse die Erbanalyse-Information der Zellen.

Akiro Matsushima und Takumiro Watanabe trauten ihren Augen nicht, doch die Informationen, die Bilder und die Resultate, die das System lieferte, waren eindeutig und unbestechlich korrekt: Die menschlichen Zellen teilten sich – doch die DNA-Rekombination erzeugte nicht weitere menschliche Zellen, sondern Primaten-Zellen. Affen – die Menschen würden wieder zu Affen werden! Die Evolution lief rückwärts!

Gewissensnot

Do you know what friendship is?
It is to be brother and sister;
two souls which touch without mingling,
two fingers on one hand.
(Victor Hugo)

Als Kathleen den Raum betrat, stand Marie bereits an Daniels Bett. Sie hatte sich über ihn gebeugt, und er schien ihr etwas ins Ohr zu flüstern. Marie hielt Daniels Hand mit der einen und streichelte sein Gesicht mit der anderen Hand, während sie dann und wann mit dem Köpfchen nickte.

«Hallo, ihr beide», grüsste Kathleen laut, um auf sich aufmerksam zu machen.

«Hallo, Kathy», Marie schaute auf.

«Wie geht es dir heute, Daniel?», fragte Kathleen, als sie vor dem Bett stand. Jetzt, da sie nahe genug war, bemerkte sie, dass Daniel weinte.

Er wischte mit dem Betttuch seine Tränen aus den Augen und antwortete mit brüchiger Stimme: «Es geht so», doch sogleich verzerrte sich sein Gesicht. Er schien grosse Schmerzen zu haben.

«Soll ich Chris rufen?» Kathleen hatte das Gefühl, die beiden bei etwas unterbrochen zu haben, und war sich unschlüssig, was sie tun sollte.

«Nein, es geht schon», antwortete Daniel, «später vielleicht. Ich hasse es, die Albträume vom Morphium zu haben.»

Marie streichelte wieder Daniels Wange und sagte: «Ich gehe jetzt nach draussen – spielen», und zu Daniel gewandt, mit eindringlichem Blick: «Es ist gut, es ist alles gut.» Dann hüpfte sie in der ihr eigenen Art durch die offene Tür und summte dabei eine Melodie.

«Kathy?»

«Ja, Daniel.» Sie setzte sich auf den wackeligen alten Holzstuhl neben dem Bett und wischte mit einem feuchten Lappen den Schweiss von Daniels Stirn.

Es war stickig heiss in dem Raum; das Gewitter der letzten Nacht hatte die Luftfeuchtigkeit nur noch gesteigert.

«Ich bin kein schlechter Mensch, Kathy. Ich will nicht sterben … Ich verdiene den Tod nicht, denn ich bin kein böser Mensch», schluchzend kamen die Worte über seine Lippen.

«Ich weiss, dass du kein schlechter Mensch bist, Daniel. Wie kommst du bloss auf solche Gedanken? Wie gerne würde ich dir helfen!»

«Aber …, aber das kannst du, Kathy», er stockte, die Tränen liefen seine Wangen hinab, «bitte, kannst du mich hier wegbringen? Du kannst das, du bist reich. Bitte, Kathy, ich will nicht sterben.»

Fall scheint klar für Rob Morgan

Weil du die Augen offen hast, glaubst du, du siehst.
(Johann Wolfgang von Goethe)

Der Stahlbalken, auf dem John «Little Bear» sein letztes Mahl eingenommen hatte, war zerbrochen – vielmehr: nicht eigentlich zerbrochen, sondern es fehlte einfach ein Stück von zwei oder drei Metern Länge. Als hätte jemand den dicken Stahlbalken zerschnitten und einfach ein grosses Stück verschwinden lassen.

Rob Morgan drehte sich zum Vorarbeiter und fragte, wie es möglich sei, dass die Schweissnähte des Balkens zerbrochen seien. Dieser war leichenblass geworden und antwortet, dass so etwas völlig unmöglich sei, denn diese Stahlbalken seien aus einem Guss und nicht zusammengeschweisst.

Was die beiden nicht wissen konnten: Das Gerüst des Freedom Tower bestand aus einem neuartigen Material, das von der US-Regierung entwickelt worden war. Es verfügte zwar über die gleichen Eigenschaften wie jeder andere Eisenstahlträger, war aber dennoch völlig anders – denn diesmal wollte man sichergehen und ein Material verwenden, das den neuen Freedom Tower zum stabilsten Gebäude der Welt machen würde, ein Material, das so verwindungssteif wie Eisen zu sein hatte, eine dem Stahl äquivalente Tragfestigkeit aufwies und zudem fast zehnmal leichter war als Stahl. Ursprünglich hatte man es für das Militär entworfen und auch verwendet. Darüber hinaus war dieses Material in einem ganz anderen Sinne einzigartig, denn es nahm im Periodensystem der Elemente den höchsten Platz ein.

Und genau dies war fatal.

Ich träumte, ein Schmetterling zu sein

Dreams come true, without that possibility,
nature would not incite us to have them.
(John Updike)

Die weiss bekittelten Wissenschaftler am «Los Alamos Forschungszentrum für Advanced Technologies» – ein unverfänglicher Name für das, was es in Realität war, nämlich das Forschungszentrum für nukleare und sonstige Massenvernichtungswaffen und Tötungsgeräte – stierten ungläubig, die meisten mit weit aufgerissenen Augen, auf die Resultate der Materialauswertung: Wie sich herausstellte, waren nämlich die «Schwachstellen» des Balkens – desselben Balkens, der «Little Bear» zum Verhängnis wurde – gar keine Bruchstellen im eigentlichen Sinne!

Währenddessen sassen Marie und Kathleen im Schatten eines Baumes und versuchten, der sich schon am Morgen ankündenden brütenden Hitze und drückenden Luftfeuchtigkeit ein bisschen zu entkommen. Maries Beinchen schwangen fröhlich im Takt einer unhörbaren Musik.

«Hast du gut geschlafen und was Schönes geträumt?»

«Nein», antwortete Kathleen unwirsch. Sie hatte wieder diesen Albtraum gehabt und wollte nicht darüber sprechen, schon gar nicht mit einem afrikanischen Mädchen, das selbst bald nicht mehr sein würde.

«Ich hatte einen sehr schönen Traum», meinte Marie unbekümmert. «Soll ich dir erzählen, was ich geträumt habe?» Wie so oft wartete sie die Antwort nicht erst ab. «Ich träumte, ein Schmetterling zu sein. Ich flog über Wiesen und Berge, sah alle Bäume, Hütten und Menschen ganz klein, winzig klein, unter mir, und ich war sehr leicht, leicht wie der Wind und glücklich. Ich schwebte durch die Luft, der Wind war mein Freund und trug mich auf seinen Flügeln über das ganze Land. Viele Menschen sah ich, und alle waren zufrieden, winkten mir zu und lachten. Ich winkte zurück, und dann …, dann …», sie begann vor lauter Euphorie zu stottern, «… weisst du, was ich dann gesehen habe, Kathy?»

«Hmm, was hast du gesagt?»

Marie war es völlig egal, dass Kathleen ihr offenbar gar nicht zugehört hatte, denn sie erzählte atemlos weiter: «Ganz fern war es zuerst, weit weg, nur ein wenig blau zuerst, aber deutlich zu sehen: das Meer, Kathy, das Meer! Oh, es war so schön! Ich schlug mit meinen farbigen Flügeln ganz schnell, der Wind half mir und blies ganz fest und stark. Ich wurde immer schneller, und das Meer wurde immer grösser. Sooo gross, dachte ich, so schön, oh, du hättest es sehen sollen.»

Kathleen hatte Maries Worte kaum bewusst mitbekommen. Die Bilder ihres eigenen Albtraums verfolgten sie und überfielen sie mit einer dumpfen und innerlich zerfressenden Angst.

«Hey, Kathy», die Kleine hatte sie am Arm gezupft. «Und weisst du, was das Lustige an dem Traum war? Heute Morgen, als ich erwachte, wusste ich im ersten Augenblick nicht mehr, ob ich ein Mädchen bin, das geträumt hat, ein Schmetterling zu sein, oder ein Schmetterling, der träumte, ein Mädchen zu sein.» Und abermals schenkte sie Kathleen ein wunderbares Lächeln.

Langeweile

Wer eine Welt erblickt im Körnchen Sand
und Himmel in dem Blumengrunde,
schliesst die Unendlichkeit in seine Hand
und Ewigkeit in eine Stunde.
(W. Blake)

In Los Alamos versuchten die Wissenschaftler tagelang vergebens, die neuartige Materiallegierung, aus der der Balken bestanden hatte, erneut herzustellen. Es gelang nicht. Das Material, das auf jenem Element mit dem höchsten Rang im Periodensystem beruhte, liess sich nicht mehr reproduzieren – was bloss eine Schlussfolgerung zuliess, eine, die wiederum völlig unmöglich schien und die Fähigkeit der Wissenschaftler, Unglaubliches zu akzeptieren, bei weitem überstieg. Als jedoch keine Zweifel mehr bestanden und man sich der Tragweite der katastrophalen Entdeckung bewusst wurde, verhängte man eine Nachrichtensperre, riegelte das Gelände hermetisch ab, stellte alles unter Quarantäne und beschloss, den Präsidenten zu benachrichtigen.

Am anderen Ende der Welt schlenderte Kathleen langsam und vor Müdigkeit gähnend auf Marie zu und setzte sich neben sie auf die Steinmauer.

«Guten Morgen, Kathy.»

«Hi, Kleine.»

«Wie geht es dir?»

«Geht so», brummte Kathleen, «hab wieder schlecht geschlafen.»

«Oh, das tut mir leid.»

«Muss dir nicht leid tun», sie streckte ihre Arme und Beine, «kannst ja nichts dafür.»

«Was willst du heute machen, Kathy?»

«Na, was wohl? Das, was ich gestern gemacht habe und was ich voraussichtlich auch morgen tun werde.»

«Das ist aber lustig.»

«Was soll daran lustig sein?», mokierte sie sich.

«Na, wenn man jeden Tag dasselbe tut, dann muss man das ja sehr gerne tun, was man tut.»

«Kindchen, da hast mich völlig falsch verstanden. Das, was ich meinte, ist: Ich warte einfach, weil ich eben hier bin und …» Sie schluckte, liess ihren Kopf hängen und konnte die Tränen nicht zurückhalten. «Scheisse, worauf warte ich eigentlich?»

«Ich weiss nicht, Kathy.»

«Ja, ich auch nicht.» Ihre Stimme zitterte. «Man tut eben meist irgendwas. Man merkt erst zu spät, dass es …, dass alles ein elender, furchtbarer, vermaledeiter Mist war.»

Marie hob ihre kleine Hand und streichelte über Kathleens blondes Haar. Sie blieben eine ganze Weile so auf der Mauer sitzen. Irgendwann hörte Kathleen zu weinen auf. Marie hatte die ganze Zeit nichts gesagt. Es gibt Momente, da gibt es nichts zu sagen.

Universales Spiel

Die Vernunft kann nur reden.
Es ist die Liebe, die singt.
(Joseph Marie de Maistre)

Im Oval Office war es mucksmäuschenstill. Der Präsident, sein Stabchef, der Sicherheitsberater und ein paar Minister hatten den Ausführungen des Leiters des Los Alamos Labors, Professor Aaron Weintraub, ungläubig zugehört. Der spröde wirkende Mann, einer der besten Physiker der Welt, hatte emotionslos erläutert, was man die letzten Tage und Wochen herausgefunden habe: dass sich dieses neuartige Material aufgelöst habe und nicht mehr herstellbar sei, weil sich etwas zu ereignen schien, das nach menschlichem Ermessen unmöglich war. Man habe überdies zweifelsfrei festgestellt, dass sich alle fundamentalen Naturkonstanten zu ändern begonnen hätten.

Weintraub sah der erlesenen Runde förmlich an, dass sie ihn sogleich mit Fragen bombardieren würde, sodass er seine komplexen wissenschaftlichen Erklärungen abkürzte. Fazit sei: Was man bislang in Jahrmilliarden nicht erwartet hätte, werde nun aller Voraussicht nach innerhalb von Wochen geschehen: Zuerst würden sich alle höherwertigen Elemente wie Schwermetalle und Legierungen – deshalb auch das Material des Balkens –, bald darauf wohl auch die Edelgase und alle anderen Elemente auflösen, denn das Regelwerk aller Elementarteilchen sei aus einem unerklärlichen Grund aus dem Gleichgewicht geraten. Es sei demzufolge bloss eine Frage von Tagen, höchstens Wochen, bis andere Regierungen und Labors das Phänomen erkennen würden.

Was genau geschehen werde? Er wisse es nicht genau, doch wenn das Phänomen, wie er es trocken nannte, sich linear weiterentwickelte, sei anzunehmen, dass in wenigen Wochen die Atmosphäre – oder besser gesagt: die Ozonschicht – verschwinden würde. Danach dann …

Was das alles nun bedeute?, fiel ihm der Präsident ungehalten ins Wort.

Professor Weintraubs simple Antwort war: Die *Wirklichkeit* werde sich auflösen …

Zur gleichen Zeit fühlte Kathleen den immer stärker werdenden Druck in der Magengegend und starrte deprimiert auf den Boden des Innenhofes.

«Kathy, und wenn wir nun beide schon tausend Jahre alt wären?»

«Was dann?», brummte sie missmutig. Die körperlichen Beschwerden hoben ihre schlechte Laune wahrlich nicht. Sie hatte die Schmerzmittel heute Morgen sogar höher dosiert.

«Stell dir vor, wir beide wären tausend Jahre alt, und heute wäre der letzte Tag unseres Lebens. Meinst du, es würde sich irgendetwas ändern?»

«Weiss nicht. Ich bin keine tausend Jahre alt. Und du auch nicht. Wir sind es nicht und werden es nie werden.»

«Och bitte, sei kein Spielverderber, Kathy. Was wäre, wenn wir jetzt tausend Jahre alt wären – und wir hätten jetzt noch genau eine Stunde zu leben?» Sie kicherte, fuhr dann aber mit grossem Ernst fort: «Aber es tut nicht weh. Nichts wird wehtun. In einer Stunde schlafen wir einfach ein. Nach tausend Jahren Leben», sie seufzte wohlig, «aaaah – schlafen wir einfach ein.»

«Also gut, wie du willst.»

Nachdem beide eine Weile geschwiegen hatten, wurde Kathleen ungeduldig. «Und was jetzt? Willst du nicht endlich beginnen?»

«Beginnen?»

«Ja, mit dem Spiel. Mach mich nicht schwach, Kleine! Gerade eben wolltest du noch spielen, wir hätten tausend Jahre gelebt, und nun sei unsere letzte Stunde. Oder ist dir die Lust dazu vergangen?»

«Nein, gar nicht, aber wir hatten ja schon begonnen, dachte ich.»

«Wie? Wir haben ja gar nichts gesagt und auch nichts getan.»

«Eben! Was soll man denn nach tausend Jahren noch sagen oder tun?»

Schluss, Aus und Amen

Ein Haufen Steine hört in dem Augenblick auf,
ein Haufen Steine zu sein,
wo ein Mensch ihn betrachtet
und eine Kathedrale darin sieht.
(Antoine de Saint-Exupéry)

Der Präsident hatte alle aus dem Oval Office hinausgeschickt, ausser Professor Aaron Weintraub. Er kannte Weintraub seit über vierzig Jahren, vertraute ihm in wissenschaftlichen Belangen blind, und auch sonst. Ohne Umschweife bat er um eine definitive Auskunft.

«Aaron, mein Freund, was ist los?»

Weintraub legte sinnierend die Handflächen aneinander und suchte nach Worten. Nun, man werde alles unternehmen, um herauszufinden, was die Ursache des Phänomens sei, doch er habe wenig Hoffnung, dass es gelingen würde, dieselbe zu finden, geschweige denn etwas Sinnvolles dagegen zu unternehmen.

Das leise Ticken der alten Pendeluhr begleitete die minutenlange Stille im Oval Office.

Der Präsident klopfte langsam mit seines Fingern auf die Tischplatte: «Ich bin kein Wissenschafter wie Sie, Aaron, aber – Mann, das Ganze ist doch unmöglich!»

Weintraub nickte.

«Aaron, ich flehe Sie an, sagen Sie mir jetzt, dass das alles ein riesiger Irrtum sein kann.»

Weintraub hob ratlos die Arme und liess sie zurück auf seine Oberschenkel fallen. «Ich kann Ihnen nicht sagen, was der Grund ist. Eine Quantenfluktuation vielleicht, irgend etwas, das das gesamte Raum-Zeit-Gefüge und damit die Naturkonstanten ausser Kraft setzt, oder so was in der Art. Oder eine Supernova … Herrgott, ich weiss es doch auch nicht.»

«Quantenfluktuation – Mensch, Aaron, was soll das? So was

ist doch völlig unmöglich.» Leichte, aber nicht zu verhehlende Panik begann sich in die Stimme des Präsidenten einzuschleichen.

Weintraub starrte ihn mit leerem Blick an. «Ja, gewiss, das dachte ich bisher auch. Aber das ganze Universum, der Urknall, der Big Bang – all das ist gemäss bisherigen Erkenntnissen genauso entstanden: aus irgendeiner Fluktuation, quasi aus dem Nichts. Aus irgendeinem Grund – eine Laune der Natur vielleicht – scheint sich das Universum wieder in den Urzustand zurückzuversetzen, oder …» Er räusperte sich verlegen.

Der Präsident schaute ihn sekundenlang an, dann beugte er sich vor und drängte Weintraub: «Oder was, Aaron?»

Am Horizont kündigte sich grollend ein abendliches Gewitter an.

«Glaubst du wirklich nicht an Gott, Kathy?»

«Nicht wirklich, nein, eigentlich nicht.»

«Warum nicht?»

«Du stellst heute wieder Fragen.»

«Bitte, sag schon.»

«Weil es keinen Gott gibt. Weil es keinen Gott geben kann. Es würde jeglicher menschlichen Logik widersprechen.»

«Das verstehe ich nicht. Was meinst du damit?»

«Wie soll ich dir das nun am besten erklären?» Sie legte ihre Stirn in Falten, wie sie es früher so oft tat, wenn sie einem Mitarbeiter etwas erklärte. «Gott wurde von den Menschen erfunden, weil sie Angst vor dem Tod haben und nicht akzeptieren wollen, dass es nach dem Leben einfach nichts mehr gibt. Das war's. Finito, aus, Schluss, Amen.»

Marie kicherte.

«Findest du das etwa lustig?»

«Nein, aber du hast am Schluss ‹Amen› gesagt.»

«Das ist nur eine Redewendung, Marie.»

«Würdest du denn gerne wollen, dass es Gott gibt?»

«Weiss nicht», nuschelte Kathy leise, «hat mir eigentlich nie gefehlt – bis vor kurzem auf jeden Fall.»

«Was? Warum flüsterst du auf einmal, Kathy?»

«Ach nichts, Marie. Lass mich bitte in Ruhe mit deinen Fragen. Du kannst ja an einen Gott glauben, wenn es dir was nützt.» Dann war die Erinnerung wieder da: Wo war denn dieser Gott in der Nacht, als mein Vater mich …? Mit aller Macht verscheuchte sie den Gedanken. Nicht daran denken, Kathleen, denk nicht daran! Du hattest es doch so viele Jahre lang geschafft, diese Erinnerung wegzusperren, aber jetzt?

Sie atmete tief durch und schaute der kleinen Marie ins Gesicht. Um sie herum die Wellblechhütten, der Gestank, an den sie sich schwerlich gewöhnen konnte, all das Leid, der Hunger, die Krankheiten.

«Glaubst du wirklich an Gott, Marie?»

«Ja, sicher. Es ist ein guter Gott.»

«Warum lässt dann dieser gute Gott all das Leid, all das Böse auf dieser Welt zu?»

«Er wird schon wissen, warum.»

«Warum hat dein Gott denn zugelassen, dass du krank wirst?»

«Das war nicht Gott.»

«Warum lässt er es zu, dass man dir wehgetan hat und du bald sterben wirst?»

«Das war nicht Gott!», rief Marie aufgebracht und sprang auf.

Kathleen zuckte zusammen. Shit, ich bin eine Idiotin! Der Kleinen so zuzusetzen …

«Nicht Gott hat mir wehgetan!» Maries Mundwinkel gingen nach unten, und ihre Augen wurden feucht.

Kathleen hätte sich am liebsten die Zunge abgebissen. Verzeih, Marie, ich bin so eine blöde Kuh, wollte sie sich entschuldigen, doch Marie sagte:

«Es war schon dunkel, und es donnerte. Ich hatte Angst, weil ich ganz alleine war. Ich hatte doch bloss noch ihn. Das Gewitter wurde immer stärker, und ich fürchtete mich vor den Blitzen. Irgendwann schlief ich dennoch ein, doch plötzlich weckte mich etwas. Als ich die Augen aufmachte, war er schon über mir.» Die Tränen flossen unaufhaltsam über ihre Wangen. «Er hat mir sehr wehgetan.» Sie wischte mit der Hand über ihre Augen. «Nicht

Gott hat mir wehgetan, Kathy.» Dann rannte Marie zum Tor und verschwand.

Kathleen blickte der Kleinen nach. Noch nie in ihrem Leben hatte sie sich so sehr für etwas geschämt.

Die Halle der Seelen

Tue erst das Notwendige,
dann das Mögliche,
und plötzlich schaffst du
das Unmögliche.
(Franz von Assisi)

Die Frage des Präsidenten hing unbeantwortet im Oval Office. Bloss das Ticken der Pendeluhr leistete ihr Gesellschaft.

Weintraub seufzte und murmelte etwas Unverständliches.

«Oder was, Aaron?»

«Oder die *Guf* ist leer.»

«Was? Die ..., *was* bitte ist leer?»

Weintraub setzte sich auf, wiegte mit dem Oberkörper etwas vor und zurück, wie wenn er unschlüssig sei.

«Nun, ich bin ein Mann der Wissenschaft und gebe nichts auf mystischen Mumbo-Jumbo. Aber mein Grossvater hat mir oft diese alten jüdischen Sagen erzählt. Er war ein sehr religiöser Mensch und ein Anhänger der Kabbala, dieser spirituellen ‹Geheimwissenschaft› oder wie man das nennen will. Eine dieser Geschichten erzählt von der Guf, der Halle der Seelen. Wie gesagt, ich selbst bin ein Mann der Ratio, Religion war noch nie mein Ding.»

«Was ist mit dieser Guf, Aaron?»

«Die Geschichte besagt: Immer wenn ein Mensch geboren wird, erhält er seine Seele aus der Guf, und immer wenn ein Mensch stirbt, kehrt seine Seele in die Guf zurück. Am Tag jedoch, an dem die Halle der Seelen leer ist, weil keine gute Seele mehr in die Guf zurückgekehrt ist, an dem Tag beginnt das Ende der Welt, das Ende aller Dinge. Na ja, das sind halt so Geschichten; man kann sie glauben oder auch nicht.»

Der Präsident hatte sich erhoben und stand unschlüssig da. Er starrte seinen Chefwissenschaftler mit zusammengekniffenen Augen an. Was Weintraub ihm erzählt hatte, klang in seinen

Ohren völlig absurd, doch er wusste, dass Aaron sich niemals einen Scherz solcher Art erlauben würde.

«Glauben Sie an Gott, Aaron?»

Weintraub wiegte wieder mit dem Oberkörper leicht vor und zurück. «Um ehrlich zu sein, bis vor kurzem wäre meine Antwort ein eindeutiges Nein gewesen – aber jetzt?» Er schaute den Präsidenten von unten her an. Und Sie, glauben Sie *wirklich* an Gott?»

«Ja, Aaron, wissen Sie das nicht? Allerdings bin mir jetzt nicht mehr so sicher, ob es ein *lieber* Gott ist oder bloss Gott.»

«Ich wollte noch so viel in meinem Leben tun», seufzte Kathleen.

«Was denn so, Kathy?» Marie war wieder zu ihrem Platz zurückgekehrt und heiter, als hätte sie ihren Schmerz bereits vergessen. «Du hast doch schon sooo viele Dinge gemacht, wie du mir erzählt hast. Was kann man denn da noch alles tun wollen?»

«Ach Kleine, was verstehst denn du schon vom Leben?» Ihr Ton verfiel für einen Moment wieder in die alte Härte, doch als sie Maries freundliche Miene sah, riss sich Kathleen zusammen. «Es gibt eben so vieles, für das ich bis jetzt keine Zeit hatte, oder auch solche, die ich mir für später aufgehoben hatte, zum Beispiel ins Theater gehen.»

«Theater? Was ist das?»

«Da spielen Leute.»

«Spielen – so wie wir im Hof?»

«Nein, nicht so. Wie soll ich dir das erklären? Ein paar Menschen tun so, als wären sie jemand anders, und dann spielen sie … das Leben, also was so passiert im Leben.»

«Die spielen das Leben?» Marie runzelte die Stirn. «Wie kann man denn das Leben *spielen*, Kathy?»

Kathleen fiel keine befriedigende Antwort ein. «Ach, Marie, das verstehst du noch nicht», kürzte sie das Grübeln ab.

«Und was sonst noch?» Marie liess nicht locker. «Was wolltest du ausserdem gern tun in deinem Leben?»

«Herrgott, lass mich doch mit deinen Fragen in Ruhe!»

Marie legte ihre kleinen Hände auf Kathleens Wangen und schaute ihr treuherzig in die Augen. «Kathy? Und wenn du nun all die tausend Dinge die du noch tun wolltest, schon tausendmal getan hättest – wärst du dann glücklich? Jetzt, in diesem Augenblick, meine ich?»

Leben an einem einzigen Tag

Es ist besser, mit drei Sprüngen zum Ziel zu kommen,
als sich mit einem das Bein zu brechen.
(Aus Afrika)

Der Präsident und Weintraub schritten langsam zur Tür des Oval Office. Der Präsident legte seine Hand auf die Schulter der Professors.

«Aaron, mein Freund, was können wir jetzt noch tun?»

«Es tut mir leid, aber bis jetzt bin ich ratlos.» Müde hob er die Schultern. «Aber keine Frage: Sobald ich eine Lösung weiss, werden wir alles Menschenmögliche unternehmen.»

Der Präsident nickte bedächtig. «Wer weiss, Aaron, vielleicht haben wir Menschen übertrieben; vielleicht waren wir zu selbstherrlich, zu selbstsüchtig. Wer weiss, vielleicht sind diese Geschichten eben doch nicht aus der Luft gegriffen.» Dann öffnete er die Tür. Im Korridor standen die Wachen stramm. Er reichte Weintraub die Hand. «Alles Gute, Professor Weintraub, Sie wissen, dass unser Gesprächsthema strengster Geheimhaltung unterliegt.»

«Ja, Mister President.»

Nur für die Ohren seines Gegenübers hörbar, raunte der Präsident ihm zu: «Wenn es so weit ist, dass man es nicht mehr geheimhalten kann, rufe ich den nationalen Notstand aus. Aaron, können Sie sich ausmalen, was geschehen wird, wenn die Menschen davon erfahren?»

Kathleen hatte bereits wieder Angst vor der kommenden Nacht. Wenn nur diese Albträume und die Panikattacken aufhörten!

«Kathy?» Marie hüpfte vergnügt herum.

«Ja?»

«Ich weiss noch mal ein Spiel.»

«Habe keine Lust dazu.» Kathleen zog an ihrem Kragen, als müsste sie sich Luft verschaffen. Dieser dumpfe Druck auf ihrer

Brust!

«Es geht wirklich nicht lange», versuchte Marie sie umzustimmen. «Das Spiel heisst: Unser ganzes Leben an einem einzigen Tag. Es wird dir bestimmt gefallen, Kathy.»

«Neeein!» Sie hatte es so laut geschrien, dass Marie zusammenzuckte, und war dabei aufgesprungen. Gerade jetzt, da sie so furchterregend spürte, wie der Krebs sich in ihrem Körper ausbreitete, wollte sie sich auf gar keinen Fall auf irgendein blödes Spiel einlassen, das sie noch zusätzlich an ihr Ende, das Sterben und den Tod erinnerte. «Heute nicht mehr, Marie, heute spiele ich kein Spiel.» Dann verschwand sie mit schnellen, fluchtartigen Schritten in Richtung ihres Zimmers.

Mit einem Bein kann man nicht Fussball spielen

Da das Leben nicht ewig ist,
kann der Tod auch nicht ewig sein.
(Aborigine-Weisheit)

So vieles war geschehen. Im Rückblick erschien Kathleen alles wie ein Traum, irreal, nicht fassbar.

Das Virus hatte Daniel so geschwächt, dass Wundbrand entstanden war; sein Bein war schon halb zerfressen und verfault. Alle Versuche, die Infektion und den Wundbrand zu stoppen, nützten nichts, und nachdem Daniel – trotz massiver Morphin-Dosen – Tag und Nacht vor Schmerzen wie am Spiess schrie, sodass weder die Kinder noch die anderen Patienten des Nachts schlafen konnten und bald aggressiv wurden, entschied Chris, dem Jungen das Bein zu amputieren.

Daniel gebärdete sich wie ein verwundetes Tier, als ihm Chris die Mitteilung machen musste. Er wollte auf keinen Fall seine Beine verlieren, tobte wie ein wilder, aber weder Chris noch die Pfleger sahen eine andere Möglichkeit. Das Bein musste weg. Abschneiden war die einzige Möglichkeit, die Schmerzen zu lindern. Es würde keine Rettung sein, nur eine kurze Verzögerung.

Es tut mir so leid, mein Junge, dachte Chris. Mit einem Bein kann man schlecht Fussball spielen, ich weiss, aber das Leben nimmt darauf keine Rücksicht.

Ein paar Tage später trat Kathleen zaghaft in Daniels Zimmer. Ein mörderischer Gestank schlug ihr ins Gesicht.

Dann suchte ihr Blick den Jungen. Nicht mehr wiederzuerkennen. Kaum noch lebendig, dennoch am Leben. Jenseits dessen, was man sich vorstellen kann.

Marie an seinem Bett.

Er hat sich die Seele aus dem Leib geschrien, durchzuckte es Kathleen entsetzt, nun liegt er da, die Muskeln erschlafft, das Leben aus seinem Körper entwichen. Und die kleine Marie hält seine Hand, als könnte sie es verhindern, dass er bald krepieren wird.

Kathleen hatte keine Kraft mehr, zuzuschauen. Ihr Magen revoltierte, sie stürzte nach draussen und übergab sich im Hof.

Später – Kathleen hatte keine Ahnung, wie viel Zeit vergangen war, aber die Sonne war schon vor einer Weile untergegangen, ein rötliches Schimmern am Horizont deutete noch auf den vergangenen Tag – später kam Marie endlich aus dem Zimmer.

Die Kleine war selbst totenblass – und so mager, nur noch Haut und Knochen.

«Ist er …?», flüsterte Kathleen.

Marie nickte.

Stunden der Stille. Sie sassen einfach da. Alles war ruhig, selbst der Wind schwieg. Der Mond warf sein fahles Licht in den Hof.

Marie atmete schwer, mit halb geschlossenen Augen schaute sie den Mond an, als ob er die Antwort auf alle Fragen wüsste.

«Ich wünsche mir, dass sich jemand an mich …, an uns … erinnert», durchbrach Kathleen die Abendstille. «Es käme mir wie ein Trost vor.» Sie wandte den Blick zu Marie. «Was glaubst du: Ist es ein Trost, wenn sich jemand erinnert, obwohl man selbst schon weggelöscht ist, ausradiert aus dem Buch des Lebens?»

«Ach, Kathy, ich werde mich an dich erinnern. Immer – das verspreche ich dir», versuchte Marie sie zu trösten.

«Aber du wirst doch bald …», sie verstummte beschämt.

«Ja, ich weiss, aber ich werde mich trotzdem an dich erinnern, da bin ich mir ganz sicher.» Sie lächelte, doch gleich darauf biss sie sich auf die Lippen, weil ein Schmerz durch ihren Körper schoss. Dann brach sie zusammen. Als schneide man einer Marionette die Fäden durch, sackte ihr kleiner, fragiler Körper zusammen. Doch selbst in dem kurzen Augenblick, in dem sie selbst nicht verstand, was mit ihr geschah, blieb das Lächeln auf ihren Lippen. Als wäre es eine letzte Bastion gegen das Versagen ihres Körpers, schien sie ihr Lächeln so lange wie möglich halten zu wollen.

Das Geständnis

Willst du einen Augenblick glücklich sein,
räche dich.
Willst du ein Leben lang glücklich sein,
schenke Vergebung.
(Jean Baptiste Henry)

«Chris, Chriiis!» Kathleen kniete neben Marie und hob ihren Kopf an. Der kleine, zuckende Körper lag schlaff im Sand. Vergeblich wollte sie das Kind hochheben; obwohl Marie so leicht war, versagten Kathleens Kräfte, sodass sie verzweifelt nach Chris rief.

Marie schlug die Augen auf. Diesmal misslang das Lächeln. Stattdessen quoll Blut aus Mund und Nase.

«Alles wird gut, Marie, alles wird gut», sagte Kathleen, um Marie, vor allem aber sich selbst zu trösten. Sie wischte das Blut mit ihrer Bluse ab, so gut es ging, hielt Maries Kopf in ihren Armen und ahnte, dass Marie sich mit letzter Kraft bemühte, etwas zu sagen. Kathleen beugte sich ganz nahe zu Maries Mund herab, sodass sie die letzten Silben der kindlichen, ersterbenden Stimme, die gegen das gurgelnde Blut ankämpfte, verstehen konnte.

«Daniel …», Maries ganzer Körper zitterte, sie versuchte sich aufzubäumen, «Daniel … war …»

«Pssst, Marie, quäl dich nicht.»

«Daniel war … mein …»

Die Worte drangen an Kathleens Ohr, gehaucht, kaum verständlich, dennoch deutlich genug. Und als sie die Bedeutung der Worte endlich verstand, sträubte sich alles in ihr – um sie herum verschwamm die Welt in Unbegreiflichkeit. Kathleen war wieder ein kleines Mädchen, mitten in der Nacht, umgeben vom Zucken der Blitze, vom Donnergrollen und einer sich langsam öffnenden Tür. Ein kalter Schauer kroch ihren Nacken hoch. Nein, es konnte, es durfte nicht so sein!

Adieu, Marie

Es gibt einen Platz, den du füllen musst,
den niemand sonst füllen kann,
und es gibt etwas für dich zu tun,
das niemand sonst tun kann.
(Platon)

Seit drei Tagen regnet es ununterbrochen. Monoton trommelt der Regen auf die Wellblechdächer. Tausend schlanken Fingern gleich, klopfen die Tropfen geduldig aufs Blechdach. Wie ein Trommeln, ein weit entferntes Trommeln im Busch – jetzt erinnere ich mich, vor ein paar Wochen klang es genauso, als ich hier lag. Wie lange ist das her? Ein ganzes Leben scheint vergangen in der Zwischenzeit, aber es sind nur ein paar Wochen – oder Monate? Es ist so weit. Jetzt ist es so weit. Oh, mein Gott, gib mir die Kraft, es durchzuhalten!

Das surrende Geräusch des Ventilators schwebt durch den Raum. Diesen Raum kenne ich nun ziemlich gut. Die Wände müssen wohl vor langer Zeit weiss gewesen sein. Jetzt ist es eher eine Mischung aus schmutzigem Beige-Grau. Eine farblose Melange aus Hoffnung und Trostlosigkeit scheint die Farbe zu vermitteln – Hilflosigkeit, die mich umgibt. Zum Surren des Ventilators gesellt sich das monotone Tropfen des undichten Wassertroges.

Es wird nicht mehr lange dauern, hat mir Chris gesagt. Ob ich Angst hätte, hat er gefragt.

Nein, jetzt nicht mehr. Ich habe keine Angst mehr, habe ich geantwortet.

Warum habe ich ihn angelogen? Natürlich habe ich Angst. Eine Scheissangst habe ich. Und es wird nicht besser dadurch, dass Marie neben mir liegt. Sterbend, blutend und röchelnd.

Wie hat Chris gesagt? «Menschen sind endliche Wesen mit unendlichen Erwartungen.»

Marie atmet nun sehr schwer. Seit Stunden ist es mehr ein

Röcheln und Hecheln als ein Atmen – ein grässliches Geräusch. Ihr magerer Körper ist mit eiternden Wunden übersät. Man kann nichts dagegen machen, ausser sie desinfizieren und reinigen, hat Chris gesagt. Obschon es eigentlich völlig sinnlos ist, denn sie sterben ja doch alle, antwortete sie darauf. Chris hatte ihr widersprochen mit dem für ihn einzig gültigen Argument und Glaubensgrundsatz: «Ja, sie sterben alle. Aber zumindest sterben sie in Würde und mit Liebe!»

Kaum zu ertragen, dieses Röcheln und Japsen nach dem bisschen Luft, das noch einmal die Lungen füllen soll, noch einmal eine Sekunde, zwei oder drei Sekunden, vielleicht Minuten an Leben in den Körper hauchen soll – in diesen Körper, der sich gegen das Ende wehrt, wie jeder Körper. Selbst wenn sich der Geist, die Seele abgefunden hat mit dem unausweichlichen Ende, selbst dann gibt der Körper sich nicht geschlagen, denn die Maschine kämpft gegen das Ende; sie kämpft den aussichtslosen Kampf, der nie zu gewinnen ist, bis zum Ende, Atemzug um Atemzug.

Dann manchmal zehn oder zwanzig Sekunden lang … Stille.

Ich glaube, jetzt ist es vorbei. Ja, jetzt ist sie tot.

Endlich! Gott sei Dank.

Aber sie ist nicht tot, noch nicht.

Sie windet sich. Sie hustet Blut …, entsetzlich …, das ganze Blut.

Ich will davonlaufen, will das nicht sehen. Oh, Gott, ich werde genauso sterben!

Wegrennen – nicht hier sein. Nicht in diesem kleinen, schwülen, stickigen, stinkenden Raum.

Man kann den Tod riechen.

Wieder dieses unregelmässige Röcheln.

Ich stehe auf, bette ganz sacht ihren Kopf auf das Kissen. Ja, so geht es.

Sie stöhnt leise. Waren das Worte? Ich beuge mich über sie. Nur noch das Gelb der einst strahlend weissen Augen ist zu sehen.

Mir wird übel. Ich muss aufstehen, zum Waschtrog, um zu kotzen.

Wasche mein Gesicht …, ah, tief durchatmen! Soll ich kurz nach draussen? Nur ganz kurz … frische Luft schnappen … und eine Weile warten …, dann ist es vielleicht vorbei?

Nein! Du lässt sie jetzt nicht alleine. Nicht jetzt! Du bist es ihr schuldig, Kathleen O'Hara. Tue einmal etwas Richtiges und Wichtiges in deinem Leben!

Ich mache einen Lappen nass, gehe zum Bett zurück und wische ihr das Blut vom Mund, wasche das Tuch aus, gehe wieder ans Bett, lege ihr das feuchte Tuch auf die Stirn und lege mich selbst neben sie.

Es ist so heiss, stickig heiss in diesem Raum. Der Ventilator kühlt nicht, sondern bläst bloss heisse Luft in mein Gesicht. Aber das ist besser als gar nichts.

In den letzten Tagen hat Marie sehr schnell an Gewicht verloren. Chris hatte angekündigt, dass es so sein würde. Am Schluss geht es immer sehr schnell, hat er mir erklärt. Ein paar Stunden vielleicht noch.

Ich werde sie halten. Bis zum Ende – wie ich es ihr versprochen habe.

Ich lege mich ganz nah neben sie. Maries kleiner Kopf liegt auf meinem Leib, und ich halte ihre Hand und streichle die Wangen.

Wie ein kleiner Vogel sieht sie aus. Oh, mein kleiner Vogel.

Ach, Marie, könnte ich dir wenigstens ein paar Minuten meines eigenen Lebens geben, nur ein paar Minuten lang noch einmal dein Lächeln erhaschen, deine Stimme hören, noch einmal mit dir lachen. Ich würde mein Leben eintauschen, meine restlichen Tage, Stunden, Minuten und Sekunden, um deinen Atem mit Leben erfüllt zu wissen. Gott, wenn es dich wirklich gibt, dann bitte mach es möglich … Nimm mein Leben jetzt, jetzt gleich gegen ein paar Minuten des ihrigen.

Ich höre ihr Röcheln. Ich kann sie so lange anstarren, wie ich will: Es gibt keinen Gott, du lagst falsch, meine Kleine, es gibt keinen, der mein Leben gegen deines eintauschen wird.

Dass schwarze Haut so blass sein kann … Seit ein paar Stunden ist sie nicht mehr bei Bewusstsein, aber ihr Körper kämpft nach wie vor um jeden Atemzug. «Das ist meistens so», hat Chris gesagt, und: «Wenn man es das erste Mal miterlebt, ist es fürchterlich, fast unerträglich anzuschauen und mitzuerleben. Bist du dir sicher, dass du es durchstehen wirst, Kathy?»

Das war vor zwei Tagen. Nein, sicher war ich mir nicht. Aber ich bin immer noch hier – an ihrer Seite. Und ich werde hierbleiben.

Ich sehe mich selbst hier liegen. Im selben Raum, auf demselben Bett werde ich liegen, genau wie Marie jetzt. Wer wird mich zum Schluss in den Armen halten?

Das Röcheln ist seit einer Weile regelmässiger geworden. Nicht dass es einfacher zu ertragen wäre – im Gegenteil. Der Atem geht flacher, aber sie japst nun nach Luft, sie wehrt sich, kämpft um jeden noch so unnützen Atemzug. Der kleine Körper schüttelt und bäumt sich auf in meinen Armen. Nicht sehr stark – dazu fehlt ihr nun die Kraft –, doch stark genug, um mich verzweifeln zu lassen. Ich versuche sie zu halten, zu beruhigen. Ich weiss nicht, wie lange ich das noch aushalte.

Lieber Gott, lieber Gott, bitte lass sie sterben jetzt. Bitte!

Ich fühle meine Tränen. Sie sind nicht heiss. Kalt sind sie, meine Tränen.

Der Tag bricht an. Die ersten Sonnenstrahlen scheinen zuerst silbern und kurz danach golden durch das Fenster. Sie tauchen den Raum in ein helles, angenehmes Licht. Ganz weit weg und sehr leise glaube ich beinahe das rollende Rauschen der Wellen zu hören. Doch es ist bloss meine Einbildung, denn das Meer ist weit weg – eine Ewigkeit entfernt.

Irgendwann in der Nacht war es still. Nur meinen eigenen Atem hörte ich noch. Kein Röcheln mehr.

Stille. Einfach so.

Stille.

Ihr Köpfchen liegt immer noch auf meiner Brust. Ganz entspannt, als würde sie schlafen.

Vorsichtig lege ich ihren Kopf aufs Kissen und streichle ihr ein letztes Mal übers Haar.

Keine Anstrengung ist mehr in ihrem zarten Gesicht.

Ich stehe auf und gehe in die Morgensonne. Das erste Mal in meinem Leben fühle ich so etwas wie Zufriedenheit und Ruhe in mir. Die ersten Sonnenstrahlen empfangen mich. Ich fühle keine Angst mehr.

Du wirst nicht lange auf mich warten müssen, Kleines.

Seltsame Sequenzen

Die Sonne ist nicht verschwunden,
weil die Blinden sie nicht sehen.
(Birgitta von Schweden)

> lundg@cern.net: Das Leben!? Was soll der Blödsinn, John?

> shep.j@hbs.edu: Na, wie ich sagte: Deine Daten sind DAS LEBEN!

> lundg@cern.net: Hör mal, ich hab echt keine Zeit für Scherze.

> shep.j@hbs.edu: Woher hast du das eigentlich – ich dachte, du bist Physiker?

> lundg@cern.net: Kann dir nicht sagen, woher.

> shep.j@hbs.edu: Schon gut, schon gut. Hey, auf jeden Fall ist es KEIN Datenschrott, deine DNA-Sequenzen!

> lundg@cern.net: Was??? DNA-Sequenzen? Das ist UNMöGLICH!!!

> shep.j@hbs.edu: Mensch, Junge, was ist mit dir los? Schau dir das File mal an. Das sind deine Binärdaten, mittels Morsedecoder aufgelöst:
GCUA CGAG CUUC GGAG CUAG GCUA
CGAG CUUC GGAG CUAG ACGA GCUU
CGGA GCUA GCUA CGAG CUUC GGAG
CUAG GCUA CGAG CUUC GGAG CUAG
GCUA CGAG CUUC GGAG CUAG GCUA
CGAG CUUC GGAG CUAG GCUA CGAG
CUUC GGAG CUAG …
Geht immer weiter so.

> lundg@cern.net: Ja, ja … Oh Mann, sag bloss: Sind das …?

> shep.j@hbs.edu: Human-DNA?

> lundg@cern.net: Ja, das wollte ich gerade fragen.

> shep.j@hbs.edu: Tja, müsste ich nochmals genau checken, aber …, ja, sieht mir ganz danach aus. Das scheinen tatsächlich menschliche DNA-Sequenzen zu sein.

> shep.j@hbs.edu: Hey, bist du noch da?

> lundg@cern.net: Ja, sorry, John, muss jetzt Schluss machen. See you.

Unerwarteter Besuch

Menschen sind endliche Wesen mit unendlichen Erwartungen.
(A. P.)

Chris sass unter dem Baum. Schweigend liess sie sich neben ihm nieder.

«Danke», sagte er.

Kathleen schaute ihn von der Seite an, seine zusammengekniffenen Augen, die schmalen Lippen, und doch wollte dieses verbissene, versteinerte Gesicht nicht zu den Tränen passen, die lautlos seine Wangen hinunterrannen.

«Wofür?»

«Dass du bei ihr geblieben bist; dass sie nicht alleine gehen musste.»

«Aber du hättest es doch auch getan. Du hast es bei so vielen schon getan.»

«Es wäre nicht dasselbe gewesen. Nicht bei Marie.» Er wischte sich die Tränen aus den Augen, schaute sie an, mit einem merkwürdig traurigen Blick. «Ich muss dir etwas gestehen, Kathy, es ist wichtig.»

«Nein, Chris, bitte nicht jetzt», sie fühlte sich schlecht, ganz mies. «Ich möchte, dass du mir etwas versprichst.»

«Und was?»

«Ich möchte nicht so enden wie Marie, nicht so …»

«Sie ist gestorben wie eben alle hier», unterbrach er sie. Sie schien nichts begriffen zu haben, dachte er, sie ist zwar bis zum Schluss bei der Kleinen geblieben, aber gelernt hat sie nichts. Er liess sich seine aufkeimende Wut nicht anmerken und fragte: «Was genau willst du von mir?»

«Wenn es so weit ist …»

«Bald wohl», setzte er an – und biss sich sogleich auf die Lippen. Verdammt, das kannst du nicht tun, sie hat ihren Teil erfüllt!, schalt er mit sich selbst. Vergiss den Mist, vergiss es, Chris! Obschon er versuchte, ruhig zu bleiben und sich selbst gegenüber sein Versprechen einzulösen, war das Gefühl stärker. Die drei Zahlen tanzten wie Gespenster vor seinen Augen: 5–32–35 … Frank hat unrecht. Wir haben kein Recht!

«Ja, ich spüre es … Es dauert wohl nicht mehr lange.» Sie schluckte, konnte sich aber beherrschen. «Bitte versprich mir, dass du mich nicht leiden lassen wirst. Bitte, Chris.»

«Wie meinst du das?»

«Du weisst ganz genau, wie ich das meine.»

«So was mache ich nicht», seine Antwort fiel heftiger aus, als er wollte, «so was habe ich noch nie gemacht – das ist Mord!»

«Du glaubst doch nicht an Gott, Christopher Campbell!» Kathleen erhob sich aufgebracht. «Du hast selbst gesagt, dass es deine Aufgabe sei, dort einzuschreiten, wo ein nicht existierender Gott eine Lücke hinterlassen habe. Du willst als kleiner Mensch die Aufgabe erfüllen, die man diesen Menschen hier verwehrt: in Würde und Liebe sterben können! Das waren doch deine Worte, Chris.»

Er stand auf, die Zahlen flimmerten immer noch schwach vor seinem geistigen Auge. Er wusste nicht mehr, was richtig oder falsch sei; zwanzig Jahre lang war er sich nicht ein Mal so unsicher gewesen, ob seine Entscheidung richtig gewesen sei. 5–32–35. Er war hin- und hergerissen, doch bevor er ein Wort sagen konnte, packte ihn Kathleen an seinem Hemd und riss ihn so stark zu sich, dass zwei Knöpfe absprangen.

«Ich – will – nicht – verrecken, Chris!»

Er sah, wie sich ihre Augen mit Tränen füllten, ihr Griff lockerte sich, ohne dass sie sein Hemd losliess. Ihre Stimme klang wie die eines kleinen Mädchens, als sie ihn anflehte: «Bitte, Chris, mit dem Tod habe ich mich abgefunden, aber nicht mit dem Sterben, nicht mit dem Leiden.»

«Ist ja gut», er hatte sie in seine Arme genommen, hielt sie fest und dachte, was für ein gemeiner Mensch er sei, so zu handeln. Während er ihr Gesicht streichelte, tröstete er sie: «Keine Sorge, Kathy, du wirst nicht leiden. Ich verspreche es dir.»

Er hielt sie noch eine Weile, bis sie sich ausgeweint hatte.

Langsam erwachte das Leben im Center, Kinderstimmen waren zu hören. Er liess sie los. «Leg dich doch ein wenig hin,

Kathy. Ich muss mich um Marie kümmern. Ich will verhindern, dass die anderen sie so sehen. Willst du sie nochmals sehen?»

Sie schüttelte den Kopf.

Sie setzten Marie auf dem kleinen Friedhof hinter dem Center bei, gleich neben Daniels Grab. Eine schlichte Zeremonie, nur wenige Anwesende. Chris sprach ein paar Worte – einen Priester gab es hier nicht –, dann legte er eine Rose aufs Grab und schritt langsam ins Center zurück.

Seine Gedanken kreisten um Kathleen, Marie, all das, was schon geschehen war. Er musste es ihr sagen, aber seine Gefühle konnte er nicht bändigen, und mit jedem Schritt, den er sich dem Tor des Centers näherte, beschloss er, wie schon oft zuvor, noch zu warten. Ja, sie hatte die Kleine begleitet, war bei ihr geblieben bis zum bitteren Ende. Doch warum? Sie war nur bei dem Kind geblieben, weil sie selbst Angst hatte, alleine zu sein, und nur deshalb, weil er, Chris, sie quasi dazu gezwungen hatte.

Mit düsterem Blick ging er in sein Büro. Nein, so schnell ist das nicht zu Ende, nicht heute, nicht morgen, denn du bist immer noch derselbe Mensch, Kathleen O'Hara, immer noch die Verkörperung dessen, was ich abgrundtief an allen Menschen hasse …

Chris zuckte wie unter einem Peitschenhieb zusammen, als er plötzlich die Worte hörte: «Sie hat Angst. Endlich erfährt sie am eigenen Leibe, was Verzweiflung bedeutet.»

Frank stand mitten in seinem Büro.

Rätselhafte Nachrichten

Wenn du meinst, dass im Alter
die Weisheit dich nähren soll,
dann eigne sie dir in deiner Jugend an,
sodass dir im Alter die Nahrung nicht fehle.
(Leonardo da Vinci)

Lundegard fiel fast vom Stuhl. Langsam kroch es an ihm hoch, ein Kribbeln, wie Ameisen; seine Nackenhaare stellten sich auf, auf einmal fröstelte ihn. Wie ein fernes Echo hallten die Worte der Blondine in seinem Kopf. Wie hatte sie gesagt? Es sei vielleicht so was wie ein Radio, ein Empfänger.

Er weigerte sich zuerst, den Gedanken zu verfolgen, wollte nicht wahrhaben, was er sah und las, doch er wusste, dass es keinen Zweifel gab: Die Neutrinos trugen eine Botschaft. Eine, die man verstehen konnte, eine Botschaft, die er, Lundegard, verstehen sollte, eine Botschaft aus der Dunklen Materie und der Dunklen Energie. Und wo eine Botschaft war, musste auch jemand oder etwas sein, der die Botschaft sandte.

> lundg@cern.net: Hey John, warte mal, bist du noch da?

> shep.j@hbs.edu: Yep, was ist?

> lundg@cern.net: Kannst du mir das Morsecode-Decoder-Programm vielleicht noch schnell schicken?

> shep.j@hbs.edu: Klar, schon passiert. Kannst das File downloaden, ist nicht gross.

> lundg@cern.net: Danke – und sorry für die Störung.

> shep.j@hbs.edu: Oh, der Herr ist aber vornehm heute … Okey dokey, lass mich wissen, wann du wieder nach Boston kommst. So 'ne Sauftour wär doch mal wieder was, oder? ☺

> lundg@cern.net: Sicher! Cheers and bye.

> shep.j@hbs.edu: Bye.

Der Fluch der Rachsucht

Das Wort verwundet leichter, als es heilt!
(Johann Wolfgang von Goethe)

«Du hier? Mensch, Frank, ich hatte dir gesagt, dass ich dich rufen würde. Warum bist du nicht in der City, im Hotel, wie ausgemacht?»

Der Mann machte einen Schritt auf Chris zu, sein Atem roch nach Whisky. «Ich will in der Nähe sein, wenn sie zusammenbricht. Will es selbst mitansehen, mit meinen eigenen Augen, wenn sie bloss noch ein Haufen Rotz und Elend ist.»

«Sie hat genug, Frank. Ich sage es dir, wir haben kein Recht …»

«Nein!», mit stahlhartem Griff packte er Chris bei den Schultern. «Hast du vergessen, was sie dir angetan hat? Kannst du das jemals vergessen?»

«Rache ist keine Lösung.» Chris riss sich aus seinem Griff los, trat ganz nahe an ihn heran, roch den Whisky, den Schweiss. «Das bringt dir deine Frau und deinen Sohn auch nicht zurück.»

«Aber …»

«Nein! Hast du verstanden: Rache ist keine Lösung – sie war es nie und wird es nie sein. Und für das, was in Sherwood Crescent geschah, ist sie nicht verantwortlich.»

«Aber es sind Menschen wie sie, Junge, deretwegen die Welt so ist, wie sie ist. Und was sie dir angetan hat, ist ein Verbrechen. Es war ihre Entscheidung damals. Aus Geldgier, Chris, aus Geldgier hat sie es getan.»

«Ja, was sie mir angetan hat, ist …», Chris stockte, brach den Satz ab. «Deswegen ist es auch meine Entscheidung, zu bestimmen, wann genug ist.»

Frank packte seinen Neffen erneut an der Schulter, seine Stimme klang verzweifelt und beschwörend zugleich: «Verstehst du denn nicht, Chris, es sind Menschen wie sie, die bestraft werden müssen. Wenn es keinen Gott gibt – oder wenn Gott nicht mehr für uns da ist: Wer sollte es sonst tun? Menschen wie sie sind es, denen es gleichgültig ist, was andere erleiden müssen. Fünf, zweiunddreissig, fünfunddreissig! Hast du das vergessen?»

«Es reicht!», schrie Chris seinen Onkel an, «Frank, es reicht! Wir haben kein Recht, Gott zu spielen.»

«Gott hasst uns, Chris!» Tränen schossen in die Augen des eifernden Mannes. «Er wollte uns bestrafen, als er uns unsere Lieben nahm. Wo war er denn, als deine Mutter und dein Vater», er wisperte nur noch, «und Sarah …, Michael, mein geliebter Junge …» Er sackte in sich zusammen. «Du hattest doch wie ich geschworen, dass es einen Gott nicht geben kann», klagte er weiter. «Und wenn es ihn gibt, dann verabscheut er uns. Seit wann also glaubst du an Gott?»

«Seit ich Marie getroffen habe, Frank.»

Der alte Mann senkte den Kopf.

Auf einmal tat er Chris leid. Sein Onkel war immer für ihn dagewesen, als er niemanden mehr hatte. Und eines Tages hatte er Chris davon überzeugt, er sollte Rache an Kathleen O'Hara nehmen. Wie Frank nun dastand, ein gebrochener, verbitterter alter Mann. Er tat ihm leid, weil er keine Ruhe finden würde und weil er nicht mehr glauben konnte. Was konnte es Schlimmeres im Leben eines Menschen geben, als die Hoffnung zu verlieren – diesen letzten Schutz vor dem Unvermeidlichen, dem Ende? Die Hoffnung musste man bis zum Allerletzten hüten, denn ein Funke Hoffnung ist kostbarer als Gold und Diamanten, denn es ist die stärkste Antwort, die der Mensch dem Tod entgegenwerfen kann.

Chris legte seinem Onkel sanft die Hand auf die Schulter und bat ihn: «Geh zurück, Frank, es ist vorbei. Ich werde es ihr sagen.» Dann ging er zur Tür und murmelte: «Auch wenn sie mir das nie verzeihen wird.»

Doch er ahnte nicht, was sie wirklich getan hatte.

Die Beichte

Rächt euch nicht selbst.
(Römer 12,19)

Chris klopfte leise an die Tür und trat ein. Kathleen war eingedöst, doch als er ins Zimmer trat, schlug sie sofort die Augen auf.

«Wie fühlst du dich?» Er schaute sie beklommen an und setzte sich aufs Bett.

«Müde, sehr müde.»

«Möchtest du schlafen?» Er strich mit dem Zeigefinger über ihre Wange. Sie sah tatsächlich müde aus, und er dachte, dass er es ihr morgen sagen würde. Heute hatte sie schon Marie sterben sehen. Morgen wäre früh genug, nicht heute.

«Legst du dich neben mich aufs Bett, Chris?»

«Hmm», er nickte.

Kathleens Gedanken waren bei Marie. Wie herrlich war ihre Zeit am Meer, ihr Lachen fehlte ihr so, *sie* fehlte ihr so. Könnte ich doch glauben, woran Marie so bedingungslos geglaubt hat. Sie war erschöpft, doch jetzt war der Augenblick gekommen. Ich muss es ihm sagen. Die Zeit ist knapp.

«Chris, ich möchte dir etwas sagen. Aber zuvor musst du mir versprechen, nein, du musst schwören …», ein verzweifeltes Lachen. «Phh, was sage ich denn ‹schwören›? Wir glauben ja beide an nichts.»

«Ich schwöre», es klang nicht nach einem Scherz, «was immer du von mir verlangst.»

«Bei Maries Seele – du schwörst auf Maries Seele, Chris!»

«Ja, ich schwöre bei Maries Seele.»

«Ich habe bisher noch mit keinem Menschen je zuvor darüber gesprochen, nicht einmal mit Marie. Vielleicht hätte ich es ihr sagen sollen?» Sie wurde von einem Hustenanfall geschüttelt, und Chris schien, als sprühten dabei winzige Blutpartikel in die Luft.

Als sie sich erholt hatte, legte sie ihren Kopf auf seine Brust. Er legte seine Hand auf ihr Haar. Nach einer Weile begann sie zu reden: «Als es passierte, war ich elf Jahre alt. Wir wohnten in einem kleinen Nest in Texas. Meine Mutter war ein Jahr zuvor an Krebs gestorben. Mein Vater begann zu trinken, immer mehr. Eines Tages verlor er seine Stelle. Seine Vorgesetzten konnten es nicht mehr tolerieren, dass er immer öfter betrunken zur Arbeit kam.

Die Hitze erreichte einen Jahresrekord an dem Tag. Wie jeden Abend ging ich gegen neun Uhr ins Bett, denn der Schulbus fuhr des Morgens schon um sieben Uhr los. Aber wie jeden Abend, seit Mama tot war, hatte ich Angst, alleine in dem alten Haus. Dauernd knackten und ächzten die Holzbalken in den Wänden, die Geräusche jagten mir tausend Schrecken ein. Ich wartete also im Bett, hatte die Decke trotz der Hitze ganz über meinen Kopf gezogen und hoffte, dass Daddy …, mein Vater bald nach Hause kam und ich beruhigt einschlafen konnte. An diesem Abend jedoch blieb er lange aus, und irgendwann musste ich eingeschlafen sein.» Schweissperlen hatten sich auf ihrer Stirn gebildet, sodass sie mit der Hand – vergeblich – nach einem Tuch tastete, mit dem sie die Stirn trocknen könnte.

Chris stand auf, nahm ein sauberes Tuch aus dem kleinen Schrank an der Wand und befeuchtete es, bevor er es auf ihrer Stirn platzierte. Dann legte er sich wieder neben sie. Ihr Atem wurde ruhiger, dann fiel sie in den Schlaf.

«Chris?»

«Hmm?»

«Habe ich lange geschlafen?»

«Nein, nur ein paar Minuten.» Er wurde innerlich immer unruhiger. Ihre Gesichtsfarbe war merkwürdig fahl, hatte sich die letzte halbe Stunde, seitdem er hier bei ihr im Bett lag, rapide verändert. Irgendetwas lief nicht mehr nach Plan, er musste es beenden.

«Danke, dass du hier bist.»

«Du brauchst dich nicht zu bedanken … Kathy, ich muss dir auch etwas sagen.»

«Bitte, Chris», die Müdigkeit war bleiern, «lass mich zuerst zu Ende erzählen, sonst verlässt mich die Kraft und auch der Mut.»

Er schwieg.

«Er hatte mich nie zuvor schlecht behandelt. Ich liebte und vertraute ihm. Er war mein Ein und Alles … bis an jenem Abend, als er nach Hause kam und … mir wehtat.»

Er spürte die Feuchtigkeit ihrer Tränen auf seiner Hand, die ihre Wange streichelten.

«Bei Tagesanbruch bin ich weggelaufen, ich weiss noch, dass ein Trucker mich mitnahm.» Sie trank einen Schluck Wasser aus dem Glas, das Chris ihr hinhielt. «Der einzige Mensch, den ich nun noch hatte, war meine Grossmutter, die in Connecticut lebte. Irgendwie habe ich bis zu ihr geschafft. Sie hat mich nie nach dem Grund gefragt, aber ich glaube, sie ahnte etwas.

Meinen Vater habe ich nie wiedergesehen. Er hat unzählige Male bei Grossmutter angerufen, Dutzende von Briefen geschrieben. Er tue ihm leid – er schrieb nie, was ihm leid tat; ich solle zurückkommen. Aber ich konnte ihm nicht verzeihen und antwortete nie, weder auf seine Briefe noch auf seine Telefonate. Nach ein paar Monaten gab er auf. Ein paar Jahre später starb er.

Grossmutter fragte, ob ich nicht zu seiner Beerdigung mitkommen wolle – aber ich ging nicht hin.» Ein weiterer Hustenanfall zwang sie zu einer Pause. Sollte sie ihm wirklich alles erzählen, wäre es nicht besser, es mit ins Grab zu nehmen? Weshalb sollte sie alles zerstören, denn verzeihen würde er ihr nie.

«Ich konnte ihm einfach nicht verzeihen, was er mir angetan hatte. Von dem Moment an hasste ich alle Männer – ausnahmslos alle Männer.» Unsicher fragte sie nach: «War das falsch, Chris?», doch sogleich sprach sie hastig, nach Atem hechelnd, weiter, denn sie wusste, dass ihr nicht viel Zeit blieb, bis die Handvoll Tabletten, die sie geschluckt hatte, ihre Atmung lähmen würden.

«Grossmutter paukte mir förmlich ein, dass meine einzige Chance im Leben die bestmögliche Ausbildung sei. Ich wuchs bei ihr auf, doch als ich siebzehn war, verkaufte sie das Haus, löste ihr gesamtes Erspartes auf und schickte mich nach Harvard. Ich wollte das damals nicht, Chris. Ich sagte ihr, sie solle das Geld für ihr Alter aufbewahren, doch Grossmutter war eine starrköpfige Frau. Also ging ich nach Harvard. Kaum zwei Jahre später wurde sie krank. Ich besuchte sie ein letztes Mal. Sie wusste, dass das Geld nicht mehr reichen würde für meine Studiengebühr. In Amerika ist es nicht wie in England, und ganz besonders nicht an den Elite-Universitäten. Grossmutter wusste, dass man mich rauswerfen würde, wenn ich die Sudiengebühr nicht mehr bezahlen konnte. Sie sagte mir, ich sollte nach Irland zu einem Grossonkel, den ich nicht einmal kannte; vielleicht würde er mir Geld leihen. Mit dem letzten Geld flog ich dorthin, doch der Verwandte lachte mich aus: Er habe ja selbst nicht genug zum Leben; ich solle arbeiten gehen statt studieren. Ich war verzweifelt. Keine Ahnung, warum ich beschloss, ein paar Tage in London zu bleiben. Ich hing in den Bars herum, wo ich schliesslich auch einen Mann traf. Ich schätzte ihn auf Mitte dreissig. Mit seinem dunklen Teint sah er nicht wie ein Engländer aus. Wir tranken beide zu viel, und irgendwann erzählte ich ihm von meinen Sorgen, dass ich Geld bräuchte und niemanden mehr hätte.»

Mühsam rang sie nach Luft, doch dann sprach sie wie in Trance weiter: «Es dauerte nicht lange, bis mich der Mann fragte, was ich für Geld alles tun würde. Meine Antwort war simpel: Alles! Dann weihte er mich in seinen Plan ein. Er brauche ebenfalls Geld, und zwar, weil er Spielschulden habe – eine sehr hohe Summe. Doch ich spürte, dass er log. Erst sehr viel später wurde mir klar, wozu er das Geld wirklich brauchte, aber da war es schon zu spät. Wenn ich ihm helfen würde, wäre er bereit, mir hunderttausend Dollar zu bezahlen. Zuerst dachte ich, er sei verrückt oder wolle womöglich mit mir schlafen, doch dann drückte er mir fünfhundert Pfund in die Hand und sagte, wenn es mir ernst sei, solle ich in einer Woche um die gleiche Zeit hier sein. Ich erinnere mich noch gut an seinen Blick, als er sagte, dass es ihm ernst sei – todernst.»

Keine Zeit fürs Nickerchen

Zeit und Geduld verwandeln
das Maulbeerblatt in Seide.
(Kroatisches Sprichwort)

Seit Tagen hatte sich nichts mehr ereignet.

Alles war ein Zufall, dachte Lundegard, ein extrem seltener, ein kosmischer Zufall, eben eine Laune der Natur. Es ist völlig ausgeschlossen, dass … Er wagte den Gedanken nicht zu Ende zu denken, so etwas schien ihm zu absurd. Die Signale, die Neutrinosignale: lauter Hirngespinste, Lundegard! Reiss dich zusammen, du leidest an Halluzinationen. Höchste Zeit, dass dich jemand abholt und du wieder unter Menschen kommst.

Er würde sich nun hinlegen, sich eine Mütze voll Schlaf gönnen – das war eine gute Idee. Morgen war auch noch ein Tag. John hatte sich garantiert geirrt, oder …

Er konnte den nächsten Gedanken nicht mehr denken, denn die Monitore begannen zu piepsen. Er stolperte an das System.

Eindeutig. Keine Halluzination!

1010001010010000001100101111111

Bloss diese eine Sequenz, dann war Stille.

Entsetzliche Zusammenhänge

Keiner verkauft gern seine Seele.
Aber viele verschenken ihr Leben für ein buntes Band.
(Napoleon I.)

Chris stützte sich im Liegen auf und wischte ihr die Tränen aus den Augen, dann hauchte er einen sanften Kuss auf ihre Wangen. Den Kloss im Hals versuchte er hinunterzuschlucken. Er fühlte sich mies, so elend wie noch selten in seinem Leben. Jetzt wusste er, dass es falsch gewesen war. Er fühlte sich schuldig, schmutzig, hatte Unrecht mit Unrecht vergolten. Die drei Zahlen jagten wie ein dämonischer Irrtum durch seinen Kopf: Was sie darstellten, war falsch! Doch nun war es zu spät – zu spät? Wie in Zeitlupe schien nun der Rest des Geschehens um ihn abzulaufen.

Kathleen wurde immer matter. Das Mittel wirkt schneller, als ich angenommen habe, dachte sie im Taumel und empfand Genugtuung darüber. Kathleen O'Hara, wie immer in deinem Leben hast du auch diesmal übertrieben, wohl zu viel von dem Tablettenzeugs geschluckt. Ihre Lider waren schwer, alles verschwamm, sie fühlte sich nun leicht wie eine Feder, ihr Körper schien zu schweben. Sterben ist gar nicht so schlimm, dachte sie fast fröhlich; der Mix aus Morphinsubstrat, Antibrechmittel und Schlafmittel – sie hatte sich die Medikamente vor der Reise ans Meer in der City besorgt – begann seine Wirkung voll zu entfalten. Chris' Gesicht begann vor ihr zu verschwimmen, sie gab sich einen Ruck – ein letztes Aufbäumen.

«Chris, was ich dir nun sagen werde … Du wirst es mir nie verzeihen.» Ihre Stimme versagte, Kathleen hechelte.

Er schaute sie an, denn irgendetwas begann schiefzulaufen, er musste es ihr sagen, er musste Frank rufen. Gott im Himmel, was haben wir getan?

Doch bevor er aufstehen konnte, schlug sie die Augen auf, packte mit erstaunlicher Kraft sein Handgelenk, atmete tief ein und begann erneut zu sprechen: «Dein Patient – wie hiess er doch?»

Heftiger, als er wollte, stiess er den Namen aus: «William Rowland.»

«Ja, Rowland … Eine Woche später traf ich den fremden Mann wieder an der Bar. Ob ich immer noch bereit sei. Ja, sagte ich. Er stellte sich mir nun als Shamal vor. Er sei Arzt am St. Francis Central Hospital, dort wo du auch tätig warst zu der Zeit. Bei einem Patienten habe er vor ein paar Wochen einen Hirntumor diagnostiziert. Endstadium. Der Patient war niemand anderes als William Rowland. Der Mann war am Boden zerstört, auch weil er nach seinem Tod eine Familie, Frau und vier Kinder zurücklassen würde. Am nächsten Tag besuchte Rowland diesen Arzt erneut und fragte ihn, ob irgendjemand sonst von der Diagnose wisse. Dieser verneinte, denn er habe den Rapport zwar geschrieben, jedoch noch bei sich.

Shamal überzeugte Rowland von seinem Plan: Versicherungsbetrug! Eine Lebensversicherung. Er habe es sich genau überlegt. Man brauche nur einen ‹Sündenbock›, und Shamal wusste auch schon wen: Dich, Chris, hatte er ausgesucht. Ich wusste nicht alles, irgendwas gefiel mir an der Sache nicht. Alles war zu einfach. Doch ich brauchte das Geld, ich war verzweifelt und völlig auf mich allein gestellt.

Ich schlief mit Shamal. Ich weiss, was du denkst, es stimmt, darin war ich gut. Doch ich schlief mit ihm und klaute einen Durchschlag des Rapports, nannte ihn ‹meine Lebensversicherung›. Ich dachte, es sei besser, etwas in der Hand zu haben. Danach habe ich Shamal noch ein einziges Mal gesehen. Ich ahnte, dass es ihm um mehr als bloss Geld ging – frag mich nicht, weshalb.

Rowland hatte niemanden eingeweiht ausser seiner Frau. Sie war zuerst dagegen, doch Rowland überzeugte sie. Die Versicherungspolice war schnell abgeschlossen. Shamal besorgte das nötige ärztliche Attest. Die Police hatte Rowland auf zwei Millionen Pfund abgeschlossen. Shamal hatte an alles gedacht: Die Obduktion würde jemand durchführen, der für die gleiche ‹Sache› kämpfe. ‹Was für eine Sache?›, fragte ich, doch er verbot mir geradezu jegliche Fragen. Sein Blick war fanatisch gefährlich, als er mir so drohte.

Alles war minutiös geplant. Jeden Abend sasst du alleine in diesem Restaurant und schienst so melancholisch, so einsam. Es war kein Zufall, dass wir uns trafen. Alles war perfekt eingefädelt. Du warst so leicht herumzukriegen …» Ein leichtes Pfeifen begleitete inzwischen jeden ihrer Atemzüge. «Der Abend, die Drogen, die ich dir ins Essen tat. Rowland täuschte einen Unfall vor. Tatsächlich aber nahm er ein retardives Muskelgift ein, das Shamal ihm gegeben hatte. Den Rest kennst du. Rowland starb zwar unter deinen Händen, doch du trägst keine Schuld an seinem Tod, Chris. Der Mann wäre so oder so gestorben.» Wie wenn sie einen Marathon gelaufen wäre, hechelte und japste sie nach Luft, aber Chris schien es in diesen Minuten nicht richtig wahrzunehmen, denn er starrte mit leeren Augen an die Decke, hielt jedoch immer noch ihre Hand.

«Ich wusste das alles schon», sagte er leise und fügte hinzu: «Fast alles.»

Das Beben

Ein Materialist ist ein Mensch,
der die Schönheit des Sternenhimmels
durch das Zählen der Sterne erfassen zu können glaubt.
(Christian Wagner)

Die Sequenz flimmerte grünlich auf dem Monitor, und obschon Lundegard wusste, dass das System alle Daten automatisch auf den Disks und Tapes gesichert hatte, griff er wie in Trance zu einem Bleistift und schrieb die Zeichenfolge auf ein Stück Papier.

1010001010010000001100101111111

..---.---.--.-.---….-.---.----

Mit einem Schnipsen warf er den Stift beiseite, stand auf und wollte endlich schlafen. Er würde es brauchen. Danach wollte er das CERN kontaktieren.

Das leise Summen fiel ihm zunächst kaum auf. Erst als es zu einem sanften, jedoch fühlbaren Vibrieren wurde, das auch den Bleistift auf dem Tisch in Schwingung brachte, registrierte er die stärker werdenden Erschütterungen.

Was zum Kuckuck …? Scheisse, was war das?

Ein gewaltiger Stoss riss ihm plötzlich den Boden unter den Füssen weg. Ein gigantischer Hammerschlag, ein gewaltiger Donner liess die gesamte Station erzittern.

Lundegard rappelte sich auf. Ein Erdbeben am Nordpol – verflixt, so was gibt es nicht!

Dann ein Furcht erregendes Grollen – eine weitere Welle tief unter der Erdoberfläche liess den Tank zerbersten. Die Erde zerquetschte alles: Der Tank, die Detektoren, alles wurde zermalmt. Im Labor flogen die Monitore und Apparaturen durch die Luft, als fegte ein Tornado hindurch. Das Licht flackerte und erlosch.

Schliesslich traf ihn eines des Messgeräte wie ein Geschoss am Kopf, und alles um ihn herum wurde dunkel.

Eine Handvoll zu viel

Verändere dich,
und es verändert sich die Welt.
(Maltesisches Sprichwort)

Kathleens matte Augen schauten ihn entgeistert an, doch bevor sie mit letzter Anstrengung ein Frage stellen konnte, begann er zu erzählen.

«Nachdem ich verurteilt worden war, sann ich über nichts anderes als Rache nach. Doch dann geschah etwas Schreckliches: Meine Eltern, meine Grosseltern, meine Tante und mein Cousin, alle starben – am gleichen Tag! Und ich sass im Gefängnis, während es geschah. Als ich entlassen wurde, wollte ich weit weg. Doch zuvor wollte ich mich bei Rowlands Witwe entschuldigen, für den verhängnisvollen Fehler, der mir unterlaufen war. Nachdem ich ihr auch vom Verlust meiner Familie erzählt hatte, war sie so schockiert und beschämt, dass sie mir die Wahrheit nicht verhehlte: Sie berichtete von der tödlichen Krankheit ihres Mannes, vom Versicherungsbetrug und auch vom Arzt, Shamal, der involviert war. Den Rest konnte ich mir selbst zusammenreimen. Sie bot mir an, vor Gericht auszusagen, damit ich rehabilitiert würde. Doch ich war dagegen. Ich sah keinen Sinn darin, so weiterzumachen wie zuvor, als Arzt an einem Krankenhaus, meine ich. Ausser meinem Onkel hatte ich niemanden mehr. Wozu sollte ich Rache nehmen? Du warst wieder in Amerika, Shamal war längst über alle Berge. Also verliess ich das Land. Frank bat mich, zu ihm nach Amerika zu kommen, doch dorthin wollte ich nicht, denn ...» Er sprach den Satz nicht zu Ende und wehrte stattdessen ein Insekt ab, das sich ins Zimmer verirrt hatte. «Eine Weile lebte ich in Australien bei Elvis, und irgendwann zog ich hierher und gründete das Center. Wäre Frank nicht gewesen, Kathleen, du hättest nie wieder von mir gehört, doch vor etwa zehn

Jahren besuchte er mich hier. Eines Abends drehte sich unser Gespräch um die Ereignisse von damals, und ich konnte nicht anders, als ihm zu berichten, was ich erfahren hatte. Von da an sprach er bloss noch von Rache. Er hatte ja wie ich seine Familie verloren, und obschon du nichts mit dem Unglück zu tun hattest, war Frank davon überzeugt, dass Menschen wie du mitschuldig seien an der Not in der Welt. Ich riet ihm, er solle gehen und seine Ruhe finden. Er ging, doch seine Ruhe fand er nicht, denn er heftete sich an deine Fersen. Immer wieder telefonierte er und sagte: Wenn ich so weit sei, es dir heimzuzahlen, dann sei er bereit. Ich wollte nichts von Rache wissen, Kathleen – bis zu dem Tag, als ich Marie mitteilen musste, dass sie sterben würde – nur weil ihr Vater sie vergewaltigt hatte. Erst jetzt rief ich Frank an. Ich wollte, dass du am eigenen Leib erfährst, wie es hier ist.» Fassungslos über seine eigene Entscheidung, schüttelte er den Kopf. «In einem hatte Frank aber recht: Sollte es Gott wirklich geben, so hasst er uns, denn weshalb sonst hätte er unsere beiden Familien auf so grausame Weise umkommen lassen …, damals in Lockerbie!»

Bei seinen letzten Worten ging ein Zucken durch ihren Körper, wie wenn ein Peitschenhieb sie getroffen hätte. Vergeblich wollte sie sich aufrichten, sein Gesicht war in ihren Augen nur noch ein Fleck, die Farben im Zimmer verblassten. Ein fast erleichterter Atemzug, ein Hauch waren die letzten Worte: «Lockerbie? Der Anschlag? Deine Familie lebte in Lockerbie?» Mit letzter Kraft keuchte sie: «Jetzt verstehe ich … deine Qualen.» Ihre Hand umklammerte seinen Arm. «Ich muss dir noch etwas sagen … wegen Marie und …», ein langes letztes Ausatmen, dann war es still. Ihre Hand, die sich fest an ihn gekrampft hatte, als könne sie sich im Leben festkrallen, erschlaffte, und ihr Kopf sackte leblos ins Kissen.

Wie ein Schlag ins Gesicht erfasste Chris die Panik. Er packte Kathleen bei den Schultern und hob sie hoch, und während er sie in seinen Armen hielt und nach Hilfe rief, gleichzeitig ihren verendenden Puls zu ertasten suchte, entdeckte er die Medikamentenschachteln unter ihrem Kissen. Offenbar hatte sie die

Packungen versteckt und absichtlich alle Tabletten geschluckt. Nein, mach dass es nicht wahr ist!, flehte er.

Bevor er erneut schreien konnte, flog die Tür krachend auf, und Frank stürmte herein.

Monsieur le Président gibt sich die Ehre

Es ist wichtiger, dass sich jemand
über eine Rosenblüte freut,
als dass er ihre Wurzel
unter das Mikroskop bringt.
(Oscar Wilde)

Der Himmel trug ein schmutzig graues Gewand. Die Flasche Cognac vor ihm war halb leer, die Packung Pillen noch ungeöffnet.

Was für eine Schande, dachte DeLacroix, was für eine erbärmliche Blamage, Monsieur le Président de la République so zu verhohnepiepeln! Das Staatsoberhaupt war erschienen: DeLacroix' Reputation, als französische Antwort auf die sonst alles besser wissenden Amerikaner, hatte geholfen. Und wie er hier aufgetaucht war: mit seinem Innenminister und einem ganzen Stab seiner Mitarbeiter.

Da standen sie nun in seinem Labor. Und er, Professor DeLacroix, wollte es den hohen Herrschaften zeigen; als Erster sollte er, Monsieur le Président, es erfahren, was er – eigentlich seine Studentin Julie, doch dies verschwieg er natürlich – herausgefunden hatte: dass sich der Mond entfernte, dass er sogar mysteriöse Schockwellen ausstrahlte – und dass schon bald das Ende aller Dinge nahte.

Der Staatschef hatte ihn fixiert, wie man ein lästiges Insekt oder einen ekligen Wurm anstarrt, als die Daten alle weg waren. Einfach verschwunden. DeLacroix wiederholte seine Messungen sichtlich nervös. Umsonst! Die wissenschaftlichen Berater meinten schliesslich, dass nichts Ungewöhnliches am Mond festzustellen sei und dass man selbstverständlich die Vibrationen der vergangenen Wochen registriert habe, doch diese seien in der Zwischenzeit verschwunden und nicht erklärbar – wahrscheinlich eine «Laune der Natur», wie sie sagten. So was könne vorkommen, man wisse eben noch nicht alles über die Natur. Doch eines wisse man bestimmt: dass der Mond noch einige hunderttausend Jahre in der Nähe der Erde bleiben werde und nicht so husch, husch innerhalb von Wochen verschwinde, wie von dem bisher geschätzten Professor DeLacroix behauptet.

Er hatte nicht mehr als ein Stammeln über seine Lippen gebracht, als die erlauchte Gesellschaft pikiert aus seinem Labor gestürmt war.

Nun lallte er die halbvolle Flasche Cognac an und war sich nicht schlüssig, ob er die verbleibende Hälfte der Flasche mit oder ohne Pillen trinken sollte.

Hellwach und fassungslos

Die Wahrheiten, die wir am wenigsten gern hören,
sind diejenigen, die wir am nötigsten
kennenlernen sollten.
(Aus China)

Kathleen spürte einen ekligen Geschmack nach Erbrochenem im Mund, und die Übelkeit stieg ihre Kehle hoch. So kann sich Totsein nicht anfühlen. Bin ich nicht tot? Sie sackte zurück ins Kissen und rollte sich zur Seite mit der Absicht, aufzustehen. Endlich schaffte sie es, sich an die Bettkante zu rollen. Ihre Hand krallte sich am Eisengestell des Betts fest, sodass es ihr stöhnend gelang, ein Bein auf den Boden zu bekommen. Die Tür war nur wenige Schritte entfernt, aber die Wände schienen sich vor- und zurückzubewegen, alles drehte sich wie verrückt um sie herum, wie in einem Karussell, und bevor ihre Hand den Türgriff erreicht hatte, brach sie zusammen. Ihr Körper schlug mit einem dumpfen Knall auf den harten Plattenboden. Dann verlor sie erneut das Bewusstsein.

Als sie wieder zu sich kam, sah sie ins Gesicht von Chris, der sich über sie beugte. Hinter ihm, mit dem Rücken zu ihr, wusch sich ein Mann am kleinen Waschtrog die Hände.

Chris' Stimme klang sorgenvoll, mit einem Anflug von Wut: «Scheisse, Kathy, was zum Kuckuck hast du dir dabei gedacht? Wir konnten dich gerade noch rechtzeitig zurückholen.» Sein Unmut verblasste ein wenig. «Du kannst von Glück reden, dass mein Onkel der bessere Arzt von uns beiden ist.»

Kathleen war noch benommen, doch langsam lichtete sich der Nebel. Immer noch nicht tot, dachte sie deprimiert, ich bin nicht tot – und die Enttäuschung, dass sie nicht schon jenseits der kommenden Schmerzen und Qualen war, fiel wie ein Ungeheuer über sie her.

«Du warst drei Tage im Koma», erklärte Chris. «Mensch, du bist fast draufgegangen. Wie konntest du bloss?»

«Weshalb hast du mich nicht sterben lassen?», schrie sie ihn an, wie man es ihr in ihrem desolaten Zustand nicht zugetraut hätte. «Es hat doch alles keinen Sinn, jetzt hätte ich es hinter mir! Der Krebs kriegt mich doch so oder so. Ich will nicht so qualvoll sterben wie Marie und die anderen.» Ein Schluchzen brach aus ihr hervor.

«Sie sind nicht krank.» Der Mann am Waschbecken, den Chris vorhin Frank genannt hatte, drehte sich um, legte das Handtuch auf den Stuhl neben dem Becken und trat ans Bett. «Sie hatten nie Krebs, Kathleen O'Hara.»

Ungläubig starrte sie auf den Mann, der die Worte in seiner gewohnt ruhigen Art ausgesprochen hatte, und zweifelte daran, ob sie tatsächlich lebte oder ob dies ein Traum sei, gar eine Halluzination, die einfach zum Sterben gehörte.

«Sie würden es nicht überleben!»

Erfahrungen nützen gar nichts,
wenn man keine Lehren daraus zieht.
(Friedrich II., der Grosse)

Nachdenklich schloss Rob Morgan den kurzen Bericht des Labors, nachdem er ihn zum x-ten Mal durchgegangen war. Die wissenschaftliche Untersuchung der vermeintlichen Bruchstellen des Balkens ergab keinen Sinn, denn so oft man den Balken auch mit allen Mitteln der Materialanalyse untersuchte: Das Resultat blieb stets dasselbe. Es schien, als hätte ein Stück des Stahlbalkens einfach nie existiert oder sich in nichts aufgelöst. Da beides nach menschlichem Ermessen unmöglich war, beschloss man, den Fall ad acta zu legen.

Zur gleichen Zeit betrat Professor Weintraub das Oval Office. Er strahlte über das ganze Gesicht, als er dem Präsidenten mitteilte, dass alle Phänomene einfach «verschwunden» seien. Alle Messergebnisse hätten dies bestätigt. Weintraub sprach wie ein Wasserfall: Man könne es sich nicht erklären, doch obschon die anfänglichen Messungen und Tests alle richtig schienen, habe sich in den letzten Tagen erwiesen, dass alles ein Irrtum oder was auch immer gewesen sei. Auch die Vibrationen seien wohl auf eine unerklärliche seismische Aktivität zurückzuführen gewesen; jedenfalls seien auch diese nicht wieder aufgetreten.

Weintraub grinste fast schelmisch, als er überschwänglich verkündete: «Es ist alles in Butter!»

Der Präsident hatte seinen wissenschaftlichen Berater nicht wie gewöhnlich auf der kleinen Sitzgruppe empfangen, sondern hinter dem massigen Schreibtisch. Ohne jegliche Regung begann er sachlich, leise und kühl zu sprechen: «Herr Professor Weintraub, als Präsident der Vereinigten Staaten von Amerika enthebe ich Sie mit sofortiger Wirkung aller Ihrer Ämter.»

Weintraubs verdutzter Protest schnitt der Präsident mit einer harten Handbewegung ab: Als Leiter der Los Alamos Laboratories habe er Behauptungen in den Raum gestellt – der Präsident schnaubte, als er die nächsten Worte ausstiess –, Behauptungen, die hinsichtlich ihrer Absurdität jenseits dessen waren, was er je gehört hätte. Er, Weintraub, habe ihn beinahe davon überzeugt, dass das Ende der Welt gekommen sei und das Jüngste Gericht nahe bevorstand.

Das Donnern der Präsidentenfaust auf der Tischplatte schnitt Weintraubs Erklärungsversuch, das wie ein Heulen klang, erneut ab. Der Präsident war aufgestanden und umrundete den Schreibtisch. «Verschwinden Sie, Aaron. Am besten ganz weit weg. Und kommen Sie nicht auf die Idee, dies publik zu machen.» Seine Augen verengten sich, seine Nasenspitze berührte fast jene von Weintraub. «Sie könnten es womöglich nicht überleben.»

Peinlicher Vorführeffekt

Gleich, an welchem Punkt eines Irrweges man umkehrt,
es ist immer ein Gewinn.
(Türkisches Sprichwort)

Unter höchster Geheimhaltungsstufe hatte Akiro Matsushima den Premierminister informiert. Zuerst glaubte dieser an einen sehr schlechten Scherz, doch schliesslich handelte es sich bei Matsushima um einen der renommiertesten Wissenschafter des Landes, und der Premierminister konnte sich beim besten Willen nicht vorstellen, dass Matsushima seine Reputation so verwegen auf Spiel setzen würde. So fanden sich der Premierminister und ein paar seiner engsten Vertrauten am Sonntag im Labor ein. Der Geheimdienst hatte den Komplex hermetisch abgeriegelt. Nach einigen Erläuterungen seitens Matsushima, die der Premierminister jedoch unwirsch unterbrach, startete dieser das vorbereitete Experiment. Alle starrten gebannt auf die Monitore.

Es dauerte nicht lange, bis Matsushima kreidebleich anlief. Nein, das konnte doch nicht wahr sein!

Der Premierminister fragte ungeduldig, was nun das Ganze zu bedeuten habe, denn von Gentechnik, DNA sowie den dargestellten Bildern und Daten verstand er absolut nichts. Als er keine Antwort erhielt, wurde er gar handgreiflich und packte Matsushima an der Schulter: Er solle gefälligst sagen, was das zu bedeuten habe.

Als der Premier mit seinem Tross wutentbrannt abgezogen war und sie wieder alleine im Labor waren, flimmerten die Ergebnisse und die Bilder immer noch über die Monitore. Und diese zeigten nichts anderes als das Wunder der menschlichen Zellteilung. Farbig und live teilte sich die menschliche DNA, genau so wie seit Jahrtausenden.

Die «Mörderin» von Lockerbie

Wenn es dir möglich ist, mit nur einem kleinen Funken
die Liebe in der Welt zu bereichern,
dann hast du nicht umsonst gelebt.
(Jack London)

Das Ganze schien ein Albtraum, der nicht enden wollte. Kathleen stand ächzend vom Bett auf und schlug dabei Chris' helfend angebotene Hand weg. Allmählich war die Bedeutung der Worte, die der Arzt gesagt hatte, in ihrem Bewusstsein erwacht.

«Sie sind Chris' Onkel, Doktor Silverstone!», schloss sie plötzlich wieder scharfsinnig.

«Ja», Frank Silverstone schaute sie kalt an, «und ich hätte sie krepieren lassen sollen vorhin.»

Sie taumelte und hielt sich am Bettgestell fest. «Ich bin gar nicht krank? Ich habe nicht Krebs?»

«Nein, haben Sie nicht.»

«Aber die Schmerzen, die Übelkeit?»

«Methephlen-Chlorid, gemischt mit Aminoplaciton-Säure», sagte Silverstone höhnisch. «Ziemlich harmlos, aber auch effektiv. Den Rest können Sie sich selbst ausmalen.»

«Die Diagnose?»

«War getürkt.»

Wie ein Gedankenblitz schoss die Szene an ihrem geistigen Auge vorbei: «Im Penthouse, der Spiegel …, das waren Sie, stimmt es?»

«Gut kombiniert! Der Portier liess mich hinein. Schliesslich war ich Ihr Arzt, also sah er keinen Grund, misstrauisch zu sein, denn er wusste ja um Ihren Zustand.»

«Ich hätte mich um ein Haar von der Terrasse gestürzt!»

«Ich weiss. Ich kam gerade noch rechtzeitig. Der Schlag auf den Kopf war nötig, pardon.» Seine Stimme zeugte nicht wirklich von Mitgefühl, seinen unterschwelligen Hass konnte er nicht kaschieren. «So einfach sollten Sie es nicht haben.»

Kathleen war nun hellwach, als hätte sie nicht noch vor Stunden zwischen Leben und Tod geschwebt. Es schien, als verleihe ihr das Ungeheuerliche, gegen das sie sich aufbäumte, eine Flut von trotziger Energie. «Im Hotel …, das waren auch Sie?»

«Ja, ja, Kathleen, *ich* war das – und auch damals im Gerichtssaal, als Sie Chris aus blosser Geldgier ans Messer geliefert haben, war ich zugegen. Letzte Reihe.»

«Und Elvis, James – alle anderen?»

«Nein!», wehrte Chris vehement ab. «Niemand sonst wusste Bescheid, nur Frank und ich selbst.»

«Du hast in Kauf genommen, dass ich mich umbringe? Meine Karriere ruiniert, mein Leben aufs Spiel gesetzt? Du bist ein Dreckskerl!», fauchte sie Chris an, und mit einem Blick auf Silverstone: «Ihr beide seid es: elende Miststücke!»

«Halten Sie den Mund!», herrschte Silverstone sie an und machte einen drohenden Schritt aufs Bett zu. «Sie haben Blut an Ihren Händen, Sie *Mörderin*!»

Sekundenlang schien die Zeit stillzustehen. Eine unheimliche Ahnung kroch in Kathleen hoch, eine grauenhafte Vermutung, die sie befürchten liess, Silverstone könnte recht haben.

«Shamal war Arzt, das ist richtig», bestätigte Frank Silverstone. «Aber er war auch ein Terrorist, ein Hintermann, ein Drahtzieher und Fanatiker. Die Behörden haben es nicht durchschaut, denn niemand wusste vom Versicherungsbetrug, konnte also auch keine Verbindung herstellen. Sie, Kathleen O'Hara, waren die einzige Verbindung. Und Sie hatten allen Grund, zu schweigen. Sie hatten Chris verraten und ans Messer geliefert. Aber was viel schlimmer ist, Sie haben es Shamal erst ermöglicht, an das Geld zu gelangen, Sie haben ihm geholfen, die Sache so zu kaschieren, dass niemand eine Verbindung herstellen konnte zwischen einem Todesfall, der wie ein Arztfehler mit Versicherungsfolgen aussah, und einem Terroranschlag. Erst nachdem mir Chris Jahre später erzählte, was die Witwe Rowlands ihm gebeichtet hatte, erst da stieg ich hinter die Zusammenhänge dieses Verbrechens. Jahre hat es gedauert, mich viel Geld und Recherchearbeit gekostet, bis ich herausfand, was geschehen war. *Sie* haben dazu beigetragen, den Terroristen die finanziellen

Mittel zu liefern, um den Anschlag auf Flug einhundertdrei zu ermöglich. Sie haben fast dreihundert Menschenleben auf dem Gewissen …», die Lautstärke seiner Stimme schwoll an, «… und Sie waren es, die unsere Familien ausgelöscht hat!» Tränen der Wut rannen nun über seine alten Wangen, keuchend lehnte er sich gegen die Wand.

«Nein …», ihre Stimme versagte.

Silverstone schaute sie hasserfüllt an. «Ja, ich hätte Sie krepieren lassen sollen!»

«Nein, oh Himmel, nein. Ich hatte keine Ahnung, wozu Shamal das Geld verwenden würde! Ich hatte es verdrängt, wie so vieles in meinem Leben. Mir ist, als hätte ich immer geahnt, dass mich mein Handeln von damals eines Tages einholen würde, aber so …? Ich sass in der Mensa. Es war später Nachmittag, kurz vor Weihnachten 1988. Auf einmal stand er vor mir: Shamal. Er schaute mich mit schmalen Augen an. Ich brachte kein Wort über meine Lippen. Er sagte bloss, ich solle auf keine dummen Gedanken kommen. Nichts weiter. Dann verschwand er, und ich sah ihn nie wieder. Ein paar Tage später hörte ich im Radio, dass ein PanAm-Flugzeug von einer Bombe zerrissen und über Schottland abgestürzt sei – auf ein Dorf namens Lockerbie oder Sherwood Crescent.»

«Doch das kümmerte Sie einen Dreck, habe ich recht?»

«Nein, das ist nicht wahr! Aber was sollte ich noch tun?» Sie begann leise zu schluchzen. «Ich war mir ja nicht sicher. Es hätte ein Zufall sein können, und … ich hatte das Geld schon genommen.»

«Sie sind eine Mörderin! Ich h-a-ss-e Sie!» Silverstone machte Anstalten, sich auf sie zu stürzen, doch Chris packte ihn am Arm.

«Genug!» Chris' Stimme hallte wie ein Donnerschlag durch das kleine Zimmer. «Es ist genug! Ich denke, wir sind quitt.»

Die Zeit schien eingefroren, als hätte man einen Film angehalten und das Standbild würde sich unauslöschlich in die Wirklichkeit einbrennen. Der Wasserhahn tropfte leise.

Dann war es vorbei. Chris nahm Frank sanft am Arm, öffnete die Tür und sagte an Kathleen gewandt: «Ich lasse dir ein Taxi kommen.»

Des Rätsels Lösung?

Mein ist die Rache und die Vergeltung für die Zeit,
da ihr Fuss wanken wird, denn nah ist der Tag ihres Verderbens,
und was ihnen bevorsteht, eilt herbei.
(5. Mose 32, 35)

Das leise Knarren der Bürotür hatte Chris schon tausendmal gehört. Er musste nicht aufschauen, um zu wissen, dass sie im Türrahmen stand. Dennoch hob er seinen Kopf, und ihre Blicke begegneten sich mitten im Raum. Sie stand da, die Tasche in der Hand, als wäre sie gerade erst angekommen.

«Chris, du musst mir glauben, ich hatte keine Ahnung, was die vorhatten.»

«Ich glaube dir.» Er senkte seinen Blick wieder auf die Unterlagen auf dem Schreibtisch.

«Ich hatte keine Ahnung, dass du …, deine Familie …»

«War wohl Pech. Dumm gelaufen, dass meine Mom und mein Dad gerade bei meinen Grosseltern zu Besuch waren und ausgerechnet dieses Haus zu den getroffenen gehörte. Blöder Zufall, dass Sarah und Michael, mein Cousin, in einem brennenden Flugzeug auf sie stürzten und sich selbst und unsere Lieben pulverisierten.» Er stützte die Stirn auf seine Hand und schloss die Augen. «Und was für ein Glück für mich, dass man mir bloss eine Stunde Freigang zugestanden hatte. In diesem Sinne hast du mir das Leben gerettet.»

Kathleen senkte den Kopf, hob ihre Tasche auf, alles schien gesagt zu sein. Dann zögerte sie. «Was haben die Zahlen zu bedeuten?»

«Das, was Menschenwerk nicht sein sollte. Fünftes Buch Mose, Kapitel zweiunddreissig, Vers fünfunddreissig.»

Das Klappen einer Autotür war zu hören. Das Taxi stand bereit.

Kathleen spürte Chris' Blick. «Marie wurde nicht von ihrem Vater vergewaltigt», sagte sie heiser. «Ihr Bruder war es.»

Ein leichtes Zucken um seine Augen.
«Daniel war Maries Bruder.»
Dann drehte sie sich um und ging.

4. April 2007

Mokoy und Birrimbirr

Nach innen geht der geheimnisvolle Weg;
in uns oder nirgends ist die Ewigkeit mit ihren Welten,
die Vergangenheit und Zukunft.
(Novalis)

Liebe Kathleen

Vor sehr langer Zeit schrieb einst ein weiser Mann, dass es einen Ort im Menschen – also in uns allen – gebe, an dem weder Raum noch Zeit Zutritt hätten. An die Existenz dieses Platzes, den er beschrieb, meine liebe Kathleen, glauben auch wir Aborigines. Manche würden ihn Seele nennen, andere die Psyche, doch wir Aborigines nennen ihn den göttlichen Funken in uns. (Ja, ich weiss, als humanistisch gebildeter Mensch mögen Sie nun glauben, dass ich auch noch den alten Plato bemühe, gar abkupfere, doch lassen Sie mich Ihnen verraten – gewiss auch mit etwas Stolz und Eitelkeit –, dass wir Aborigines dies längst wussten, und zwar Tausende von Jahren, bevor Plato überhaupt geboren wurde.)

Wir Aborigines glauben, nein, wir «wissen», dass die Seele eines jeden Menschen aus zwei Teilen besteht: Diese nennen wir die Mokoy- und die Birrimbirr-Seele. Die sterbliche Sinnesseele, also unsere persönliche Psyche, entspricht der Mokoy-Seele, und der unsterbliche Funke des göttlichen Geistes, der in uns lebt, entspricht der Birrimbirr-Seele. Und dies ist so seit der heiligen Schöpfungszeit, der Tjukurrpa, wie wir sie nennen, oder auch der Zeit der grossen Macht, der sogenannten Altyerre. Doch Sie haben recht, dies sind lediglich Wörter; genauso könnte ich an der Stelle die Begriffe «Urknall», «Genese», «Nukleosynthese» oder andere wissenschaftlich glaubhaftere Begriffe aufführen.

Nun aber zurück zu den zwei Seelen: Jeder Mensch wird mit beiden Teilen geboren, dem dunklen und dem lichten Teil. Doch der lichte Teil, die Birrimbirr-Seele, ist bei jedem neugeborenen Kind dominant, denn der dunkle Teil, die Mokoy-Seele, ist zu dem Zeitpunkt noch sehr schwach. Wie stark der dunkle Teil der Seele bis zum Ende eines Lebens wird, entscheidet jeder Mensch für sich. An jedem Tag in seinem Leben, mit jeder Tat, die er in seinem irdischen Dasein begeht, beeinflusst er beide Teile seiner Seele. (Sie mögen sich noch an die kleine Geschichte von Chief Matimba erinnern: jene mit den zwei Löwen in unserer Brust. Na, meine Liebe, sehen Sie da eine Ähnlichkeit, hi, hi? Und Chief Matimbas Geschichte ist eine afrikanische, keine der Aborigines!)

Die Mokoy-Seele, also der dunkle Teil unseres Wesens, hasst den Tod, klammert sich ans irdische Leben, verkörpert das, was «schlecht» an uns ist. Die lichte Birrimbirr-Seele besteht jedoch nach unserem Tode weiter. Sie verschmilzt gemäss unserem Glauben mit dem Geist und der Macht des grossen Ahnenwesens, aus dem heraus die geistige Existenz des Individuums erst geboren wurde.

Nach unseren Überlieferungen – und ich möchte, ohne arrogant zu wirken, nochmals anfügen, dass die Aborigine-Kultur die älteste der Menschheit überhaupt ist – «hangelt» sich die Birrimbirr-Seele, wenn wir sterben, an sogenannten «Luftseilen» in die Sphären der «Dreaming» (Sie würden es Jenseits nennen) empor und wird Teil eines Sterns am Himmel.

Nun, meine liebe Kathleen, bevor Sie an dieser Stelle den Brief zerknüllen und als Nonsens abtun: Bitte lesen Sie weiter und halten Sie sich gedanklich präsent, dass es sich um sehr alte Überlieferungen handelt und dass man demzufolge vieles, was ich gerade schreibe, als Symbole zu verstehen hat, denn wie anders sollte ein Mensch das Göttliche, Unerfassbare fassbar machen?

Vergegenwärtigen Sie sich übrigens die erstaunliche Korrelation dessen, was ich oben schrieb – dass dieser göttliche Funke, der lichte Teil unserer Seele, der sich an den «Luftseilen» seinen Weg ins Jenseits «hangelt» und ein Teil des Ganzen, ein Teil des göttlichen Bewusstseins ist –, mit allem, was wir über Quantenphysik und Strings, Superstrings und dergleichen wissen! Ein Mensch müsste schon sehr ignorant, gar dumm sein, wenn er den Zusammenhang hier nicht sehen und anerkennen wollte.

Die Birrimbirr-Seele ist unsterblich, manchmal wird sie auf ihrer Wanderung irgendwann wieder in ein irdisches Leben hineinge-

boren: dann, wenn sich ein kleines Teilchen aus dem grossen Geist des Ahnenwesens löst und als Geistkind seinen Weg in den Schoss einer Frau findet. Manchmal bleibt die Birrimbirr-Seele auch für alle Zeiten ein Teil des grossen Ahnenwesens. Sie können es auch das «ewige Licht» nennen. Oder eben «ewiges Leben».

Ich bin ein Aborigine, Kathleen, und nicht bloss dies, ich bin ein Clever Men, einer, dem das Wissen weitergegeben wurde, und als solcher sage ich Ihnen, was wir glauben: Wir sind überzeugt davon, dass in allen Lebewesen dieser göttliche Funke glüht. Ein Funke aus der Schöpfungszeit, ein unzerstörbarer Funke des göttlichen Bewusstseins, das weder eines Beweises noch einer Erklärung bedarf, denn die Ewigkeit (Sie mögen es auch Gott nennen) entzieht sich der menschlichen Beweisführung. Und wie das grosse Ahnenwesen, das Sie Gott, Jahwe, Allah, Buddha oder sonst wie nennen mögen, lebt dieser göttliche Funke ausserhalb von Raum und Zeit.

Dennoch – oder sollte ich schreiben: gerade deswegen – können wir die Antwort auf die so dringliche Frage des Lebens nur an diesem einen Ort finden, den ich oben erwähnte: in uns selbst.

Betrachtet man alle bekannten physikalischen Fakten, dann ist die Wahrscheinlichkeit, dass das Leben zufällig entstand, der Wahrscheinlichkeit gleichzusetzen, dass ein Tornado durch einen Schrottplatz fegt und hinter sich einen flugfähigen Jumbojet hinterlässt! Und das ist kein Witz, sondern pure mathematische, empirische Wahrscheinlichkeit, basierend auf allen bekannten wissenschaftlichen Fakten.

All dies ist jedoch lange noch kein Beweis – oder doch?

Der Beweis, den Sie und so viele andere suchen, liegt also an einem ganz anderen als dem bisher von Ihnen konsultierten Ort. Sie kennen die Antwort und haben sie immer schon gekannt.

Ich weiss nicht, weshalb Sie, liebe Kathleen, Chris aufgesucht haben, und ich habe keine Ahnung, warum wir uns kennengelernt haben. Doch eines weiss ich ganz bestimmt: Es hat seinen Grund. Alles hat einen Grund!

Sie tragen wie jeder andere die Antwort auf die Frage aller Fragen in sich. Die Antwort liegt jenseits aller Beweise in Ihrem Herzen.

Ihr Elvis

PS: Eines Tages werde ich Ihnen doch noch die Geschichte der grossen Regenbogenschlange erzählen – auf dieser oder der anderen Seite.

Kathleen legte den Brief beiseite und schaute aus dem Fenster. Die Sonne war bloss noch ein goldener Streifen am Horizont, das Flugzeug, in dem sie sass, ein Traum zwischen Himmel, Sternen und Mond. Einem silbern scheinenden Mond.

See you later!

Aus dem Chaos entsteht immer etwas Neues.
(Anonym)

Lundegard wälzte sich stöhnend am Boden. Was zum Teufel war geschehen? Ächzend rappelte er sich auf und schaute sich um. Das Labor glich einem Schlachtfeld, die meisten Monitore waren dunkel und lagen mit all den anderen Apparaturen am Boden herum. Das flackernd bläuliche Licht signalisierte ihm, dass sich das Notstromaggregat automatisch eingeschaltet hatte.

Er torkelte ins kleine Bad, hielt sein Gesicht unter das eiskalte Wasser und ging zurück an den Ort des Chaos.

Stunden später hatte er einen Teil des Systems wieder so weit hergestellt, dass er Zugriff auf die Disks und die Tapes hatte. Im CERN würde er alle Daten nochmals analysieren. In der Zwischenzeit war er zu 99 Prozent sicher, dass es eine Erklärung für den mysteriösen Code gab. Ein Bjoern Lundegard gab nicht so schnell auf.

Ich werde es herausfinden. Man kann alles beweisen. Ich bin schliesslich Wissenschaftler, einer der besten überhaupt – nein, der beste sogar. Er tippte die Zugriffscodes der Datenbanken ein.

Seine Kehle wurde schlagartig trocken, er spürte ein Würgen im Hals, seine Kopfhaut kribbelte, wie wenn jemand eine eisige Klammer um seinen Nacken legen würde, denn auf der Konsole blinkten grünlich bloss drei Wörter:

```
> No files found
```

Alle Daten waren weg – kein einziges File vorhanden, weder auf den Disks noch auf den Tapes! Alles gelöscht, nein, nicht gelöscht, denn sämtliche Logfiles waren ebenfalls leer. Es schien, als hätten die Daten, die Files nie existiert!

Lundegard sackte im Stuhl zusammen, legte seinen Kopf

auf die Tischplatte – und zum ersten Mal, seit er sich erinnern konnte, weinte er. Seine Tränen tropften auf den Zettel – die letzte Übermittlung vor dem Beben, die Einser und Nullen, die er vom Monitor abgeschrieben hatte:

`1010001010010000001100101111111`

Er tippte die Einser und Nullen in das Decoderprogramm. Im linken Window erschien der entsprechende Morsecode, im rechten Window die entsprechenden Buchstaben:

`-.-…-.-..-……--..-.-------`   `C U L D S W F M O M`

Lundegard starrte die Buchstaben an. Die Folge ergab keinen Sinn für ihn. Es handelte sich weder um DNA-Sequenzen – dies erkannte auf den ersten Blick –, noch konnte er sonst was mit den Buchstaben anfangen.

Wusste ich es! Ha, alles bloss Zufall, Datensalat – nichts anderes.

Er wollte sichergehen und startete das Chatprogramm:

> lundg@cern.net:	`John?`
> shep.j@hbs.edu:	`Hey, Kumpel, bist du o.k.?`
> lundg@cern.net:	`Na ja, so halbwegs.`
> shep.j@hbs.edu:	`Hast du das mit dem merkwürdigen Erdbeben mitbekommen? Hier hat es gewaltig gerumpelt! Und bei dir?`
> lundg@cern.net:	`Auch … ein wenig … Hey, ich brauche nochmals deine Hilfe.`
> shep.j@hbs.edu:	`Klaro, what's up, mein Freund?`
> lundg@cern.net:	`Sagt dir das was: CULDSWFMOM?`

> shep.j@hbs.edu: Oh boy, bist du unter die Seefahrer oder Funker gegangen? ☺

> lundg@cern.net: Nein, warum meinst du?

> shep.j@hbs.edu: Na, das weiss doch jedes Kind: Seefahrer-Code! Immer noch deine Freundin? ☺

> lundg@cern.net: Lass das, John - keine Scherze jetzt! Bedeutet das was?

> shep.j@hbs.edu: Das sind alte Morsecode-Abkürzungen. Werden kaum noch gebraucht heutzutage: Seefahrer- und Funkerkürzel.

> lundg@cern.net: Und was zum Teufel heisst das?

> shep.j@hbs.edu: Hey, hey, reg dich nicht auf. Ist ganz einfach ☺: CUL = See you later. Klaro?

> lundg@cern.net: Und weiter?

> shep.j@hbs.edu: DSW = Do svidanya.

> lundg@cern.net: ???

> shep.j@hbs.edu: Manno, du weisst auch gar nichts! Ist russisch und bedeutet: Good-bye. Alte Tradition bei allen Seefahrern.

> lundg@cern.net: Und der Rest?

> shep.j@hbs.edu: FM = from.

> lundg@cern.net: Und das Letzte? Was heisst OM?

> shep.j@hbs.edu: OM = old man.

> lundg@cern.net: Old man???

> shep.j@hbs.edu: Ja, jeder Sender nennt sich so. Auch so 'ne alte Tradition bei Funkern und Seefahrern.

Lundegard hatte mitgeschrieben. Inzwischen hatte er die Notiz auf dem Zettel etwa zwanzigmal gelesen:

SEE YOU LATER GOOD BYE FROM OLD MAN

Entweder war er nun völlig plemplem geworden, träumte das Ganze bloss und würde gleich aufwachen – oder …, oh Mann! Oder irgend jemand oder etwas hatte ihm eine Botschaft gesendet: eine Botschaft, von den Neutrinos übermittelt, eine Nachricht, die Teil dessen war, das man weder sehen noch nachweisen konnte, eine Nachricht aus der *Dunklen Materie und Energie,* die den grössten Teil des Universums ausmachte.

> shep.j@hbs.edu:	Hey, Junge, bist du noch da?
> lundg@cern.net:	Ja, sorry, hatte mich auf meine Arbeit konzentriert.
> shep.j@hbs.edu:	Und? Sonst noch Fragen? ☺
> lundg@cern.net:	Nee, John, danke. Demnächst komm ich dich besuchen – du weisst schon: Kneipkur …
> shep.j@hbs.edu:	Super, ich freu mich schon. Bye, Kumpel.
> lundg@cern.net:	Bye, John.

Bjoern Lundegard konnte nie beweisen, was er gemessen, besser gesagt: empfangen hatte. Ausser einem kleinen Zettel mit der letzten Übermittlung hatte er nichts in der Hand – und das war kein Beweis, denn was auf dem Zettel stand, hatte er selbst geschrieben. Die Daten, die wissenschaftliche Evidenz war weg, verschwunden.

Tief in seinem Inneren begann Lundegard zu ahnen, dass nicht alles, was man wissen muss, auch beweisbar zu sein hat.

4. April 2008, Südliches Afrika

Mein ist die Rache, dein ist der Tod

Meine Seele sei weit, sei weit,
dass dir das Leben gelinge!
(Rainer Maria Rilke)

Die Gräber waren schlicht: zwei sanfte Hügel mit einfachen, doch robusten Holzkreuzen. Ganz nah beisammen, so wie Marie es gewollt hatte. Die Baumkronen wiegten gemütlich im sanften Wind, und das gleichmütige Rollen der Wellen vermischte sich mit fernem Kinderlachen.

Chris legte je eine rote Rose auf die beiden Gräber. Daniel und Marie wären wohl sehr zufrieden gewesen mit der Wahl des Ortes, dachte er. Hinter sich hörte er Schritte, die leise im Sand knirschten, spürte ein kaltes Kribbeln im Nacken, wandte sich jedoch nicht um.

Die Dämmerung war längst hereingebrochen. Chris liess seinen Blick über die Landschaft gleiten: über das fast schwarze Meer, den leicht ansteigenden Hang und die Bäume, die den Gräbern tagsüber Schatten spendeten. Er schaute gen Himmel zum Mond, in dessen silbernem Licht die zwei Holzkreuze fahl aufleuchteten. Einen kurzen Augenblick lang war er besorgt, sodass sich seine Stirn ein wenig in Falten legte. Dann drehte er sich langsam um. Die knirschenden Schritte hinter ihm waren verstummt. Er wusste, dass es Zeit war, und fragte: «Weshalb hast du das getan, James?»

James Earl Connors III. lachte herzlich, legte seinen Arm um Chris' Schulter und erwiderte: «Lass uns hinaufgehen, Chris, die Kinder werden schon hungrig sein, und ehrlich gesagt, ich auch, denn im Flugzeug konnte ich wie immer nichts essen. Der Magen, du weisst schon.»

Chris war stehen geblieben und schaute James lächelnd an. Im fahlen Licht des Mondes schimmerten seine Augen. «Du hast meine Frage noch nicht beantwortet, James.»

«Welche Frage? Weshalb ich im Flugzeug nichts runterbringe?»

Obwohl sie sich nun schon fast ein Jahr kannten, wurde Chris immer noch nicht ganz schlau aus James. «Du weisst ganz genau, welche Frage.»

Bis auf das ferne Kinderlachen und das gemütliche Rauschen der Wellen war nichts zu hören. Ein sanfter Abend, an dem man hätte glauben können, die Welt sei so, wie sie zu sein habe.

«Ich habe dir die Frage bisher nie gestellt. Du kennst mich in der Zwischenzeit: Es ist nicht meine Art, Leute mit dummen Fragen zu belästigen, aber ich denke, die Antwort wäre für dich vielleicht noch wichtiger als für mich.»

«Hm, du glaubst also allen Ernstes, dass ich, James Earl Connors III., in einem Anflug von Melancholie, Sinnkrise, Depression, Late-life-crisis oder gar alles zusammen meine halbe Corporation verkauft und das Geld in eine Stiftung gespendet habe – die ich noch nicht mal selbst leite. Und dass ich aus demselben Wahnsinn heraus die andere Hälfte der Firma zwar noch besitze, aber nicht mehr selbst führe; dass ich das Imperial Lodge dann zu einem Kinderheim umfunktioniert habe, dessen Chef du jetzt bist; dass ich also Aberhunderte von Millionen Dollars meines Vermögens weggebe, bis heute nicht sicher bin, ob das Geld auch etwas nützt oder ob ich einen Fehler gemacht habe? Du glaubst allen Ernstes, ich hätte das getan und wüsste nicht warum?» Er grinste von einem Ohr zum anderen.

«Weisst du, Chris, ich bin nicht zufällig gerade heute hier bei dir, denn heute ist ein ganz besonderer Tag für mich.» Seine Stimme nahm bei genauem Zuhören einen melancholischen Klang an, als er fortfuhr: «Heute ist der vierte April. Heute ist es auf den Tag genau vierzig Jahre her.»

«Ich verstehe nicht, was du meinst, James. Was ist vierzig Jahre her?»

«Ich hab es noch nie jemandem erzählt, Chris, und du wirst der einzige Mensch bleiben, der es weiss.» Er zeigte aufs Meer – dunkel glitzerten die Wellen, spiegelten tausendfach den Mond auf jedem Wellenkamm wider, unzählige Miniaturen des Mondes –, seine Hand machte eine ausholende Geste. «Hier an dieser

Stelle sass ich vor etwa einem Jahr, gemeinsam mit Marie. Das kleine Mädchen erinnerte mich an einen Tag, den ich vor sehr langer Zeit mit meiner Mutter auch an einem Strand verbrachte – ein Tag, dessen Wärme einst mein letzter Gedanke hätte sein sollen. Ein letzter Gedanke in meinem kurzen, bis dahin kaum genutzten Leben. Der Mann, der mich rettete, hatte keine Verpflichtung, dies zu tun, aber er tat es. Als ich ihn damals nach dem Grund fragte, antwortete er: Weil schon ein guter Mann zu viel an diesem Tag gestorben sei – und wegen des Gleichgewichts. Ja, das war auf den Tag genau vor vierzig Jahren.» Er nickte gedankenverloren.

«Ich hatte nicht verstanden, was der Präsident damals meinte, und später habe ich es nicht mehr hinterfragt. Ich habe ihn nie wieder getroffen, und irgendwann vergass ich das Ganze, ging an die Universität, gründete eine kleine Firma, wurde reicher und reicher, und bald war ich davon überzeugt, dass ich es ganz alleine geschafft hätte, ohne jegliche Hilfe. Oh ja, als ich dann meine ersten Millionen zusammen hatte, änderte ich meinen Namen, denn ich wollte mit den Slums und der Armut nichts mehr zu tun haben. Ich hatte es aus dem Sumpf heraus zu Reichtum, Ansehen und Respekt geschafft.» Er machte eine Pause, seine Augen schimmerten feucht.

«Bis Kathleen vor etwa einem Jahr anrief und mir von der kleinen Marie erzählte, von ihrem grossen Wunsch, nur einmal im Leben das Meer zu sehen. In diesen Minuten am Telefon passierte es: Die Erinnerung kam zurück. Dann lernte ich Marie kennen. Ein Kind voller Licht …! Und während sie mir hier am Strand so begeistert von der Schönheit des Meeres erzählte und trotz ihrer tödlichen Krankheit so voller Lebendigkeit und Glück war, wurde mir klar, was der Präsident damals meinte mit dem Gleichgewicht.» Selbst in der Dunkelheit war James' Verlegenheit zu spüren, dann lachte er laut auf und warnte Chris mit erhobenem Zeigefinger: «Sag bloss niemandem, dass du mich hast weinen sehen.»

Schweigend schlenderten sie am Stand entlang.

«Wie geht es Kathleen?», fragte Chris nach einer Weile leise.

«Sehr gut.»

«Was macht sie denn so?»

«Na, das was sie am besten kann: managen.»

«Wieder deine Firma, James, wir früher?»

«Nein, wo denkst du hin. Da habe ich einen guten Mann gefunden. Du kennst ihn nicht, aber er würde dir bestimmt zusagen. Miller heisst er, Ivan Miller …, ja, ein guter Mann.»

«Schön zu hören», antwortete Chris. «Gehen wir hinein in unser ‹Zwergenhotel›.»

Nebeneinander schritten sie durch den Sand in Richtung des Imperial Logde. Plötzlich blieb James stehen. «Weshalb hast du sie nie angerufen oder geschrieben?»

«Ich weiss es nicht, James, um ehrlich zu sein. Ich weiss nur, dass der Wunsch schon in mir brannte, aber dann schob sich die realistische Einsicht in die Dinge davor – ob mir dies nun passt oder nicht: die Einsicht, dass Kathy und ich in verschiedenen Universen leben und dass sich dies auch nie ändern wird.» Er hüstelte zuerst scheinbar verlegen, um dann mit einem Lachen den Satz zu beenden. «Ha, meine Güte, James, ich muss ja in deinen Ohren wie ein verliebter Pennäler klingen, und das in meinem Alter.»

«Ja, ja, Alter schützt eben vor Torheit nicht.» James' Schmunzeln lag förmlich in der Luft. Dann änderte sich sein Tonfall abrupt, klang sachlich und businessmässig: «Hör mal, Chris, ich möchte dir gerne den Aufsichtsratspräsidenten meiner Stiftungen vorstellen.»

«Gerne, James, bring ihn doch nächstes Mal einfach mit. Es würde mich freuen, ihn kennenzulernen.»

«Ich hatte keine Zweifel, dass es dich freuen würde, ihn zu Gesicht zu bekommen. Und deshalb hat er mich auch gleich auf der Reise hierher begleitet.»

Sie hatten nun den Eingang des Imperial Lodge erreicht. Was einst die Lobby eines Luxushotels war, diente nun unzähligen Kindern und Müttern als Spielplatz: Die Ledersessel waren Schaukeln, Spieltürmen und allerlei Spielzeug gewichen, und es herrschte ein Riesenlärm. Fröhlich kreischende Kinder tobten in der Eingangshalle herum.

Die beiden Männer schritten zur einstigen Rezeption, wo

George Mutebo hinter dem Tresen stand und James und Chris freundlich zunickte.

«Na, mein Freund, wie geht es dir?», hörte Chris eine bekannte Stimme. Er schaute sich suchend um, bis sein Blick auf eine kleine Gruppe von Kindern fiel – und mitten unter ihnen hockte mit angewinkelten Beinen …

«Elvis!» Chris ging mit ausgebreiteten Armen auf ihn zu.

Elegant wie immer, denn dunklen Anzug beim Aufstehen fix zuknöpfend und ein verschmitztes Lächeln auf den Lippen, schritt Elvis Presley ihm entgegen und umarmte Chris wie einen Sohn.

«Gut, gut …, schön, dich zu sehen, mein alter Freund. Scheint ja fast eine Familienfeier zu werden», meinte Chris. Dann schaute er sich nach James um und fragte: «Wo ist nun dein neuer Präsident, James?»«Hier …», die grazile Hand auf seiner Schulter fühlte sich so vertraut an als ob er sie immer schon gekannt hätte, ein Leben lang - ihre Stimme klang so nah, wie wenn es ein Teil seiner selbst wäre und immer schon gewesen sei.

Mit klopfendem Herzen stand er da, unfähig, sich zu bewegen. Er drehte sich um, sah sie wie durch einen Schleier, als wäre sie ein Traumbild, und fürchtete zugleich, dass es sich allzu bald im Licht des Tages auflösen würde.

«Weshalb bist Du zurückgekommen?»

«Weil wir beide heute Geburtstag haben und …»

Er wusste es, noch bevor er ihre Worte hörte, dass er endlich gefunden hatte, wonach er suchte, ein ganzes Leben lang.

«… und weil ich dich liebe.»

Ein kurzer Moment des Einsseins war ihnen vergönnt – dann sah ihn Chris, wie er am Eingang der Lobby stehend die Waffe auf Kathleen richtete.

Frank!

Der Finger krümmte sich im selben Augenblick um den Abzug als Chris Kathleen zur Seite stiess. Das hallende Krachen des Schusses in der Rezeption übertönte alle anderen Geräusche.

Dann Totenstille.

Silverstone liess die Waffe sinken, wie in Zeitlupe. Das metallische Scheppern ging im Weinen der Kinder und Mütter unter, dann sank Frank langsam in die Knie, als er begriff, was er angerichtet hatte.

Kathleen hatte sich vom Boden aufgerappelt.

Chris stand immer noch da, der rote Fleck auf seinem Hemd wurde immer grösser, dann sackte er zusammen und fiel – von einem dumpfen Geräusch begleitet – auf den Marmorboden.

James und Elvis beugten sich über den Sterbenden. Der rote Fleck auf seinem Hemd wurde immer grösser, das leichte Heben und Senken des Rückens liess nach, der Atem fast am Versiegen. Dann beugte sich Kathleen über Chris, seine Worte, ein letzter Hauch Leben, der aus seinem Körper entwich: «Irgendwann, Kathy – irgendwann …!»

EPILOG

Elvis schreitet langsam, ohne ein Wort zu sagen, in Richtung Ausgang. Es ist dunkel, die Wolken verhüllen den Mond. Bedächtig zieht er seines Weges am Strand entlang.

Vor den beiden Gräbern hält er an. Die Wolken sind inzwischen weitergezogen und geben den Blick auf das fahle Licht des Mondes frei. Sein Blick ist leer. Stundenlang steht er reglos an den Gräbern, nur das sanfte Geräusch der rollenden Wellen begleitet sein Schweigen.

Am Horizont kündigt sich – zunächst zögerlich und etwas scheu – ein neuer Morgen an.

Bald wird das Leben von Neuem erwachen – wie lange wird es wohl dauern? Wehmütige Gedanken: Marie, Daniel, Chris – alle tot. Einen Augenblick lang zweifelt er: Sein vermeintliches «Wissen» als Wissenschaftler scheint die Überhand zu gewinnen gegenüber allem, was er als Clever Men von seinen Vorvätern gelernt, aber auch selbst erfahren hat.

Die ersten Schmetterlinge flattern durch die Luft, begrüssen den sich ankündigenden Tag mit ihrem Flügelschlag.

Elvis betrachtet den heiteren Morgentanz der Schmetterlinge – dann ist der Zweifel verflogen. Er ist sich dessen, was er glaubt, wieder sicher. Felsenfest. Eine Gewissheit nimmt in ihm Raum ein, die er nie wieder in Frage stellen wird. Alles hat einen Sinn.

Jetzt spürt er eine kleine, warme Hand in der seinen und hört die helle, freundliche Stimme: «Es ist gut so, Onkel Elvis. Kein Ende sondern ein neuer Anfang … wie immer schon.»

Er neigt sich dem Kind zu, streichelt sanft ihr Haar und Maries Lächeln ist so sonnig, wie es von jeher war.

Es würde ein klarer und freundlicher Tag werden.

NACHWORT

Liebe Leserin, lieber Leser

Ich habe den Versuch gewagt, einen spannenden, unterhaltsamen, aber auch tiefgründigen Roman zu schreiben. Gewiss, es ist eine komplexe Story geworden: eine Liebesgeschichte, ein Thriller – und dazu eine mystisch-spirituelle Ebene. Dies war die Herausforderung – und alles sollte verständlich, leserlich und spannend präsentiert werden! Ob mir dies gelungen ist, überlasse ich Ihrem Urteil.

Da tatsächliche und fiktive Elemente in dieser Geschichte vermischt sind, möchte ich zum Schluss einige Anmerkungen zur Klärung ergänzen:

Die Ermordung von Dr. Martin Luther King Junior geschah an dem im Roman genannten Datum. Präsident Lyndon B. Johnson brach aufgrund der Unruhen im ganzen Land seinen Urlaub auf Hawaii ab. Dies entspricht den historischen Tatsachen.

Der Anschlag von Lockerbie hat sich an dem im Roman angegebenen Zeitpunkt ereignet. Die Explosion an Bord des PanAm-Flugs 103, der Absturz auf Lockerbie, die letzten Minuten an Bord der Maschine, all dies habe ich nach bestem Wissen und Gewissen so wiedergegeben, wie es die behördlichen Untersuchungen festgehalten haben. Fiktiv jedoch sind die Romanfiguren, die bei diesem Anschlag ums Leben kamen.

Die uralten Geschichten der Aborigines variieren je nach Stamm und Region. Tatsache jedoch ist, dass die Aborigine-Kultur als eine der ältesten überhaupt gilt. Des Weiteren werden den spirituellen Führern der Aborigines, den sogenannten «Clever Men» (die Aborigines verwenden hier meist den Plural), übersinnliche Kräfte nachgesagt. Letztgenanntes kann ich weder bestätigen noch dementieren. Die im Roman erzählten Geschichten von der «Regenbogenschlange» und den «Zwei Seelen» entsprechen dem von mir recherchierten Hintergrundmaterial; diese ältesten aller Aborigine-Geschichten oder -Legenden können allerdings je nach Region und Überlieferung voneinander abweichen.

Alle wissenschaftlichen Aussagen entsprechen dem heutigen Wissensstand und sind Lehrmeinung einer Mehrzahl aller Physiker. Einzig dass die Neutrinos eine «Botschaft» enthalten könnten, ist fiktiv (oder auch nicht – wer weiss?). Möglicherweise werden wir dies schon bald wissen, denn in ein paar Jahren wird der grösste je gebaute Teilchen- und Neutrinodetektor (genannt «Ice Cube») im arktischen Eis in Betrieb genommen werden. Und wer weiss, was man dann tatsächlich entdecken wird – oder auch nicht.

Jegliche Ähnlichkeit der fiktiven Romanfiguren mit tatsächlich lebenden oder verstorbenen Personen wäre rein zufällig und unbeabsichtigt

Alfonso Pecorelli
alfonso_pecorelli@hotmail.com

Weitere Bücher des WOA Verlages

Die unglaubliche, aber wahre Geschichte einer verbotenen Liebe, über die bis heute geschwiegen wurde.

Schweizer Jahresbestseller 2007

Bei einem Sprachaufenthalt in England begegnet die junge Verena dem attraktiven Studenten Khalid. Die beiden verlieben sich ineinander, doch ihre Beziehung muss ein Geheimnis bleiben. Denn Khalid entstammt einer der sieben Herrscherfamilien der Vereinigten Arabischen Emirate – eine Hochzeit mit Verena wäre unmöglich. Aber ihre Liebe ist stärker: Über Jahre hinweg treffen sich die beiden heimlich, in Dubai, Zürich und Kairo. Eines Tages beschliessen sie, sich nicht länger zu verstecken und allen Widerständen zum Trotz zu ihrer Liebe zu stehen – doch das Schicksal hat anderes mit ihnen vor ...

Die neue Schweizer Bestsellerautorin – jetzt schon verglichen mit der Weissen Massai. «Herzergreifend und erschütternd.» Tages Anzeiger

ISBN 978-3-9522523-8-3 www.woaverlag.ch

Die durch den Bestseller «Die weisse Feder» zur berühmtesten Schweizer Transsexuellen avancierte Nadia Brönimann erzählt in ihrem Buch mit schonungsloser Offenheit, wie sie nach ihrer zum Teil missglückten Geschlechtsanpassung ihr Schicksal zu meistern versucht und wie sie sich, nach einem Suizidversuch, wieder ins Leben zurückkämpfte.

ISBN: 978-3-9522523-4-5
www.woaverlag.ch

Leichtfüssig kommen sie daher, die Geschichten von Angela Schmid Maiullari. Sie entlocken uns mehr als einmal ein Schmunzeln, ein Lachen, und plötzlich merken wir, dass sie auch nachdenklich stimmen, dass sie uns so ganz nebenbei viel Lebensweisheit vermitteln. So unbeschwert sie uns anlachen, so viel Tiefe und Fülle steckt in ihnen.

ISBN: 978-3-9522523-9-0
www.woaverlag.ch